KB083402

김유정 문학과 문화 충돌

엮은이
김유정학회

김유정 문학과 동시대 문학 연구를 중심으로, 장르 및 매체 변화에 따른 재창조작업에 관심을 가지고 연구의 지평을 확대하는 데 목적을 두고 2011년에 설립된 학술연구단체이다. 매년 전국규모의 학술대회를 개최하고 학술연구서를 출간하고 있다.

김유정 문학과 문화충돌

초판 인쇄 2021년 10월 5일 **초판 발행** 2021년 10월 15일
엮은이 김유정학회 **펴낸이** 박성모 **펴낸곳** 소명출판 **출판등록** 제13-522호
주소 서울시 서초구 서초중앙로6길 15, 2층
전화 02-585-7840 **팩스** 02-585-7848 **전자우편** somyungbooks@daum.net **홈페이지** www.somyong.co.kr

값 30,000원 ⓒ 김유정학회, 2021
ISBN 979-11-5905-642-0 93810

김유정 문학과 문화 충돌

김유정학회 편

Kim Youjeong's Literature and Culture Clash

전신재 유인순 권경미 김미지 박필현 표정옥
홍기돈 이미림 이현주 김정화 문한별 양세라 임보람

김유정학회가 올해로 창립 10년을 맞이했다. 2011년 4월 창립기념 학술대회를 시작으로 매해 두 차례의 학술대회와 단행본 발간 사업을 이어 왔다. 2020년 봄에는 COVID-19로 처음 학술대회를 걸렀지만, 10월에는 비대면방식으로나마 학술의 장이 마련되었다. 김유정 문학의 '문화충돌'이라는 주제로, 김유정 문학에서 어떤 문화, 혹은 가치나 개념 등이 중첩되고 충돌하고 또 균열을 일으켜 서사를 추동하는지 흥미로운 논의가 이어졌다. 특히, 젊은 연구자들의 새로운 시각과 거침없는 논의가 돋보였다. 지난해2020년에는 또한 김유정문학촌에서 김유정학술상을 제정하여, 평생 김유정 연구에 온 정열을 바치신 고故 전신재 선생님께 '김유정 학술상 제정기념 특별상'을 수여했다. 학술상 제정이 앞으로 기존의 연구자들은 물론 학문 후속세대들에게도 큰 응원과 격려가 될 것으로 기대된다.

창립 10년을 맞아 열 번째 단행본을 낸다. 2020년 학술대회에서 발표된 글을 포함하여 12편의 글을 모았다.

제1부에는 학술상 제정기념 특별상을 수상하신 전신재 교수의 대표 논문과 초대회장으로 학회의 초석을 다지고 후학 양성에 힘써 주신 유인순 교수의 글을 실었다.

고故 전신재 교수의 「속이고 속는 이야기의 두 유형-판소리와 김유정 소설」은 김유정 탄생 100주년 기념사업회에서 간행한 『한국의 웃음문화』2008에 실린 논문이다. 트릭스터이야기나 위계희극에 주로 사용되는 '속이고 속는 화소話素'가 김유정 소설에서 어떻게 사용되며, 어떤 의미를 지니는지 밝힌 것이다. 이 작업의 결과 판소리의 특성과 김유정 소설의 독자성이 더 선명히 드러나, 한국문학의 웃음문화 전통과 그 변화 양상을 구체적으로 파악할 수 있다. 게재를 허락해준 전상욱 교수에게 감사드린다. 유인순 교수의 「김유정을 만나다」는 김유정 문학 연구의 계기와 과정, 김유정학회 창립과정에 대해 기술한 글이다. 한 작가를 발견하고 오랜 시간 공들여 연구하고 마음을 다해 기리는 연구 열정이 고스란히 담겨 있을 뿐 아니라, 창립 10년을 맞이하는 김유정학회의 활동사를 엿볼 수 있는 귀한 글이다.

소설 창작에 한창 열을 올리던 1936년, 김유정은 (문학의 길이) 얼마나 먼지 알 수는 없지만 "그 길을 완전히 걷는 날 그날까지는 나의 몸과 생명이 결코 꺾임이 없을 것"을 굳게 믿는다고 썼다「길-아무도 모를 내 비밀」. 그 말이 두 연구자의 수십 년 연구행로와 겹쳐서 읽혔다. 편히 뒤따를 수 있도록 후학들에게 길을 마련해 주심에 깊이 감사드린다.

제2부에는 김유정 소설에 나타난 들병이와 여성가족원, 공동체에 대한 해석, 이에 나타나는 문화충돌을 살핀 글 다섯 편을 실었다.

「들병이와 유사공동체 담론」권경미은 김유정 소설에서 여성가족원의 성매매를 '몸을 매개로 한 능동적 노동 행위'로 보고, 이 노동력에 의해 유지되는 가족을 역할과 기능이 상실된 유사 가족 내지 유대감이 기반이 된 공동체로 파악한다. 곧 김유정 소설은 식민지 시기 생존을 위해 전통적 가족에서 유대감 기반의 공동체로의 변화, 그 충돌을 그리고 있다는 것이다.

「농촌 유랑민의 도시 서사와 공생의 윤리」김미지는 김유정 소설의 들병이를 비롯한 농촌 유랑민을 (잠재적) 도시 유입인구로 보고, 박태원의 『천변풍경』 등에 등장하는 인물들의 전사前史로 재조명한 것이다. 그 결과 농촌에서는 남편이 여성에 대한 소유권을 주장하며 폭력적이면서도 당당하게 기생하나, 도시의 룸펜들은 자신들의 무능을 수긍하고 공생을 꿈꾼다고 보고 있다.

「경계에 서서 바라본 인간의 삶과 '위대한 사랑'」박필현은 극단적인 삶의 위기에 직면한 무기력한 인물 분석을 통해 김유정이 추구한 '위대한 사랑'이란 윤리나 희생정신, 사상적 유대감에 의한 연대 같은 것이 아니라, 일종의 자연적 질서이자 법칙이며, 이는 질병과 씨름하며 경계에서 사유한 결과였다고 본다.

「문명충돌 속 한국 근대 질병 상상력이 소설 구성에 미치는 영향 연구」표정옥도 김유정의 질병, 결핵에 주목하고 있다. 같은 병을 앓은 이상과 김유정의 작품을 비교하여 소설의 인물 창조와 갈등 관계, 공간의 설정과 시간 인식에서 구체적으로 어떻게 다르게 형상화되고 있는지를 분석하였다. 공존과 결별, 자연적 조감과 박제된 공간, 자연적 순환성과 시간적 혼동성은 김유정과 이상의 차이를 드러내는 핵심어이다.

「김유정 소설의 아나키즘 면모 연구」홍기돈는 아나키즘 예술론이 강조하는 원시성, 민중성, 사상성을 김유정 소설 분석에 적용한 것이다. 그 결과, 농촌의 원시성이 살아있는 여성은 근대 문화의 손에 농락당하지 않은 공동체의 면모를 부각시키고, 민중에 대한 섣부른 동정이나 계몽의지가 드러나지 않고, 들병이를 옹호하는 것은 프루동의 '예술가 축출론'과 닿아 있으며, 가족·성·사회적 불평등 문제를 한데 묶어 탐구해 나가는 관점은 가족 제도에 대한 크로포트킨의 주장과 일치하는 바 있다고 보고 있다.

제3부에는 김유정 소설의 주요 배경인 영서지역의 장소성과 고향의식을 고찰한 두 편의 글을 실었다.

「김유정 소설의 로컬리티와 고향의식」이미림은 김유정 소설에 재현된 내용이 비참한 농촌현실과 금병산과 주변의 금개발로 인한 외지인의 유입, 정보 부재 등 1930년대 강원도의 지형학적 로컬리티와 무관하지 않으며, 토착어, 감각어가 두드러지는 문체와 어휘, 자연친화적 태도 등은 강원 문학의 특질을 드러내는 자료사적 가치를 지니고 있다고 본다.

「고향의 발견, 호명된 영서嶺西」이현주는 도시에서 근대성의 세례를 받고 성장하여 도시적 감수성을 보인 이효석과 김유정이 '향토적 서정성' 내지 '고향'을 대표하는 작가로 자리매김된 데에는 1935년 11월 창간된 『조광』의 '고향' 혹은 영서 특집과, 문단에서 입지를 확고하게 하고 싶어 했던 두 작가의 욕망과 분투가 작용했다고 보고 있다.

제4부에는 김유정 소설의 검열과 복원, 각색 방식 검토, 소리 형상화 분석 등 새롭고 창의적인 접근을 보여준 세 편의 글을 실었다.

「김유정 소설 〈소낙비〉의 검열과 복원」김정화, 문한별은 『조선출판경찰월보』의 행정 처분 기록을 찾아, 김유정의 「소낙비」 7회 연재분이 검열 후 차압되었다는 사실을 밝히고, 검열에 의해 훼손된 일부를 복원하고, 작품의 실체와 의미를 밝힌 것이다. 훼손된 부분에서는 매춘을 실행하는 상황으로 서사가 종결되고 있어 조선 농민들이 처한 삶의 현실과 구조적 모순을 비판하는 방향으로 강화되고 있음을 확인할 수 있다.

「김유정소설 각색 연극 연구」양세라는 김유정의 「봄·봄」을 개작한 오태석의 연극대본 〈김유정 봄·봄〉의 각색방식을 고찰한 것이다. 고찰 결과 이 대본이 김유정의 인물들과 다층적인 소설 언어의 콜라주이자 오마주로서 메타비평적 기능을 하고 있으며, 김유정 소설의 민중성과 생명력에 대한 존엄을 보편적 주제로 수용하고 극작법을 모색하는 과정에서 문학적이고 지적인 유희가 된 점에 의의를 부여했다.

「김유정의 「산골 나그네」에 나타난 소리의 수사학」임보람은 소리의 형상화 분석이라는 새로운 접근법으로 김유정의 「산골 나그네」를 해석한 것이다. 이 작품에 반복적으로 나타나는 물소리, 침묵, 늑대소리 등은 서술적 차원에서 미학적 효과를 극대화시키기 위해 활용한 것이라는 지적을 하고 있다.

이 책은 춘천문화재단의 지원을 받아 출간되었다. 매해 지속해 온 재단의 지원이 연구자들에게 큰 힘이 된다. 원고수합과 편집을 위해 표정옥 총무이사께서 애써주셨다. 아울러, 학회의 단행본을 도맡아 출간해주는 소명출판에 편집진 모두에게 깊이 감사한다. 모쪼록 많은 연구자들에게 김유정 텍스트의 틈새를 채우고 새롭게 발견하는 즐거운 읽기가 되기를 바란다.

2021.5

김유정학회 회장 이상진

차례

제
1
부
/
김유정 연구의 길

속이고 속는 이야기의 두 유형

판소리와 김유정 소설

전신재

1. 머리말

속이고 속는 화소話素는 서사장르나 희곡장르에서 두루 사용되는 소재이다. 서사장르에서는 트릭스터 이야기trickster tales에서, 그리고 희곡장르에서는 위계희극僞計喜劇, comedy of intrigue에서 이 화소가 주로 사용된다. 판소리와 김유정金裕貞 소설에서도 이 화소가 중요한 소재로 사용되었다. 전승 판소리 다섯 마당의 경우 이 화소는 〈적벽가〉, 〈수궁가〉, 〈춘향가〉에 집중적으로 나타나고, 〈심청가〉와 〈흥보가〉에 부분적으로 나타난다. 전승 판소리의 모든 작품에 이 화소가 나타나는 것이다. 김유정의 소설들 중에서는 「산골 나그네」, 「총각과 맹꽁이」, 「소낙비」, 「금 따는 콩밭」, 「금」, 「산골」, 「만무방」, 「솥」, 「봄·봄」, 「가을」, 「두꺼비」, 「봄밤」, 「동백꽃」, 「생의 반려」, 「정조」, 「따라지」, 「애기」에 이 화소가 나타난다. 김유정이 남긴 소설은 모두 30편인바 그 30편 중에서 17편에 이 화소가 나타나는 것이다.

이 글에서 필자는 판소리와 김유정 소설에서 속이고 속는 화소가 사용되는 방법과 그 의미를 비교해 보고자 한다. 이러한 작업은 판소리의 특성과 김유정 소설의 독자성을 좀 더 선명하게 밝혀내는 데에 기여할 수 있을 것이다. 또한 한국문학에서 웃음문화의 전통이 어떻게 지속되어 왔고 어떻게 변모되어 왔는지도 좀 더 구체적으로 파악할 수 있을 것이다.

　김유정이 한국문학의 전통을 깊이 있게 계승한 작가라고 평가할 때 그 전통의 구체적 내용에는 한국 고유의 웃음문화도 포함되어 있다. 그리고 전통은 고정되어 있는 것이 아니라 기본형과 본질이 바뀌지 않는 한도에서 시대에 따라 변모하는 것이라고 할 때 판소리와 김유정 소설에서 찾아지는 웃음문화의 지속성과 변화성의 탐색은 살아 있는 전통 속에서 김유정 문학의 실상을 파악하는 데에 유리하다.

　고찰 대상 작품은 판소리에서는 〈적벽가〉, 〈수궁가〉, 〈춘향가〉이고, 김유정 소설에서는 「총각과 맹꽁이」, 「봄봄」, 「동백꽃」, 「산골 나그네」, 「솥」, 「가을」이다. 이들은 속이고 속는 화소가 중점적으로 사용된 작품들이다.

2. 판소리

1) 〈적벽가〉

　〈적벽가〉의 기본 구조는 제갈량諸葛亮과 조조曹操의 대결이다. 〈적벽가〉는 전쟁을 소재로 한 작품인데 제갈량과 조조는 무력武力으로 대결하지 않고 지략智略으로 대결한다. 제갈량의 부하 조운趙雲과 조조의 부하 하후돈夏候惇이 접전을 벌이고 있을 때 조운은 제갈량의 작전에 따라 패하는 체 후퇴를 함으로써 하후돈을 좁은 골짜기로 끌어들여 전멸시킨다. 제갈량은 손권孫權의 부하 노숙魯肅의 계략에 따라 유비劉備를 배반하고 손권의 진영으로 간다. 그러나 이것은 배반이 아니라 지략이다. 제갈량은 손권의 군대를 동원하여 조조를 공격한다. 그리고 제갈량은 손권을 버리고 유비에로 다시 가서 유비를 섬긴다. 이에 앞서 제갈량은 전선 10여 척에 섶을 많이 실어 적벽강에 띄운다. 이에 조조는 군사들에게 명하여 그 배들을 활로 집중 공격하게 한다. 화살들은 모두 섶에 박힌다. 이렇게 해서 제갈량은 11만 8천 개의 화살을 얻는다. 그리고 제갈량은 불로써 조조를 공격한다. 조조는 패주하면서 제갈량이 대로에 복병하고 소로에 헛불을 놓았을 것이라고 판단하고 소로로 간다. 그러나 조조는 소로에서 제갈량의 복병을 만난다. 이처럼 제갈량은 조조를 속이고, 조조는 번번이 속는다.

제갈량의 뛰어난 지략이 성공하는 장면은 우아한 아름다움을 표출한다. 이에 반하여 조조가 속는 장면은 웃음을 유발시킨다. 또한 조조는 번번이 속을 뿐만 아니라, 남을 속이기에도 실패를 하는데 조조가 다른 사람을 속이기에 실패하는 장면도 웃음을 유발시킨다.

　(가) [잦은몰이] 황개 쫓아가며 외는 말이,

　"붉은 강포 입은 놈이 조조니라!"

　조조의 혼 기겁하야 홍포 벗어 던져 버리고, 군사 전립 앗어 쓰고,

　"참 조조는 저기 간다!"

　제 이름을 제 부르며 꾀탈 양탈 도망할 제[1]

　(나) [아니리] 이러고 자탄 끝에 또 (조조가) 대소허니, 정욱이 어이없어 군

1　정권진 창본 〈적벽가〉, 『판소리 다섯 마당』, 한국브리태니커회사, 1982, 216쪽.

사다려 이르기를,

"우리 모두 다 죽는다. 정신들 차려라. 승상님이 웃으셨다."

조조는 얕은 속에 화를 내어,

"고얀 놈들, 내가 웃으면 복병이 꼭 난단 말이냐? 내 우리 집에 있을 때 아무리 웃어도 복병커녕 뱃병도 안 나더라."[2]

(다) [잦은몰이] 조조 정신없어,

"여봐라, 정욱아. 내 갑옷 입고 여기 잠깐만 서 있거라. 나 똥 좀 누고 오마."

"그런 얕은 꾀 쓰지 마오."

조조, 정신 혼미하야 갑옷 벗어 후리치고, 군사와 한데 섞어 자빠지며 엎더지며 화룡도로 도망을 허는구나.[3]

(라) [아니리] "허허 야들아, 신통한 꾀 하나 생각했다."

"무슨 꾀를 생각했소?"

"나를 죽었다고 홑이불로 덮어놓고 너희 모도 군중에 발상(發喪)하고 앉어 울면 송장이라고 막걸리 동우나 내고 피할 것이니 홑이불 둘러쓰고 살살 기다가 한 달음박질로 길로 달어나자."

정욱이 기가 막혀,

"산 승상 잡으랴고 양국 명장 쟁공(爭功)하오."[4]

황개가 패주하는 조조를 잡으려 하자 조조는 홍포를 벗어 던지고 부하의

---

2   위의 자료, 218쪽.
3   위의 자료, 218쪽.
4   박봉술 창본 〈적벽가〉, 정병욱, 『한국의 판소리』, 집문당, 1981, 462쪽.

전립을 빼앗아 씀으로써 자신을 위장하려 한다(가). 조조는 자신을 위장하려고 자기의 갑옷을 정욱에게 입히려다가 거절당하기도 하고(다), 죽은 시늉을 하고 있으려다가 정욱에게 비판을 받기도 한다(라). 조조는 그의 전속 부관격인 정욱보다도 어리석은 장군으로 묘사된다.

조조는 복병을 배치해야 할 곳에 복병을 배치하지 않은 제갈량의 어리석은 전술을 마음껏 비웃는다. 그러자 바로 그 자리에서 복병을 만난다. 그것도 여러 번씩이나 그리한다. 그래서 부하들은 조조가 웃기만 하면 사색이 된다(나).

조조는 스스로 속기도 한다. 조조는 장승을 장비로 알고 공포에 떤다. 조조는 속은 것이 분하여 그 장승을 뽑아 잡아들이라 하여 군법으로 참하려다가 그것이 자기의 실책임을 깨닫고 장승을 방송한다.

〈적벽가〉의 웃음은 부당한 권위의 파괴에서 온다. 피지배자들을 부당하게 괴롭히던 지배자가 순식간에 무능을 드러내면서 추락하는 상황은 피지배자들에게 통쾌한 웃음을 폭발시킨다. 피지배자들의 삶이 고통스러울수록 그 웃음은 더욱 통쾌할 것이다. 〈적벽가〉에서 피지배자들의 고통스러운 삶의 모습은 군사설움타령, 새타령 등에 잘 나타나 있다.

〈적벽가〉의 웃음은 정서의 균형을 유지하는 기능도 가진다. 웃음은 제갈량의 작전 성공이 유발하는 우아미, 군사설움타령이나 새타령 등이 유발하는 비장미 등과 조화를 이루면서 〈적벽가〉 전체의 정서적 균형을 이루어낸다. 웃음의 이러한 기능은 다른 판소리 작품에도 해당한다.

2) 〈수궁가〉

〈수궁가〉의 기본 구조는 별주부와 토끼의 대결이다. 별주부와 토끼는 속임수로 대결한다. 별주부와 토끼는 서로가 서로를 속이는데 토끼는 별주부의 속임수에 넘어가고, 별주부는 토끼의 속임수에 넘어가지 않는다.

토끼가 별주부를 처음 만났을 때 토끼는 문자를 써서 자기를 과시한다. 즉 토끼가 별주부를 속인다. 이에 별주부는 토끼의 문장과 풍신에 감탄을 한다. 그러나 이것은 별주부가 토끼를 속이는 것이다. 별주부는 토끼의 문장이 실은 문장이 아니며 토끼의 풍채가 초라함을 잘 알고 있다. 별주부는 자기의 목적을 달성하기 위하여 토끼에게 짐짓 속아주고, 토끼는 그런 별주부의 속셈을 모르고 있는 상황이다. 의기양양해진 토끼는 이어서 신선처럼 자연을 즐기며 사는 자기의 삶을 자랑한다. 그러나 별주부는 이 말에는 속아주지 않는다. 별주부는 토끼가 추위와 배고픔과 생명의 위협에 시달리는 고달픈 삶을 살고 있음을 폭로하고, 토끼는 이를 시인한다. 사실은 토끼는 산속에서도 산잔등에서도 들판에서도 늘 생명의 위협을 받으며 고달프게 살고 있는 것이다.

별주부는 훈련대장이라는 벼슬과 미색지락美色之樂을 미끼로 하여 토끼를 속이고, 토끼는 별주부에게 속아서 용궁으로 간다. 용궁에서 용왕이 토끼의 간을 약으로 먹기 위하여 토끼의 배를 가르려 하자 토끼는 간을 육지에 두고 왔다고 용왕을 속인다. 토끼가 용왕을 속이는 방법은 현학衒學을 가장한 화려한 언변이다. 이러한 언변에 용왕은 속고 망둥이와 별주부는 속지 않는다.

토끼는 자기 뱃속에 있는 것은 간이 아니라 똥 덩어리라고 망둥이를 속인다. 토끼는 사세가 시급해짐을 몸으로 느끼면서 용왕을 다시 속인다.

[아니리] 토끼가 말은 그렇게 했지만은 속으로는 질리던가 보더라.

"군자는 가거이방이요 견지이작이라 하얐으니, 속인 김에 빼는 것이 제일 수다."

용왕전에 들어가서 여짜오되,

"소퇴가 이리 놀기는 좋사오나, 대왕의 병세가 위중하오니, 먼점 나갔던 별주부를 안동하야 주시면 간을 속히 들여오겠습니다."

"어허, 기특코 고마운 말이로구나."

별주부를 불러들여,

"네 토공을 모시고 세상에를 나가, 간을 주걸랑 그건 그저 빨리 가져 들어오너라."[5]

토끼가 용왕을 속이고 용왕이 토끼에게 속고 있는 상황임을 알고 있는 별주부는 토끼의 배를 가르자고 용왕에게 다시 간청한다. 그러나 용왕은 끝내 토끼를 믿고 별주부를 믿지 않는다. 별주부는 용왕의 엄명을 어길 수 없어 토끼를 등에 태우고 육지로 나온다.

주도면밀한 별주부와 경솔한 토끼의 속이기 경쟁에서 경솔한 토끼가 승리하고 주도면밀한 별주부가 패배한다. 이러한 의외의 결과가 웃음의 요인이 된다. 약자토끼의 속임수에 강자용왕가 넘어가는 것도 웃음의 요인이다. 부정적 인물인 강자의 갑작스러운 격하는 웃음을 유발한다.

그런데 이러한 웃음의 이면에는 약자들의 고달픈 삶이 숨어 있다.

별주부는 주도면밀하여 실수를 하지 않는 관리이다. 품계는 중하급 정도이다.[6] 별주부는 자기를 잡아먹으려는 호랑이를 속임수로 물리치는 데에도 성공하고, 토끼를 수궁으로 유인하는 데에도 성공한다. 그러나 왕의 어리석은 판단으로 이 성공은 수포로 돌아간다. 무능한 왕에게 충성을 다하는 것

---

5   박봉술 창본 〈수궁가〉, 『판소리 다섯 마당』, 182쪽.
6   조선시대의 주부(主簿)는 종6품으로 18등급 중에서 12등급이다.

은 어리석은 일이지만 세습관리[7]인 별주부는 두뇌 회전이 느리고 틀에 박힌 인간[8]이라 관직에 그대로 매여 살고 있다.

토끼는 가족도 없고 정작지도 없는 서민이다. 토끼는 늘 생명의 위협에 노출되어 있다. 토끼는 용궁의 위기에서 가까스로 벗어난 다음에 그물에 걸려 다시 죽음의 위기에 직면한다. 토끼는 이번에는 쉬파리들로 하여금 자기 몸에 온통 쉬를 슬게 하여 죽은 것으로 가장하여 목동초군을 속인다. 간신히 살아난 토끼는 독수리에게 채이어 다시 죽음의 위기에 직면한다. 토끼는 이번에는 수국 용왕에게서 선물로 받은 '의사 줌치'를 독수리에게 주겠다고 독수리를 속임으로써 죽음의 위기에서 벗어난다. 이처럼 토끼는 끊임없이 계속되는 생명의 위협을 속임수로써 그때 그때 벗어나는 고달픈 삶을 살고 있다. 그러나 토끼는 절망적인 상황에 놓여 있으면서도 좌절하지 않고 발랄하게 살아가고 있다. 이 경우에 웃음은 절망적 현실과 거리를 유지하고 그것을 객관화하면서 절망을 극복하는 방법이다.

3) 〈춘향가〉

〈춘향가〉의 구성을 결연, 이별, 수난, 재회로 나눌 때, 속이고 속는 화소는 재회 부분, 즉 이몽룡이 암행어사가 된 후에 자기의 신분을 숨기기 위하여 걸인으로 위장하는 장면부터 어사 출두하는 장면까지에서 집중적으로 나타난다.

이 부분에서 이몽룡은 농부들, 젊은 여인들, 초동樵童, 옹씨雍氏 상주들, 16

---

7 별주부는 감옥의 죄인을 다스리는 무관이다. 별주부는 '전옥주부(典獄主簿) 공신 사대손'이다. 또한 그는 호흉배(虎胸背)의 관복을 입고 왕을 배알하니 무관이다.(박봉술, 〈수궁가〉, 앞의 책, 165·171·173쪽)
8 별주부와 토끼의 인간상에 대해서는 다음 논문을 참조. 전신재, 「별주부와 토끼의 인간상」, 『구비문학연구』 6, 한국구비문학회, 1998.

세 총각, 월매와 향단, 춘향, 혼금나졸閽禁羅卒, 변사또와 각읍 수령들, 관장하인官長下人, 기생을 순서대로 만나는데 이몽룡은 이들에게 자기 신분을 속이고, 이들은 이도령에게 속는다. 거기에다가 이도령과 초동은 서로가 서로를 속이고, 이도령과 월매도 서로가 서로를 속인다. 또한 이도령은 옹씨 상주들을 이중으로 속인다. 이도령은 춘향도 이중으로 속인다.

판소리 〈춘향가〉의 청관중은 이몽룡이 암행어사가 되어 전라도 땅에 들어오면서 거지로 위장하는 장면을 지켜본다. 그러나 전라도 사람들은 이것을 모른다. 즉 청관중은 알고 있는 사실을 등장인물은 모르고 있다. 청관중은 이몽룡이 거지차림을 하고 있지만 사실은 암행어사라는 것을 알고 있지만 월매는 이몽룡이 거지가 되어 남원으로 온 것으로 알고 있다. 이러한 상황의 조성은 위계희극에서 즐겨 사용하는 기법이다. 이른바 극적 아이러니 dramatic irony이다.

거지가 된 이몽룡을 보고 월매는 절망한다. 월매는 춘향의 신세를 생각하면서 한탄하고 통곡한다. 그리고 이몽룡을 박대한다. 월매는 이몽룡에게 밥도 주지 않는다. 이러한 장면을 보면서 청관중은 웃음을 터뜨린다. 월매는 울고 청관중은 웃는다. 이처럼 극적 아이러니는 감정이입을 차단한다. 어떤 사람이 상대방을 일방적으로 속이는 것이 아니라 서로가 서로를 속이는 상황이면 극적 아이러니의 효과는 배가된다.

[말로] 옥(獄) 모퉁이 돌아서니 춘향 모친이 어사또를 따돌리느라고,
"이서방은 어디로 가시려오?"
"어디 갈 데 있나. 자네 집으로 가지."
"어디 내 집 있간디요."

"그 새 자네 집을 누가 뜯어 버렸나?"

"옥 바라지 하느라고 집을 팔았더니 집 산 임자가 들었으니 거기에 가 잘 수 있소?"

"그러면 자네는 어디 가 자려나?"

"이찰방(李察訪) 과수댁에 가 자지요."

"그러면 나도 거기 가 자지."

"좋을씨고. 사람이 그릇되더니 체면도 없구나."[9]

이몽룡은 암행어사가 되었으면서 거지가 되었다고 월매를 속이고, 월매는 거지가 된 이몽룡을 재워주기가 싫어서 집을 팔았다고 이몽룡을 속인다. 이에 이몽룡은 할 수 없어 여가旅家에 가서 잔다. 이 장면에서 청관중은 이몽룡에 대하여 연민의 정서를 느끼지 않고 오히려 웃음을 터뜨린다. 이에 앞서 초분草墳 장면에서는 이몽룡, 초동, 옹씨 상주들의 속이고 속는 관계가 복잡하게 얽혀 웃음을 더욱 강렬하게 유발한다.

(가) [말로] 어사또 가만히 들으니, 그 놈이 춘향의 내력은 도저히 아는 모양이거던. 한번 물어보리라 하고,

"어따, 이애. 어따, 이애."

부를 때에, 이 애는 다른 애가 아니라 남원 장바닥에서 닳아진 놈이었다. 구변 좋고 재치 있고 사람 돌라 먹기는 이상 없는 놈이었다.

"저 불렀습니까?"

"오냐. 네가 춘향의 말로 노래를 부르고 가니 춘향이가 죽었느냐?"

---

9 장자백 창본 〈춘향가〉, 김진영·김현주 역주, 『명창 장자백 창본 춘향가』, 박이정, 1996, 227쪽.

저 놈이 어사또 눈치를 보니 아마도 춘향과 무슨 사정이 좀 있는 모양이거던.

"춘향이 죽었지요."

"언제 죽었단 말이냐?"

"며칠 아니 되었소. 엊그제 죽어서 갖다 묻었지요."

"이 애, 그러면 춘향 무덤 좀 가르쳐줘라."

"여보, 나무 하지 말고요?"

"이 애, 나무 값을 주마."

"얼마 주시려오?"

"양반(兩半) 주마."

"내시오."

돈은 땄것다.

"이리 오시오. 저 건너 새 초분(草墳)하여 놓은 게 그것이 춘향 무덤이요."[10]

(나) [말로] 어사또 깜짝 놀라 생각하니, '갈비 한 쪽은 영낙없이 절단났구나.' 자칫하면 몽둥이로 맞아 죽게 되었던. 어사또 꾀를 내어,

"내 말을 좀 들어 보오. 내가 초학(初瘧)을 얻은 바 오늘까지 마흔아홉직째 하는데, 명의가 이르기를 길가의 새 초분을 보거든 초분을 쥐어 뜯고 울면 상인이 홧김에 상장(喪杖)으로 칠 것이니 한번만 맞으면 생전 초학을 여읜다기로 이리 하였으니 한 번만 때려 주오."

째보 상인(喪人) 화를 내어 상장을 들어메고 때리려고 달려드니 맏상인 만류하며,

"상장이 어른거리면 초학이 떨어진다 하니 털끝도 건드리지 말고 고이 보내라. 생전 초학으로 늙게."[11]

---

10 앞의 자료, 193~195쪽.

초분 장면은 정서를 입체적으로 조직한다. 같은 시간에 이몽룡은 통곡하다가 당황해하고, 옹씨 상주들은 당황해하다가 분노하고, 청관중은 웃음을 터뜨린다. 속이고 속는 장면은 대체로 말로, 즉 아니리로 연출되는데 이것도 웃기기의 한 전략이다. 청관중을 웃기기에는 창보다 아니리가 더 효과적이다.[12] 이러한 기법은 판소리의 다른 작품에도 해당한다.

그러나 극적 아이러니의 장면이 청관중에게 웃음만을 유발시키는 것은 아니다. 다음은 어사 출두 직후의 장면이다.

> [말로] "네 이년 들어라. 너는 일개 창녀로서 네 고을 관장령을 거령(拒令)하니 죽여 마땅하거니와 또한 수의사또 수청조차 거역하고 시즉 살기를 바랄까. 분부 모셔라."
>
> [중머리] 춘향이 정신 차려 기운 없이 여쭈오되,
>
> "소녀가 아뢰리라. 효자 충신 열녀 정히 상중하가 있나이까? 층암절벽 굳은 바위 눈비 온들 썩어지며, 태산 숭악 만장봉이 바람 불어 쓰러질까. 송죽같이 굳은 절개 다시 변하든 못하겠소. 살기도 귀찮고 매 맞기도 귀찮으니 수의사또 덕택으로 이제 박살 죽여주면 송장 임자 밖에 있소. 제발 덕분 죽여주오."[13]

밖에 있다는 '송장 임자'가 바로 춘향의 면전에서 수청을 요구하고 있는 '수의사또'임을, 그리고 사실은 수청을 요구하는 것이 아니라 '춘향 지기춘氣를 보려' 하는 것임을 청관중은 이미 알고 있다. 그러나 춘향은 그것을 모르고 절망 속에서 죽음을 각오하고 굳은 절개를 드러내 보인다. 이 장면은

---

11 앞의 자료, 199쪽.
12 속이고 속는 장면을 창으로 처리하는 경우도 있다. 이 경우는 대체로 잦은몰이로 부른다.
13 장자백 창본 〈춘향가〉, 앞의 책, 241쪽.

청관중에게 웃음을 유발시키지 않는다. 춘향의 진실성이 장면을 압도하기 때문이다.[14] 이에 앞서 이몽룡이 감옥에서 춘향을 만나는 장면에서는 속이고 속는 상황에서 춘향의 진실한 마음이 더욱 감동적으로 부각된다. 이 장면은 웃음을 유발시키지 않고, 울음을 유발시킨다. 이처럼 극적 아이러니는 등장인물의 진솔한 내면을 효과적으로 드러내게 하는 기법이기도 하다. 이것은 청관중을 웃기는 경우에도 해당한다. 거지가 된 이몽룡을 박대하는 월매를 보면서 청관중은 마음껏 웃는데 한편으로는 그 박대에서 오히려 춘향과 이몽룡에 대한 월매의 깊은 애정을 읽어내기도 한다.[15]

3. 김유정 소설

1) 미혼 남녀의 이야기

「총각과 맹꽁이」와 「봄·봄」과 「동백꽃」은 미혼 남녀를 주인공으로 한 소설들이다. 「총각과 맹꽁이」와 「봄·봄」은 노총각이 결혼하려다가 실패하는 이야기이고, 「동백꽃」은 사춘기 소년 소녀의 연정을 다룬 소설이다.

「총각과 맹꽁이」는 덕만이 들병이와 결혼하려다가 실패하는 이야기이다.

덕만은 어머니와 둘이 사는 34세의 노총각으로서 소작으로 생계를 이어가고 있다. 그런데 덕만이 소작하는 땅은 농사를 거의 지을 수 없는 악토惡土

---

14 〈심청가〉에서 심청이 자기를 남경 상인에게 팔아 공양미 삼백 석을 몽은사로 보내고 나서 장승상댁에서 공양미 삼백 석을 보내주었다고 심봉사를 속이는 장면과 〈홍보가〉에서 홍보가 놀보에게 전곡을 얻으러 갔다가 전곡은 얻지 못하고 매만 맞고 돌아와서 강정모퉁이에서 도적놈을 만나 형님 양주분이 후히 주신 전곡을 다 빼앗기고 매만 맞고 왔다고 아내를 속이는 장면에서도 청관중은 웃지 않고 연민의 정서에 감염된다.
15 춘향가의 극적 아이러니에 관한 더 상세한 논의는 다음 논문을 참조. 전신재, 「춘향가의 극적아이러니」, 『고전희곡연구』 6, 한국고전희곡학회, 2003.

이다. 친구들은 덕만이가 사람이 병신스러워서 그런 악토를 소작하고 있는 것이라고 비난하지만 덕만은 그것마저 없으면 소작조차 할 수 없는 형편이다. 덕만은 안 익은 콩을 탓할 뿐 올해에는 조로 바꾸어 심었다. 덕만은 들병이와 결혼하여 술장사를 하는 것이 꿈이다. 결혼하면 아들을 낳을 것이고, 술장사를 하면 소 한 마리를 살 수 있을 것이라고 덕만은 생각한다. 그러니까 들병이와 결혼하는 것은 덕만에게는 일석이조一石二鳥인 셈이다.

어느 날 마을에 22세의 들병이가 들어온다. 덕만은 뭉태에게 자기를 그들병이와 결혼시켜 달라고 조른다. 뭉태는 덕만의 의형으로서 건달이다. 뭉태는 덕만의 소원을 들어주겠다고 약속하고, 덕만은 자기가 술값을 모두 내고 술판을 벌이겠다고 한다. 거기에 더하여 덕만은 자기 집의 닭도 어머니 몰래 훔쳐 가지고 뭉태네 집으로 간다.

밤에 젊은이 여섯 명이 뭉태의 집에 모여 들병이를 데리고 술을 마신다. 그런데 술값을 모두 덕만이 내는 것임에도 불구하고 약속과는 달리 뭉태 혼자서 들병이를 차지한다. 새벽이 되자 뭉태는 들병이를 데리고 콩밭으로 간다. 덕만이 그들을 따라가자 뭉태는 들병이를 데리고 다른 곳으로 간다. 덕만은 주먹으로 눈물을 비비며, 들병이가 사라진 반대편을 향하여 "살재두 나는 인전 안 살 터이유—"하고 소리를 지른다.

「총각과 맹꽁이」에서는 세상 물정을 훤히 아는 뭉태가 세상 물정을 전혀 모르는 덕만을 속인다. 독자는 덕만이 상황 파악을 제대로 못 하는 어리석은 인물로 인식한다. 독자는 덕만이 바보라고 생각한다. 그러나 덕만은 자기가 바보라고 생각하지 않는다. 덕만은 자기는 지금 최선을 다해서 좋은 계획을 시행하고 있다고 생각한다. 아이러니의 논리로 말하면 '자신에 찬 무지'에 해당하는 상황이다. 이렇게 덕만이 자기 자신에 대해서 가지는 인식과 독자가 덕만에 대해서 가지는 인식 사이의 거리감이 웃음을 유발한다. 독자가 덕만에 대해서 가지는 우월감에서 유발되는 웃음이다.

　그러나 상황이 이것으로 그치는 것은 아니다. 이 상황은 희극의 일반적인 공식에서처럼 독자가 뭉태와 합세하여 덕만을 궁지로 몰아넣는 것은 아니다. 희극의 공식과는 반대로, 덕만은 약자이고 뭉태는 강자이기에, 강자이고 건달인 뭉태가 약자이고 바보인 덕만을 속여 재산을 착취하는 상황이기에, 강자에게 속아서 재산을 착취당하는 약자를 보면서 독자들은 약자에 대해서 연민의 정서를 느낀다. 이처럼 「총각과 맹꽁이」에는 웃음을 유발하는 구조와 연민의 정서를 유발하는 구조가 결합되어 있다. 독자는 덕만을 보면서 웃음과 아픔을 동시에 유발하게 된다.

　「봄·봄」은 내가 점순과 결혼하려다가 실패하는 이야기이다.

　나는 점순네 집의 무보수 머슴이고 점순의 아버지 봉필은 마름이다. 봉필은 배참봉댁 마름으로서 부당한 방법으로 돈을 모은 인물이며 무식하고 천박한 자린고비이다. 그는 '욕 잘 하고 사람 잘 치고 그리고 생김생기기를 호박개같'이 생겼으며 '원체 심정이 궂'은 사람이다. 그래서 별명이 욕필이다. 그러나 동리 사람들은 그 욕을 다 먹어가면서도 그에게 굽실거린다.

　나는 26세의 노총각으로서 고향에서 뿌리 뽑힌 유랑민이다. 나는 빈궁한 삶으로 가정이 파괴되어 혼자서 타향에 가서 정착을 시도하고 있는 인물이다. 나는 무보수 노동이라도 못 하면 먹고 잘 데가 없는 사람이다. 나는 요행히 점순네 집에 데릴사위라는 명목으로 들어와 있지만 실제로는 머슴 노릇을 하고 있다. 그것도 새경도 못 받는 머슴이다. 그러니까 실제로는 데릴사위도 아니고 머슴도 아닌 것이다.

(가) 내가 머리가 터지도록 매를 얻어 맞은것이 이때문이다. 그러나 여기가 또한 우리 장인님이 유 달리 착한 곳이다. 여느 사람이면 사경을 주어서라도 당장 내쫓았지 터진 머리를 불솜으로 손수 짖 어주고, 호주머니에 히연 한봉을 넣어주고 그리고

"올갈엔 꼭 성례를 시켜주마, 암말말구 가서 뒷골의 콩밭이나 얼른갈아라." 하고 등을 뚜덕여줄 사람 이누구냐.

나는 장인님이 너무나 고마워서 어느듯 눈물까지 낫다. 점순이를 남기고 인젠내쫓기려니, 하다 뜻밖의 말을듣고

"빙장님! 인제 다시는 안그러겠어유-"

이렇게 맹세를하며 불야살야 지게를지고 일터로갔다.[16]

(나) 작년 이맘때도 트집을 좀 하니까 늦잠 잔다구 돌맹이를 집어던저서는 자는 놈의 발목을 삐게 해놨다. 사날식이나 건승 끙, 끙, 앓았드니 종당에는 거반 울상이 되지 않었는가-

"애 그만 일어나 일좀해라, **그래야 올갈에 벼줄되면 너 장가들지 않니**"

그래 귀가 번쩍 띠어서 그날로 일어나서 남이 이틀품 드릴 논을 혼자 삶어놓으니까 장인님도 눈깔 이 커다랗게 놀랐다.(159쪽)

(다) "……또 결혼두 그렇지 법률에 성년이란게 있는데 스물하나가 돼야지 비로소 결혼을 할수가 있는걸세, 자넨 물론 아들이 늦일걸 염려지만 점순이루 말하면 인제 겨우 열여섯이 아닌가, 그렇지만 아까 빙장님의 말슴이 **올갈에는**

---

16 전신재 편, 『원본 김유정전집』, 강, 2007, 167쪽. 앞으로 이 책에서의 인용은 일일이 각주를 달지 않고 인용문 끝에 쪽수만 표시함. 강조는 필자.

열일을 제치고라두 성례를 시켜주겠다 하시니 좀 고마울겐가, 빨리 가서 모 붓든거

나 마저 붓게, 군소리말구 어서 가―"

그래서 오늘 아츰까지 끽소리없이 왔다.(163쪽)

(가)가 어느 해에 있었던 사건인지 소설 본문에는 명시되어 있지 않다.
인용하지 않은 부분에 '한번은'이라는 언급만 있다. 다만 콩밭을 갈아야 하
는 때인 것으로 보아 어느 해 봄이라는 것만 알 수 있다. 내가 점순네 집에
들어온 것이 3년 7개월 전이고, (나)는 작년 봄의 상황이고, (다)는 금년 봄
의 상황이니 (가)는 재작년 봄의 상황일 것으로 추측되기는 한다(아니면 작
년 봄이나 금년 봄에 성례 약속을 두 번 했을 수도 있고).

어쨌든 (가)에 나타나 있는 바와 같이 어느 해 봄에 봉필은 그해 가을에
나와 점순을 결혼시켜 주겠다고 약속했다. 나는 그것이 고마워서 뒷골에 가
서 콩밭을 열심히 갈았다. 그러나 그해 가을에 봉필은 나와 점순을 결혼시
켜 주지 않았다.

(나)에 나타나 있는 바와 같이 작년 봄에 봉필은 나에게 일 잘 하면 가을
에 점순과 결혼시켜 주겠다고 약속했다. 그래서 나는 화전밭에 가서 소를
부려 밭을 열심히 갈았다. 그러나 작년 가을에 봉필은 나와 점순을 결혼시
켜 주지 않았다.

(다)에 나타나 있듯이 금년 봄에도 봉필은 구장을 통하여 내가 열심히 일
하면 올 가을에 결혼시켜 주겠다고 약속하였다. 그래서 나는 논에 가서 모
붓기를 열심히 하였다.

그러자 뭉태가 나에게 맹공격을 가해 온다. 3년 7개월 동안 결혼도 못하
고 일만 해 주니 나는 구제할 수 없는 바보라는 것이다. 뭉태는 나에게 봉필

을 모판에다가 거꾸로 박아놓으라고 충고한다. 그리고 나더러는 우물에 가 빠져 죽으라고 한다. 그런데 이번에는 점순이까지 맹공격에 가담한다. 점순이는 나에게 바보처럼 일만 하지 말고 자기 아버지봉필의 수염을 잡아채라고 한다. 맹공격을 받고 나서 나는 매년 봄마다의 약속에 계속 속아왔음을 절감한다. 그러니까 매해 봄마다 봉필은 나를 속이고 나는 봉필에게 속은 것이다. 그래서 제목이 「봄·봄」이다.

나는 점순이까지 나를 바보로 여기는 데에 충격을 받고 용기를 내어 봉필에게 덤벼든다. 나는 점순이 시킨 대로 봉필의 수염을 잡아채고 육박전을 벌여 봉필의 눈에 눈물이 돌게 한다. 그러자 점순이 뛰어나와 나의 귀를 뒤로 잡아당겨 힘을 못 쓰게 하고 봉필과 점순 어머니와 점순이 셋이 합세하여 나를 공격한다. 나는 봉필의 지겟작대기에 맞는 아픔보다 점순의 배신에 대한 허망함을 더 크게 느낀다. 이처럼 나는 봉필, 구장, 뭉태, 점순 어머니로부터 순서대로 배척당하여 고립되며 드디어는 점순으로부터도 배척을 당하여 완전히 고립된다.

「봄·봄」에서는 강자가 약자를 똑같은 방법으로 계속해서 속이고, 약자는 강자에게 똑같은 방법으로 계속해서 저항한다. 강자가 약자를 속이는 방법은 결혼을 시켜주겠다고 약속하는 것이고(이 방법은 「총각과 맹꽁이」에서의 방법과 같다), 약자가 강자에게 저항하는 방법은 노동을 거부하는 것이다. 「봄·봄」에서도 나는 바보의 모습을 보임으로써 독자들에게 웃음을 유발시켜 주고, 강자봉필가 약자나를 속여 노동력을 착취하는 모습을 보임으로써 나는 독자들에게 연민의 정서를 유발시켜 준다.

또한 「봄·봄」은 희극적 요소들을 몇 가지 가지고 있다. 위계의 플롯을 사용한 점, 등장인물들이 보통사람보다 못난 어리석은 인물이라는 점, 한 인물이 점층적으로 수세에 몰려 결국에 가서는 혼자서 고립된다는 점 등이 그것이다. 그런데 이들 요소들이 희극으로만 작용하지 않는다.

「봄·봄」이 희극이 되려면 약자인 나와 점순이 합세하여 강자인 봉필을 속이고 결혼에 성공하여야 하며, 봉필이 점층적으로 수세에 몰려 고립되어야 하고, 새로운 시대가 오는 기운을 보여주어야 한다. 그러나 「봄·봄」은 결말 부분에서 이와 반대되는 모습들을 보인다. 나는 결혼하지 못하고, 고립되는 인물은 봉필이 아니라 나이고, 현실은 기성 질서가 견고하여 새로운 시대가 올 기미가 보이지 않는다.

「동백꽃」은 점순이 이성異性으로서 나에게 접근해 오다가 실패하는 이야기이다.

점순17세은 마름집 딸이고, 나17세는 소작인의 아들이다. 나의 가정은 아버지, 어머니, 아들나의 단출한 가족이다. 나의 가정은 3년 전에 살 길을 찾아 이 마을에 와서 점순네의 도움을 받으며 살고 있다. 점순네가 집터를 빌려주어 거기에 집을 지었고, 점순네를 통해서 밭을 빌려 소작을 하고 있으며, 양식이 떨어지면 점순네 집에 가서 꾸어다 먹는다.

점순은 나에게 호감을 가지고 이성으로서 접근해 온다. 그러나 나는 점순의 의도를 모른다. 나에 대한 점순의 관심은 집요하여 점순은 여러 가지 작전을 사용한다. 그러나 나는 점순의 작전의 의도를 모른다. 그럴수록 점순은 약이 올라서 나에게 "이 바보 녀석아!" "너 배냇병신이지?" "느 아버지가 고자라지?" 등의 욕을 퍼붓는다. 그래도 나는 점순에게 제대로 대응을 하지 못한다.

이 상황을 표면으로 보아서는 잘난 점순이 못난 나를 계속해서 공격하고 못난 나는 잘난 점순의 공격에 속수무책인 상황이다. 그러나 사실은 나는 스스로 못난 척하면서 점순을 궁지로 몰고가는 상황이다. 점순은 내가 그녀의 속마음을 알아차리지 못하는 바보라고 생각하고 있다. 그러나 나는 점순의 속마음을 훤히 알고 있으면서 일부러 모른 척하고 있는 것이다. 즉 나는 점순을 속이고 있는 것이고, 점순은 나에게 속고 있는 것이다. 내가 점순을 속이는 것은 가족의 생존 문제 때문이다.

> 왜냐하면 내가 점순이하고 일을 저질렀다는 점순네가 노할것이고 그러면 우리는 땅도 떨어지고 집도 내쫓기고 하지 않으면 안되는 까닭이었다.(221~222쪽)

잘난 척하는 사람과 못난 척하는 사람이 대결해서 잘난 척하는 사람이 패배하고 못난 척하는 사람이 승리하는 것이 희극의 기본 구조이다. 그런데 「동백꽃」에서는 내가 못난 척하는 인물로서는 적격이지만 점순이 잘난 척하는 인물로서는 적격이 아니다. 우선 점순은 부정적 인물이 아니다. 또한 점순이 패배하고 내가 승리하는 구조도 아니다. 「동백꽃」에서는 극적인 승리와 패배가 나타나지 않고 끝까지 평행선의 긴장관계가 이어진다. 그러나 「동백꽃」의 상황은 약자가 강자를 속인다는 점에서 「총각과 맹꽁이」나 「봄·봄」의 상황과 구별된다.

「총각과 맹꽁이」1933에서는 약자덕만가 강자뭉태에게 일방적으로 속임을 당한다. 「봄·봄」1935에서는 약자나가 강자봉필에게 속임을 당할 때마다 저항을 한다. 그러나 약자가 강자를 이겨내지는 못한다. 「동백꽃」1936에서는 약자나가 강자점순를 속인다. 그러나 이 경우에도 약자가 강자를 이겨내지는 못한다. 여기에서 우리는 속이고 속는 상황에서 약자의 의지가 강화되는 과정을 읽는다. 그 과정은 작품의 발표순이기도 하다.

2) 기혼 남녀의 이야기

「산골 나그네」, 「솥」, 「가을」은 기혼 남녀를 주인공으로 한 소설들로서 이 세 편은 아내가 남편을 살리기 위하여 외간 남자에게 몸을 파는 이야기라는 점에서 공통된다.

「산골 나그네」에서는 나그네 여인19세이 덕돌29세과 덕돌의 어머니를 속인다. 나그네 여인은 결혼한 여인이면서 그것을 숨기고 덕돌과 결혼한다. 그리고 덕돌의 옷을 훔쳐 가지고 본남편이 병든 몸으로 누워 있는 물방앗간으로 간다. 여인은 남편에게 옷을 입혀 주고 남편을 이끌고 도망을 한다. 겨울이 오는데 병든 남편에게 입힐 옷이 없어, 남편의 겨울옷을 구하기 위하여 여인은 위장 결혼을 하였던 것이다. 필요한 것은 남편의 옷이라 여인은 은비녀는 베개 밑에 그대로 놓아두고 덕돌의 옷만 훔쳐 가지고 나온다.

이 소설은 홀어미덕돌의 어머니의 주막집에 나그네 여인이 드는 장면부터 덕돌과 나그네 여인이 결혼하는 장면까지는 홀어미의 시각으로 서술되고, 덕돌이 품앗이로 벼타작을 하는 장면부터 덕돌의 신부가 사라졌음을 알고 덕돌과 홀어미가 신부를 찾아 나서는 장면까지는 덕돌의 시각으로 서술된다. 따라서 독자들은 나그네 여인의 내면을 들여다볼 수가 없다. 나그네 여인은 베일에 가려진 인물로 묘사된다. 독자들은 나그네 여인의 시각으로 서술되는 마지막 장면에 가서야 그녀가 남편이 있는 여인임을 알게 된다. 그런데 나그네 여인은 오로지 병든 남편의 겨울옷을 구하기 위하여 위장결혼까지 한 것이기에 독자들은 나그네 여인에게 대하여 충격과 함께 연민의 정서를 느끼게 된다.

「솥」에 오면 속이고 속는 플롯이 좀 더 복잡해진다. 근식은 마을에 들어온 들병이 계숙을 만나면서 희망에 부푼다. 계숙과 결혼하여 함께 술장사를 하면 힘 안 들이고 잘살 수 있기 때문이다. 계숙은 석 달 전에 남편과 갈렸다고 하며 근식의 청혼을 받아들인다. 근식에게는 아내와 어린 아들이 있지만, 근식은 아내와 어린 아들을 버리고 계숙과 함께 마을을 떠날 계획을 세운다. 아내는 돈 한 푼 못 벌지만 계숙은 돈을 잘 벌기 때문에 근식은 아내를 버리고 계숙을 따라가기로 결정을 한 것이다.

근식은 그저께 밤에는 자기 집의 맷돌을 계숙에게 갖다주고 술을 먹었고, 어제밤에는 아내의 속곳을 계숙에게 갖다주고 술을 먹었다. 그리고 오늘 밤에는 함지박을 계숙에게 갖다주고 술을 먹으면서 새벽이 되면 마을사람들 몰래 마을을 떠나기로 합의를 한다. 새벽에 근식은 자기 집에 가서 4년 전 신혼시절에 산 솥을 아내 몰래 떼어온다. 근식이 계숙과 함께 마을을 떠나려는 희망에 부풀어 있을 때 느닷없이 계숙의 남편이 나타난다. 계숙의 남편은 근식이 계숙에게 갖다 바친 살림살이들을 지게에 짊어지고 계숙과 함께 유유히 마을을 떠난다.

이 소설에서는 속이고 속는 플롯이 중첩되어 나타난다. 근식은 그의 아내를 속이고, 계숙은 근식을 속인다. 그런데 근식의 아내는 남편에게 속지 않고, 근식은 계숙에게 속는다. 그러니까 근식은 속이지는 못하고 속기만 한다.

(가) "기집이조타기로 그래집안물건을 다들어낸담!"
하고 여무지게종알거린다.
"뭐, 집안 물건을 누가 들어내?"
그는 시치미를 딱 떼고 제법 천연스리 펄쩍 뛰었다. 그러나 속으로는 떡메로 복장이나 어더마즌듯 찌인하엿다. 입때까지 까마케 모르는줄만 알앗드니 안해는 귀신가치 옛날에 다 안 눈치다. 어제밤 안 해의 속곳과 그제밤 맷돌짝을

훔으려낸것이 죄다 탈로가 되엇구나, 생각하니 불쾌하기가 짝이 업다.(138쪽)

(나) 게숙이의 말을 드러보면 저에게도 번이는 남편이 잇엇다 한다. 즉 아랫
묵에 방금 누어잇는 저 아이의 아버지가 되는 사람이다. 술만 처먹고 노름질에
다 혹닥하면 안해를 뚜들겨패고 벌은 돈푼을 뺏어가고 함으로해서 당최 견딜
수가 업서 석달전에 갈렷다 하는것이다.

그럼 자기와 들어내노코살아도 무방할 것이 아닌가. 허나 그런 소리란 참아
이쪽에서 먼저 끄내기가 어색하엿다.

"난 그래 어떠케 살아. 나두 따라갈가?"

"그럽시다유—"(142쪽)

(다) "내 잠간 말해보낼게 박게나가 기달리유—"

함에는 속이 든든하지안흘수 업다. 그말은 남편을신뢰하고 하는 통사정이리
라.(143쪽)

(라) 그는 이것두 필경 저와 게숙이의 사이가 조흐니까 배가 아파서 이간질
이리라 생각하엿다.(145쪽)

근식은 자기의 행실을 아내가 모르고 있다고 생각하지만 아내는 근식의 행
실을 처음부터 다 알고 있었다(가). 그러나 근식은 계숙의 말을 그대로 다 믿
는다. 계숙은 남편과 이미 갈렸고, 그래서 근식을 남편으로 받아들일 결심이
서 있다고, 근식은 생각한다(나). 근식은 계숙이 자기를 남편으로 여기고 있
기 때문에 뭉태를 상대하지 않을 것이라고 생각한다(다). 뭉태가 계숙에게 근

식의 소행을 비방하는 말을 엿듣고 근식은 계숙이 자기를 따르니까 뭉태가 질투를 하는 것이라고 판단한다(라). 그러나 이것은 근식의 오판이었다. 결국 근식은 아내를 속이기에는 실패하고 계숙의 속임에는 속아 넘어가 아내로부터도 고립되고, 계숙으로부터도 고립된다.

「솥」에 근식, 아내, 어린 아들의 세 식구가 등장하는 것처럼 「가을」에도 복만, 아내, 어린 아들의 세 식구가 등장한다. 그런데 「솥」에서는 닳고 닳은 사람계숙이 어수룩한 사람근식을 속이는 데 반해서 「가을」에서는 어수룩한 사람조복만이 닳고 닳은 사람황거풍을 속인다.

복만은 생업이 없다. 거기에다가 빚만 잔뜩 지고 있다. 복만은 주변도 없다. 쌀을 꾸어오는 것은 아내의 몫이다. 쌀을 꾸어다 연명을 하는 것에도 한정이 있어 더 이상 버틸 수 있는 방법이 없자 복만은 아내를 팔기로 한다. 복만은 소를 팔듯, 소처럼 부려먹던 아내를 돈을 받고 팔아먹는다. 소장수 황거풍에게 50원을 받고 아내를 판다. 아내를 파는 복만도 남의 아내를 사는 황거풍도 글을 모르는 사람이라서 글을 좀 아는 재봉을 불러다가 계약서를 써 달라고 부탁을 한다.

매매계약서
일금 오십원야라
우금은 내 안해의 대금으로써 정히 영수합니다.
갑술년 시월 이십일
조복만
황거풍전
어떠한 일이 있드라도 내 안해는 물러달라지 않기로 맹세합니다.(194~195쪽)

아내는 울지도 않고, 남편 버리고, 나이 어린 아들 버리고, 소장수 황거풍을 살랑살랑 따라간다. 복만은 아내를 판 돈으로 빚을 갚는다. 그런데 며칠 후 같은 날, 같은 시각에 아내를 팔아먹은 복만과 소장수에게 팔려간 아내가 동시에 행방불명이 된다.

이 소설은 재봉의 시각으로 서술되는 1인칭소설이다. 재봉은 부수적 인물이다. 따라서 독자들은 주요 인물인 복만, 복만의 아내, 황거풍의 내면을 들여다볼 수가 없다. 이 소설은 독자들에게 가려지는 부분이 그만큼 많다.

의외성意外性은 웃음을 유발하는 요인들 중의 하나이다. 예상하고 있던 것이 갑자기 어긋날 때, 기대하고 있던 것이 갑자기 무산될 때 인간은 웃는다. 이 때 웃음의 크기는 의외성의 정도에 따라서 결정된다. 웃음의 크기는 의외성의 크기에 정비례한다. 그런데 그 의외성은 갑작스러운 격하格下인 것이 효과적이다. 갑작스러운 격상格上은 오히려 감동을 유발한다. 웃음의 최대의 적은 감동이다. 웃음과 감동은 양립할 수 없다.[17] 숭고가 갑자기 비속으로 전환할 때 인간은 웃고, 비속이 갑자기 숭고로 전환할 때 인간은 감동한다.

「산골 나그네」, 「솥」, 「가을」은 의외성을 효과적으로 드러내기 위한 장치들을 가지고 있다.

첫째, 서사적 거리의 설정. 대상과 거리감이 조성될 때 인간은 비로소 웃을 수 있다. 즉, 대상과 거리를 유지함으로써 대상을 객관적으로 파악할 수 있을 때 인간은 웃는다. 인생은 가까이서 보면 비극이고, 멀리서 보면 희극이다찰리 채플린. 울음은 몰입의 소산이고, 웃음은 소격의 소산이다. 울음이 정적情的 작용이라면 웃음은 지적知的 작용이다. 세상은 느끼는 사람에게는 비극이고, 생각하는 사람에게는 희극이다호레이스 월포올. 김유정 소설은 등장인물

---

17 앙리 베르그손, 김진성 역, 『웃음』, 종로서적, 1983, 5·87쪽.

과 독자 사이에 거리를 조성해 놓음으로써 웃음의 기반을 마련하고, 독자를 웃게 함으로써 상황을 객관적으로 파악하게 한다. 「산골 나그네」의 나그네 여인, 「솥」의 계숙과 그녀의 남편, 「가을」의 복만과 그의 아내와 황거풍은 독자와의 사이에 거리감을 가지고 있다. 독자는 이들의 내면을 들여다볼 수가 없다. 이러한 조건은 독자들에게 생각을 유도한다. 그러기에 결말 부분에 가서 의외성이 커진다.

둘째, 구성 방법. '이것은 속이고 속는 이야기였다'라는 사실을 세 소설은 결말 부분에 가서야 드러낸다. 따라서 독자는 결말 부분에서 순간적으로 충격적인 의외성에 직면하면서 웃음을 터뜨리게 된다.

셋째, 속이는 인물의 성격 설정. 약아빠진 인물이 어수룩한 인물을 속이는 상황보다 어수룩한 인물이 약아빠진 인물을 속이는 상황이 의외성이 강하다. 「가을」의 복만은 어수룩한 인물이다. 그 어수룩하고 돈 없는 복만이 똑똑한 듯하고 돈 있는 소장수 황거풍을 속인다. 상황이 이러한지라 웃음이 더욱 효과적으로 유발된다. 그런데 독자들은 복만의 아내를 황거풍에게 거짓으로 팔 계획을 한 것이 누구인지를 알 수가 없다. 복만과 복만의 아내의 대조적인 성격으로 미루어보아, 그리고 김유정 소설의 특징으로 미루어보아 그것은 복만 아내의 계획일 것이다. 복만의 아내가 뒤에서 조종하여 남편으로 하여금 자기를 황거풍에게 거짓으로 팔게 하였을 것이다. 그렇다면 여기에서는 속이기가 중첩된다.

넷째, 속이는 내용. 남편이 없는 듯이 태도를 취하는 것「산골 나그네」이나 남편과 갈렸다고 말하는 것「솥」보다는 돈을 받고 소를 팔듯 돈을 받고 아내를 파는 행위「가을」가 의외성이 강하다. 그리고 보면 「산골 나그네」1933, 「솥」1934, 「가을」1935은 의외성이 강화되는 순서이다. 그리고 이것은 작품의 발표순이기도 하다.

이제 김유정의 현실 감각을 살펴볼 차례이다.

안해는 남편에게 한팔을 끄들린채 그대로 몸부림을하며 여전히 대들랴고든다. 그리고 목이 찌저지라고

"왜 남의 솟을 빼가는거야이도적년아ー"

하고 연해 발악을 친다.

그러지 마는 들병이 두내외는 금세 귀가 먹엇는지하나는 짐을 하나는 아이를들러업은채 언덕으로 늠 늠히나려가며 한번돌아다보는법도업다.

안해는 분에 복바치어 고만 눈우에 털썩 주저안즈며 체면모르고 울음을 놋는다.

근식이는 구경군쪽으로 시선을 흘낏거리며 쓴 입맛만 다실 따름ー종국에는 두 손으로 눈우의 안해를 잡아 일으키며 거반울상이되엇다.

"아니야 글세, 우리솟이 아니라니깐 그러네 참ー"(「솥」, 155쪽)

우리 집에는 여편네라군 병들은 어머니밖에 없으나 나히도 늙었지만(좀 부끄럽다) 우리아버지가 있 으니까 내맘대룬 못하고ー

이런 생각에 잠기어 짜증 나는 복만이더러 네안해를 팔지마라 어째라 할 여지가 없었다. 나두 일즉 이 장가나 들어 두었으면 이런 때 팔아먹을걸 하고 부즈러운 후회뿐으로.(「가을」, 193쪽)

1930년대 전반기 겨울 어느 날의 새벽, 지금의 강원도 춘천시 신동면 증리 수어리골.

지게를 진 남자와 아기를 업은 여자가 언덕을 내려간다. 지게에는 보따리, 맷돌, 함지박, 솥 등이 얹혀져 있다. 남자와 여자는 성공한 사업가처럼 늠름하게 마을을 떠나고 있는 것이다. 한 여인이 남편에게 팔을 잡힌 채 그들을 향하여 울면서 소리를 지른다. "우리 솥 내놔! 왜 남의 솥을 빼 가는 거야! 이 도적년아!" 이런 발악에도 그들은 아무런 반응을 보이지 않고, 분을 참지 못하는 아내에게 남편은, 저것은 우리 솥이 아니라고, 아내를 달랜다. 이런 장면을 마을 사람들이 둘러서서 구경을 하고 있다.

무식한 사람이 자기 아내를 돈 받고 파는 것을 보고 유식한 사람이 자기 신세를 한탄한다. 그는 자기 어머니를 돈 받고 팔았으면 좋겠는데 너무 늙어서 팔 수 없는 것이 한탄스럽고, 자기는 장가를 들지 않아서 팔아먹을 아내가 없는 것도 한탄스럽다.

이것은 희극영화의 장면이 아니다. 이것은 사실의 기록이다. 김유정은 다른 사람을 속여야 자기가 살 수밖에 없는 처참한 현실을 눈 하나 깜작하지 않고 그대로 그린다. 김유정은 독한 작가이다. 그의 소설에서 등장인물이 우는 장면은 웃음을 자아낸다. 대체로 바보형 인물이 우는 것이기에 그 장면은 웃음을 자아낸다. 이와 반대로 그의 소설의 우스꽝스러운 장면은 눈물을 자아낸다. 김유정 소설의 웃음 속에는 궁핍한 농촌의 뼈아픈 현실이 숨어 있다.

김유정의 조카인 김영수金永壽의 증언에 의하면 김유정은 찰리 채플린의 희극영화를 좋아했고 특히 그의 〈황금광시대〉에 강한 인상을 받았다고 한다.

그는 영화에서 희극에 관심이 컸습니다. 하루 로이드보다는 챠리 챠플린을 좋아했고 그보다는 바스타 키튼의 생전 웃지 않고 남을 웃기는 연기를 좋아했습니다.

차플린의 〈황금광시대〉의 한 장면에 기아상태에서 친구가 먹음직한 큰 수탉으로 헛보이는 것이나 구두를 삶아먹는 장면은 그에게 잊히지 않는 인상을 준 것이었습니다.[18]

먹을 것이 없어서 구두를 삶아서 접시 위에 놓고 포크와 나이프를 들고 앉아서 구두끈부터 스파게티처럼 돌돌 말아 먹는 장면을 보면서 웃는 사람은 부자이다. 가난한 사람은 그 장면을 보면서 웃을 수가 없다. 부자는 그 장면과 거리감을 느끼기에 웃을 수 있지만 빈자는 그 장면이 바로 자기의 삶이기 때문에 웃을 수가 없다.[19]

그러나 김유정의 소설은 이러한 경지보다 한 단계 더 높다. 김유정 소설에서는 가난한 사람도 웃는다. 김유정의 인물들은 고통스러운 현실에서 좌절하지 않고 그것을 웃음으로 극복한다.

4. 맺음말

판소리와 김유정 소설은 웃음을 유발시키는 기법으로 속이고 속는 화소를 효과적으로 이용하고 있다. 그리고 그 웃음은 단순한 웃음이 아니라 고

---

18 김유정전집편집위원회, 『김유정전집』, 현대문학사, 1968, 401~402쪽. 필자가 부분적으로 교정했음.

19 퀴노(Quino, 아르헨티나의 만화가)의 만화에 이 장면을 소재로 한 작품이 있다. 객석이 삼층으로 되어 있는 영화관에서 〈황금광시대〉를 상영하고 있다. 채플린이 삶은 구두를 먹고 있는 장면이다. 이 장면을 보면서 입장료가 10000으로 표시되어 있는 1층의 관객 3명은 입과 눈이 함께 웃고 있고, 1000으로 표시되어 있는 2층의 관객 4명은 입은 웃는 모습이지만 눈은 놀라는 모습이다. 그러나 100으로 표시되어 있는 3층의 관객 5명은 입과 눈 모두 고통스러운 모습이다.

통스러운 삶을 견디어내는 힘으로서의 웃음이라는 점에서도 판소리의 웃음과 김유정 소설의 웃음은 유사한 데가 있다. 특히 〈수궁가〉의 토끼가 궁핍한 삶에 시달리는 서민으로서 생존을 위하여 남을 속이면서 연명을 하면서도 절망하지 않고 발랄하게 살아가는 모습은 김유정 소설 주인공들의 삶의 모습과 상당히 닮아 있다.

속이고 속는 관계에서 철저한 사기꾼이나 철저한 악인이 없다는 점에서도 판소리와 김유정 소설은 유사하다. 판소리의 악인은 '미워할 수 없는 악인'이고, 김유정 소설의 작품 정신은 '인간 본연의 천진성에 대한 신뢰'이다. 다만 판소리 특유의 미워할 수 없는 악인상과 김유정 소설 특유의 천진한 우둔성은 서로 다른 데가 있다.

〈흥보가〉의 놀보와 흥보의 대립관계와 「봄·봄」의 봉필과 '나'의 대립관계는 강자가 돈 많은 자린고비로서 돈 없는 약자를 속이는 상황이라는 점에서 서로 유사하고, 〈수궁가〉에서 주도면밀한 별주부가 수궁으로 유인해 온 토끼를 놓치는 상황과 「가을」에서 주도면밀한 황거풍이 복만의 아내를 돈을 주고 사 왔다가 놓쳐버리는 상황도 속이고 속는 화소를 이용하고 있다는 점에서 서로 유사하다.

그러면서도 판소리와 김유정 소설에서 속이고 속는 화소가 사용되는 상황은 몇 가지 점에서 서로 다르다.

첫째, 대체로 판소리에서는 강자가 속임수에 넘어가고, 김유정 소설에서는 약자가 속임수에 넘어간다. 〈적벽가〉의 조조, 〈수궁가〉의 용왕, 〈춘향가〉의 변사또, 그리고 「총각과 맹꽁이」의 덕만, 「봄·봄」의 '나' 등을 예로 들 수 있다.

조조, 용왕, 변사또는 모두 낡은 시대의 통치자들이다. 이들의 몰락은 통쾌한 웃음을 유발하고, 새로운 시대의 도래를 암시한다. 이들 판소리의 기본 구조는 희극이다. 이에 반하여 김유정 소설은 현실이 견고하여 새로운 시대의 도래가 예측되지 않는 암담한 상황을 표현한다. 약자의 패배는 연민의 정서를 유발한다. 또한 「산골 나그네」, 「솥」, 「가을」에서 속이는 사람과 속는 사람의 인간관계는 수직적이 아니라 수평적이다. 판소리에 흔히 나타나는 지배자와 피지배자의 대립관계나 사회적 상류계층과 하류계층의 대립관계가 김유정 소설에는 나타나지 않는다. 김유정 소설에 나타나는 것은 암담한 현실에서 민초民草들이 생명을 유지하기 위해서 서로가 서로를 속이는 상황이다.

둘째, 판소리는 등장인물들이 화해의 정신을 지향하고, 김유정 소설은 등장인물들이 끝까지 평행선을 유지한다. 판소리는 대체로 행복한 결말로 끝난다. 이에 반하여 김유정 소설은 첫 장면의 상황과 마지막 장면의 상황이 항상 일치한다. 주인공의 욕망이 실현되지 않는다. 김유정의 인물들은 삶의 기본 조건을 해결하기 위하여 남을 속인다. 그러나 속임으로써 문제가 근본적으로 해결되지는 않는다. 현실이 그만큼 견고한 것이다.

〈흥보가〉와 「봄·봄」은 자린고비형 인물을 등장시켜 돈이 지배하는 현실을 그린 작품이다. 이들 작품에서는 자기과시형 인물alazon과 자기비하형 인물eiron이 대결한다. 〈흥보가〉에서는 놀보와 흥보가 대결하고, 「봄·봄」에서는 봉필과 '나'가 대결한다. 그런데 〈흥보가〉에서는 놀보와 흥보가 화해하고, 「봄·봄」에서는 봉필과 '나'가 끝까지 평행선을 유지한다.[20] 〈춘향가〉에서 춘향은 이도령과 결혼하지만 김유정의 「산골」에서 이뿐이는 끝내

---

20 이에 비하여 몰리에르의 〈수전노〉에서는 아르빠공과 클레앙트가 대결하여 아르빠공이 패배하고 클레앙트가 승리한다. 〈수전노〉와 〈흥보가〉와 「봄·봄」은 위계희극과 판소리와 김유정 소설의 차이를 단적으로 보여준다.

도련님과 결혼하지 못한다. 판소리는 민초들의 간절한 꿈을 형상화하고, 김유정의 소설은 민초들의 냉혹한 현실을 형상화한다.

셋째, 판소리에서는 등장인물들이 속이고 속는 상황을 청관중이 그대로 지켜보는 데에 반해서 김유정 소설에서는 속이고 속는 상황이 결말 부분에 가서야 밝혀진다. 판소리에서는 극적 아이러니의 상황을 최대한 이용한다. 이것은 정서를 입체적으로 조직하여 정서를 풍요롭게 하고, 줄거리의 진행 과정에 대한 관심보다는 장면 자체를 즐기기에 적절한 기법이다. 이에 반하여 김유정 소설의 결말 강조 기법은 독자에게 충격을 주기 위한 것이다.

판소리는 청관중을 즐겁게 해 주는 놀이정신에 충실한 공연 양식이다. 리얼리티reality는 상대적으로 약하다. 이에 반하여 김유정 소설에서 속이고 속는 화소에서 유발되는 웃음은 비참한 현실을 냉철하게 관찰하게 하는 장치이다. 웃음은 대상과 거리감을 유지하게 하고, 대상에 대하여 생각을 하게 한다. 서사적 거리를 심미적 거리와 희극적 거리와 비판적 거리로 나눌 때 대체로 판소리는 희극적 거리를 취하고 김유정 소설은 비판적 거리를 취하려는 경향이 있다.

넷째, 판소리에도 울음과 웃음이 있고 김유정 소설에도 울음과 웃음이 있다. 그런데 판소리에서는 울음과 웃음이 분리되어 있다. 울음을 유발하는 장면이 따로 있고, 웃음을 유발하는 장면이 따로 있다. 이에 반하여 김유정 소설에서는 울음과 웃음이 결합되어 있다. 김유정의 바보형 인물이 속는 장면을 보면서 우리는 상대적 우월감에서 유발되는 웃음과 고통받는 약자에 대해서 유발되는 연민의 정서를 동시에 체험하게 된다.

이처럼 김유정은 판소리의 기법과 정서를 계승하면서도 자기 나름의 독자성을 살리고 있다.

고^故 전신재 교수님의 김유정 연구 업적을 기리며

유인순

전신재 교수님과 처음 만난 것은 1980년대 초반, 강원문화연구소에서 진행한 학술대회에서였다. 눈매도 말씀도 발걸음도 조용하신 분으로 김유정 관련 논문을 발표하셨다. 그래서 나는 그분이 현대소설 전공자이시거니 했더니 의외로 고전문학, 그 가운데도 구비문학분야와 연희문학쪽에 관심을 갖고 계셨다. 어쩌다가 김유정 관련행사가 있으면 그곳에서 전 교수님을 만나 목례를 나누고는 했다.

그런데 그분이 나를 놀라게 한 충격적인 일이 있었다. 1987년 8월, 한림대 출판부에서 『원본 김유정전집』을 간행하신 것이었다. 나로서는 기쁘면서도 지극히 부럽고 또 부끄러운 일이었다. 전 교수께서 원본 작업을 하실 때에 나는 대체 무엇을 했나 하는 자괴감이 들었다.

어떻든, 전 교수께서는 김유정 관련 행사가 있을 때마다, 짤짤한 논문들을 지속적으로 발표하셨다. 워낙 성격이 꼼꼼하시다보니 이미 발간했었던 『원본 김유정전집』을 출판사 강에서 1997년 6월에 보정판을 내시고, 다시 같은 출판사에서 2007년 6월 개정판을 간행하시었다. 10년에 한 번씩 원본의 개정판을 내신 것이다. 전신재 교수의 『원본 김유정전집』은 김유정문학연구에서 가장 중요한 자료가 되는 것, 김유정 전공자에게 꼭 필요한 책자였다.

김유정문학촌에서 행사가 있을 때마다, 김유정학회에서 새로운 계획을 세울 때마다, 몸 아끼시지 않고 온갖 정성을 다해서 협력해주시던 어른이 전신재 교수님이셨다. 그 전 교수님이 2015년 4월 19일 돌아가시었다. 그보다 보름 전에 전 교수님의 논문 「김유정의 위대한 사랑」이 수록된 학회 연구단행본 『김유정의 향연』을 들고 한림대학 병원 입원실로 찾아뵈었을 때, 당신의 논문이 수록된 단행본을 받아들고 진정으로 기쁜 얼굴로 웃으시었다.

　전신재 교수께서는 생전에 쓰신 김유정관련 논문만으로 3권 분량의 책자가 된다는 말씀을 하신 바 있다. 김유정에 관한 깊은 사랑과 관심, 김유정 연구에 대한 공로로 2020년 10월 17일, 김유정문학촌에서는 '김유정학술상 제정 기념 특별상'을 고인에게 전달하는 특별한 모임을 가진바 있다.

　전신재 교수님의 명복을 빌며, 고맙고 또 그리운 마음을 함께 전한다.

김유정을 만나다

유인순

1. 가을의 정경

가을의 허리가 휘어졌다. 시월 말의 햇살 담은 단풍은 터진 껍질 사이로 드러난 석류알처럼 붉다. 가을 햇살은 초록을 익혀서 황록이나 적황으로 바꾸어 놓았던가. 아니 초록이 세월을 입으면 노랗게, 누렇게, 갈색으로, 불그스름하게, 발갛게, 빨갛게, 새빨갛게 성숙되어가는 것일까. 가을의 진면목을 어떻게 파악해야 되는 것일까, 고심하던 때에 「산골 나그네」의 첫 장면을 보았다.

밤이 깊어도 술꾼은 역시 들지 않는다. 메주 뜨는 냄새와 같이 쾨쾨한 냄새로 방안은 괴괴하다. 윗간에서는 쥐들이 찍찍거린다. 홀어머니는 쪽 떨어진 화로를 끼고 앉아서 쓸쓸한 대로 곰곰 생각에 젖는다. 가뜩이나 침침한 반짝 등불이 북쪽 지게문에 뚫린 구멍으로 새드는 바람에 번득이며 빛을 잃는다. 헌 버선 짝으로 구멍을 틀어막는다. 그러고 등잔 밑으로 반짓그릇을 끌어당기며 시름없이 바늘을 집어 든다.

산골의 가을은 왜 이리 고적할까! 앞뒤 울타리에서 부수수하고 떨잎은 진다.
바로 그것이 귀밑에서 들리는 듯 나즉나즉 속삭인다. 더욱 몹쓸 건 물소리 골
을 휘돌아 맑은 샘은 흘러내리고 야릇하게 음률을 읊는다.
퐁! 퐁! 쪼록 퐁!
바깥에서 신발소리가 자작자작 들린다. 귀가 번쩍 띄어 그는 방문을 가볍게
열어 제친다.

가을 이야기는 보통 시각적 파악으로 시작된다. 단풍에 대한 이야기가
그것이다. 그러나 김유정은 시공간 속에 홀로 있는 주체행위자, 그리고 계절
을 연상시키는 후각, 청각, 촉각, 시각, 기억들을 차례로 소환한다. 쾨쾨한
냄새, 괴괴한 침묵, 흔들리는 등잔불, 구멍으로 새어 들어온 바람, 바람에
지는 떨잎 소리, 골을 휘돌아 흐르는 물소리, 신발소리 등이 그것이다. 우리
가 갖고 있는 오감五感을 동시적으로 이용해서 가을에 대한 입체적 파악을
한다. 샘물은 흘러내리는 소리뿐만 아니라 그가 지닌 차가움과 매끄러움,
달콤함까지를 포함한다. 사람 귀한 늦은 가을밤에 듣는 신발 자작거리는 소
리는 그리움과 반가움을 동시에 환기시킨다.
아, 이래서였구나, 스물아홉 젊은 나이에 세상을 떠난 사람, 그보다 갑절
그 이상의 삶을 살아오면서 왜 내가 그에게서 벗어날 수 없었을까 때로 자
괴감을 느끼던 때가 없지 않았다. 그러나 가을을 묘사한 그의 작품 서두 부
분만을 읽고서, 자신의 모든 기억과 감각기관을 통해 세상을 파악하려한 한
젊은이의 치명적인 집중력의 결과 앞에 그만 두 손을 들고 만다. 산야의 찬

란한 단풍을 보지 않고도, 골을 돌아드는 물소리 하나만으로도 '더욱 몹쓸 건 물소리'라고, 홀로 지켜야 하는 가을밤의 극심한 고독을 담백하게 표현해 놓은 젊은 작가. 그렇다고 이 작가가 열린 공간에서 펼쳐진 가을의 정경을 묘사하지 않은 것은 아니다.

"픅도 쓸쓸하지유?"하며 손으로 울 밖을 가리킨다. 첫밤 같은 석양판이다. 색동저고리를 떨쳐입고 산들은 거방진 방아소리를 은은히 전한다. 찔그러쿵! 찌러쿵!

'픅도 쓸쓸하지유?', 가을에 대한 보편적인 느낌을 순박한 향토어에 실었다. 일면 눈앞에 펼쳐진 가을은 '첫밤 같은 석양판'이다. 석양녘은 울글불긋한 산야가 마치 색동옷을 입고 맞았던 첫날밤의 수줍고도 설레던 기억, 감동의 배경으로 다가선다. 방앗소리는 그 첫밤에 쿵쾅대던 심장소리를 불러오고, 비록 현실 속에서 주어진 이 가을이 풍요롭지는 않아도 수확의 계절임을 환기시킨다.

또 다른 가을의 풍경을 묘사한 「가을」에서는 해가 막 떨어진 산골은 '영롱한 저녁노을'로 덮여 태양은 '이글이글 타오르는 불덩어리'가 된다. 엉뚱하게 사기꾼으로 몰린 남자, 재봉의 시선 속에 펼쳐진 저녁노을은 분노의 '불덩어리', '노기 가득 찬 위엄'으로 그려진다. 가을에 대한 묘사가 이렇게 간결하면서도 다양하게, 또 작품 속 주인공의 성격과 그들이 처한 상황을 잘 연결시킨 작품을 어디에서 찾아볼 수 있다는 것인가.

그럼에도 불구하고 김유정의 문학을 처음 접해본 것은 고등학교 고급반 시절이었다. 사실상 김유정의 작품이 고교 국어교재에 수록된 것은 1989년 「동백꽃」, 1995년 「봄·봄」 순이었다. 책이 귀하던 1960년대 중반, 지방의 고교생이었던 우리는 국어선생님께서 수업시간에 '교과서 외의 명작'으로 김유정의 작품 한두 편을 소개해 주셨을 때 처음 그의 작품을 접했다.

김유정이라는 작가에 처음 눈길을 두게 된 것은 대학시절 삼악산 등반을 하고 걸어서 시내로 들어오던 길이었다. 그때 의암댐 옆에 세운 '김유정문인비' 받침대 위에 앉아서 휴식을 취했다. 도대체 김유정이라는 작가는 어떤 작품을 어떻게 썼기에 저렇게 경춘선 국도변에 그의 문학비를 세워주었을까 궁금했다.

2. 10·26사태 그리고 김유정과 만남

현직에서 고교 교사로 근무하다가 70년대 후반에 대학원에 진학했다. 이 무렵 학계에서 문학연구는 전통적인 연구방법 외에, 러시아 형식주의 · 신화비평 · 현상학적 비평 · 구조주의 등이 조심스럽게 도입되고 있었다.

'문학연구 방법론' 시간에 후기 구조주의자 롤랑 바르뜨Roland Barthes 가 발자크의 소설 「사라진느Sarrasine」를 분석한 S/Z의 내용을 접했다. 지금까지 우리가 전혀 생각할 수 없었던 텍스트의 새로운 의미를 찾아가는 과정, 놀라지 않을 수 없었다. 교수님께서는 S/Z의 분석방법을 한국의 30년대 작품에 적용해 보이셨다. 그 무렵 또 다른 소설연구 방법의 하나로 서사학에 대한 관심이 높아지고 있었다. 「보바리 부인」에 나타난 서사, 카메라 아이camera eye적인 서술방법에 매력을 느꼈다.

석사학위 논문의 주제를 제출해야 하는 때가 오고 있었다. 이어령 교수께서 박태원의 「천변풍경」을 추천해주시고 '문학사상사' 자료조사실장과 동행, 중앙대학교 한국학연구소 특수자료실에서 원본 「천변풍경」을 복사할 수 있도록 도와주시었다.[1]

시월 하순의 어느 날이었다. 습관적으로 이른 새벽에 기상했다. 그런데 이상하게 조간신문이 오지 않았다. 전철을 타러 가는데 전철역 부근 집들에 조기가 걸려 있었다. 전철 플랫폼에는 사람들이 겹겹이 늘어서서 전철을 기다리고 있었다. 사람들이 웅성댔다. 왜냐고 옆 사람에게 물었다.

"지난 밤, 무장공비들이 청와대로 쳐들어가 대통령을 살해했대요!"

그제서야 아침부터 쌓여왔던 의문의 퍼즐이 맞추어지기 시작했다. 조간신문이 배달되지 않았던 것, 전철역 부근 골목집에 걸려 있던 조기들, 갑자기 배차시간 간격이 뜸해진 전철, 굽이굽이 줄을 지어 차를 기다리고 있는 사람들의 웅성댐, 모두들 김신조 때처럼 무장공비들이 청와대를 습격했다고 했다. 그러나 그들은 모두 잡히고 사태는 일단 진정되었다고도 했다. 학원에서도 새벽반 영어강의를 할 것 같지 않았고, 집으로 되돌아갈 수도 없어서 일단 학교까지 가기로 했다. 그러나 학교 앞, 한 떼의 무장군인들이 교문을 닫고 출입을 통제하고 있었다. 이미 전국에 비상계엄령이 내려진 상황이었다.

어떻게 해야 하나. 일단 중앙청 앞으로 가는 버스를 탔다. 그리고 적선동에 있는 문학사상사로 찾아갔다. 전화연락도 없이 문학사상사 주간실로 들어갔다. 이어령 교수께서 의아한 시선으로 쳐다보셨다. 그리고 곧 눈치를 채시고 말씀하셨다.

---

1 당시에 월북작가의 작품은 일반에게 금서(禁書)였다.

"박태원 관련 자료 다 없애 버려! 김유정으로 바꾸어라."

1979년 10월 27일 오전의 일이었다. 세상이 바뀌었다. 내가 춘천 출신임을 알고 계신 이 교수님께서 그 대안으로 추천해 주신 것이 '김유정 작품'이었다.

김유정 문학과의 만남은 그렇게 10·26 사태로부터 비롯된 것이다. 김유정의 작품을 대상으로 구조주의적인 시점에서 롤랑 바르뜨의 이론을 바탕에 깔면서 석사학위 논문 「김유정소설의 구조분석」 1980을 썼다. 그런데 다시 박사학위 논문에 김유정을 연구대상으로 잡지 않을 수 없었다. 석사학위 논문을 쓸 때 30편 남짓한 소설 가운데 7편만을 선정해서 정밀분석을 했다. 그때 작품 전체를 다루지 못한 아쉬움이 컸었던 것이다. 박사학위 논문에서도 작품분석은 구조주의를 원용하되 바슐라르Gaston Bachelard의 『공간의 시학』에 의지하기로 했다. 석사논문 때에도 그랬지만 박사학위에 필요한 구조주의 관련 참고문헌들 대부분은 국내에서 구하기 힘든 것들이었다. 바르뜨나 토도로프, 바슐라르의 저서들은 모두 불어 판본이었다. 불어를 모르는 내게는 절대적으로 영역본이 필요했다. 해외대학 도서관에 협조공문을 보내서 영문본 자료들을 구해왔다. 문제는 바슐라르의 『공간의 시학』이었다. 당시 한국에서 이 책의 불어판을 소장한 학자도 2~3명에 불과하다고 했다. 그런데 나는 영역판을 구해야 했다. 마침 서강대 이태동 교수께서 영역본 『공간의 시학』을 소장하고 계시다는 정보, 이어령 교수께서 이태동 교수께 전화를 걸어주셔서, 고맙게 영역본 책을 복사할 수 있었다(S/Z와 『공간의 시학』의 한역본은 각각 2006년, 2003년에 발간되었다).

1980년대 전반은 계엄령과 대학의 휴교, 아니면 학생 시위로 이어진 날들이었다. 학생지도는 담임교수제로 운영되고 있었다. 내 담임학생 가운데

A급 운동권에 속한 학생이 3~4명, 최루탄이 터지는 시위 현장에 나가서 그들을 지켜보고, 때로는 가정방문에도 나서야 했다. 그런 와중에서 학위논문 「김유정의 소설공간」1985이 나왔다.

3. 김유정문학촌의 추억

강원대 부임1981이후, 해마다 김유정 추모일3.29이 되면, 현대문학전공 학생들과 의암댐 옆에 있는 김유정문인비 앞에서 거행되는 추모식에 참석했다(2003년 이후 추모제는 실레마을 김유정문학촌에서 진행되었다). 그리고 해마다 봄과 가을 두 차례에 걸쳐 하루 날을 받아 현대문학전공 학생들과 함께 학교에서 도보로 20리, 김유정의 생가터가 있는 실레마을로 답사를 나갔다. 마을을 돌아보고, 미리 연락해 두었던, 김유정의 금병의숙 시절 제자분을 모셔서 그분에게 김유정선생에 대한 회고담을 듣고는 했다. 실레마을 탐방행사는 퇴직하기 직전까지 연례행사로 진행되었다. 추모제 참석도 마찬가지였다.

2002년 8월 6일, 김유정 생가터에 김유정의 생가를 복원, 그 옆에 김유정기념관도 세우고 '김유정문학촌'이 개관되었다. 초대 문학촌장으로 전상국 교수가 추대되었다. 그날 나는 김유정 생가 대청마루에 앉아서 찾아온 탐방객들을 상대로 「총각과 맹꽁이」를 만담식으로 풀어나가며 소개했다. 이 작품의 퇴고일이 1933년 8월 6일이었다. 이후 김유정문학촌에서는 다양한 문화행사가 진행되었다. 한림대학의 전신재 교수, 그리고 전상국 교수와 나, 세 사람이 자주 모여 행사 내용과 진행에 대해 의논했다. 사람들은 이들 세 사람을 가리켜 '김유정의 삼남매'라고 불렀다.

　문학촌에서는 김유정과 김유정 문학을 알리기 위한 행사가 중점적으로 이루어졌다. 학생과 일반을 위한 백일장이 열리는가 하면 여름에는 문학캠프를 열었다. 문학축제의 많은 프로그램 가운데에서 '김유정소설 입체낭독'과 '점순이를 찾습니다'는 장수 프로였다.

　많은 프로그램들이 세월에 따라 가감되었지만 가장 많이 기억되는 것은 '김유정문학기행열차'였다. 경춘선 열차를 타고 청량리역에서 김유정역까지 오는 2시간 남짓, 김유정과 그의 문학작품을 소개하는 프로그램이었다. 실레마을에 도착해서는 실레마을 이야깃길을 걸으며 김유정 문학에 대한 이야기를 나누었다. 2003년부터 시작된 문학기행열차는 2010년 경춘선 전철이 개통되기 직전까지 진행되었다. 우리나라 최초의 문학기행열차 프로그램을 진행하던 좋은 추억이 내게 남아있다.

4. 실레마을의 삽화

　김유정문학촌이 개관되고 4~5년이 지난 무렵이었다. 본래 반농반도시적 성격을 지닌 지점에 실레마을이 있었다. 그러나 문학촌이 개관되고 전국에서 문학촌을 찾아오는 사람들이 많아지면서 마을주민들이 몸살을 앓기 시작했다. '범죄 없는 마을'에 도둑이 들고 강도 살인 사건이 일어나고 교통사고 사망자가 나오고 하니 사람들은 이것을 마을의 흉사로 돌렸다. 그리고 그 원인으로, 총각으로 죽은 김유정의 혼령이 심술을 부린다고 생각했다. 그들은 김유정의 혼령을 달래기 위한 방안을 세우고 있었다. 어느 날 마을 대표들과 문학촌 운영위원들이 마을 식당에 모여 앉았다. 마침 내 앞에 말발이 센 부녀회원들이 앉았다. 그들은 영혼결혼을 생각하고 있었다. '김유정이 좋아한 여자들은 당시 최고의 소리꾼, 이효리만큼 유명한 여자였어요. 그다음 여자도 이화여전 영문과 출신이었어요. 김유정은 눈이 높았어요. 그런 김유정에게 어울릴 만한 상대인가요? 괜히 착한 김유정 혼령 건드려서 동티가 난다면?' 그런 내용을 대표만 들을 수 있게 이야기를 했다. 이후 영혼결혼 운운하는 소리는 들리지 않았다.

2008년 김유정탄생 100주년 기념식이 있던 때였다. 100주년 기념사업회에서 무형문화재 104호 이상순 만신과 그들의 동료를 불러서 진오귀 새남굿판[2]을 벌였다2008.5.17. 우리 민속연희이면서 현대로 와서 보기 힘들어진 큰굿이었다. 굿구경을 위해서 서울은 물론 더 먼 곳에서 사람들이 모여들었다. 종교행사가 아닌 민속연희였다. 나와 만신과의 거리는 1~2m를 넘지 않았다. 만신의 익살, 그들의 춤과 노래, 화장, 복색, 나고 드는 팀원들 간의 익숙한 호흡 앞에 관객과 만신들은 혼연일체가 되었다. 우리에게도 이렇게 완벽한 음악과 무용과 이야기가 어우러진 연희가 있었구나하고 감동했다.

강신무인 큰무당 이상순 씨는 초가망 이후부터 나와서 굿을 주재했다. 춤추고 노래하던 이상순 씨가 갑자기 경련과 함께 정신줄을 놓은 채 구슬같은 땀을 흘리며 쓰러졌다. 그의 얼굴을 무섭게 창백해졌고 곧이어 김유정의 혼백이 씌어져 김유정의 말을 전했다. 안회남 관련 이야기까지도 했다.[3] 한동안 김유정의 말을 전하던 큰무당이 이번에는 갑자기 교태를 지으며 간들

---

2 새남굿은 죽은 이의 넋을 위로하고 천도하는 굿. 이런 넋굿은 진오기굿, 오구굿, 왕굿, 씻김굿으로도 불린다. 새남굿은 이 중 규모가 가장 큰 것으로 상류층에서 격식을 갖추어 하던 굿이다.
3 이와 같은 현상에 대해 나는 당시 이 굿을 주재했던 관동대학의 민속학 전공 황루시 교수에게 서로 짜맞춘 것 아니냐고 물었다. 그러나 그의 대답, 큰무당 이상순 씨는 글을 전혀 모르는 무학자라고 했다.

거렸다. 박녹주의 혼백이 덮씌워진 것이다.[4]

나는 재미있게 보았다. 사람들도 즐기며 보았다. 문제는 모든 행사가 끝난 그 이후에 일어났다. 문학촌 홈페이지에 개신교신자들이 올린 항의의 글들이 이어졌다. 위대한 한 작가를 일개 귀신으로 만들어버렸다고 분노하는 것이었다. 그리고 1년쯤 뒤, 나와 비교적 가까운 동료교수로부터 전화를 받았다. 그는 교회 장로였고 신학박사 학위를 가진 돈독한 기독교인이었다. 굿판에서 만신이 쓰러지며 굿판 전체가 망가진 사실을 아느냐고, 문학촌에서 진오귀굿을 올린다는 소식이 전해지면서 이 지역의 젊은 목회자와 신학자들이 모여 십여 일씩 철야 기도를 해왔고, 그 기도의 힘이 만신을 쓰러뜨렸다는 내용의 말이었다.

정보수집에 유능한 그는 내가 만신들과 불과 1m 앞에 앉아서 시종일관 굿판을 지켜보았고 신대를 잡았고 바깥마당에서 문들음 굿을 할 때에는 큰 만신의 뒤를 따라 다니며 상징적인 이승과 저승 사이를 오갔다는 사실을 알기나 한 것일까. 나는 지금도 굿은 우리들의 좋은 연희라고 생각한다. 만신들은 무가를 부르고 춤추고 웃고 울면서 사령과 생령들을 위로해주고, 무엇보다도 그들은 구경꾼들의 뇌리에 김유정에 관한 선명한 추억 한 판을 새겨놓아 주었다고 믿는다.

근래에 알게 된 이야기가 있다. 김유정과 실레마을 사람들은 자기들이 살고 있는 마을이 산으로 빙 둘러싸여져 떡시루같이 생겼기로 아늑하고 평화로운 곳이라고 생각한다. 그런데 현대를 살아가는 어느 분이 와서 보더니 떡시루같이 생긴 것은 분명하다. 그렇기에 이 마을에 오래된 큰 부자는 나

4　김유정의 혼백달래기에 대한 것은 졸저『김유정과의 동행』, 소명출판, 2014, 47~55쪽 참조.

오기 어렵다고 했다. 요지인 즉, 시루 바닥에는 구멍이 있어서 재산이 고이지 않고 모두 흘러나가게 된다나. 그래서 김유정 가문도 갑작스럽게 가세가 기울어버린 것이라고 했다.

그러나 김유정 집안은 이 마을에서 120년, 5대에 걸쳐 부를 누렸던 집안이다. 갑자기 망한 데에는 그 나름의 이유들이 있을 것이다. 청풍 부원군 김우명의 적장자로 이어진 종택이 누리던 엄청난 가세家勢가, 김유정의 부친 김춘식 옹이 돌아가시고 10년 미만에 기울어버렸다. 갑작스런 집안의 몰락에 대해서 사람들은 김유정의 형 김유근 씨를 원인제공자로 지목했다. 그의 방탕한 생활과 낭비벽이 집안의 불행을 초래했다는 것이었다.

김유정의 소설 「따라지」, 「생의 반려」, 「형」에서 형은 몹쓸 사람이었다. 김유근 씨의 아들 김영수 씨도 '김유정의 생애'에서 부친 김유근 씨를 방탕하고 난폭한 인물로 묘사했다. 안회남은 김유정 실명소설 「겸허」에서 김유근 씨에 대한 양면성을 그렸다. 집안에 여러 명의 여자들을 불러들여 함께 살고 있다는 것, 술에 취하면 유정에게 칼과 주먹 가운데 하나를 택하게 하여 주먹을 내리는 것에서 난폭성을, 그러나 어느 날 유정과 함께 집으로 찾아와 아우의 친구와 동행해서 술을 마시러 가던 이야기를 통해서 우애 있는 형님의 모습으로 그려냈다.

십 년쯤 전 어느 날 김유정문학촌에서 만난 김진웅·김유근 씨의 손주, 곧 김영수 씨의 아드님 씨가 어린 시절 자신이 만났었던 할아버지에 대한 이야기를 했다. 김유정이 작품에서 보여주었던 그런 분이 아닌 인자하신 할아버지였다고 했다. 김유정도 또 자신의 아버지도, 할아버지 김유근 씨의 난폭성에 대해 너무 과장해서 말했다는 것이다. 생전에 좋은 일도 많이 하신 것 같고, 서울 안암동에 있는 개운사開運寺에 기부를 많이 해서, 개운사에서 절 들어가는 입구에 '김유근' 씨의 이름을 새긴 석비를 세워주었노라고 했다. 자신이 현장에서 직접 확인한 바 6·25 때 총탄이 이름자 김유근金裕近에서 '近'자를 타격했으나 알아볼 수는 있었노라고 말했다.

개운사의 옛이름은 영도사永導寺, 조선 태조 5년1396에 무학無學 대사가 세운 고찰이다. 김유정의 수필 가운데 「전차가 희극을 낳어」에 첫여름을 배경으로 영도사永導寺 어구 정류장에서 젊은 남녀가 승차하는 장면이 나온다. 그런가 하면 김유정 사후에 문인 강노향이 자신이 유정에게 받았던 엽서를 소개하는데, 그 엽서는 1935년 4월 2일 날자로 김유정이 영도사에서 보낸 것이었다.

경북 안동의 파락호 김용환 씨에 대한 기사[5]를 읽다가 김유정의 형님 김유근을 생각했다. 천하에 파락호 행세를 하며 집안의 재산을 거덜 낸 김용환 씨가 실은 파락호로 위장한 독립운동가로 집안의 전 재산을 독립군 자금으로 보냈다는 사연이었다.

김유정의 증조부 김병선1818~1878은 화서학파의 2인자인 김평묵1819~1891을 춘천으로 초대하여 아들 김익찬1845~1909의 스승으로 삼았다. 화서학파는 위정척사衛正斥邪 정신으로 외세에 대항하는 의병활동에 매진했다. 김유정의 조부 김익찬, 부친 김춘식1845~1909 모두 김평묵 선생에게 영향을 받아 의병활동에 재정적인 후원을 했다. 그렇다면 그들의 자손 김유근 씨는 어찌하였을까.

개운사에서 단순히 시주를 많이 했다는 것으로, 또는 사찰의 건물을 지어서 보시했다는 것으로 시주자의 이름을 새긴 돌비석을 세워주었을까. 개운

---

5 박종인, 「파락호 김용환과 학봉 김성일 종택이 있는 안동」(『조선일보』, 2017.1.18).
   http://srchdb1.chosun.com/pdf/i_service/pdf_ReadBody.jsp?Y=2017&M=01&D=18
   &ID=2017011800081(접속일 : 2021.4.3)

사(당시는 영도사였다)는 김유정 선대부터 인연이 있는 사찰이었다고 한다. 그리고 1920년대 개운사에는 근대의 고승인 박한영朴漢永 스님이 불교전문강원을 개설하여 불교계 석학들을 배출시키고 있었다.[6] 박한영선사는 한용운과 더불어 쇠퇴한 조선불교의 유신을 주장하고 불교인의 자각을 촉구했으며 항일운동에 참여한 큰 스님이었다. 그렇다면, 김유근 씨가 방탕과 낭비로 재산을 탕진했다는 것은 표면적인 행위이고, 실은 그 또한 독립군의 후원금으로 가문의 재산을 모두 투입한 것은 아닐까. 그러나 안동의 파락호 김용환선생의 경우와는 달리, 김유근 씨의 행적에 대해서 독립군 후원 관련 증언이나 문서는 아직 발견된 것이 없다.

김유정의 8형제자매 가운데 바로 위의 누님 유홍흥선은 경기도 광주의 유세준 씨에게 출가하여 4남 3녀를 두었다. 그 가운데 3녀인 유필근 씨가 김유정에 대한 기억, 김유정 가문의 몰락의 원인, 큰 외삼촌 김유근 씨에 대한 기억을 글로 썼다.[7]

유필근 씨는 큰외삼촌인 김유근 씨와 김유정 작품에 나오는 '형'을 분리시켜 달라고 주장한다. 유필근 씨는 외갓댁의 가세가 기운 것은 김유근 씨의 낭비벽도 없지 않지만, 만세운동에 참여했다가 같이 들어가 징역살던 동료들의 옥바라지, 이후 밝혀지지 않은 독립군의 후원금 및 미두 투자의 실패, 다섯이나 되는 여동생[8]들의 결혼 지참금, 친척들에게도 나누어준 재산 등등을 그 이유로 들고 있다.

---

6   개운사 홈페이지, http://www.gaeunsa.org/intro/monk
7   유필근 티스토리
    https://woorok.tistory.com/entry/%EA%B9%80%EC%9C%A0%EC%A0%95%EC%9D98-%ED%98%95-%EA%B9%80%EC%9C%A0%EA%B7%BC-1?category=145239
    (접속일 : 2021.4.4)
8   유필근은 위의 글에서 막내 이모인 부홍은 숙명여고 출신으로 수녀원으로 들어가 수녀가 되었다는 소식을 들었다고 그러나 그녀의 생사에 대해서는 모른다고 증언했다.

유필근 씨는 큰 외삼촌인 김유근 씨에 대해서 다음과 같이 말한다.

정말 기인이십니다. 젊으실 때 책을 많이 읽으시어 학식이 높으시고 주역을 공부하시어 중용을 아시는 분, 남에게 폐 끼치지 않고 흔적 없이 사라지시는 분, 제 눈에는 도인으로밖에 표현할 수 없습니다. 부자였다고 자랑하지 않고 가난해졌다고 비굴하지 않으시고 떳떳하게 자신의 방식대로 당당히 사시다가 흔적도 없이 사라지셨습니다.

한편 유필근 씨도 개운사와 김유근 씨에 대해 언급했다. 개운사에 건물 한 채를 지어 기증하셨는데 문설주에 김유근의 '유'자가 6·25 동란에 총에 맞아 지워진 흔적이 지금도 남아 있노라고 했다.

김유정의 조카이자 김영수 씨의 아드님인 김진웅 씨에게 전화를 걸어보았다.[9] 그분이 보셨다던 개운사 들어가는 입구, 김유근이라는 이름이 적힌 비석에 대해서, 혹시 그 이름 외에 다른 이들의 이름이 함께 있지는 않았던가, 그 이름 외에 다른 문장이 적혀 있지는 않았던가, 그 비석을 언제 보았던가 등에 대해서 물었다. 마침 옆에 계시던 김진웅 씨 부인과도 통화를 했다. 두 분이 함께 개운사로 가서 보았노라고 했다. 1993년 혹은 1994년이라고 했다. 큰 아드님 김동수가 고려대에 입학할 때 가서 보았는데 사람 키를 넘는 흰 돌기둥화강암으로 추정에 '김유근'이라는 이름자가 새겨 있었고 '근'자는 총탄에 맞은 흔적이 있었노라고 했다. 그러나 그후에 다시 가보니 개운사 경내에 새로운 건물들이 들어서는 대 공사를 했고 이후 그 돌기둥은 보이지 않더라고 했다. 두 사람이 함께 가서 보았으니 '문설주'가 아닌 '돌

9   김진웅 씨와 그의 부인과 전화 통화했다(2021.4.3, 10:30).

기둥'이 더 신빙성이 있어 보인다(한편 김진웅 씨는 두 아들, 김동수와 김동성 가운데 차남인 김동성을 호적상 김유정의 양자로 들인 바 있다).

김유근 씨에 대한 우리들의 피상적인 평가—방탕하고 낭비벽이 심하고 가정폭력이 심했던 이상심리자라는 엄혹한 평가에서 이제는 그분을 조금 편하게 해드려야 할 것 같다(김유근 씨가 독립군의 군자금을 지원했다는 것에 대한 증언이나 기록은 아직 확보하지 못하고 있는 상황이다. 그러나 정황상 김유근 씨의 가계와 김유근 씨의 성격으로 미루어 군자금을 지원했으리라는 데에는 긍정하는 이들이 많다). 청풍김씨 가문의 김유근 씨 인척들 가운데는 독립운동가 내지는 독립운동 후원자로 인정받은 이들이 여러 분 계신다고 한다. 김유근 씨는 1950년대 초반, 장소 및 날짜 미상으로 돌아가신 것으로 추정하고 있다.

5. 김유정학회 설립의 전후 이야기

2008년 김유정 탄생 100주년 기념행사가 한 해 내내 치루어졌다. 100주년 기념행사 집행위원장이 이어령 교수였다. 대대적인 학술행사와 문학·문화행사가 함께 진행되었다. 훗날 노벨문학상 수상작가가 된 중국의 소설가 모옌도 실레마을을 이야기마을로 선포하는 데에 참석했다.

그 이전부터 전상국 문학촌장께서는 내게 김유정 학술단체를 구성해 보라고 하셨다. 그러나 엄두가 나지 않아 미루고 미루었다. 그러다가 100주년 행사를 치르고 보니 김유정학회의 필요성을 절감하게 되었다. 어느 날 문득 달력을 보다가 빠른 시일 내에 김유정학회를 조직해야 한다는 조바심이 일었다. 전상국·전신재 두 분 전 교수님께 김유정학회 설립에 대한 계획을 말씀드렸다. 뒤이어 2010년 3월 13일, 김유정학회 설립의 당위성을 밝히는 초안을 작성, 두 분 전 교수께 그 내용을 검토하시게 하고, 발기인 모임을 갖자는 데에 의견을 굳혔다. 그리고 봄내통신 제1신으로 김유정학회 설립의 당위성을 알리고 동참해 달라는 내용을 김유정 학위논문 작성자 및 김유정 관련 논문집필자들에게 이메일로 전송했다. 그 내용은 아래와 같다.

봄내통신 (1)

선생님께

지난 토요일, 김유정문학촌에서 시작해서 금병산 중턱을 가로 지른 '실레 이야기 길'을 걸어보았습니다. 산 양지녘의 동백꽃(생강나무)나무는 서서히 꽃망울을 부풀리고 있었습니다. 산에서 내려다보는 실레마을과 김유정문학촌의 정경은 꿈속에서나 만날 수 있는 고향 마을이었습니다. 봄볕 아래 도시락 먹고, 걷고 쉬고 하면서 잘 조성된 실레 이야기 길을 걸어 금병의숙에 도착해 보니, 소요된 시간은 두 시간. 상큼하고도 행복한 두 시간이었습니다.

선생님께서는 석·박사 학위논문이나 일반논문의 테마로 김유정을 선택하시면서, 또는 김유정 관련 논문을 쓰시지는 않았어도, 김유정 문학에 깊은 관심과 사랑을 보여주신 분으로 알고 있습니다.

저는 강원대학교 국어교육과 교수 유인순입니다. 저 역시 김유정 문학에 깊은 관심을 갖고 김유정을 테마로 논문들을 써오면서 선생님들의 논문에 많이 의지해 왔음을 고백합니다. 감사합니다.

지금 김유정의 문학적 자산은 화수분 같아서 다양한 문화 컨텐츠(연극, 영화, 오페라, 판소리, 발레, 만화…)로 새롭게 태어나고 있습니다. 이들에 앞서 김유정 문학이 지닌 문학성은 오래전에 공인받았지만, 이후 오늘에 이르기까지 그 연구 성과는 답보 상태에 빠져 있습니다. 김유정과 동시대에 활약하던 타 문인들에 대한 연구 성과와 비교하면 그렇다는 것입니다.

김유정 탄생 100주년이 지났지만, 아직 '김유정학회'는 설립되지 못했습니다. 지금까지 김유정 문학에 대한 연구가 소극적이고 개인적인 차원에 머물고 있었다면, 이제부터 좀 더 다양하고도 심도 있는 연구로의 전환이 필요한 때가 되었습니다.

김유정 관련, 깊이 있는 학술적 업적을 남겨주신, 또는 김유정에 애정을 갖고 계신 선생님들을 만나 뵙고 싶습니다. 선생님들께서 김유정 문학에 보여주셨던 관심과 사랑을 다시 모으고 싶습니다.

2010년 4월 23일(금)부터 25일(일)까지 제8차 김유정문학제가 개최됩니다. 4월 23일에는 김유정관련 학술대회가 오후 1시부터 열립니다. 이에 앞서 11시에 김유정 문학에 관심을 갖고 계신 선생님들과 만남의 시간을 갖고자 합니다. 이 만남은 김유정 학회 설립을 위한 전단계로서 김유정학회 설립의 목적과 방향, 조직 체계, 사업 내용 등에 대한 의견을 교환하기 위한 것입니다.

부디 참석해 주셔서 김유정학회 설립에 힘을 실어주시고 좋은 말씀 나누어 주셨으면 합니다.

봄날의 포근함이 선생님 주변에도 새록새록 감싸들기를 바랍니다.

때 : 2010.4.23 금요일 오전 11시
곳 : 춘천 실레마을 김유정문학촌

2010.3.17 강원대학교 국어교육과 교수 유인순 올림

위의 이메일을 받고 서울과기대의 박정규 교수께서 최초로 동참의사를 보내오셨고 이후 가입희망, 또는 적극지원을 다짐하는 이메일이 왔다. 같은 달 김유정추모일3.29에 다녀와서, 발기인 모임에 동참을 권유하는 봄내통신 제2신을 전송했다. 그리고 2010년 4월 23일, 김유정학회의 발기인대회가 춘천 김유정문학촌에서 열렸다. 이 날 채택되어 전국 대학 국어국문학과 및 국어교육과에 전송한 '김유정학회 발기문'은 다음과 같다.

김유정학회 발기문

김유정은 창공을 바라보되 임을 대하듯 경건한 마음으로, 문학의 목표는 시대의 풍상을 혈맥이 통하게 그리되 이에 앞서 우리의 정조가 교배되어야 함을 역설한 작가였습니다.

진실로 김유정은 한국적 정조 속에 예리한 시대인식과 실험정신을 천의무봉의 솜씨로 작품 속에 구현시켰습니다. 그는 문학의 역할이란 사람과 사람 사이를 연결 시켜주는 것이라 믿었고, 문학은 삶의 한 과정이라고 생각했습니다. 김유정의 높은 문학적 성과는 이와 같은 그의 세계관과 문학관이 조화를 이룬 가운데 나타난 것입니다.

지금 김유정 문학은 시대를 초월하여 현대작가에게는 창작의 귀감이 되어주고, 장르 교체(시, 희곡, 수필, 시나리오)와 매체 교체(연극, 영화. 오페라, 판소리, 만화)를 통하여 새로운 모습으로 태어나고 있으며 스토리텔링을 위한 소재의 원천 역할을 하고 있습니다.

시대환경의 변화는 김유정 문학에 대한 모든 가능성을 열어놓고 있습니다. 그러나 지금까지 김유정 문학에 대한 학술적 접근은 다분히 개인적 취향이나 가내 공업적 수준에 머물러 있었음을 인정하지 않을 수 없습니다.

이제 김유정 문학에 애정과 관심을 갖고 있는 이들이 모여서 김유정 문학이 갖고 있는 모든 가능성을 대상으로 체계적이고 학술적인 접근을 시도해야 할 때가 되었습니다.

김유정학회의 설립은 김유정 문학 연구를 바탕으로, 한국의 근·현대 문학 연구와 장르 교체 및 매체 교체에 따른 다양한 문학·문화에 관심을 갖고 연구의 지평을 확대하기 위한 것입니다. 이것이야말로 문학연구가들에게 주어진 시대적 소명이라고 확신합니다. 김유정학회의 이와 같은 연구 활동은 한국문학의 성장과 한국 문화의 성장에 커다란 기폭제가 되어 줄 것임을 믿어 의심치 않습니다.

오늘 김유정학회 발기인 모임에서 우리 발기인들은 학회 설립목적에 뜻을 같이 하며, 아울러 강호의 문학연구가 여러분께 김유정학회에 적극 입회해주실 것을 간곡히 부탁드립니다.

2010.4.23 김유정학회 설립을 위한 발기인 일동

(전)이화여대 교수 김상태 외 14인

발기문의 채택으로 학회 설립의 준비를 마친 후, 2010년 10월 8일, 김유정문학촌 생가 대청마루에서 김유정학회 제1회 학술세미나가 열렸다. 김유정 소설 연구로 박사학위를 받은 표정옥 선생과 김화경 선생이 논문을 발표했는데, 참석자는 교수 10명, 학생 20여 명이었다.

마침내 2011년 4월 16일 강원대학교에서 김유정학회 제1회 학술연구발표대회 및 창립총회가 열려 공식 출범에 나서게 되었다. 봄내마을 강원대학교 교육4호관에는 먼 곳으로부터 원로 교수님들을 비롯 젊은 학자들이 시간에 맞추어 속속 도착했다. 오전에는 6명의 연구자의 주제발표가 있었고,

오후에는 「김유정 소설과 동시대 소설」 이라는 제목으로 조남현 교수께서 기조발제를 해주셨다. 이어 김유정 소설을 원작으로 재창작한 작품, 언어로 쓰는 김유정 이야기, 몸으로 쓰는 김유정 이야기가 발표되었다. 발표자 10명과 토론자 외에 교수 및 대학원생 50여 명 학부생 70여 명이 참석, 성황을 이루었다. 이화여대 김현숙 교수, 아주대학 송현호 교수, 서울과기대의 박정규 교수께서 석박사 과정생 및 학부생들을 인솔해 오셨고, 강원대에서도 석사 및 학부생들이 참석했다. 종합토론에 이어 창립총회가 열렸고 김유정학회 초대회장으로 강원대학의 유인순이 추천 및 인준을 받았다. 권영중 강원대 총장께서 참석해주셨고, 저녁 만찬도 베풀어주셨다.

초대회장이 되어 '김유정 작품에 대한 정전正典 수립(현대어 표기를 통한)'은 물론, 김유정 문학 연구를 바탕으로, 한국의 근·현대 문학연구와 장르 교체 및 매체 교체에 따른 다양한 문학·문화에 관심을 갖고 연구의 지평을 확대할 것'이라는 포부를 전했다. 이후 김유정학회는 고맙게도 별고 없이 순행을 하게 되었다. 회장을 맡고 있던 6년 동안『김유정의 귀환』2012,『김유정과의 만남』2013,『김유정과의 산책』2014,『김유정과의 향연』2015,『김유정의 문학광장』2016,『김유정의 문학 산맥』2017 등 총 여섯 권의 단행본을 발간했다.

그리고 2017년, 4월 15일 김유정학회 제7회 학술연구발표회 및 총회에서, 2대 학회장으로 한국외국어대학교의 임경순 교수께서 선출되셨다. 진정으로 원하던 좋은 후임회장님을 모시게 되어 감사하고 기쁘기 그지없었다. 무사히 소임을 마무리하면서 김유정학회가 좀 더 활발하고도 적극적으로 학계에 파고들 것을 부탁하고 학회의 뒷자리에서 늘 학회를 돕겠다는 약속을 적은 감사의 봄내통신을 발송했다.

임경순 교수께서 전심전력으로 학회를 이끌어주셨다. 2020년 코로나 19

로 인해 학술연구발표회는 비대면 발표회로 대체되는 어려움이 있었지만, 임기 중에 『김유정 문학의 감정 미학』2018, 『김유정 문학 다시 읽기』2019, 『김유정 문학 콘서트』2020[10]가 발간되었다. 2021년 1월부터 제3대 김유정학회장으로 선출된 이상진 교수한국방송대가 새로운 임원진을 구성, 학회활동의 약진을 계획하고 있다. 여간 든든하고 고마운 게 아니다.

김유정 문학과의 직접적인 인연을 맺었던 것이 10·26사태에서 비롯되어 김유정 작품으로 학위논문을 쓰고, 김유정학회의 한 모퉁이에서 일할 수 있었다는 것, 감동적이면서도 감사하기 그지없다. 많은 분들이 김유정 작품을 사랑해주기를, 김유정학회가 앞장서서 김유정 문학을 현양顯揚해주기를 바랄 뿐이다.

---

10 『김유정 문학 콘서트』는 2021년 3월 29일, 춘천 실레마을, 김유정문학촌 생가 마당에서 진행된 김유정서거 84주기 추모식전에서 정진석 교수에 의해 봉헌되었다.

제2부 / 공동체와 경계、 문화 충돌

들병이와 유사가족 공동체 담론

김유정의 소설을 중심으로

권경미

1. 식민지 조선과 몸 파는 / 팔리는 여성

김유정은 30년대 식민지 조선의 피폐하고 궁핍한 삶을 해학적으로 그린 작가로 인정받는다. 식민지 조선의 삭막함과 희망 없음을 민초들의 삶으로 잘 형상화냈다. 그래서 김유정과 관련한 연구 역시 이러한 김유정의 소설 경향과 궤를 같이한다. 김유정과 관련한 연구는 먼저 시대와 문학 사이의 연관성을 밝히는 것을 손꼽을 수 있다. 이러한 연구들은 식민지 조선이라는 특수한 공간, 시간의 설정은 김유정의 소설의 핵심이며 소설의 주제 의식, 인물, 갈등 양상까지도 시대적 의미와의 연속성으로 이해하는 경향을 보인다.[1] 그만큼 김유정 소설 속 현실이 수탈의 식민지 조선과 크게 다르지 않다는 것이며 그로 인해 김유정 소설의 현실적 친화성도 강조되는 면을 보인

---

[1] 김유정 연구가 본격적으로 시작된 6, 70년대부터 김유정 연구는 식민지 조선의 사회상과의 연관성을 규명하는 것이 중점이 되었다(김윤식 · 김현, 『한국문학사』, 민음사, 1973; 임헌영, 「김유정론」, 『국문학논선』 10, 민중서관, 1977). 최근에는 이러한 경향에서 벗어나 김유정 소설을 다각도로 연구하는 분위기가 형성되었다.

다.[2] 다른 한편으로는 김유정 개인사, 김유정의 의식 사이의 관계를 규명하고자 하는 연구들도 있다.[3] 이러한 연구들은 김유정의 자전적인 배경이 문학에 어떤 영향을 끼쳤는지에 주목하면서 김유정 문학의 진정성과 해학성을 규명하고자 한다. 또 다른 경향으로는 김유정 소설에 자주 등장하는 여성 인물 중 '들병이'에 주목한 연구가 있다.[4] '들병이'로 대변되는 유랑하는 여성, 몸을 파는 아내 / 몸이 팔리는 아내를 중심으로 식민지 조선의 역사를 읽어 내기도 하고,[5] 유랑하는 들병이로 식민지 조선의 역사를 가로지르는 입체적인 인물로 규명하는 경향도 있다. 또한 몸을 파는 / 몸이 팔리는 아내를 통해 단순한 성의 매매, 성의 거래라는 측면을 넘어서 칸트의 숭고미를 획득한다고 보는 시각도 있다.[6] 지금까지의 김유정과 관련된 연구 경향을 살펴본다면 시대와 작가 개인 중심은 물론 식민지 시간과 공간을 가로지르는 대안적인 이야기를 발견하는 등 매우 다채롭게 이루어지고 있다. 본고에

2 유인순, 「김유정의 우울증」, 『현대소설연구』 35호, 한국현대소설학회, 2007.
   최성윤, 「김유정의 현실 인식과 아이러니의 한 양상-단편 「떡」, 「만무방」의 인물형상을 중심으로」, 『현대문학이론연구』 57권, 한국현대이론학회, 2014.
   김형규, 「식민주의 질서와 농토의 상동성 혹은 거리-농민 형상으로 다시 본 김유정 소설의 의미」, 『한중인문학연구』 49권, 한중인문학회, 2015.
   정연희, 「김유정 소설의 실재의 윤리와 윤리의 정치화」, 『현대문학이론연구』 60권, 현대문학이론학회, 2015.
3 호정권, 「김유정 소설의 의식연구」, 상지대 박사논문, 2014.
   노지승, 「맹목과 위장, 김유정 소설에 나타난 자기(self)의 텍스트화 양상」, 『현대소설연구』 54호, 한국현대소설학회, 2013.
   정연희, 「김유정의 〈생의 반려〉에 나타난 자기 반영적 서술과 아이러니 연구」, 『우리문학연구』 43권, 우리문학회, 2014.
4 김종호, 「김유정 소설에 나타난 '들병이'에 대한 일고찰」, 『한민족어문학』 43권, 한민족어문학회, 2003.
   김미현, 「숭고의 탈경계성-김유정 소설의 "아내 팔기" 모티프를 중심으로」, 『한국문예비평연구』 38권, 한국현대문예비평학회, 2012.
   배상미, 「1940년대 농촌사회와 들병이-김유정의 소설을 중심으로」, 『민족문학사연구』 51권, 민족문학사학회·민족문학사연구소, 2013.
5 배상미, 위의 글.
6 김미현, 앞의 글.

서는 이러한 김유정 문학과 관련한 논의 위에서 가족과 여성이라는 측면을 집중적으로 보고자 한다.

산업화 시대 우리나라의 가족 형태는 대가족 중심에서 핵가족 중심으로 급격하게 재편되었으며 후기 산업시대에 들어오면서 가족의 해체 문제가 사회적 화두가 되었다. 그래서 부권의 상실, 한 부모 가족, 다문화가족과 같이 전통적인 가족 형태와 다른 가족의 모습은 물론 탈이성애 가족처럼 전혀 새로운 형태의 가족 모습이 등장했다. 산업화 시대의 대가족에서 핵가족으로의 변모를 통한 근대 가족은 식민지시기를 그 기원으로 삼을 수 있다.[7] 김혜경·정진성은 애정과 친밀한 집단으로서의 가족,[8] 소가족 중심주의,[9] 법으로서의 가족 개념[10] 등을 식민지 근대 가족의 특징으로 보고 있다. 식민지의 시간을 지나면서 민족과 사회를 강조하던 가족 개념에서 부부와 애정, 개인의 자유를 강조하는 소규모 중심의 가족관으로 변모한 것이다. 김유정의 소설에서도 변모한 가족의 모습이 등장한다. 김유정 소설에서 가족이 갖는 의미는 매우 크다. 소설 속 여성 인물들의 매매춘이 가족으로부터 기인하기 때문이다. 특히 남편 사이로부터 매매춘이 촉발되며 그로 인해 몸 파는 아내 / 몸 팔리는 아내, 들병이 여성의 문제가 나온다. 지금까지 들병이의 문제와 몸 파는 / 팔리는 아내를 가족과 연결해서 연구한 논의들은 가족의 해체라는 문제와 그로 인한 여성의 탈윤리적 행위, 성의 타락으로 연결해서 보는 경향이 컸다. 들병이나 몸 파는 / 몸 팔리는 아내의 출발점을 가족으로 상정한 경우 그녀의 뿌리가 가족이기 때문에 매매춘은 일탈적이며

---

7   김혜경·정진성, 「"핵가족" 논의와 "식민지적 근대성"」, 『한국사회학』 35집 4호, 2011.
    김영선, 「한국 식민지근대성의 구성요소와 특징」, 『여성과 역사』 13집, 2010, 135쪽.
8   김영선, 위의 글, 135쪽.
9   김혜경·정진성, 앞의 글, 221쪽.
10 위의 글, 224쪽.

비정상적인 행위로 간주된다. 반면 가족이라는 연결 고리를 제거해서 여성들의 매매춘 그 자체만을 본다면 이들 여성들의 행위는 전혀 다른 의미로 해석이 된다. 김미현은 아내 팔기 모티프를 칸트의 숭고 개념에 접목함으로써 "1930년대 부정적 현실에 대한 문학적 응전"[11]으로 보고 있으며 현재적 미의 개념을 전복하는 불쾌의 숭고미를 김유정의 소설에서 읽어 내고 있다. 김미현의 이러한 연구 방향은 여성의 매매춘을 성적 타락, 비윤리적 행위, 가족 해체라는 부정적인 해석 축을 전복하면서 시대와 젠더를 결합해서 새로운 시각을 제공하고 있다. 배상미 역시 「1930년대 농촌사회와 들병이」에서 '들병이'가 지니는 의미를 매우 적극적으로 해석해서 일제의 정책을 비켜가는 존재로, 일제의 통치 질서를 어지럽히고 일제정책의 모순을 드러내주는 유랑인으로 보고 있다. 배상미의 논의는 들병이가 유랑의 기표를 지녔음에도 농촌 사회의 일원으로 인정받는 독특한 위치 선점을 정주와 유랑의 경계에 선 자로 보고 있다. 김미현과 배상미의 논의는 김유정 소설에서 여성의 매매춘을 시대의 모순을 담지하는 행위로, 그 여성으로 하여금 당대의 사회관을 상징화하는 의의를 가지고 있다고 보고 있다. 본고는 이러한 의견에 전적으로 동의하면서 여기에 근대 식민 가족관과 연결함으로써 이들 여성의 행위가 궁극적으로는 근대 가족을 뛰어넘는 가족 공동체를 지향하고 있음을, 그리고 여성들의 매매춘을 가족 공동체가 유지되는 동인이자 윤리적인 노동 행위임을 보고자 한다. 이를 위해 「산골나그네」, 「안해」, 「가을」, 「정조」, 「정분」, 「솟」[12]을 중심으로 분석하고자 한다.

---

11 김미현, 앞의 글, 198쪽.
12 이상의 작품들은 『원본 김유정 전집』(강, 2012)에 수록되었음. 이후 작품명과 쪽수만 밝히도록 하겠음.

2. 근대적 가족과 가족공동체

식민지 조선에서 일본은 지배권을 행사하고 강화하기 위한 목적으로 가족이라는 제도를 활용했다. 호주제를 통해 국가주의적 가족의 개념을 도입했으며 부부 중심의 애정론, 여성의 헌신적인 봉사 등을 내세웠다.[13] 일본의 정책적이며 제도적인 가족관은 근대 가족의 기능과도 맞물린다.[14] 푸코는 일찍이 한 사회의 정치적 의도성과 정치적 함의성이 가족 제도에 반영이 되며 이를 담론으로 유포한다고 봤다. 가족의 의미와 기능이 가족 구성원 사이 관계로만 그치는 것이 아니라 더 큰 지배적인 담론의 영향 관계 하에 있다는 것이다. 동즐로는 푸코의 견해에서 더 나아가 가족을 가족 구성원 사이의 유대감과 친밀함에 기반한다는 가족의 자율성이 실은 국가, 사회로부터 주조된 관념임을 밝히면서 이것이 어떻게 제도적으로 작동하는지를 분석했다.[15] 푸코와 동즐로 모두 가족이 가족 구성원 사이의 소박한 개념이 아니라 현실 사회를 재현해 내는 구조로서 기능함은 물론 현실적인 가족들의 행위가 사회적·정치적 가족 담론을 생산해 내는 데 일조함을 밝히고 있다. 그만큼 가족과 사회, 가족과 지배 이념 사이는 보완, 영향 관계를 유지한다는 것이다.

그렇다면 김유정 소설에서 보이는 가족 관계도 푸코와 동즐로가 지적하

---

13 배상미, 앞의 글, 229쪽.
14 일반적으로 근대 가족의 기능을 학자들은 다음과 같이 정리한다. ① 결혼, 혈연, 입양에 의해 맺어진 친밀한 관계로 그 관계는 법적으로 보호받으며 지속적이다. ② 가족 내 노동(남성-대외적, 여성-대내적)은 분업되어 있다. ③ 동거, 동고, 동락하는 공동운명체이다. ④ 법적유대, 경제적 협조, 부부간의 성적욕구 충족, 정서적 상호협조 등이 통합돼 있다. ⑤ 일생 동안 유지되는 관계이다. ⑥ 남성의 지위가 여성보다 높다. ⑦ 생활공동체이자 문화집단이다. ⑧ 자녀의 사회화 교육을 하는 사회집단이다. 송성자, 『가족관계와 가족치료』, 홍익재, 1987, 13~14쪽; 조주영, 「김유정 소설에 나타난 가족 연구」, 계명대 석사논문, 2007, 29쪽에서 재인용.
15 동즐로, 주형일 역, 『사회보장의 발명-정치적 열망의 쇠퇴에 대한 시론』, 동문선, 2005.

는 것처럼 지배 질서에 영향받고 / 영향주는 관계인 것인가. 아니면 근대 가족의 동고동락을 같이 하는 운명공동체이자 사회화가 이루어지는 사회집단이자 법적 보호를 받는 제도적 집단인가. 김유정 소설의 특이점을 여기에서 찾을 수 있을 것이다. 김유정의 소설 속 가족들은 부권을 중심으로 하는 운명공동체이거나 법적 보호를 받는 제도적 집단도 아니며 그렇다고 해서 푸코식의 사회적으로 주조된 가족의 모습을 보이지도 않는다. 오히려 김유정 소설 속 가족들은 가족이라기보다는 공동체, 다르게 표현한다면 유사가족의 형태를 보인다고 할 수 있다.

근대의 가족관은 혈연, 혼인, 입양 등으로 맺어진 친밀한 관계이며 그 구성원들은 성적욕구충족, 정서적 교류, 다음 세대를 위한 사회화 등이 이루어져야 하지만 김유정 소설 속 가족은 부부라 할지라도 성적욕구충족이나 정서적 교류와 같은 부부 사이의 친밀함을 지니지 못한다.

> 거지도 고엽에홋이불우에 거적을덧쓰고 누엇다. 거푸진 신음이다. …… 게집의음성이나자 그는굼을거리며 일어안는다. 그러고너털대는 홋적삼을 깃을 염여잡고는 덜덜떤다.
>
> "인제고만 떠날테이야? 쿨룩……"
>
> 말라빠진얼골로 게집을바라보며 그는 이러케물엇다. 십분가량지냇다. 거지는 호사하엿다. 달빗에 번쩍어리는겹옷을입고서 집행이를끌며 물방앗간을 등젓다. 골골하는 그를부축하야 게집은뒤에 따른다. 술집며누리다.
>
> "옷이 너머커― 좀저것엇으면……"
>
> "잔말말로 어여갑시다 펄적……"
>
> ―「산골나그네」, 27~28쪽

「산골나그네」는 산골 어느 주막에 불현듯 찾아든 나그네가 한편으로는 술시중 드는 여인네로 한편으로는 주모의 노총각의 색시로 며칠 지내다 새 장가든 신랑의 인조견 조끼와 저고리, 옥당목 겹바지를 훔쳐 물방앗간에서 거지꼴로 누워 지낸 '남편'에게 가져다 준 뜨내기 부부의 이야기를 담고 있다. 서른이 넘었으나 결혼이 요원했던 주모의 아들에게 남편 없이 떠돌아다니는 나그네는 더할 나위 없는 색시감이었으며 주모에게는 외상값만 쌓여 형편이 펴지지 않는 주막의 새로운 수입원이었음에 말할 것도 없을 것이다. 나그네에게는 주막에서의 삶이 떠돌아다니면서 궁하게 음식을 구하지 않아도 되는 최소한의 생존처가 될 가능성이 크다. 그러나 나그네는 몸을 누울 수 있는 잠자리나 입에 풀칠할 수 있는 음식, 비녀 등과 같은 장신구에는 관심이 없다. 골골한 몸, 변변찮은 행색의 '남편'을 돌보고 그 '남편'과 동행하는 것을 훨씬 가치 있게 여긴다. 나그네는 가족 안에서 남편, 어른으로부터 '돌봄을 받는 위치'가 아니라 자신의 손길만을 기다리는 남편을 '돌보는' 자리를 선택한다. 나그네의 남편을 향한 돌봄이 전통적인 여성의 양처적 기질이라든지 순종적인 태도로 읽을 수 없는 것은 남편의 구호 방법이 전혀 양처, 순종적 처의 면모가 아니기 때문이다. 결과적으로는 남편을 구호했을지라도 그 구호 방법은 부부 사이의 신의를 저버리는 행위이기 때문이다. 그렇게 본다면 나그네의 남편을 향한 돌봄과 구호는 부부 중심의 가족관의 개념이 아니라 가족 공동체 내의 도움의 손길이 필요한 이를 향한 윤리적 태도로 봐야 할 것이며 그렇게 볼 때 이러한 가족의 형태를 근대적 가족, 가족 기능을 충족하는 가족으로 한정되어 볼 필요가 없을 것이다.

소설 「정분」은 동네에 출현한 '들병이'에 반한 남성이 자신의 세간살이를 들고 본격적으로 들병이의 기둥서방으로 나서려다 '들병이'의 '원래의

기둥서방'과 마주한 후 일행으로 따라나서는 것을 주저하는 이야기를 담고
있다. 이 소설이 흥미로운 것은 '들병이'와 '원래의 기둥서방', 그리고 그 사
이에서 태어난 '아이'로 이루어진 가족이 '기둥서방'으로 새롭게 유입한 화
자은식를 전혀 거리낌 없이 수용한 점이다.

> "이리온 아빠 여깃다" 하고 귀설은 음성이 들린다. 걸걸하고 우람한 목소리.
> 필연코 내버린 번남편이 결기먹고 많아왔을것이다. 은식은 꿈을꾸는 듯싶었
> 다. 겁이나서 두러누은채 꼼짝도 못한다. 안해의정부룰 현장에서 맞닥드린 남
> 편의 분이면 매일반이리라. 낫이라두 들어 찍으면 찍소리못하고 죽을밖에 별
> 도리없다. (…중략…) 산모룽이를 꼽드러 언덕길을 나릴랼제 남편은 은식이를
> 돌아보며
> "왜섯수? 가치 갑시다유"
> 동행하길 곤하였다. 그는 아무대답없이 우두머니 섯을뿐.
>
> ─「정분」, 344~345쪽

'은식'이는 농사일도 시원찮고 '진흥회'에서는 무상 부역을 강제적으로
의무화시키고 가뜩이나 붙지 않는 살림에 하는 말마다 바른 말인 아내의 잔
소리가 지겹자 동네에 나타난 '들병이'에게 마음을 준다. 은식이가 들병이
에게 반한 것은 가족의 의무, 농부로서의 책임감, 진흥회원으로서의 책무감
으로부터 오는 무게가 버거웠기 때문이다. 그래서 유랑하며 이 마을 저 마
을 떠도는 들병이와의 유희도 들병이의 삶도 좋아졌고 급기야는 본격적으
로 뭇 남성들에게 술과 웃음을 파는 들병이의 기둥서방으로 취직하고 싶은
마음마저 들게 되었다. 은식이로서는 들병이 가족이 모자母子로만 구성되었

기 때문에 '남성-남편-기둥서방'으로서 자신이 이 가족의 일원이 된다 해도 전혀 무리가 없을 것이라고 판단했을 것이다. 이들과 함께 떠나기로 한 날 은식은 들병이 아이의 친부에게 들병이와의 동침을 들켰을 뿐만 아니라 아이의 친부가 이들 가족의 구성원이었음을 알게 된다. 은식은 돌연 들병이의 손님에서, 한 가정의 아내를 탐한 정부 신세가 되어버려 자신의 안일을 걱정해야 할 판이지만 뜻밖에도 들병이의 사내는 아내의 부정, 은식의 탐욕을 탓하지 않은 채 되레 자신들과 동행할 것을 권한다. 들병이의 사내가 은식을 향한 손 내밀기는 들병이-아내, 사내-남편 그리고 그 사이에서 태어난 아이로 구성된 그들의 관계가 일가一家적이라기보다 공동체 지향적이기에 가능했다. 사내는 남편, 아버지로서 그들과 관계를 맺는 것이 아니라 그저 공동체의 한 구성원으로서 인식하고 있으며 그렇기 때문에 은식을 향해서도 자신들과 동행할 것을 거리낌 없이 청하게 된 것이다. 만약 이 두 소설의 가족 형태를 전통적이고 근대적인 가족관으로 본다면 이들 여성들의 행위, 남성들의 선택이 매우 비윤리적이고 일탈적이라고 할 것이다. 그렇지만 이들에게서 보이는 가족관을 확장, 확대해서 본다면 가족 공동체 내지 유사 가족의 형태를 띤다고 할 수 있을 것이다.

3. 정착과 성 노동자로서의 여성

김유정 소설 속 가족을 가족 공동체, 유사가족으로 본다면 이때 여성의 성매매 역시 전혀 새로운 의미를 획득하게 된다. 여성의 성매매는 언제나 논란의 대상이었다. 현재 우리나라의 경우 2004년도에 제정된 성매매 금지법이 시행되고 있으며 공식적으로 성매매를 인정하지 않고 있다. 여성의 성매매를 남성의 자연스러운 '성욕'과 여성의 부도덕하고 윤리적이지 못한 '성판매'의 만남으로 인식하는 경향이 많다. 물론 성판매 여성의 뒤에는 생존을 위한 고통과 고투의 이야기가 뒤따르지만 그렇다고 해서 성판매 여성을 향한 인식이 달라지는 것은 아니다. 그리고 여성의 성매매를 둘러싸고 성 판매자와 성 구매자 사이의 불평등하고 불균형적인 관계를 들어 성매매 자체의 비윤리성을 강조하는 것이 성매매를 둘러싼 일반의 관념이다.[16] 그리고 그때마다 착취당하는 여성성을 들어 여성의 권리와 인권에 대한 주장을 펼치기도 한다. 그런데 자본주의 사회에서 성 판매자의 성별이 여성이 아닌 남성의 경우가 현저히 있을 뿐만 아니라 그때도 역시 성 구매자와 성 판매자 사이의 불평등한 관계가 있기에 이는 여성-남성의 구도가 아니라 성매매 자체가 안고 있는 계급적인 위계질서로 인식하는 것이 맞을 것이다. 그래서 성매매 구도에서 여성을 피해자로 규정하고 여성의 성이 착취'당'했다는 것에만 주목하는 것을 지양해야 할 것이다.[17] 그래서 이들 여성을 향해 성 노동자의 지위를 부여하여 새로운 담론의 장을 만들고자 하는 분위기가 있다.[18] 특히 성매매 자체를 노동으로 인식해서 성매매 여성을 '노동

---

16 이하영, 「한국 성노동자 운동의 전개」, 『진보평론』 2011.가을.
17 최근에 성매매와 관련한 논의 중에서 성 판매자 여성을 '성 노동자'로 인정해 줄 것을 요구하는 목소리가 크다. 자본주의 사회에서 몸을 매개로 노동의 거래가 이루어지고 있음을 환기한다면 몸을 통한 노동 교환과 성을 통한 자본 거래를 명백하게 구분할 수 있을지 의문이다. 그래서 성을 노동의 교환 조건으로 삼고 자신의 성을 자발적으로 거래하는 일군의 행위자들을 '성 노동자'로 인식해야 한다는 목소리가 커지고 있다. 물론 이들을 성노동자 프레임으로 볼 경우 성을 노동의 장 안으로 포섭하는 것은 물론 신체 통치, 신체 통제 등의 문제도 발생할 수 있으며 일단에서는 윤리적인 문제를 제기할 수도 있다. 그렇지만 우리가 외면하려고 해도 부정하려고 해도 우리 사회에는 성매매가 이루어지고 있음을 안다면 이와 관련해 논의를 전개해 나갈 필요도 있을 것이다.
18 밀사, 「성노동자 권리 운동의 방향」, 『진보평론』 2013.겨울.
이현재, 「성노동자들의 인정투쟁과 윤리적 지평」, 『한국여성학』 25권 2호, 2009.

하는 섹슈얼리티'로 규정하는 시각도 있다.[19]

　1930년대 식민지 시기의 김유정의 소설에 유독 매매춘이 많이 등장한다. 이들 여성들은 다양한 사유로 자신의 몸을 노동의 교환 조건으로 내걸고 구매자와 셈을 치른다. 그리고 성을 매개해서 매매하는 여성들을 비도덕적이며 윤리적으로 타락한 여성이라고 지칭하며 이를 일본에 강탈당하고 수탈당한 우리 조국의 현실에 빗대어 해석하는 것이 매우 일반적이다. 그렇지만 본고에서는 김유정 소설이 보이는 가족 공동체, 유사 가족 형태를 바탕으로 이들 여성들의 행위를 일탈적이고 비윤리적인 행위로 보거나 가족 구호를 위한 불가피한 선택이었을 뿐이라는 피해서사로 읽지 않을 것이다. 이들 여성들은 '성 노동자'로서 매우 적극적이고 능동적으로 자신의 성을 거래의 장터에 내놓았다.

　　매매 계약서. 일금 오십원야라. 우금은 내 안해의 대금으로써 정히 영수합니다. 갑술년 시월 이십일. 조복만. 황거풍 전. (…중략…) 어떠한 일이 있드라도 내 안해는 물러달라지 않기로 맹세합니다. (…중략…) 한 마을에 같이 살다가 팔려나가는걸 생각하니 도시 남의 일 같지 않다. 게다 바람은 매우 차건만 입때 홋적삼으로 떨고섰는 그 꼴이 가엽고－ "영득 어머니! 잘 가게유" "아재 잘

<hr />

19　김지혜, 「여성성노동자·처벌조항 위헌제청과 성노동자의 권리」, 『여/성이론』 28호, 2013.
　다자키 히데아키 편, 김경자 역, 『노동하는 섹슈얼리티』, 삼인, 2006. 다자키 히데아키를 비롯한 이 책의 저자들은 하나같이 성매매 여성을 향한 희생자 서사 내지 성 노예적 시각을 모두 근절하고 '노동'의 차원에서 새롭게 해석할 것을 주장하고 있다. 성매매를 노동이라는 공적인 영역 안에서 다루어야 하는 이유는 성매매가 19세기 근대 도시가 형성되면서 제도적·경제적·사회적 차원에서 노동의 형태와 노동의 장소가 재편되면서 '성매매 여성'이 가시적인 존재로 부각된 역사를 지니기 때문이다. 즉, 성매매 여성의 탄생은 곧 성매매 여성의 규정에서부터 이루어지는 것이며 이때 가정을 중심으로 가정 내/외에 위치하는 여성의 구분과 더불어 도시 내/외에서 노동하는 여성을 구분함으로써 가정 안에 머무르는 여성을 부르주아 여성(가정주부), 도시 밖 여성 노동자를 '판매원'으로 규정하고 도시 안 여성 노동자(정확하게는 도시 밖으로 추방되지 않은 여성)를 성매매 여성으로 규정하고 있다. 위의 글, 11~39쪽.

기슈" 이말 한마디만 남길뿐 그는 앞장을 서서 사랫길을 살랑살랑 달아난다.
마땅히 저 갈 길을 떠나는 듯이 서들며 조곰도 섭섭한 빛이 없다.

-「가을」, 194~195쪽

소설 「가을」은 변통 능력이 현저히 떨어지는 복만이 가난에 못 이겨 자신의 처를 소장수에게 돈 50원을 주고 파는 것을 주된 이야기로 삼고 있다. 복만과 다르게 부지런하고 싹싹한 복만 처는 다섯 살 난 아들을 남겨 두고 돈 50원에 매매돼 소장수에게 팔려 가는 것에 이견이 없다. 그래서 자신을 두고 매매 계약서가 작성되고 소장수를 따라 나설 때는 오히려 소장수의 길잡이 노릇까지 하면서 앞서 걸어갈 정도였다. 부부가 같이 힘들고 어렵게 살아갈 바에 돈 50원을 종자돈으로 남편과 아이도 살고 자신도 새로운 삶을 살 것임을 암시하면서 말이다. 아내를 파는 남편 앞에서, 그 막후 사정을 다 아는 화자 앞에서, 5살 난 아들 앞에서 복만 처는 큰 표정 변화가 없고 감정의 요동도 없다. 그 앞에서는 상황적 비극과 비참함은 있을지언정 감정의 소모나 신파적 감정이 드러나지 않고 있다. 물론 후에 복만과 복만 처 그리고 아들이 재회했음을 암시하지만 소장수를 따라가 소장수의 아내 역할을, 술파는 술장수 역할을 척척 해낸 것 역시 유의미하다. 이는 복만 처의 몸 / 성이 자본이자 노동 조건이자 여성의 몸이 자본 / 노동 교환물 / 거래물임을 매우 자연스럽게 보여주고 있는 장면이다. 성이 매매되는 곳이 계급 불평등의 현장이며 성의 수탈지라는 이분법적 구분이 김유정의 소설에서 깨진다.[20]

---

20 물론 그렇다고 해서 여성의 성이 거래의 대상이 된다는 점, 교환의 대상이 된다는 점을 긍정적으로 보는 것은 아니다. 다만 성을 둘러싸고 교환되는 성을 이야기할 때 피해의 서사로만 제한하는 것에서 거리를 둬 성 매매에만 집중된 시각을 성 매매를 둘러싼 주변부까지 시선을 확장

계집은 함지를 들고 안쪽문으로 나가드니 술상 하나를 곱게 바처들고 들어왓다. 돈이 업서서 미안하야 달라지도 안는 술이나 술갑슨어찌 되엇든지 우선 한잔하란 맥시엇다. 말걸리를 화루에 거냉만하야 딸하부며, "어서 마시게유 그래야 몸이 풀려유-"하드니손수 입에다 부어까지준다. 그는 황감하야 얼른 한숨에 쭈욱들여켯다. 그리고 한잔 두잔 석잔- 게숙이는 탐참히 엽해 부터안드니 근식이의 얼은 손을 젓 가슴에 부터주며 "어니 차 일 어쩨!"

-「솟」, 141쪽

"난 그래 어떠케 살아. 나두 따라갈가?" "그럼 그럽시다유-" (…중략…) "살림을 하려면 그릇쪼각이라두 잇서야할텐데-" "염녀마라. 내 집에 가서 가저오지-"

-「솟」, 142~143쪽

그는 조곰도 서슴업시 솟을 쑥뽑아 한길체 나려놋고 또 그담걸 차젓다. (…중략…) 벽에 걸린 바구니를 떼들고 뒤적어린다. 그속에는 달하 일그러진 수저가 세자루 길고 짤고 몸 고르지 못한 저까락이 너덧매 잇섯다. 그중에서 덕이(아들) 먹을 수저 한 개만 남기고는 모집어세 궤줌에 꾹 꼬잣다.

-「솟」, 149~150쪽

솟, 맷돌, 함지박, 보따리들을 한태 묵근것이니 무겁기도 조히 무거울게다. 허나남편은 조곰도 힘드는 기색을 보이기커녕 아주 홀가분한 몸으로 덜렁덜렁 박글향하야 나슨다.

-「솟」, 153쪽

하자는 것이다.

「솟」은 「정분」을 수정·보완한 소설로 들병이 계숙이에게 홀려 솥이며 맷돌, 함지박 심지어 부인 속옷마저 다 준 근식이의 이야기이다. 들병이 계숙이에게는 남편과 젖먹이 아이가 있다. 연유는 나오지 않지만 거처할 곳도 살림살이도 갖추지 못한 채 떠돌던 이들은 계숙이의 들병이 생활로 근근이 먹고 지내다 계숙이에게 마음을 빼앗긴 근식으로부터 살림살이 일체를 얻어 새로운 삶 / 여정지를 상상할 수 있게 되었다. 건장한 계숙 남편의 노동력이 당대 사회에서 가치를 인정받지 못하던 것과 달리 계숙이의 '성과 웃음, 애교'는 노동 가치가 발생하며 이로 인해 자본의 교환 / 거래가 가능하였다.

김유정 소설의 성매매가 흥미로운 이유는 성을 매매할 때 판매자와 소비자 사이의 불평등한 계급 차이가 이들에게서는 보이지 않는다는 것이다. 이들이 성을 매개로 매매할 때 이들은 건조하며 담백한 거래를 한다. 분명 성이 매개가 됨에도 불구하고 정념이나 애욕이 느껴지지 않고 이들 사이에서는 '메마른 성의 교환'만이 있을 뿐이다. 분명 매매와 교환이 이루어지기는 했지만 결과적으로는 자본이나 계급의 이동이 없는 '이동이 부재한 거래'가 이루어질 뿐이다. '여성'이 거래되고 그에 따라 공급 / 구매가 이루어졌지만 그 관계가 착취와 불평등이 아닌 '여성의 노동'이 자리 잡고 있다.

4. 법의 윤리와 밥의 현실

김유정 소설에서 보이는 가족 형태의 특이성은 여성의 노동으로 실현된다. 또한 가족이 유지되기 위해서는 법이 아닌 '밥'을 통한 책임과 돌봄 의식이 원동력이 되어야 한다. 가족 유지를 위한 법은 남성 혹은 아버지로 상징되는 것이며 밥은 현실적인 제약, 현실적인 가족의 위치를 의미한다. 김유정 소설에서는 아버지, 가장, 남성이 참 힘없는 존재로 등장한다. 「산골나그네」의 덕돌이는 주막 운영으로 경제력을 갖고 있는 노모 아래에서 아직 상투도 틀지 못한 노총각으로 등장한다. 「총각과 맹꽁이」의 덕만도 결혼을 하고 싶지만 못 한 노총각으로 마을에 들어 온 들병이와의 혼사를 꿈꾸는 인물이다. 「가을」에도 결혼하지 못한 노총각이 등장하는데 주변에 여성이라고는 노모만 있는 자신과 달리 '팔 아내'라도 있는 친구 복만을 딴에는 부러워하는 인물이다. 몇 편의 소설만 보더라도 김유정 소설의 남성들은 경제적인 무능함뿐만 아니라 사회적·정치적 지위를 획득하지 못한 인물들로 그려지며 그런 인물들을 주인공으로 내세우고 있다.

이렇게 다방면에서 무능한 남성의 출현은 가부장 중심의 가족관을 흔들뿐만 아니라 가족의 구심점마저 모호하게 만든다. 남성 권리를 가족의 상위에 두고 여성 권리를 그 아래에 둠으로써 남성으로부터 보호받는 여성 구도를 안정적인 가족의 형태와 기능으로 보는 것이 깨짐으로써 '아버지'로 상징되는 가족을 둘러싼 '법-윤리, 도덕'마저 신용을 잃는다. 그리고 그 가족의 '법'의 빈자리를 '밥'이 대체한다. '밥'은 관념적인 가족관이 아닌 실질적이고 현실적인 가족 관계를 중시하는 모습으로 나타난다.

"이년아 내가 언제부터 너에게 조르는게여?" 범가티 호통을치고 남편이지게 막대를 공중으로 다시 올리며 모즈름을 쓸때 안해는 "에그머니!"히고 외마디를 질럿다.

－「소낙비」, 39쪽

만약 돈이원을 돌린다면 아는집에서 보리라도 꿔어 파는수박게는 가른 도리가업다. (…중략…) 쇠돌엄마도 처음에야 자기와가티 천한 농부의 계집이려만 어쩌다 하눌이 도아동리의 부장양반 리주사와 은근히 배가 맞은뒤로는 얼골도 모양내고 옷치장도하고 밥걱정도 안하고하야 아주 금방석에 딩구는 팔자가 되엇다. 그리고 쇠돌아버이도 이게웬떵이냔 듯이 안해를 내어논채 눈을 슬적감아버리고 리주사에게서 나는옷이나 입고 주는 쌀이나 먹고 년년히 신통치못한 자기 농사에는 한손을 떼고는히짜를 뽑는것이 아닌가!

―「소낙비」, 41쪽

"너 이년 매만 살살피하고어디가 자빠젓다왓늬" 볼치 한 대를 엇어맞고 안해는 오긔가 질리어 벙벙하엿다. 그래도 식성이못풀리어 남편이 다시 매를 손에 잡을랴하니 안해는 질겁을하야 살려달라고 두손으로 빌며 개신개신 입을 열엇다. "낼돼유― 낼, 돈, 낼돼유―"

―「소낙비」, 47쪽

「소낙비」에는 두 개의 이야기가 중첩되어 나타난다. 쇠돌네는 쇠돌엄마가 동네 이주사의 정부가 되면서 돈이 돌기 시작했고 이에 쇠돌아빠도 아내 덕을 보면서 농사에는 손을 뗀 채 유유자적하게 살아간다. 춘호는 자신이 매사에 소득이 없고 소출 없는 것을 종자돈의 부재 탓을 하며 열아홉 살 된 부인을 닦달해서 푼돈을 뜯어내는 인물이다. 돈 이 원을 내 놓으라며 매질하는 남편을 피해 쇠돌네로 피신한 춘호부인은 이주사와 마주치고 빈손으로 돌아가느니 쇠돌엄마처럼 이주사로부터 돈을 융통하는 게 낫다고 생각해서 이주사를 작정하고 유혹해서 정한 금액을 받기로 한다. 이 소설은 쇠돌아빠, 춘호와 같은 남성 인물들이 부인에 기생해서 살아가는 모습을 보인다. 여성들은 남편의 등살에 돈을 각자의 방법으로 융통하고 그 돈으로 가족이 유지된다. 남성이 가족의 대외적인 업무 및 경제 전반을 책임짐으로써 남성의 권리를 획득했던 가부장제 사회 남성과 달리 아내의 여성성이 교환의 대상이 된 가정에서의 남성은 그 스스로 남성적 권리를 내세울 수 없는 처지가 된다. 즉 남성 중심의 가부장적 가정은 더 이상 존재하지 않게 되며 여성의 남성 돌봄으로 가족이 유지되고 있다.

김유정은 여성이 남성을 돌보는 이유와 배경 등 그 감정의 실체를 명확하게 드러내 보이진 않는다. 하지만 분명한 것은 여성들이 남편을 향해 애틋한 사랑의 감정이나 연민의 정에 기대 그들을 돌본다고 단정할 수 없다는 점이다. 다만 여성의 노동과 여성의 남편 돌보기, 여성의 가정 지키기는 매우 현실적인 차원에서 이루어진다. 여성은 스스로 자신이 남편의 폭력으로부터 살아남기 위해서든지 가난과 빈곤에서 벗어나기 위해서든지 그 이유가 어떠하든 매우 능동적으로 삶을 살아간다. 즉 여성의 가족 지키기는 모성이라든지 윤리적인 결단에서 비롯한다기보다 생존-밥의 문제에서 비롯한 것이다. 여성의 돌봄을 둘러싸고 선천적이며 모성 본능에 기인한 것이며 여성 특유의 윤리 의식이라는 것이 김유정의 소설에서는 깨진다. 여성이 못난 남성을 참아내며 그들을 돌보는 것은 여성이 가진 내재적이며 본능적이고 근원적인 속성이 아니라 철저하게 현실적, 실리적, 경제적인 조건과 제약 때문인 것이다.

"저는 뭐 행낭사리만 밤낮 하는줄 아서요?" 하고 그전 붙어 눌러왔든 그아씨에게 주짜를 뽑는 것이다. "그럼 삭을세루?" "삭을세는 왜또 삭을세야요? 장사하러 가는데요!" 하고 나도 인제는 너만 하단 듯이 비웃는 눈치이다가 "장사라니 미천이 있어야 하지 않나?" "고뿌술집 할테니까 한 이백원이면 되겠지요 더는해 뭘하게요?" 하고 네보란 듯 토심스리 내뱉고는 구루마의 뒤를 닳아 골목 밖으로 나아간다.

─「정분」, 292쪽

「정분」은 가진 것 없이 행랑채에 머물면서 집안 내외 일을 거드는 행랑 부부가 행랑아범이 부재한 어느 날 집주인 남편이 행랑어멈과 동침한 것을 빌미로 거액을 챙긴 이야기이다. 부인의 불륜이라면 불륜이라고 할 수 있는 외간 남자와의 동침을 나무라거나 질타하는 기색 없이 장사 밑천을 벌 수 있는 계기로 삼는 행랑아범과 그렇게 얻은 거액으로 부부의 미래를 같이 모색하는 행랑어멈은 매우 닮아 있는 인물이다. 그들 부부에게 성性은 부부라는 체제를 흔들 만한 위력이 없다. 성의 타락, 성의 무절제, 성의 위반 등은 그들에게 중요한 것이 아니다. 그들 가정이 유지되고 지속될 수 있는 것은 법과 윤리가 아닌 밥 문제가 해결되는 것이다. 그렇기 때문에 돈 많은 외인과의 동침은 곧 금전 보상을 의미하는 것이며 그것이 그들 부부 관계를 상실에서 건지는 것이 된다. 가정이 유지되고 지속되기 위해서는 성의 윤리, 배우자 / 동반자에 대한 책임 의식과 같은 정신적 차원의 이념이 아니라 밥의 논리를 따르는 생존의 규칙에 의해 이루어진다. 밥의 현실을 따르기 때문에 이들 가족이 부부 중심이라고 할 수 있는 남과 여의 결합일지라도 이들을 지속하는 것은 윤리가 아닌 현실적인 조건이며 이로 인해 이들은 새로운 형태의 가족 공동체의 모습을 띤다. 따라서 김유정 소설의 가족은 공동체 지향적인 성격을 지니면서 이때 여성의 성이 노동으로 제공되어 성 노동자의 면모를 확인할 수 있으며 가족의 유지와 존속은 사랑이나 법과 윤리가 아닌 밥의 질서로 이어짐을 살펴볼 수 있다.

5. 나오며

지금까지 김유정의 소설 중에서 몸 파는 여성 / 아내를 수탈당하는 몸, 수동적인 몸으로 읽는 대신 가정을 지키고 유지하기 위한 밥의 투쟁으로 보았다. 몸 파는 여성의 문제는 언제나 논쟁적이다. 그 논쟁성은 소설이라고 해서 예외는 아니다. 왜냐하면 몸 파는 여성은 과거의 이야기, 허구의 이야기로만 존재하는 것이 아니라 동시대적인 문제이기도 하기 때문이다. 그래서 몸 파는 여성을 마주 대할 때 어떤 '포즈'를 취해야 할지 난감할 때가 있다. 만약 소설 속 이야기, 특히 그 소설적 배경이 일제 강점기라면 그나마 논쟁에서 한발 비킬 수 있다. 일제 강점기 때 몸 파는 여성은 '나라를 빼앗긴 국민', '제국에 짓밟히는 민족'의 단면을 보여주는 상징이기 때문이다. 그래서 여성 수난사, 여성 수탈기는 한 명의 여성 문제로 읽지도 않고 여성의 성 정체성의 문제로도 해석하지 않는다. 여성의 몸과 마음이 시대의 무게를, 역사의 질고를 고스란히 지탱하기 때문이다. 한편으로 현실에서 접하는 몸 파는 여성의 문제는 '몸을 팔 수밖에 없는 현실'에 초점을 맞추거나 성을 매매하는 '여성'에 집중하는 경향을 보이기도 한다. 전자의 경우 '비자발적 성매매 여성'으로 간주하고 이들 여성을 피해자 내지 희생자로 접근한다. 후자의 '자발적 성매매 여성'의 경우 탐욕적이며 쾌락적인 여성을 간주해 비윤리적인 여성으로 취급한다. 이러한 시각 모두는 몸 파는 여성이라는

(소설)현실 앞에 그 여성을 투과해 반사된 사회상을 읽고자 한다. 여성 그 자체에 주목하지 못한 채 그 여성을 통한 투사체에 집중한다. 이에 본고에서는 김유정의 소설 속 몸 파는 여성에만 주목하고자 했다. 왜냐하면 김유정은 몸 파는 여성을 통해 잃어버린 남성성, 민족 현실을 투사하지 않고 몸 파는 여성 그 자체를 매우 과감하게 소설 전면에 부각하고 있기 때문이다.

특히 김유정은 몸 파는 여성에 의해 가족이 유지되는 현실을 매우 적나라하게 보이고 있다. 물론 그 중심에는 한참이나 모자란 남성의 지질함이 있다. 김유정이 힘없는 가장, 힘 못 쓰는 남성의 권력을 그리고 있기 때문에 노동하는 여성, 생계를 유지하는 여성의 힘이 보이는 이점이 분명히 있다. 그리고 이때 여성의 노동은 '아내의 성매매'가 주를 이룬다. 여성의 성매매를 통해 유지되는 가정, 힘없는 가장의 모습을 시대적인 배경 위에서 해석할 수도 있다. 그렇지만 나라를 빼앗긴 민족의 현실에서 남성의 권위를 내세울 수 없다는 당대적 현실이 노동하는 여성의 존재를 부각시키는 것 이상의 의미가 김유정의 소설에 나타난다. 더 이상 가정이 남성의 가부장적 권위에 의해 유지되는 것이 아니라 여성의 적극적인 '식량 투구'를 통해 '食'의 문제가 해결되는 매우 현실적인 경제적 공동체임을 보여준다. 이렇게 해석할 때 김유정의 소설은 일제 강점기라는 시대적 배경을 통해 남성 권력의 부재를 시대 탓으로 돌리고자 하는 남성의 비겁한 속내 역시 읽히게 된다. 그리고 이러한 비상시국에서 밥의 현실로 유지되는 가족의 생계를 위해 팔을 걷어붙여야 하는 여성의 가정 내 역할 역시 다시 한번 강조되는 것을 확인할 수 있다. 그렇기 때문에 노동하는 여성 그리고 그 노동으로 유지되는 가족 – 유사 가족 공동체에 대한 재평가가 필요할 것이다.

참고문헌

김유정, 『원본 김유정 전집』, 강, 2012.

김미현, 「숭고의 탈경계성 – 김유정 소설의 '아내팔기' 모티프를 중심으로」, 『한국문예비평연구』 38집, 2012.

김영선, 「한국 식민지근대성의 구성요소와 특징」, 『여성과 역사』 13집, 2010.

김윤식·김현, 『한국문학사』, 민음사, 1973.

김지혜, 「여성성노동자 처벌조항 위헌제청과 성노동자의 권리」, 『여/성이론』 28호, 2013.

김형규, 「식민주의 질서와 농토의 상동성 혹은 거리 – 농민 형상으로 다시 본 김유정 소설의 의미」, 『한중인문학연구』 49권, 한중인문학회, 2015.

김혜경·정진성, 「"핵가족" 논의와 "식민지적 근대성"」, 『한국사회학』 35집 4호, 2011.

노지승, 「맹목과 위장, 김유정 소설에 나타난 자기(self)의 텍스트화 양상」, 『현대소설연구』 54호, 한국현대소설학회, 2013.

밀 사, 「성노동자 권리 운동의 방향」, 『진보평론』 2013.겨울호.

배상미, 「1930년대 농촌사회와 들병이」, 『민족문학사연구』 51권, 2013.

송성자, 『가족관계와 가족치료』, 홍익재, 1987.

유인순, 「김유정의 우울증」, 『현대소설연구』 35호, 한국현대소설학회, 2007.

이하영, 「한국 성노동자 운동의 전개」, 『진보평론』 2011.가을.

임헌영, 「김유정론」, 『국문학논선』 10, 민중서관, 1977.

이현재, 「성노동자들의 인정투쟁과 윤리적 지평」, 『한국여성학』 25권 2호, 2009.

정연희, 「김유정의 〈생의 반려〉에 나타난 자기 반영적 서술과 아이러니 연구」, 『우리문학연구』 43권, 우리문학회, 2014.

_____, 「김유정 소설의 실재의 윤리와 윤리의 정치화」, 『현대문학이론연구』 60권, 현대문학이론학회, 2015.

조주영, 「김유정 소설에 나타난 가족 연구」, 계명대 석사논문, 2007.

최성윤, 「김유정의 현실 인식과 아이러니의 한 양상 – 단편 「떡」, 「만무방」의 인물형상을 중심으로」, 『현대문학이론연구』 57권, 한국현대이론학회, 2014.

호정권, 「김유정 소설의 의식연구」, 상지대 박사논문, 2014.

다자키 히데아키 편, 김경자 역, 『노동하는 섹슈얼리티』, 삼인, 2006.

동즐로, 주형일 역, 『사회보장의 발명 – 정치적 열망의 쇠퇴에 대한 시론』, 동문선, 2005.

농촌 유랑민의 도시 서사와 공생의 윤리
박태원과 이상의 도시소설과 겹쳐 읽은 김유정 소설

김미지

1. 들어가며

김유정이라는 이름에서 흔히 떠올릴 수 있는 것은 병마와 싸운 짧은 생애, 그로 인한 짧은 작가 생활, 그럼에도 불구하고 산골과 도시를 넘나든 풍부한 소설세계(궁핍, 유랑, 금점, 들병이 등)와 같은 것들이다. 그리고 또 빼놓을 수 없는 것이 있으니 그의 작가생활을 견인하고 지속하게 했던 문인집단 구인회의 존재이다. 구인회 동인으로 뒤늦게 참여한 김유정은 죽음을 맞이할 때까지 이상, 박태원, 김기림, 정지용, 이태준 등 구인회 멤버들과 끈끈한 관계를 유지했다. 그런데 김유정과 그의 작품 세계가 구인회의 일원으로서 또는 구인회 작가들과의 관계 속에서 본격적으로 조명된 경우는 많지 않다. 물론 김유정이 구인회에 가입하게 된 경위나 이유라든지 구인회 작가들과 공유하고 있는 문학적 지향점을 분석한 논문[1]이나 비교연구의 형태로 몇몇

---

1 김한식, 「절망적 현실과 화해로운 삶의 꿈－'구인회'와 김유정」, 『상허학보』 3, 상허학회, 1996.

작가와 함께 검토하는 논문들[2]이 제출된 바 있다. 그런데 김유정과 이상 그리고 박태원의 작품들을 그들이 온몸으로 관통했던 1930년대적인 삶의 조건에 대한 공통의 대응 방식 또는 표현 양식으로 접근한 연구는 찾아보기 힘들다. 이상이 「김유정론」에서 썼듯이 저마다 하나같이 고집스럽고 개성적인 그들이 구인회를 통해 단지 치열하게 싸우고 치열하게 사랑했던 '우정의 공동체'를 만들었던 것뿐만이 아니라,[3] 문학세계 역시 서로 긴밀히 연관되어 있으며 동일한 문제의식을 공유하고 있었으리라 볼 여지는 충분하다.[4] 이 글에서는 이 문제를 그들이 수필이나 평문 이곳저곳에서 피력했던 문학관을 살피는 차원보다는, 개성적이고 이질적인 면모가 더 커 보이는 그들의 소설 텍스트들 즉 박태원의 「성탄제」, 「골목안」, 『천변풍경』 그리고 이상 「날개」 등과 김유정 작품들을 함께 읽고 겹쳐 읽는 방법으로 풀어보려 한다. 즉 김유정 소설 전반에 대한 종합적 분석을 시도하면서 이를 구인회 소설의 맥락에서 다시 읽어보는 것이 이 글의 목적이다.

일찍이 김유정의 문학 세계는 농촌소설과 도시소설이라는 양립하는 두 갈래로 이해되어 오다가,[5] 근래에는 농촌소설 역시 '창안된 향토'라는 개념

---

2 박진숙, 「김유정과 이태준 – 자생적 민족지와 보편적 근대 구축으로서의 조선어문학」, 『상허학보』 43, 상허학회, 2015; 이미림, 「김유정·이효석 문학 비교 연구」, 『한중인문학연구』 65, 한중인문학회, 2019 등.

3 이상, 「김유정 – 소설체로 쓴 김유정론」, 김윤식 편, 『이상문학전집 2 – 소설』, 문학사상사, 1991, 236~242쪽 참조.

4 구인회의 문학집단으로서의 성격에 대해서는 여러 입장이 존재한다. '구인회'를 이념적 조직적 실체로 규정해온 것은 '카프'의 성격을 투사한 결과 즉 사후에 허구적으로 구성된 것이라는 견해가 있는가 하면(김민정, 『한국 근대문학의 유인과 미적 주체의 좌표』, 소명출판, 2004), 문학적 지향과 문학관을 공유한 결속력 강한 문인단체로 보기도 한다(현순영, 『구인회의 안과 밖』, 소명출판, 2017). "파국적 모더니티에 대한 미학적 사유"를 공유하는 예술단체로 읽어내는 것도 후자의 입장에 가깝다(김정현, 「구인회 모더니즘의 동시대적 예술성과 미학적 정치성 – 『시와 소설』을 중심으로」, 『구보학보』 16, 구보학회, 2017). 그런데 '구인회의 실체와 전모'를 밝히는 이상의 연구들에서도 김유정의 자리는 상대적으로 미미한 편이다.

5 자전적이고 사소설적인 성격의 작품들 예컨대 「생의 반려」, 「두꺼비」 같은 작품들을 제3의 갈

으로 즉 도시적이고 모더니즘적인 문학의 일환으로 해석되고 있다.[6] 본고
는 김유정 문학세계의 무대가 농촌인가 도시인가 하는 문제로 이원적으로
설명된다기보다는 기성의 카프식 농촌소설의 범주를 벗어난, 도시적인 삶
과 감각이 계발해 낸 작품들로 읽는 입장을 지지한다. 심지어 토속적 향토
적 서정성의 세계로 불리는 몇몇 작품들 즉 「봄봄」, 「동백꽃」조차도 소작제
질서와 그에 속박된 유랑농민땅을 가지지 못하고 고향을 떠난 이들의 서사로 볼 수 있
다. 즉 1932~37년 사이에 쓰인 서른 편 남짓한 김유정 소설들을 일관된 세
계 인식의 결과로 읽어낼 수도 있다는 것이다. 그렇다면 그 일관성의 바탕,
그리고 이상 및 박태원과 공유하고 있는 1930년대의 조건에 대한 문제의
식이란 무엇일까. 이를 근대성 논의의 불변하는 테마라고 할 수 있는 자본
주의에 대한 동시대적 반응이라는 차원에서 접근해 보려 한다.[7]

한나 아렌트의 말을 빌려 부의 무한한 축적과 증식을 가능케 하는 자본
주의를 '자신의 몸뚱어리 이외의 사적 소유를 박탈하는 체제'로 정의해 보
자. 여기서 박탈된 '사적 소유'란 '부의 사적 소유'를 말하는 것이 아니라
"세계에서 차지하는 자기 자신의 구체적 장소",[8] 즉 "세계의 특정 부분에서

래로 볼 수도 있다. 김유정 소설의 갈래에 대해서는 조남현, 「김유정 소설과 동시대소설」, 『김
유정의 귀환』, 2012 참조.
6 김화경, 「모더니티가 구성한 농촌과 고향-김유정 '농촌소설' 재론」, 『한국현대소설연구』 39,
한국현대소설학회, 2008; 오태영, 「'향토'의 창안과 조선문학의 탈지방성」, 『한국근대문학연
구』 14, 한국근대문학회, 2006. 한편 최원식은 김유정 문학의 향토가 결코 목가적인 순진성의
향토가 아님을 지적하며, 김유정을 리얼리즘 문학과 모더니즘 문학이 기우뚱하게 혼융된 제3
의 작가로 칭한 바 있다(최원식, 「모더니즘 시대의 이야기꾼-김유정의 재발견을 위하여」,
『민족문학사연구』 43, 민족문학사연구소, 2010).
7 프레데릭 제임슨은 그동안의 숱한 모더니티에 관한 논의들(포스트 모더니티 논쟁까지 거쳐
온)에도 불구하고 결국 "근대성의 유일하게 만족스러운 의미론은 자본주의와의 연관에 있다"
고 밝히는데, 이는 20세기 즉 과거에 대한 해석뿐만 아니라 현재와 미래에 대한 논의에서도 여
전히 유효하다. 프레드릭 제임슨, 『단일한 근대성』, 창비, 2020, 20쪽.
8 한나 아렌트, 이진우·태정호 역, 『인간의 조건』, 한길사, 1996, 124쪽.

자신의 위치를 가지고 그렇게 함으로써 정치적 조직체에 소속되는 것, 즉 공론 영역을 구성하는 한 가족의 가장이 되는 것"[9]을 일컫는다. 이제 이러한 세계적 성격을 상실한 근대의 소유는 한 인간이 죽음에 이르러서야 상실할 수 있는 것 즉 노동력뭉뚱어리을 의미하게 된다. 따라서 자신의 사적 장소를 갖지 못한, 삶의 필연적 조건을 충족시키지 못하는 삶, "문자 그대로 그날그날 빌어먹고 사는 새로운 노동계급은 삶의 필연성이 강요하는 절박함에 직접적으로 노출"[10]된 이들이다. 그들은 부의 축적을 뒷받침하는 '사회'라고 하는 집단화의 영역에 종속되고 사회는 구성원들에게 '일정의 행동'을 기대하며 다양한 '규칙'들을 부과한다. 그리고 구성원을 '표준화'시켜 행동하도록 한다.[11] 이를 다른 말로 하면 사회 내에서 일정한 법적 권리와 정체성(배제의 형태와 역할의 분할을 규정하는)을 부여하고 취득하는 문제라고도 할 수 있을 것이다.[12] 그렇다면 이 질서규칙, 표준의 타자들몫을 갖지 못한 자들은 어떻게 될 것인가.

기존 연구들에서도 김유정 소설이 '도시 빈민을 통해 근대성의 모순을 드러내고 황폐화한 농촌의 비인간화를 드러냈다'[13]는 점에서 '반자본주의적'이라는 지적은 있어 왔다. 김유정 소설들을 마르크스주의나 크로포트킨주의와 연관시킨 논의들 역시 같은 맥락에 속한다고 볼 수 있을 것이다.[14] 그런

---

9 위의 책, 115쪽.
10 위의 책, 320쪽.
11 위의 책, 93쪽.
12 랑시에르는 '배제의 형태들을 규정하고 몫들과 역할들의 분할을 규정하고 말로 표현할 수 있는 것과 없는 것 사이의 경계들을 정립하며, 존재 / 행동 / 제작 / 소통 양식들을 규정하는' 치안의 질서를 교란하기 위해서는 어떤 권력이나 법적 권리를 취득하는 문제에서 나아가야 함을 즉 정체성의 정치에서 벗어나야 함을 주장한다. 자크 랑시에르, 진태원 역, 『불화』, 길, 2015, 128~9쪽 참조.
13 홍래성, 「반(反)자본주의를 위한 사랑의 형상화 – 김유정론」, 『한민족문화연구』 56, 한민족문화학회, 2016, 131~172쪽.

데 본고에서 보다 주안점을 두고자 하는 부분은 장소를 박탈당하고 '동일한 권리의 주체이자 동등한 시장의 성원이 되지 못한 채 사회의 장 바깥으로 밀려나는 타자들'[15]의 '자리', '몫'을 물으며 이를 처리하는 소설적인 방식이다. 이를 규명하기 위해 본고는 기존에 김유정 소설 연구에서 빈번하게 다루어져 온 유랑농민과 들병이 모티프를 궁핍하고 피폐해진 농촌적 삶의 한 양태로 보는 것이 아니라, 유랑농민—도시 유입—도시빈민으로 이어지는 일련의 연속적인 흐름 속에서 파악하고자 한다. 그리고 그렇게 될 때 김유정의 소설들은 농촌소설 / 도시소설의 이원적 세계가 아닌 통합적 세계로 재조명될 수 있고, 경성을 무대로 한 대표적인 도시소설인 이상과 박태원의 소설들과도 짝패를 형성하게 될 것이다. 궁극적으로는 김유정 소설을 통해 1930년대 자본주의적근대적 삶의 조건과 현장에 대한 구인회 작가들의 어떤 인식의 수준 또는 도달점에 대한 재발견의 기회가 되기를 기대한다.

2. 행랑어멈, 안잠자기, 깍정이들의 전사前史

김유정 소설에서 가장 큰 비중을 차지하고 있는 모티프 또는 캐릭터가 있다면 단연 '들병이'와 '아내를 팔아 기생하는 남편'을 들 수 있다. 이 마을 저 마을을 옮겨 다니며 공공연하게 성을 팔고, 숨겨놓은숨어 있던 남편과 유유히 또는 은밀히 도주하는 이들의 생활은 끝 모를 유랑 생활을 지탱해가는

---

14 방민호, 「김유정, 이상, 크로포트킨」, 『한국현대문학연구』 44, 한국현대문학회, 2014; 서동수, 「김유정 문학의 유토피아 공동체와 크로포트킨의 상호부조론」, 『스토리앤이미지텔링』 9, 건국대 스토리앤이미지텔링연구소, 2015 참조.
15 자크 랑시에르, 앞의 책, 230~31쪽.

하나의 생존 방식으로까지 나타난다.[16] 「산골나그네」의 떠돌이 여인은 어느 날 찾아든 술집에 기거하며 '갈보' 역할에 아내 며느리 역할까지 떠안지만 숨겨두었던 병든 남편을 데리고 홀연히 야반도주의 길을 떠나며, 「소낙비」에서 빚에 몰려 고향에서 "알몸으로 밤도주를" 한 춘호는 "이산저산을 넘어 표랑"하던 끝에 찾아든 마을에서도 살 길이 막막해지자 아내의 몸을 앞세워 도박 판돈을 마련한다. 「솟」의 들병이는 집안 세간에 마지막 남은 솥까지 죄다 떼어다 준 남자를 뒤로 하고, 어디선가 나타난 남편과 함께 "늠늠히나려가며 한번돌아다보는 법도 업"이 훌쩍 마을을 뜬다. 계약서까지 써주고 아내를 일급 '오십원'에 팔아넘긴 「가을」의 복만이와 새 남자의 아내가 된 그의 처 역시 아무도 모르게 사라져버리는 이들이다.

삶의 터전을 잃고 떠돌거나 고향을 떠나 찾아든 자리에서조차 정착하지 못하고 내몰리는 이들의 여정에 끝이 있다면 그 종착지는 어디일까? 「소낙비」에 나타나 있는 서울을 향한 꿈이 그 하나의 대답이 될 것이다.

---

16 김유정 소설의 가장 특징적인 모티프이자 캐릭터라는 점에서 들병이 소재 소설들에 대한 연구 역시 상당히 많이 축적되어 있다. 김윤식, 「들병이 사상과 알몸의 시학」, 『김유정 문학의 전통성과 근대성』, 한림대 출판부, 1997에서 시작하여 들병이와 그 남편의 의미에 대한 해석은 매우 다양하다. 근래에는 들병이를 '일제의 식민지 규율권력으로부터 일탈한 존재'(배상미, 「1930년대 농촌사회와 들병이-김유정의 소설을 중심으로」, 『민족문학사연구』 51, 민족문학사연구소, 2013), '식민지 이데올로기를 균열시키는 존재'라는 해석(김양선, 「1930년대 소설과 식민지 무의식의 한 양상-김유정 소설에 나타난 향토의 발견과 섹슈얼리티를 중심으로」, 『한국근대문학연구』 10, 한국근대문학회, 2004) 등이 제출되었다. 또한 '몸을 매개로 한 여성의 능동적인 노동력에 유지되는 유사 가족 공동체'라는 관점(권경미, 「들병이와 유사가족 공동체 담론-김유정의 소설을 중심으로」, 『우리文學硏究』 66, 우리문학회, 2020), '정상가족/매춘의 차별성을 약화시키고 이에 기반한 남성권력을 교란시키는 존재'라는 관점(이경, 「김유정 소설에 나타난 친밀성의 거래와 여성주체」, 『여성학연구』 28, 부산대 여성연구소, 2018)도 있다. 한편 유인순은 성노동의 지속성과 형태로 볼 때 직업으로서의 들병이를 다룬 작품은 「총각과 맹꽁이」, 「솟」으로 한정된다고 본다(유인순, 「들병이 문학 연구-김유정·안회남·현덕'의 들병이 소재 작품을 중심으로」, 『語文學報』 33, 강원대 국어교육과, 2013).

서울로 올라가 안해는 안잠을 재우고 자기는 **노동**을 하고 둘이서 다구지게 벌으면 안
락한 생활을 할 수가 잇슬텐데 이런 산구석에서 굶어죽을 맛이야 업섯다.[17]

그는 남편에게 서울의 화려한 거리며 후한 인심에 대하야 여러번 드른바잇
서 일상 안타까운 마음으로 몽상은 하야보앗스나 실지 구경은 못하엿다. 얼른
이고생을 벗어나 살기조흔 서울로 가고십흔 생각이 간절하엿다.[18]

시골녀자가 서울에가서 안잠을 잘자주면 멧해후에는 **집까지 엇어가는수가 잇는대** 거
기에는 얼골이 어여뻐야한다는 소문을 일즉드른배잇서 하는 소리엇다. "그래
서 날마다 기름도 바르고 분도 바르고 버선도 신고해서 **쥔마음에 썩들어
야⋯⋯"**[19] (강조는 인용자)

적수공권 즉 '알몸으로'도 서울만 가면 안잠(+주인과의 성 교환)과 노동으
로 '안락한 생활'을 할 수 있으리라는 이 몽상의 장면은 김유정의 또 다른
소설 「정조」에서 곧 실현되는 것처럼 보인다. 술 취한 주인서방님을 행랑채
앞에서 맞아들여 하룻밤을 보낸 행랑어멈과 아범은 기세 좋게 돈 이백 원을
얻어 손에 쥐고 장사하러 나간다며 유유히 행랑을 벗어나는 것이다. 그들은
"처음 올적만해도 시골서 살다 쫓겨올라온지 며칠안되는데 방이없어서 이
러구 다닌다고 하며 궁상을 떨은"[20] 갈 곳 없던 이들이었다. 산골에서 떠돌
다 도시의 '행랑것'이 되어 "쥔주인마음"을 쥐락펴락하게 된 이들은 "서울에
가서 안잠을 잘자주면 멧해후에는 집까지 엇어가는수가 잇"다며 꿈에 부푸

---

17 김유정, 「소낙비」, 전신재 편, 『김유정 전집』, 강, 1997, 47쪽.
18 위의 책, 48쪽.
19 위의 책, 49쪽.
20 김유정, 「정조」, 위의 책, 288쪽.

는 「소낙비」 부부의 성공사례인 것이다. 물론 그들의 서울살이가 결국 해피 엔딩일 가능성은 희박하다. 땅의 예속에서 벗어나 근대인들이 어디에서나 자신의 보금자리를 가질 수 있다는 미망은 '근대의 거짓 약속'일 뿐 그들에게 자유를 보장해 주지 않기 때문이다.[21] 우리는 이렇게 서울이라는 장한 공간에 자신의 거처를 마련하겠다는 꿈을 안고 '주인집' 행랑채나 안채에 깃드는 이들의 이야기를 『천변풍경』을 비롯한 박태원의 소설들에서 좀 더 풍성하게 만날 수 있다.

흔히 『천변풍경』을 두고 청계천변에 모여든 도시 하층민들의 이야기라고 부르는데, '벌어먹기' 위해 이곳에 몰려드는 이들의 그 이동과 노동[22]의 생태에 대해서는 좀 더 섬세하게 들여다볼 필요가 있고 그 실마리가 되는 것이 위와 같은 김유정의 소설들이다. 『천변풍경』에서 청계천 빨래터의 터줏대감들로 가장 먼저 등장하는 행랑어멈아범과 안잠자기들귀돌어멈, 칠성어멈, 필운네 등과 다리 밑 깍정이거지떼, 천변 카페의 여급들기미꼬, 하나꼬, 시골출신 소년소녀 노동자들재봉이, 창수, 순동이 등을 「소낙비」를 비롯한 김유정의 소설들과 겹쳐 읽을 때, 그들이 이 도시의 최하층부를 형성하고 있다는 사실보다 좀 더 주목하게 되는 부분은 시골 출신들의 도시 유입 과정 또는 현상이다. 「소낙비」에서 "서울 갈 준비"를 위해 춘호가 아내에게 "서울 가면 꼭 지켜야 할 필수조건"을 가르치는 대목을 보자.

첫째 사투리에 대한 주의부터 시작되었다. 농민이 서울사람에게 꼬라리라는

---

21 김현경, 『사람, 장소, 환대』, 문학과지성사, 2015, 282쪽. 이 책에서 저자는 성원권(사람으로 받아들여짐), 자유, 권리와 장소(자신의 자리를 가짐)의 관계를 묻는다.

22 『천변풍경』 도시 하층 노동자들의 생태를 '교환의 합리성'이라는 관점에서 접근한 연구로 노지승, 「천변의 노동자들과 호모 에코노미쿠스―노동사적 관점에서 『천변풍경』 읽기」, 『구보학보』 15, 구보학회, 2016이 있다.

별명으로 감잡히는 그리유는 무엇보다도 사투리에 잇을지니 사투리는 쓰지말지며 '합세'를 '하십니까'로, '하게유'를 '하오'로 고치되 말끗을 들지말지라. 또 거리에서 어릿어릿하는 것은 내가 시골띄기요 하는 얼뜬즛이니 갈길은 재게가고 볼눈은 또릿또릿이 볼지라 — 하는것들이엇다.[23]

서울 사람에게 업신여김을 받지 않기 위해서는 우선 사투리를 쓰지 말아야 하며, '하오'와 '하십시오'체를 사용해야 한다. 즉 '사투리'에 대한 주의가 첫째인 것인데, 여기서 『천변풍경』의 상경한 주민들이 어느 지역 출신이든 간에 사투리를 전혀 사용하지 않는다는 사실을 새삼 떠올리게 된다. 이는 출신이 밝혀져 있지 않아 서울 토박이일 가능성이 있는 점룡모, 샘터주인, 이쁜이네뿐만 아니라, 서울생활에 이미 이골이 난 귀돌어멈, 칠성어멈 등과 서울 근교 출신인 안성댁, 가평에서 올라온 '시굴아이' 창수, 게다가 전라도 출신이라고 소개된 이발소 주인과 남부지방에서 막 상경한 금순이네 가족 모두에게 해당한다. "이발소 주인은 서울에 올라온 지 이제 삼년이 되어오는 전라도 사람이다"라는 설명이 그가 '-ㅂ쇼체'와 함께 서울말을 능란하게 구사하는 데 대한 알리바이로 기능하기는 하지만, 이는 달리 말하면 청계천변의 거의 모든 사람들이 토속 서울말ᵉ경알이을 완벽하게 구사하는 것이 자연스럽기보다는 인공적인 것임을 방증하는 것이기도 하다.[24]

상경 농민들이 필사적으로 서울말을 배워야 하는 이유는 그들이 유랑하며 거쳐 온 그 어느 곳에서와 꼭 한가지로 서울에서 역시 환대받는 존재들

---

23 김유정, 「소낙비」, 전신재 편, 앞의 책, 49쪽.
24 『천변풍경』이 대화의 서울말(서울 사투리)과 비대화 지문의 표준어를 명확히 구분하기 위해서 지방 출신자들의 발화를 모두 서울말화해 놓고 있다는 점과 이를 '표준어 문학'의 인공적인 지향성과 관련시킨 논의로 김미지, 「1930년대 문학 언어의 타자들과 조선어 글쓰기의 실험들」, 『한국문학이론과 비평』 60, 한국문학이론과 비평학회, 2013이 있다.

이 못 되기 때문이다. 그들은 사적 소유의 대상인 장소(삶의 터전이자 거주지인 땅)가 없는 곳에서 그곳의 성원임을 결코 인정받지 못한다. 마름 집에서 서너 해를 내리 사경 한 푼 못 받고 일만 하면서도 결국 아무런 법적 보호를 받지 못하는 「봄봄」의 데릴사위(사실 사위가 될 가망은 전혀 없지만) '나'가 "애최 계약이 잘못된"[25] 것이라고 깨달은 것은 오판에 불과하다. 그는 애초에 계약 관계 속에 결코 들어갈 수 없는 존재이며 법은 남마름의 집 농사를 망쳐놓는 그에게만 가혹하게 떨어질 판국이기 때문이다. 소작으로 연명하다 빚에 내몰려 유랑민이 되는 도시 유입자들 역시 마찬가지이다. 남의 집 행랑채에 겨우 자리 잡은 -어멈아범들 또는 당구장 구락부에서 숙식을 해결하는 소년 소녀들, 카페걸이 되어 화폐경제의 순환에 참여하는 여급들의 경우는 그나마 운이 좋은 편에 속한다.

그러나 넓은 서울 장안에서도, 그와 두 어린 것을 용납하여 주도록 관대한 집은 드물었다. 수소문을 하여 사람 구한다는 집을 차례로 다녀 보았으나, 모든 것이 부질없는 일이었다. 행랑것으로는, 서방이 없는 것이 흠이었고, 안잠자기로는 또 어린 것이 둘씩이나 있는 것이 탈이었다.[26]

『천변풍경』에서 남편의 매질과 가난을 피해 두 어린아이를 데리고 갓 상경한 만돌 어멈은 "넓은 서울 장안에서도" 그들을 용납하는 장소를 찾지 못한 채 수차례 모진 마음을 먹으나, 뒤에 남겨질 어린 자식들로 인해 그마저 실패하는 인물이다. 반년 전에 먼저 서울살이를 시작한 동네 이웃 필원이네

---

25 김유정, 「봄봄」, 전신재 편, 앞의 책, 157쪽.
26 박태원, 『천변풍경』, 깊은샘, 1994, 55쪽.

의 주선으로 간신히 한약국집 행랑채에 들긴 하지만, 이내 서울에 와서도 난봉이 난 남편 탓에 쫓기듯 떠나고 마는 신세이다. 청계천변의 숱한 인간 군상들의 비교적 성공적인 후일담(소설의 마지막 절인 50절 '천변풍경'에 나타난)에도 비교적 후한 이 소설에서 만돌이네의 이후 행적이나 최후만큼은 찾아보기 힘들다. 깍정이들걸인조차 청계천 다리 밑에서 쉴 자리를 마련하고 저마다 자신들의 생활을 설계하는 것으로 끝나는 이 소설에서 만돌 어멈의 경우는 근대 도시에서 결국 '성원권'을 갖지 못한 비인격nonperson, "잃을 것은 쇠사슬뿐인" 도시 노예들의 존재를 예시한다.[27] 김유정이 최초로 쓴 작품으로 알려진 「심청」1932년 창작, 1936년 발표에서 종로 한복판에서 구걸하는, "꼴을 봐한즉 아마 시골서 올라온 지도 불과 며칠 못되는 모양"에 병색이 짙어 "금시로 운명하는 듯" 싶어 보이는 어린 깍쟁이들이 그저 '쇠똥말똥'과 매한가지로 거리 청결을 위한 청소의 대상으로 사물화하고 있는 것도 같은 맥락에서 이해될 수 있다.[28]

그런데 들병이로 대표되는 농촌의 유랑농민과 도시로 흘러들어와 새로운 도시 빈민층으로 편입되는 상경 농민들은 대체로 공통점을 가진다. 곧 생계를 책임지는 여성과 그에 빌붙어 사는 남성식솔이라는 구도가 그것이다. 농촌 들병이 부부의 도시적 삶의 양태는 어떠한 모양으로 나타나는가. 다음 절에서는 이 문제를 다루어 보고자 한다.

---

27 사람됨의 자리를 갖지 못한 따라서 어떤 권리와 의무도 갖지 못하는 노예적 존재는 "사회적으로 보이지 않는", 현상하지 않는 존재들이다. 김현경, 앞의 책, 36쪽 참조.
28 김유정, 「심청」, 전신재 편, 앞의 책, 182쪽.

3. 기생과 공생 사이, 도시의 들병이 서사

몸(성)을 파는 아내 또는 딸과 그들에게 기생하는 남편이나 가족들의 이야기는 박태원 소설에서도 단골 주제이다. 카페 여급인 딸들이 온 가족의 생계를 책임지는 「성탄제」, 「골목안」을 비롯하여 여급이 병든 남성 애인을 먹이고 보살피는 「보고」, 「윤초시의 상경」 역시 여기에 포함시킬 수 있다. 주로 '여급 소재 소설'로 논의되는 이 몇 작품들에서 여급의 가족들은 들병이의 남편이 아내의 성매매를 승인또는 방조, 권장하며 경제적 이득을 취하는 것과 유사한 삶의 태도를 취하지만 도시공간이라는 특성으로 인해 결정적인 차이를 빚는다. 이상의 「날개」 또한 부부 사이의 경제적 관계 구조로 볼 때 아내에게 기생하는 남성과 들병이 모티프의 도시적 확장 또는 변주라고 볼 여지가 있다.

우선 공공연하게 아내의 성매매를 이익 창출의 수단으로 여기는 김유정 소설의 남성 인물들을 보자. 「총각과 맹꽁이」에서 '가혹한 도지' 때문에 신음하며 '빚구녕 갑기'에 허덕이는 덕만이 모자는 들병이에게 장가를 드는 것을 유일한 희망으로 삼는다. "이런걸 데리고 술장사를 한다면 그밖게 더 큰수는 업"으며 "뒤해만 잘하면 소한바리쯤은 락자업시 떨어"지는 일이라는 것이다. 「소낙비」에서는 '반반한 얼굴로 돈 몇 푼 못 만들어 오냐'며 아내에게 매질을 일삼던 춘호가 동네 유지 리주사에게 돈 이원을 얻기 위해 몸을 팔러 가는 아내를 딴 때 없는 생기를 띠고 배웅하는 장면이 연출된다.

안해가 꼼지락어리는 것이 보기에 척으나 갑갑하엿다. 남편은 안해손에서 얼개빗을쑥뽑아들고는 시원스리 쭉쭉 나려빗긴다. 다 빗긴뒤 엽헤노힌 밥사

발의 물을 손바닥에 연실 칠해가며 머리에다 번지를하게 발라노앗다. 그래노
코 위서부터머리칼을 재워가며 맵씨잇게 쪽을 딱 찔러주드니 오늘아츰에 한사
코 공을드려 삶아노앗든 집석이를 안해의 발에 신기고 주먹으로 자근자근 골
을 내주었다. (…중략…) 남편은 그이원을 고이밧고자 손색없도록 실패업도록
안해를 모양내어 보냇다.[29]

춘호는 아내가 성매매를 통해 받아올 단돈 이원으로 도박판의 밑천을 삼
고 그렇게 해서 "동리의빗이나 대충 가리고옷한벌지여입고는 진저리나는
이산골을 떠날랴는" 심산이다. 이것이 실현되기 위해서는 리주사를 만나러
가는 아내의 미션이 성공적으로 끝나야만 한다. 따라서 아내의 머리를 정성
스레 빗겨 "맵씨잇게 쪽을 딱 찔러주"는 그의 태도는 더할 나위 없이 진지
하다. 「안해」의 남편인 '나' 역시 "이깐 농사를 지어 뭘 하느냐, 우리 들병이
로 나가자"는 아내의 주장에 '훌륭한 생각'이라 맞장구를 치며 "미찌는 농
사보다는 이밥에, 고기에, 옷 마음대로 입고 좀 호강이냐"[30]며 잠시나마 꿈
에 부푼다. 땅도 없으며 빗만이 남은 이들은 아내를 돈벌이 수단이자 자식
생산의 수단으로밖에 생각하지 않는다. 그것이 공공연하게 표출될 수 있는
이유는 농촌사회의 가부장 권력, 남성 폭력이라는 면에서도 설명 가능하지
만,[31] 삶의 궁지로 내몰린 이들에게 체면이나 지켜야 할 명예가 없다는 점
으로도 해석해 볼 수 있다.[32] 권리를 누리고 의무를 지는 성원권을 부여받

---

29 김유정, 「소낙비」, 위의 책, 50~51쪽.
30 김유정, 「안해」, 위의 책, 174쪽.
31 들병이와 그 가족형태에 적극적인(전복적인) 의미를 부여하는 논의들과 달리, 권창규는 들병
   이 부부의 관계를 '가부장 권력과 화폐 권력의 결탁'이라는 형태로 해석하고 있다(권창규, 「가
   부장 권력과 화폐 권력의 결탁과 경합-김유정 소설을 중심으로」, 『여성문학연구』 42, 한국여
   성문학학회, 2017).
32 법적 인격, 의무와 권리를 갖지 않는 이들(노예)은 "얼굴을 가질 수 없고, 온전한 이름을 가질

지 못한 그들로서는 농촌 공동체의 일원으로서 지켜야 할 윤리나 명예를 아랑곳할 이유도 필요도 없다. 따라서 「솟」에서 들병이를 몰아내려는 농촌 청년회의 우려에서 보듯이 들병이들은 사기, 가정파괴, 풍기문란, 민심 파탄의 원흉으로 지목되더라도 언제나 이 마을 저 마을을 유유히 떠돌 수 있는 것이다.

아무것도 소유하지 못하는 농촌의 유랑 농민 남성들이 유일하게 주장하고 붙들고 있는 것은 아내에 대한 소유권이다. 유랑농민 계층의 남성들은 구걸만 하지 않을 뿐 자본주의의 최하층을 형성하게 되면서 식솔을 먹여 살리고 공적 활동을 보장받는 '가부장'과는 거리가 멀어진 존재들이지만, 집요하게 아내를 자신의 소유물로(마음대로 처벌, 처분할 수 있는 대상으로) 간주한다. 반면 실질적으로 이들을 먹여 살리는 노동행위를 하고 있으나 유일하게 남은 (재)생산수단인 몸을 던진 들병이의 행위는 '팔자 고치기', "노는 버리노는 벌이"「소낙비」로 취급되며 공적 노동으로 결코 인정되지 못한다. 들병이를 아내로 맞아 그녀를 "따라다니며 벌어먹겟구나 하는 새로운 생활"의 꿈에 부푸는 「솟」의 남편은 들병이의 노동을 "힘 안드리고 먹으니 얼마나 부러운가. 침들을 게게 흘리고 덤벼드는 뭇 놈을 이손저손으로 맘대로 후물르니 그 호강이 바히 고귀하다 할지라―"[33]와 같은 찬탄을 쏟아내기까지 하는 것이다.

들병이의 돈벌이와 유랑 생활이 남편이라는 존재를 떨쳐내지 못하는 것으로 시종일관 그려지는 것은 그러한 젠더적 착취 구조가 쉽게 해소되지 못함을 역설한다. 그러나 도시로 그 무대가 옮겨지면 성매매를 통해 가족들을

수 없으며, 권리와 의무의 주체가 될 수 없다. 노예에게 얼굴이 없다는 것은 그에게 지켜야 할 체면 또는 명예가 없다는 것이다"(김현경, 앞의 책, 36쪽).

33 김유정, 「솟」, 앞의 책, 145쪽.

먹여 살리는 들병이식 생존 방식 다른 말로 하면 '아내팔아 기생하기'의 양태는 달라질 수밖에 없는데, 그것은 농촌과는 판이하게 다른 주거 형태와 교환의 조건, 성매매의 직업화제도화, 비생산 노동또는 서비스업의 발달, 실업의 구조화와 같은 도시의 경제 환경에서 기인한다. 우선 도시를 무대로 벌어지는 그들의 생계형 성매매는 주로 가족들의 거주 공간인 셋방, 그것도 수많은 가구가 마당을 맞대고 있는 빈민 주거지에서 이루어진다. 도시형 들병이라 할 수 있는 이들 도시 서비스업 여성들이 주로 이동유랑과 야반도주를 통해 생계를 이어가는 농촌의 들병이들과 다른 점이 이 지점이다.

"아홉 가구에 도무지 네 개밖에 없는 쓰레기통 속에서는 언제든지 구더기가 들끓"는 빈민가를 전경에 내세운 박태원의 「골목안」에서 집주름 영감 부부와 삼남매는 카페 여급으로 다니는 큰딸 정이에게 생계를 의지하고 있다. "늙은 내외가 막내아들 학교까지 보내며 그래도 입에 풀칠을 할 수 있는 것이, 사실 카페 여급으로 다니는 큰딸 정이의 덕"인 것이다. 「성탄제」역시 카페 여급이 되어 '부랑자'들을 집안에 끌어들여 버는 돈으로 온 가족의 하루하루의 밥과 동생의 월사금과 집세를 감당하는 자매의 이야기이다. 김유정 소설 가운데 카페 여급이 등장하는 소설로는 「따라지」가 있는데, "사직골 꼭대기에 올라붙은 깨끗한 초가집"에 월세를 다달이 밀린 채 한 칸 방을 차지하고 있는 여러 인물들 가운데 여급 아끼꼬와 영애가 끼어 있다. 그녀들 역시 그 초가집 한구석에 종종 사내를 데리고 들어오는, 다달이 월세가 밀려 약이 오른 주인 노파에게 "카펜가 뭔가 다니는 계집애들은 죄다 그렇게 망골들인지"라는 말을 듣는 이들이다. 한편 박태원의 「보고」에는 "일찍이 꿈에도 생각하여 볼 수 없었던 서울에서도 가장 기묘한 한 구역"인 관철동 33번지에서 "어느 시골 주막의 작부였었느니, 카페에서 카페로 떠돌던 계집이었었느니 하고, (…중략…) 비웃음 가득한 소문이 떠돌던" 여급이 '나'의 벗 최군과 살림을 차리고 있는 광경이 펼쳐진다. 그런데 "올망졸망하니 일자로 쭈욱 이어 있는 줄행랑 같은 건물"에 아홉 가구라든지, 열여덟 가구라든지 하는 많은 수의 주민들이 거주하는, '대항권번'이라는 옥호가 붙은 이 33번지는 곧 이상이 쓴 「날개」의 무대이기도 하다.[34]

> 그 三十三번지라는 것이 구조가 흡사 유곽이라는 느낌이 없지 않다.
> 한 번지에 十八가구가 죽— 어깨를 맞대고 들어서서 창호가 똑같고 아궁지 모양이 똑같다. 게다가 각 가구에 사는 사람들이 송이송이 꽃과 같이 젊다. 해가 들지 않는다. 해가 드는 것을 그들이 모른 체하는 까닭이다. (…중략…) 三十三번지 十八가구의 낮은 참 조용하다.[35]

「날개」의 '나'가 거하는 33번지에는 열여덟 가구가 산다. '나'는 "구조가 흡사 유곽이라는 느낌이 없지 않다"고 진술하는 것으로 '가장된 무지'를 드러내고 있으나, 젊은 꽃송이들이 각자의 명함을 방의 미닫이 위 한켠에 붙여 놓고 "어둑어둑하면 이부자리를 걷어 들인" 채 "낮보다 훨씬 화려하"고 바쁜 밤을 맞이하는 이곳은 영락없이 유곽임을 보여준다. 그 장소의 점유자는 아내이기에 '나'의 명함이 붙을 수 없는 곳이며, '나'는 "한 떨기 꽃을 지키고— 아니 그 꽃에 매어달려 사는"[36] 존재이다. 「날개」에서 아내는 목소리가 소거되어 있고 오직 '나'의 의식세계 속에서만 존재를 (어렴풋이) 드러내는 데 반

---

34 알려져 있다시피 이상은 실제로 기생 금홍과 관철동 33번지 '대항권번' 근처에 살림을 차리는데, 즉 박태원의 「보고」에 등장하는 '최군'과 이상의 「날개」의 '나'는 동일한 지시대상을 가리킨다. 김종회, 『박태원』, 한길사, 2008, 53~54쪽 참조.
35 이상, 「날개」, 김윤식 편, 앞의 책, 319~320쪽.
36 위의 책, 321쪽.

해, 앞의 박태원이나 김유정의 소설들에서는 실질적인 '가장'의 역할을 하는 카페 여급들의 '목소리'가 크게 부각되어 있다는 점이 특징적이다.

(가) 툭하면 애, 쥔이 집세 재축 또 하더라. 쌀이 떨어졌다. 나물 또 딜여 와야 한다. 김장두 당거야 한다. (…중략…) 나는 무슨 화수분인 줄 알았습디까? 내가 무슨 수루 다달이 이십 원 삼십 원씩 모갯돈을 맨들어 논단 말이유? 그걸 빠안히 알면서두, 나를 지긋지긋하게 졸르는 게 그게 날더러 부랑자 녀석이래두 하나 끌어들이라구 권하는 게지 뭐야?[37]

(나) 아내에게 직업이 있었던가? 나는 아내의 직업이 무엇인지 알 수 없다. 만일 아내에게 직업이 없었다면, 같이 직업이 없는 나처럼 외출할 필요가 생기지 않을 것인데—아내는 외출한다. 외출할 뿐만 아니라 내객이 많다. (…중략…)
나는 우선 내 아내의 직업이 무엇인가를 연구하기에 착수하였으나 좁은 시야와 부족한 지식으로는 이것을 알아 내이기 힘이 든다. 나는 끝끝내 내 아내의 직업이 무엇인가를 모르고 말려나 보다.[38]

(가)는 「성탄제」의 한 대목으로, 이 소설에서 목소리가 등장하는 것은 온 식구들 가운데 여급으로 경제활동을 하는 정이와 영이 두 사람뿐이다. 이 소설은 연이어 여급으로 나서서 남자를 집안으로 끌어들이는 신세가 된 자매의 독설과 독백이 주를 이루고 있다. (나)에서 보듯이 「날개」에서 '아내

---

37 박태원, 「성탄제」, 『소설가 구보씨의 일일』, 깊은샘, 1994, 83~4쪽.
38 이상, 「날개」, 김윤식 편, 앞의 책, 325~6쪽.

의 직업이 무엇인지 통 모르겠다'며 '백치'임을 가장한 채 유폐된 나 역시 이름도 얼굴도 목소리도 없는 존재이다. 아내의 성매매에 기대어 살면서 자기 자신은 노동이나 경제활동을 하지 않고도 삶을 충족시키고자 하는 욕망을 노골적으로 드러내는 농촌의 남성들과 달리, 도시의 '기생寄生형' 남성들은 이들에 대한 소유권이나 어떠한 종류의 권리도 주장하지 않는다. 그리고 경제주권을 기반에 둔 이러한 전도된 젠더 역학은 박태원, 이상, 김유정 소설 가운데 어머니, 누이, 형수, 아내 등 생계형 노동 여성들에게 기생하는 도시룸펜(그것이 작가라는 어엿한 직업이 있는 경우에도)의 형상을 그린 작품들에서도 뚜렷하게 나타난다.

「소설가 구보씨의 일일」을 비롯한 박태원의 소위 '소설가 소설'구보형 소설들은 돈벌이, 구직, 계약, 월세 지불 등의 '현실의 사무'에 전혀 무지무능하거나 이를 외면한 채 어머니와 형수의 노동에 일상을 빚진 남성들을 반복해서 등장시킨다. 「거리」의 "나"는 "약봉피를 하루 종일 걸려 삼천 매"를 붙이는 어머니와 "종일을 쉴새없이 재봉틀을 놀"리는 형수와 단칸방에 웅크리고 사는 스물아홉의 남성이다. 그러나 그가 진정 아무것도 하지 않는 것은 아니다. "게으름에 익숙한 나는 세간 사무가 적당치 않았고 내가 할 수 있는 오직 한 가지의 일로 부지런히 쓴 원고는 아무데서도 즐겨 사주지 않"[39]는 것뿐이다. 문제는 이렇게 돈으로 교환되지 않는 일이란 곧 '무위', 아무런 생산적 결과를 낳지 못하는 쓸모없는 일로 치부되는 구조에 있다. 즉 '부지런히' 원고를 쓰는 일은 그것이 돈과 교환되지 않는 한 '게으름'과 다름없는 것이다. 김유정의 자전적 작품들「생의 반려」, 「따라지」 등에서 누이에게 빌붙어 산다는 이유로 정서적 학대를 감내하는 소설가 주인공이 흔히 등장하는 것도 동일하게 읽을 수 있다.

---

39 박태원, 「거리」, 위의 책, 162쪽.

(다) 나이가 새파랗게 젊은 녀석이 웨 이리 헐일이 없는지 밤낮 방구석에 팔짱을 지르고 앉아서는 얼이 빠졌다. 그렇지 않으면 이불을 뒤쓰고는 줄창같이 낮잠이 아닌가. 햇빛을 못봐서 얼굴이 누렇게 시드렀다. 경무과 제복공장의 직공으로 다니는 즈 누이의 월급으로 둘이 먹고지난다.[40]

(라) "밥을 얻어먹으면 밥값을 해야지, 늘 부처님같이 방구석에 꽉 앉었기만 하면 고만이냐?"

이것이 하루 몇 번씩 귀 아프게 듣는 인사이었다. (…중략…)

"웨 내가 이고생을 해가며 널 먹이니 응 이놈아?"

헐없이 미친 사람이 된다. 아우는 그래도 귀가 먹은 듯이 잠자코 앉었다. (…중략…)

열적은듯, 죄송한듯 얼굴이 벌개서 털고 일어나는 그 아우를 보면 우습고도 일변 가여웠다.[41]

「따라지」는 주인집 노파의 초점화로 시작된 서술이 곧이어 카페 여급 아끼꼬에게 초점화한 서술로 바뀌어 전개되는 구성으로 되어 있다. 위 인용문 (다)는 노파의 초점으로 누이와 함께 사는 청년을 "헐일이 없고 얼이 빠진", "누이의 월급으로 먹고 지내는" 인물로 제시하며, (라)는 그 소설가 청년을 '톨스토이'라 부르며 사모하는 아끼꼬의 초점으로 그의 '우습고도 가여운' 모습을 그려낸 것이다. 아끼꼬에게 '톨스토이'는 밤낮 '밥값'을 하라고 소리치는 누이의 악다구니를 묵묵히 견디고만 있는 연민의 대상이다.

---

40 김유정, 「따라지」, 위의 책, 303쪽.
41 위의 책, 308~9쪽.

"근대문학의 개인은 어디까지나 젠더화한 주체"[42]라는 낸시 암스트롱의 말을 빌려 위에서 살펴본 김유정을 비롯한 구인회 작가들의 소설을 '욕망의 재정의'와 '젠더 역학의 변화'로 읽는다면, 김유정 소설은 구인회 소설세계 도시소설의 중요한 한 매개이자 접합지점이 된다. 남성 가부장에게 부여된 성역할젠더을 시종일관 거부하거나 회피하며 경제주권을 포함한 권리의 행사까지도 포기하는 박태원과 이상그리고 김유정 소설의 기생형 남성 인물들은 여성의 노동성매매이 경제행위로 승인되는 도시적 삶의 산물들이다. '노는 벌이'(실상 그런 것은 존재하지 않음에도)로 취급되던 이러한 종류의 노동이 농촌 사회에서 은밀하게 성행하면서도 "남의 살림을망처노코 게다 가난한 농군들의 피를빨아먹는"[43] 축출의 대상이 되는 것과는 상반된다.[44] 유랑의 종착지인 도시에서 부의 축적만을 뒷받침하는 자본주의 사회의 타자들몫을 갖지 못한 자들은 자신들에게 부여되는 규칙과 표준을 수용하는 대신 자신의 욕망을 재정의하고 젠더 규범을 위반한다. 여성에게 기생하면서도 가부장으로서 그들에 대한 절대적 소유권을 주장하는 농촌의 들병이 남편들과 달리, 여성에게 기생하는 대신 그녀들에 대한 소유권이나 가부장의 권리를 결코 주장하지 않는 것이다. 이것이 곧 성을 팔아 생계를 유지하는 여성들에게 이들

---

42 낸시 암스트롱, 오봉희·이명호 역, 『소설의 정치사—섹슈얼리티, 젠더, 소설』, 그린비, 2020, 55쪽. 19세기 영국 근대소설사를 섹슈얼리티와 젠더 '형성'의 역사로 기술하고 있는 낸시 암스트롱은 신분과 계층, 집단, 친족관계에 의거하던 국가 및 개인의 역사를 재현하던 언어가 해체되고 새로이 계발된 성적 관계의 언어와 욕망의 재정의에 따라 발생한 것이 근대소설이며, 따라서 근대소설의 개인은 어디까지나 "젠더화된 주체"이므로 젠더 형성의 역사를 들여다보지 않고는 소설사를 말할 수 없다고 주장한다. 역사적 과정은 다르지만 이를 영국 이외의 근대소설사에도 충분히 적용시켜 볼 수 있다.

43 김유정, 「솟」, 앞의 책, 146쪽.

44 도시에서의 제도화한 성노동은 축출의 대상이기보다 관리의 대상으로 편입된다. 박태원과 이상의 소설에 등장하는 '대항권번'과 같은 기생조합 역시 그 한 사례이다. 대항권번은 1935년 기타 경성의 여러 권번들과 통폐합되어 '종로권번'이라는 이름으로 재탄생한다.

작품들이 (현실에서는 가능하지 않은) 목소리와 주권을 부여하는 이유이다.[45]

(마) 나는 언제든 그 이튿날 아침이면, 사내를 졸라 식구 수효대로 짜장면을 시켜왔다. 참말이지 이 동리 청요릿집에서 시켜다 먹을 것은 그것 한가지밖엔 없다. 하건만, 너는 그것을 더럽다고 한 번도 입에 대려 들지 않았다간……. 나는 그러나 내일 아침에 어디 한번 맛나게 먹어 볼 테다…….[46]

(바) "당신 맘대로 방은 치는거요?"

"그럼 내방 내맘대로 치지 누구에게 물어본단 말이유?"

(…중략…)

"당신맘대룬 안뒤우 그책상 도루 저리갔다 놓우 삭을세 내란다든지 하는개 옳지 등을 밀어 내쪼츤 경오가 어짓단말이오?"

"아니 아끼꼬는 제거나 낼 생각하지 웬걱정이야? 저리 비켜서!"[47]

(…중략…)

아끼꼬는 다시 올라가며 저도 남자가 됐드라면 '풋뽈'을 차볼걸 하고 후회가 막급이다. 그리고 산을 한바퀴 돌아 나려가서는 이번엔 장독대우에 요강을 버리리라 결심을 한다. 구렁이는 장독대우에 오줌을 버리면 그것처럼 질색이 없다.

"망할 년! 이번에 봐라 내 장독우에 오줌까지 깔길테니!"

이렇게 아끼꼬는 몇번 몇번 결심을 한다.[48]

---

45 여기서 여성들은 단지 피해자(욕망의 대상)와 주체(착취자)의 이분법으로 설명할 수 없다. 낸시 암스트롱은 여성의 역사를 억압당하고 침묵당한 소수자의 관점에서 보기보다는 근대 문화(문학)가 '여성적 영역'에 부여한 권력을 직시하고 젠더와 계급의 공모, 젠더 형성사에 소설이 행한 역할을 살필 것을 주문한다(낸시 암스트롱, 앞의 책, 58쪽).
46 박태원, 「성탄제」, 앞의 책, 87쪽.
47 김유정, 「따라지」, 앞의 책, 318쪽.
48 위의 책, 323쪽.

「성탄제」의 마지막 대목인 (마)는 언니 영이가 자신과 마찬가지로 여급이 되어 남자를 집에 데리고 들어온 순이를 향해 던지는 독백이다. 자신이 그랬던 것처럼 순이 또한 남자의 지갑을 열어 다음날 아침 온 식구의 아침 식사를 해결해 줄 것인데, 그 아침밥을 "어디 한번 맛나게 먹어 볼 테다"라고 말할 수 있는 이는 그들 식구들 가운데 오직 화자 영이뿐이다. 영이가 순이에 대한 분노와 연민을 한꺼번에 터뜨릴 수 있는 유일한 목소리의 주체일 수 있는 것은 그녀가 실질적 가장으로서 가족들의 생계를 책임져 왔던 역사 때문이다.

(바)에서 「따라지」의 여급 아끼꼬는 자기 월세도 다달이 밀려 수세에 몰린 처지이면서도 밀린 월세 때문에 방에서 내쫓길 위기에 몰린 '톨스토이'를 육탄전을 불사하며 구출해 낸다. 찾아온 순사까지 보기 좋게 따돌린 그녀가 '다음번에는 어떻게 주인 노파를 골려줄지' 궁리하는 마지막 장면은 어디에서도 자신의 장소를 가질 수 없는 도시의 '따라지'들이 품은 공생[49]과 연대의 욕망을 함축한다. 그렇다면 도시 한구석에서 자신의 것이 아닌 방 한 칸을 전전하는 이들에게 공생과 연대는 어떻게 가능해지는가?

앞서 언급했듯이 이 소설은 주인 노파의 초점화로 월세가 다달이 밀린 셋방 따라지들의 풍경을 제시한 뒤 바로 아끼꼬로 초점이 옮겨지는데, 여기서부터는 밀린 월세에 악이 받혀 악다구니로 살아온 주인 노파 역시 그 따

---

[49] 사실 '공생(共生)'이라는 말은 다양한 의미와 가치를 담고 있다. '공존(co-existence)', '공동거주(cohabitation)'에서부터 '조화(harmony)', '협력(cooperation)' 등을 내포할 수 있는데, 근래에는 도시공간에서 고정된 정체성으로부터 벗어나고자 하는 '타자와의 적극적인 상호작용'을 전제로 한 '공생공락(conviviality(Paul Gilroy))'이라는 개념도 등장하였다(팔 아홀루 왈리아, 「거처의 이동, 세계화 시대에 진화하는 정체성」, 『제1회 세계인문학포럼 발표자료집』, 교육과학기술부, 2011, 106쪽 참조). 생물학의 공생(symbiosis) 이론을 빌려오자면 '상리공생(mutualism)', '편리공생(commensalism)'의 개념도 있다. 이 글에서 다루는 소설 속 인물들(특히 남성)의 삶의 방식은 기생 또는 편리공생(한쪽에만 이로움을 주는)에 가깝지만 상리공생을 꿈꾸는 것으로 읽을 수 있다.

라지의 행렬에 포함된다. 여급 아끼꼬를 '풋뿔' 선수가 되어도 아깝지 않을 여장부로 그려낸 이 소설에서 그녀를 초점화자로 하여 드러낸 이 모든 따라지들의 삶의 방식은 밑바닥 인생들의 공생의 윤리를 묻고 있다. 참다 참다 힘깨나 쓰는 조카를 동원하여 세입자의 세간을 들어내는 주인이나, 제 짐이 마당으로 쓸려 나오는데도 한마디 못 하고 멀뚱하게 서있는 '톨스토이'나, 그 대신 맞서서 주인과 드잡이를 하고 있는 아끼꼬나 모두 박태원의 소설 제목처럼 '딱한 사람들'이다. 그 누구 하나 악인이랄 수 없는 자본주의의 주변인들타자들이 공존하고 있는 이곳에서 '남 일에 참견 말고 네 월세 걱정이나 하라'는 주인 노파의 말에도 아끼꼬는 아랑곳하지 않으며, '아무리 집 주인이라도 당신 맘대로는 안 된다'고 맞서는 그녀의 항변은 꺾일 기세를 보이지 않는다. 이것이 어디에서도 환대받지 못하는 타자들의 공간에서 그녀가 연대를 실현하는 방식이다.[50]

　사실 이 좁은 단칸방 '따라지'들의 집합소에서 일어나는 월세를 둘러싼 옥신각신은 이 집안에서 심심하면 되풀이되는 일상이다. 때만 되면 반복되는 호출에 이미 심드렁해진 순사의 태도와 아끼꼬의 점차 드높아지는 기개가 이를 증명한다. 이 도시의 절대적 무능자 '톨스토이'가 '밥값을 하라'는 누이의 반복되는 악다구니 속에서도 큰 동요를 보이지 않고 돈이 되지 않는 원고지를 붙들고 있을 수 있는 것 역시 그러한 일상화한 승리(위기를 모면하는)의 관성 덕택이다. 물론 대신(또는 대표로) 싸워줌으로써 세입자들의 '연대'를 실천하는 아끼꼬의 존재 덕에 작가 김유정의 분신인 소설가 '톨스토

50　여기서 "자아와 타자의 구별이 희석되며, 자아의 확장을 통해 더욱 고양된 자아가 형성"되는 '공생의 관계'(최진우, 「환대의 윤리와 평화」, 『오토피아』 32, 경희대 인류사회재건연구원, 2017)가 현실에서 가능하지 않은 목소리와 주권 그리고 환대의 형태로 소설적으로 구현되고 있음을 볼 수 있다.

이'는 위태로운 긴장 속의 공존을 지속하는 혜택을 누리는 것이기도 하다. 「성탄제」와 「골목안」에서 순이와 영이들 덕에 자본주의 도시의 한 구석에 거처할 수 있는 박태원 소설의 빈민들이나 '아내' 덕에 방 한 칸을 차지할 수 있는 「날개」의 '나'와 마찬가지로.

이상에서 살펴본 김유정 그리고 박태원과 이상의 소설 속 인물들은 이 사회가 자신들에게 요구하는 규칙들과 행동들, 표준화의 억압을 회피하면서도 가질 수 있는 몫과 최소한의 장소환대받을 권리에 대해 말하고 있다. 다른 말로 하면 '주체의 장소 만들기'[51] 또는 '자본이 강제하는 시공간적 규율장치에 쉽게 굴복하지 않는 장소의 구축[52]을 꿈꾸는 것이다. 이것이 김유정과 박태원 그리고 이상의 소설들에서 자본주의 근대도시의 영원한 타자들을 아우르는 공감대이자 방법론의 하나라고 볼 수 있을 것이다.

4. 결론

서른 편 남짓한 김유정의 소설들은 주로 농촌 배경 소설과 도시 배경 소설 양자로 구분되어 논의되어 왔다. 주로 서울에서 학창시절을 보내고 생활하다가 휘문고보를 졸업한 뒤 2년 남짓의 짧은 시절 고향 춘천에서 농촌을 경험한 김유정은 먼저 강원도 산골을 배경으로 한 소설들을 연속적으로 발표하다가 도시 경성을 무대로 한 소설들자전적 체험 소설 포함을 발표하기 시작했다. 그리고 그러한 작가활동의 과정에서 중요한 계기로 작동한 것 가운데 하나

51 자크 랑시에르, 주형일 역, 『미학 안의 불편함』, 인간사랑, 2008, 235쪽 참조.
52 데이비드 하비, 김성호 역, 『자본주의와 경제적 이성의 광기』, 창비, 2019, 215쪽 참조.

가 곧 구인회 가입과 문우들과의 교유라고 할 수 있다. 그런데 김유정을 구인회 소설의 맥락에서 그리고 구인회 작가들과의 관련 속에서 논한 연구는 그리 많지 않다. 이 글은 김유정을 1930년대 자본주의 구조와 자본주의적 삶에 대한 문제의식을 공유하는 구인회 작가로서 자리매김하며, 그의 소설들을 구인회의 문우인 박태원과 이상의 도시 소설과 겹쳐 읽고 상호 관련시키는 방법을 취하였다. 그렇게 할 때 김유정 문학의 농촌 배경 소설과 도시 배경 소설을 이원적으로 분리시키지 않고 통합적으로 또는 연속적으로 이해할 수 있다고 보았다.

이 글에서는 특히 김유정 소설 가운데 핵심 소재인 들병이를 비롯한 농촌 유랑민이 도시로 유입되어 빈민층을 형성하게 되는 맥락에 주목했다. 즉 농촌에서도 자신의 땅이나 정주지를 갖지 못한 채 떠돌면서 도시의 구심력 안으로 빨려 들어가는 김유정 소설의 인물들을 농촌 유랑민의 형상으로 국한하지 않고 (잠재적) 도시 유입인구로 본 것이다. 다른 말로 하면 『천변풍경』등 박태원의 소설에 흔히 등장하는 시골 출신들 즉 행랑어멈, 안잠자기, 깍정이거지 등 시골에서도 도시에서도 자신의 거처를 갖지 못한 채 떠도는 이들의 전사前史로서 김유정 소설의 인물들을 재조명한 것이다. 김유정 소설 속 농촌 유랑민들의 도시에 대한 환상, 도시의 습속에 대한 이해는 곧 도시 한복판 최하층민의 서사인 『천변풍경』에서 매우 현실적인 형태로 실현 또는 전복된다. 즉 농촌 유랑민들은 서울을 유랑의 종착지이자 꿈의 장소로 소망하지만, 서울에는 그들을 용납하거나 또는 그들이 소유할 수 있는 장소가 없다는 엄연한 사실만이 주어질 뿐이다.

한편 들병이식의 생계 형태 즉 성을 파는 여성과 그녀에게 기생하는 남편이라는 김유정 소설의 구도는 도시를 무대로 한 박태원과 이상의 작품들을 통해 유사하게 재연된다. 여급기생이 성매매를 통해 남성 또는 온 가족을 먹여 살리는 박태원의 「성탄제」, 「골목안」, 「보고」, 이상의 「날개」 등의 소설들은 농촌에서와는 달라진 여성노동의 위상, 도시에서 젠더 역학이 작동하는 방식을 경제주권을 가진 카페 여급과 그들에게 생계를 의탁하고 있는 인물들의 구도 속에서 포착한다. 성매매가 경제행위로 승인되고 서비스 노동이 폭발적으로 증가하며 농촌과는 다른 거주 형태를 보이는 도시적 조건은 시스템에서 밀려난 도시의 타자들로 하여금 자신들의 욕망을 재정의하고 새로운 젠더 역학 속으로 스스로를 밀어 넣게 만든다. 농촌에서 들병이에게 기생하는 그녀의 남편이 여성에 대한 소유권을 주장하며 폭력적이면서도 당당하게 기생寄生하는 양상과 달리, 도시의 룸펜들은 자신들의 무능을 수긍하고 그녀들에게 기생하는 대신 그녀들에 대한 소유권이나 목소리를 내세우지 않는 전략을 취한다. 이는 도시의 무능자들이 타자들 사이에서 상호 공존과 공생을 꿈꾸는 방식이기도 하다.

김유정의 소설 세계는 자본주의 언저리를 떠도는 '몫 없는' 타자들의 삶의 방식에 대한 문제의식을 일관되게 보여주고 있다. 이 글에서는 그러한 일관성이 도시 배경 소설과 농촌 배경 소설을 함께 고찰할 때 그리고 구인회 작가들과 연속선상에서 겹쳐 읽을 때 더 입체적이고 풍부하게 드러날 수 있음을 보이고자 했다. 개별자로서 소설가 김유정을 논하는 것 못지않게 1930년대 구인회 작가로서 그리고 구인회 문학 세계의 맥락 안에서 김유정을 살필 수 있는 시도들이 이어지기를 기대한다.

참고문헌

1. 기본자료

김유정, 전신재 편, 『김유정 전집』, 강, 1997.

박태원, 『천변풍경』, 깊은샘, 1994.

_____, 『소설가 구보씨의 일일』, 깊은샘, 1994.

이상, 김윤식 편, 『이상문학전집 2 – 소설』, 문학사상사, 1991.

2. 국내 논문 및 단행본

권경미, 「들병이와 유사가족 공동체 담론 – 김유정의 소설을 중심으로」, 『우리文學硏究』 66, 우리문학회, 2020.

권창규, 「가부장 권력과 화폐 권력의 결탁과 경합 – 김유정 소설을 중심으로」, 『여성문학연구』 42, 한국여성문학학회, 2017.

김미지, 「1930년대 문학 언어의 타자들과 조선어 글쓰기의 실험들」, 『한국문학이론과 비평』 60, 한국문학이론과 비평학회, 2013.

김민정, 『한국 근대문학의 유인과 미적 주체의 좌표』, 소명출판, 2004.

김양선, 「1930년대 소설과 식민지 무의식의 한 양상 – 김유정 소설에 나타난 향토의 발견과 섹슈얼리티를 중심으로」, 『한국근대문학연구』 10, 한국근대문학회, 2004.

김윤식, 「들병이 사상과 알몸의 시학」, 전신재 편, 『김유정 문학의 전통성과 근대성』, 한림대 출판부, 1997.

김정현, 「구인회 모더니즘의 동시대적 예술성과 미학적 정치성 – 『시와 소설』을 중심으로」, 『구보학보』 16, 구보학회, 2017.

김종회, 『박태원』, 한길사, 2008.

김한식, 「절망적 현실과 화해로운 삶의 꿈 – '구인회'와 김유정」, 『상허학보』 3, 상허학회, 1996.

김현경, 『사람, 장소, 환대』, 문학과지성사, 2015

김화경, 「모더니티가 구성한 농촌과 고향 – 김유정 '농촌소설' 재론」, 『한국현대소설연구』 39, 한국현대소설학회, 2008.

노지승, 「천변의 노동자들과 호모 에코노미쿠스 – 노동사적 관점에서 『천변풍경』 읽기」, 『구보학보』 15, 구보학회, 2016.

방민호, 「김유정, 이상, 크로포트킨」, 『한국현대문학연구』 44, 한국현대문학회, 2014.

박진숙, 「김유정과 이태준 – 자생적 민족지와 보편적 근대 구축으로서의 조선어문학」, 『상허학보』 43, 상허학회, 2015.

배상미, 「1930년대 농촌사회와 들병이 – 김유정의 소설을 중심으로」, 『민족문학사연구』 51, 민족문학사연구소, 2013.

서동수, 「김유정 문학의 유토피아 공동체와 크로포트킨의 상호부조론」, 『스토리앤이미지텔링』 9, 건국대 스토리앤이미지텔링연구소, 2015.

오태영, 「'향토'의 창안과 조선문학의 탈지방성」, 『한국근대문학연구』 14, 한국근대문학회, 2006.

유인순, 「들병이 문학 연구 – '김유정·안회남·현덕'의 들병이 소재 작품을 중심으로」, 『語文學報』 33, 강원대 국어교육과, 2013.

이미림, 「김유정·이효석 문학 비교 연구」, 『한중인문학연구』 65, 한중인문학회, 2019.

이 경, 「김유정 소설에 나타난 친밀성의 거래와 여성주체」, 『여성학연구』 28, 부산대 여성연구소, 2018.

조남현, 「김유정 소설과 동시대소설」, 김유정학회 편, 『김유정의 귀환』, 소명출판, 2012.

최원식, 「모더니즘 시대의 이야기꾼 – 김유정의 재발견을 위하여」, 『민족문학사연구』 43, 민족문학사연구소, 2010.

최진우, 「환대의 윤리와 평화」, 『오토피아』 32, 경희대 인류사회재건연구원, 2017.

현순영, 『구인회의 안과 밖』, 소명출판, 2017.

홍래성, 「반(反)자본주의를 위한 사랑의 형상화 – 김유정론」, 『한민족문화연구』 56, 한민족문화학회, 2016.

3. 국외 논문 및 단행본

낸시 암스트롱, 오봉희·이명호 역, 『소설의 정치사 – 섹슈얼리티, 젠더, 소설』, 그린비, 2020.

데이비드 하비, 김성호 역, 『자본주의와 경제적 이성의 광기』, 창비, 2019.

자크 랑시에르, 주형일 역, 『미학 안의 불편함』, 인간사랑, 2008.

_____, 진태원 역, 『불화』, 길, 2015.

팔 아훌루왈리아, 「거처의 이동, 세계화 시대에 진화하는 정체성」, 『제1회 세계인문학포럼 발표자료집』, 교육과학기술부, 2011.

프레데릭 제임슨, 황정아 역,『단일한 근대성』, 창비, 2020.
한나 아렌트, 이진우·태정호 역,『인간의 조건』, 한길사, 1996.

경계에 서서 바라본 인간의 삶과 '위대한 사랑'*

김유정의 문학관, 인생관으로서의 '위대한 사랑'에 대한 일 모색

박필현

1. 서론

김유정을 모르는 이는 드물 것이다. 우리 문학에 관심이 없는 이라 하여도 그의 이름이나 「동백꽃」, 「봄·봄」 같은 몇 개의 작품은 그리 어렵지 않게 떠올릴 것이다. 다소 기억력이 좋거나 문학에 약간의 관심이라도 가진 이라면, 하얀 두루마기에 미소를 머금고 있는 그의 사진이나 그 사진 속 해사한 이미지와는 달리 짧은 생 내내 갖은 질병에 시달리다 폐결핵으로 채 서른을 넘기지 못하고 요절한 비운의 삶을 기억해낼지도 모른다. 조금 더 문학에 가까이 있는 이라면 1930년대 식민지 조선의 궁핍한 삶, 그 피폐하고 고단한 삶의 현장을 생생하고 활력 있게 그리고 해학적으로 그려냈다는 점이나 이상·안회남·김문집·박녹주·박봉자 등등의 몇몇 이름과 어떤 에피소드들, 예컨대 얼토당토않은 연서들, 소설 「실화失花」 속 김유정의 모습 혹은 안회남에

---

* 이 논문은 제11회 김유정학회 학술대회 발표문을 토대로 하여 『구보학회』 26집(2020.12)에 수록된 것을 수정·보완한 것임.

게 남긴 마지막 편지 같은 것들을 연이어 떠올릴지도 모른다. 그리고, 조금 더 가까이 다가서면 기껏 서른 편 남짓한 그의 작품을 두고 동시대부터 오늘날에 이르기까지 식을 줄 모르고 쏟아지는 관심을, 그 많지 않은 작품 속에 내재된 의미의 끝 모를 풍성함을 만나게 될 것이다.[1] 김유정은 문학 활동을 한 기간이 1933년부터 1937년까지 도합 4년 남짓에 그치는 과작寡作의 작가다. 그리고 오랜 기간에 걸쳐 그가 남긴 작품의 수십, 수백 배에 이르는 논의들이 이루어져 왔다. 그럼에도 불구하고 김유정에 대한 논자들의 관심이 끊이지 않는 것은 그의 작품을 대할 때 아직 하지 못한, 채 읽어내지 못한 무언가가 여전히 남아있다는 느낌을 갖게 되기 때문일 것이다.

김유정이 자신의 문학관을 직접적으로 피력한 글은 찾아보기 어렵다. 『조광』 1937년 3월호에 수록된 서간문인 「병상病床의 생각」은 이러한 지점이 드러나 있는 거의 유일한 글로 꼽힌다.[2]

사랑이란 어느 시대, 어느 사회에있어, 좀더 많은 대중을 우의적으로 한끈에 뀔수있으면 있을스록 거기에 좀더위대한 생명을 갖게되는것입니다.

오늘 우리의 최고이상은 그 위대한 사랑에 있는 것을 압니다. 한동안 그렇게도 소란히 판을 잡았든 개인주의는 니체의 초인설 마르사스의 인구론과 더부러 머지 않어 암장될 날이 올겝니다. 그보다는 크로보토킨의 상호부조론이나 맑스의 자본론이 훨씬 새로운 운명을 띠이고 있는것입니다. 다시 말하면 나는

---

1 대개 식민지 조선의 빈궁한 현실을 핍진하게 그려냈다는 점, 유려한 문체와 해학의 미학으로 이를 표현해냈다는 점 등에 대해서는 공감하면서도 김유정에 대한 논의는 매우 다양한 방식으로 진행되고 있다. 1930년대 식민지 조선이라는 현실과의 연속성에 중점을 둔 경우부터 인물들의 역학관계에 관심을 기울이거나 해학, 풍자, 아이러니 등 특유의 창작기법에 주목한 경우, 언어적 특성에 집중한 경우, 작가 김유정의 개인적 특성이나 의식·사상과의 관계성에 집중한 경우까지 다양한 논의와 연구들이 계속되고 있다.

2 유종호, 「흙에서 솟은 눈물과 웃음」, 전광용 외, 『현대의 문학가 9인』, 신구문화사, 1984, 125쪽.

여자에게 염서(艶書)아닌 엽서를 쓸수가 있고, 당신은 응당 그 편지를 받을 권리조차 있는것입니다. 나의 머리에는 천품으로 뿌리깊은 고질이 백여 있습니다. 그것은 사람을 대할적마다 우울하야지는 그래 사람을 피할려는 염인증(厭人症)입니다. 그 고질을 손수 고처보고저 판을 걸고 나선 것이 곧 현재의 나의 생활이요, 또는 허황된 금점에서 문학으로 길을 바꾼것도 그 이유가 여기에 있을것입니다. 내가 문학을 함은 내가 밥을 먹고, 산뽀를 하고, 하는 그 일용생활과 같은 동기요, 같은 행동입니다. 말을 바꾸어보면 나에게 있어 문학이란 나의 생활의 한 과정입니다.[3]

김유정은 자신의 뿌리깊은 고질인 염인증厭人症 치료의 과정이 곧 문학하는 '나의 생활'이라고 말한다. 염인증을 치료하는 것, 곧 사람에게 가까이 가고 사람과 함께 하는 삶의 방편이 그에게는 문학이었던 셈이다. 달리 말하자면 김유정에게 '문학 = 생활'은 사람에게 가까이 가고 사람과 함께하려는 노력이라 하겠다.

그런데 이러한 정의는 정언명제이다. 그러므로 여전히 해결되지 않은 질문이 남는다. 그는 왜 사람 가까이에 가야 했던 것일까, 그는 왜 염인증을 치료해야 할 대상으로 보았던 것일까. 이러한 질문에 대해 김유정이 내놓은 답은 "위대한 사랑"이다. 김유정은 위대한 사랑을 삶이나 문학을 통해 추구해야 할 이상으로 내세웠다. "최고이상"으로 피력한 만큼, 이 위대한 사랑의 의미를 파악하는 것은 곧 김유정의 삶과 문학을 이해하는 주요한 한 축이 될 것이다.

---

[3] 김유정, 「병상(病床)의 생각」, 『조광』 1937.3. 본고에서는 전신재 편, 『원본 김유정 전집』, 2012, 471~472쪽에서 인용.

그 자신이 생활이자 곧 사람에게 가까이 가는 방편이라고 칭한 만큼, 작품은 질문에 대한 답을 찾는 가장 중요한 길잡이가 될 것이다. 또한 본고는 그간의 논의들 중에서도 특히 육체적·정신적 질병을 문학 활동의 기저 요인으로 파악하거나 당대의 문학인·지식인으로서 가졌을 사상적 측면과 문학과의 관계를 짚어보려는 시도를 그 출발점으로 삼으려 한다.[4] 기존의 논의들을 토대로 하여 김유정 문학 속 인물 및 공동체의 특성을 중심으로 김유정이 그려낸 사람이란 어떤 존재인지, 이들이 서로 가까이에서 함께하며 살아가는 삶의 면모는 어떠한지를 파악하며 이를 통해 염인증을 치료의 대상으로 본 이유, 곧 그가 말한 '위대한 사랑'의 의미에 다가가 보고자 한다.

2. 무기력한, 그리고 강건한 '만무방'들

김유정의 오랜 벗인 안회남은, 인류의 역사를 투쟁의 기록이라고 일컬은 한 좌익 인사의 말에 김유정이 "사랑의 투쟁의 역사"라고 응수했다고 전한 바 있다.[5] 김유정에게 있어 인류의 역사를 논함에 있어 사랑이란 결코 빼놓

---

4 김미영, 「병상의 문학, 김유정 소설에 형상화된 육체적 존재로서의 인간」, 『인문논총』 71(4), 서울대 인문학연구원, 2014, 45~79쪽; 김화경, 「말더듬이 김유정의 문학과 상상력」, 『현대소설연구』 32, 한국현대소설학회, 2006, 75~94쪽; 방민호, 「김유정, 이상, 크로포트킨」, 『한국현대문학연구』 44, 한국현대문학회, 2014, 281~315쪽; 서동수, 「김유정 문학의 유토피아 공동체와 크로포트킨의 상호부조론」, 『스토리앤이미지텔링』 9, 건국대 클로컬캠퍼스 스토리앤이미지텔링연구소, 2015, 101~123쪽; 유인순, 「김유정의 우울증」, 『현대소설연구』 35, 한국현대소설학회, 2007, 121~137쪽; 전신재, 「김유정의 '위대한 사랑'」, 『국어국문학』 168, 국어국문학회, 2014, 427~449쪽; 정주아, 「신경증의 기록과 염인증자의 연서쓰기-김유정 문학에 나타난 죽음충동과 에로스」, 『현대문학의 연구』 57, 한국문학연구학회, 2015, 243~276쪽; 표정옥, 「문명충돌 속 한국 근대 질병 상상력이 소설 구성에 미치는 영향 연구-김유정과 이상의 결핵을 중심으로」, 『비교한국학』 28(1), 국제비교한국학회, 2020, 81~110쪽 등.

5 안회남, 「겸허」, 『문장』, 1939.10, 56쪽; 「작가 김유정론-그 일주기(一週忌)를 당하여」, 『조

을 수 없는 것이었다 하겠다. 그런데 문제는 '사랑하고 투쟁하는'이든 '사랑하며 투쟁하는'이든 '사랑으로 투쟁하는'이든 그 주체가 된 인간부터가 알기 쉬운 것이 아니라는 데 있다. 사랑의 편지인 「병상의 생각」은 "사람! 사람! 그 사람이 무엇인지 알기가 극히 어렵습니다"로 시작된다.[6]

김유정은 일곱 살에 어머니를 잃고 연이어 아홉 살에는 아버지마저 여의었다. 원래 그의 집안은 만석꾼으로 불릴 정도로 넉넉하였으나 가세가 급격히 기울어 말경에는 '병고작가 구조운동'의 대상이 되어야 할 정도로 극심한 경제적 어려움에 시달려야 했다. 김유정은 2남 6녀 중 일곱째였는데 형제자매가 많았던 만큼 그들 모두가 평탄한 삶을 살았던 것은 아니다. 그런 와중에 그는 삼촌이나 형, 누이의 집을 떠돌며 지내야 했다. 돌아가신 어머니를 닮았다는 이유 혹은 같은 잡지에 나란히 글이 실렸다는 황망한 이유로 시작된, 뜨겁다 못해 무섭기까지 한 몇 번의 구애는 모두 실패였다. 거기에 더하여 1929년 21살에는 치질, 이듬해에는 늑막염, 작가로서 활동을 시작한 1933년에는 폐결핵 진단을 받았다. 익히 알려진 바와 같이 스스로 염인증이라는 진단을 내린 바 있거니와, 대인기피증이나 편집증, 우울증 등의 정신적 질환 발병이 그리 기이하지만은 않은 상황이라 하겠다.

이처럼 김유정 자신의 삶은 위기의 연속이었지만, 그가 그려낸 작품의 분위기는 그와는 사뭇 다른 것으로 알려져 있다. 김유정하면 떠오르는 해학

선일보』, 1939.3.29 · 3.31.
6 「병상의 생각」은 말 그대로 사랑의 편지, 연서이다. '사랑의 편지'라는 기획하에 『조광』에서는 여러 인사들의 서간문을 수록했는데, 「병상의 생각」은 그중의 하나로 시기적으로 보아 이 편지의 수신인은 박봉자로 추측된다. 주지하다시피 박봉자는 시인 박용철의 누이동생이자 평론가 김환태의 아내이다. 박봉자를 향한 김유정의 구애는 1936년 『여성』 5월호에 '어떠한 남편, 어떠한 부인을 맞이할까'라는 제목으로 김유정과 박봉자의 글이 나란히 수록되며 시작되었다. 당시 이화여전 학생이었던 박봉자는 결혼 상대를 변호사에서 문학가로 바꾸었다는 내용의 글을 썼으며, 이후 김유정은 생면부지의 박봉자에게 30여 통이 넘는 편지를 보낸 것으로 알려져 있다.

의 미학을 통해서도 짐작할 수 있듯이 그의 작품은 전반적으로 무겁고 어두운 분위기보다는 밝고 가벼운 분위기에 건강하고 활력 넘치는 것으로 읽히곤 한다. 그러나 작품 전반을 둘러싸고 있는 소위 해학적 분위기를 벗겨내고 그 실상을 들여다보면, 이 위기의 인물들은 건강함과는 사뭇 거리가 멀다. 어찌 보면 그야말로 거듭된 위기의 연속이었던 그 자신의 삶처럼, 김유정이 그려낸 작품 속 인물들 역시 대개 극단적인 삶의 위기에 처해있다. 애써 농사를 지어도 토지대와 빚을 갚고 나면 남는 것이 없어 다시 빚을 내어야 하는 삶, 빚쟁이를 피해 야반도주를 했으나 소작 지을 땅조차 구할 수 없는 삶, 금맥을 잡으려고 땀 흘려 키운 콩밭을 보람 없이 갈아 엎어버린 삶「금 따는 콩밭」, 뇌점에 걸린 아내와 제 손에 돌아올 것 없는 소출에 자신이 키운 벼를 스스로 도둑질해야 하는 삶「만무방」, 아내를 얻을 돈이 없어 기약 없이 머슴살이를 이어가는 삶「봄·봄」, 무능한 남편에 의해 자식을 두고 소장수에게 팔려가는 삶「가을」, 도박벽 있는 남편의 매질을 피해 성매매의 길로 들어서는 삶「소낙비」, 이혼한 누이에게 얹혀살며 그 화풀이 대상으로 사는 삶「따라지」 등 작품 곳곳에 고단하고 신산한 풍경들이 펼쳐진다. 각기 위기의 삶에 직면한 이들 인물들은 닥쳐온 상황에 여지없이 무너질 수밖에 없는 위치에 있다. 어떤 안전장치나 방패막이도 갖지 못한 이들은 경제적 측면에서도 사회 윤리적 측면에서도 기존의 질서에서 손쉽게 배제되거나 일탈하고 만다. 상황을 견인하는 것이 아니라 상황에 끌려다닌다는 점이나 상황에 대한 반응 양태 측면에서 오히려 이들은 신경향파 소설 속 인물들보다도 무기력한 존재들이다. 극단적 상황에 내몰린 이 무기력한 존재들은 조선 천지에 널린 것이 모두 먹을 것이라며 스스럼없이 도둑질을 하기도 하고「만무방」 금맥을 잡는 순간 생명의 은인을 배신하기도 하고「노다지」 일신의 안락을 위해서 집안의 유일한 가재도구라 할 솥단지마저 빼돌리며 가족을 저버리기도 한다「솥」. 경제적 위기에 직면해 남편들은 아내를 성매매로 내몰기도 하는데,[7] 이 아내들 역시 집으로 돌아가기를 유보하며 성을 통해 돈을 마련할 기회를 만들기도 하고「소낙비」의도적으로 주인 남자를 공략하거나 협박하기도 하며「정조」다섯 살 난 아이를 떼어놓고 낯선 이에게 팔려가는 길임에도 스스로 갈 길을 서두르며 앞서가기도 한다「가을」. 이들은 자신들이 처한 문제의 근본을 모색하여 그에 따라 적극적인 대응을 해나가는 대신 도둑질·사기·폭행·성매매 등의 일탈 행위까지 동원하여 그저 눈앞의 상황을 타개하는 데 급급하다.

김유정 소설 속 인물들의 특이성은 이 배제와 일탈의 과정에서 드러난다. 김유정 소설 속 인물들은 첫째 생존의 위기에 직면해 있으며, 둘째 자신의 위기의 근원을 고찰하거나 이러한 과정을 통해 특정 대상에 대해 분노하거나 저항을 시도하지 않으며, 셋째 어떠한 경우에도 생존을 포기하지 않는다. 김유정 소설 속 인물들에게 건강함이 있다면, 그것은 당대 농민을 향한 김유정의 애정 어린 시선이나 시대를 비판하고 풍자하는 해학의 미학에 앞서 위기를 대하는 작품 속 인물들의 태도나 행동과 보다 밀접하게 결부되어 있다고 할 것이다. 주어진 상황 앞에 한없이 무기력한 이들은, 우선 이를테면 신경향파 소설 속 인물들처럼 어떤 원한이나 분노를 품지 않는다. 더하여 앞이 보이지 않는 극한 상황 속에서도 삶에 대한 포기란 모르는 강건한 존재들이

---

7   남편의 더부살이 양상과 아내의 적극성은 간혹 남편과 아내의 관계를 법 vs 밥으로 두고, 법 위의 밥으로 읽히기도 한다(권경미, 앞의 글 참조). 그런데 김유정 소설 속 이들 남편들은 애초에 온전한 법이었던 적이 없어 보인다. 남편들은 기존의 사회적 질서를 유지해야 한다는 신념을 갖고 있지도 않고, 이를 유지하고자 하는 노력 역시 보이지 않는다. 애초에 이들 가족의 구조나 질서는 '남편=법' vs '아내=밥'의 대응적 양태라기보다는, 법의 기저에 밥이 존재하고 있는 형태에 가깝다 하겠다. 즉 법 vs 밥의 대립구도가 아니라 대립구도가 아니라 허수룩한 법의 포장이 찢어진 자리마다 기저의 밥이 선명히 드러나는 것으로 볼 수도 있을 것이다.

다. 이들은 설사 그것이 당황스러울 정도로 비합리적일지라도 자신이 처한 위기를 타개해나갈 방안을 그 나름으로 진지하게 모색하고 또 매우 적극적으로 실천하며 삶의 다음 행보를 향해 나아갈 뿐이다. 닥쳐온 위기 앞에 무기력하고, 각자를 억누르는 삶의 무게로 인해 기존의 삶의 질서를 놓아버림에도 불구하고, 삶을 대하는 이와 같은 태도로 인하여 이들은 결코 오롯이 피해자로 읽히지 않는다.

문제적 상황 속에서도 원한이나 분노가 없으며 결코 생존을 포기하지 않고 삶의 행보를 이어나간다는 것, 문제는 이와 같은 특이성을 어떻게 이해해야 하는가일 것이다. 이는 그저 어두운 시대 상황이 빚어낸 산물인 것일까[8] 혹은 기존 세계의 붕괴와 전복을 동경하는 시선의 색다른 발현일까.[9] 시대 상황의 산물로만 이해한다면 그것은 반쪽의 이해에 그칠 것이다. 문학이 그것이 생성된 상황과 별개일 수는 없겠지만, 그와 더불어 문학은 작자의 의식의 산물이기도 하기 때문이다. 동일한 시대를 살아간 작가들이 생성한 무수한 다양한 인물들이 방증하듯 말이다. 그렇다면 어두운 시대가 만들어낸 우울한 초상이 아니라 질서의 붕괴와 전복에 대한 동경인 것일까. 김유정 소설 속 인물들은 지극히 자연스러운 일인 양, 큰 고민이나 거리낌 없이 은인인 의형제를 사지에 두고 나오며 가족을 버리고 도둑질을 하고 성매매에 나선다. 위기에 직면해 이처럼 거침없이 일탈 행위를 하는 인물들처럼

---

8 나병철은 김유정 소설 속 인물들이 무기력하면서도 생기있게 느껴진다고 논하며, 이러한 이중성이 30년대 후반의 어두운 사회상황과 무관하지 않다고 말한다. 즉 더 좋은 시기였다면 다른 모습으로 그려질 수도 있었다는 것이다.(나병철, 앞의 글, 156쪽 참조)
9 이러한 평가는 김유정 소설 속 인물들의 일탈 행위에 대해 나름의 의미를 부여하고자 하는 논의들에서 종종 발견할 수 있다. 이를테면 신경증을 중심으로 김유정 소설에 접근한 정주아는 그의 소설에는 일상적 삶을 힘들게 인내하느니 차라리 작파해버렸으면 좋겠다는 상상을 실행에 옮긴 인물들, 자신의 운명에 대해 적의를 갖는 인간 군상들이 허다하다고 말한다. 그리고 자신의 운명에 적의를 가진 이들을 자유로운 존재들로 그려냄으로써 기존 세계의 붕괴와 전복을 동경하는 시선을 보인다고 평가하고 있기도 하다.(정주아, 앞의 글, 249~254쪽 참조)

다수가 배제와 일탈의 삶을 선택한다면 기존의 질서는 결국 붕괴·전복될 것이다. 그러나 일상적 삶의 작파가 운명에 대한 적의, 붕괴와 전복에 대한 동경이라고 할 만큼의 무게를 가지기 위해서는 선행되어야 할 것이 있다. 기존의 삶을 내려놓기 위한 인물의 강한 결단이 요구되는 것이다. 그런데 자신의 위치에서 지극히 현실적인 것들을 욕망해왔던 김유정 소설 속 인물들은 삶의 판도를 뒤엎을 수 있는 사건에 직면해서도 그 어떤 강한 자의식이나 결단을 드러내지 않는다. 김유정 소설 속 인물들에게서는 자신에게 운명처럼 주어졌던 것에 대해 고뇌하거나 강한 의지로 맞서 투쟁하고 파괴하는 과정을 찾아볼 수 없다.

사기를 당하는 인물이든 사기를 치는 인물이든 도둑질을 하는 인물이든 배신과 유기를 하는 인물이든 성매매를 강요하는 인물이든 성매매에 나선 인물이든 주변을 분풀이로 삼는 인물이든 당하는 인물이든, 김유정 소설 속 인물들은 공히 마치 그저 그냥 그렇게 생겨먹은 사람들처럼 그려진다. 돌의 생김을 나무라거나 칭찬할 수 없듯이 추어주기도 미워하기도 어려운, 그야말로 무수한 '만무방'들인 것이다. 이들은 윤리나 신념과 같은 형이상학적인 것보다는 오히려 동물적 욕망이나 이기적 본능에 충실해 보이며, 생존을 위해 어떤 결단을 내리는 대신 의문 없이 고투한다. 그저 자신에게 주어진 상황 속에서 아주 작게, 그러니까 일보^{一步}가 아니라 반보^{半步}라도 나아가고자 선뜻 납득하기 어려운 선택도 아무렇지도 않게 하는 것이다. 따라서 김유정 소설에서 배제와 일탈의 인물들, 일상을 작파한 자들에 대한 동경의 시선을 읽어낼 수 있다면(이를테면 그야말로 제멋대로 살아가는 응칠(「만무방」)과 같은 인물에 대한 동경의 시선은), 그것은 그들처럼 살고 싶다는 의지나 질서의 붕괴와 전복에 대한 동경이라기보다는 회한도 원한도 없이 맺힌 것 없는 자유로움이나 무엇이 닥치든 끝내 살아내고야 마는 생존을 향한 의지의 강인함에 대한 긍정이나 추인에 더 가깝다 하겠다.

요컨대 김유정 소설 속 인물들은 당대 어두운 현실에 대한 단순한 고발이나 기존 질서에 대한 '순응 vs 저항·투쟁'의 익숙한 구도에서 빗겨나 있다. 그리고 생존 앞에 벌거벗은, 매우 일차원적이고 육체적 존재이면서도 무기력한 피해자나 비참한 존재로 그려지지 않는다. 비합리적이라거나 비윤리적임을 이유로 비난하기에도, 그렇다고 맺힌 것 없는 자유로움을 높이 사서 마냥 고평하기에도 석연치 않은 존재, 배척과 단죄의 시선으로 볼 수도 없고 그렇다고 전복의 의지도 읽어내기 어려운 존재들인 것이다. 무엇보다도 이들 인물들을 통해 읽어낼 수 있는 가장 특이한 지점은, 인물들의 좌충우돌에서 현실 고발이나 저항과 같은 어떤 가치나 합리적 의미를 도출하고자 하는 기대나 접근이 자꾸만 미끄러진다는 데 있다. 이 "알기가 극히 어려"운 만무방들은 김유정 소설의 결론이라기보다는 그것을 향해가는 한 걸음, 도정道程에 자리한다.

3. 야누스의 얼굴을 한 공동체

1936년 5월호 『여성』에 수록된 "그분들의 결혼플랜, 어떠한 남편 어떠한 부인을 마지할까"에는 마치 공개구혼장 같은 김유정의 글이 수록되어 있다.

나는 숙명적으로 사람을 싫어합니다. 사람을 두려워합니다. 그 버릇이 결국에 말없는 우울을 낳습니다. 그리고 상당한 폐결핵입니다. 매일같이 피를 토합니다.

나와 똑같이 우울한, 그리고 나와 똑같이 피를 토하는 그런 여성이 있다면 한번 만나보고 싶습니다. (…중략…) 초가삼간 집을 짓고 한번 살아보고 싶습니다. 많이도 바라지않습니다. 단 사흘만 깨끗이 살아보고 싶습니다.[10]

많이도 바라지 않았건만 김유정은 끝내 그 뜻을 이루지 못했으나, 소설 속에서는 그리 어렵지 않게 다양한 부부의 모습을 찾을 수 있다.

소설 속 인물들이 위기의 타개책을 모색해가는 과정에서 우선 눈길을 끄는 것은 가족을 이루는 핵심 단위이자 서로 간 가장 가까운 사이라고 할 부부간의 관계이다. 그런데 김유정이 그린 소설 속 부부는 전통적인 가족상에도, 낭만적 사랑을 기반으로 한 근대 자본주의 가족제도와도 거리가 멀다. 이들의 결합은 대개 매매혼에 가까우며, 아내를 대하는 남편의 행동은 가부장적 권위를 앞세워 폭력을 일상화한 모습이다. 이들 남편들은 홑겹 옷을 입고 추위에 떨고 있는 모습이 갑갑해서 혹은 투전판 밑천을 마련해놓지 않아서「소낙비」혹은 얼굴이 예쁘지 않아서「안해」등과 같은 이유를 들어, 아내에게 폭력을 행사한다. 이들은 이에서 그치지 않고 한계에 이른 빈곤을 타개하기 위해 아내를 파는 매매 계약서를 작성하거나 성매매를 강요하기도 한다「소낙비」,「가을」,「안해」,「정조」,「산골나그네」,「정분」등.[11] 그것을 암울한 현실의 반영으로 보든 일종의 은유로 보든, 남편은 아내를 성매매로 내몰고 아내는 거

---

10 김유정, 「어떠한 부인을 마지할까」, 『여성』 1936.5. 본고에서는 전신재 편, 앞의 책, 428~429쪽.
11 아내를 파는 모티프나 그렇게 만들어진 들병이 등은 김유정 소설의 중요한 특징으로 꼽히기도 하는데, 이는 흔히 수난의 역사나 사회적 폭력을 드러내는 부정적 양상으로 평가되었다. 근래에는 이러한 평가와는 다소간 결을 달리하는 논의, 곧 그 역학관계에 주목해 숭고의 메커니즘으로 읽거나(김미현, 「숭고의 탈경계성－김유정 소설의 "아내 팔기" 모티프를 중심으로」, 『한국문예비평연구』 38집, 한국현대문예비평학회, 2012, 193~213쪽 참조) 수난받는 민족의 은유가 아닌 여성의 능동적 노동력으로 유지되는 유사 가족 공동체의 면모를 읽어내는 경우도 찾아볼 수 있다.(권경미, 「들병이와 유사가족 공동체 담론－김유정의 소설을 중심으로」, 『우리문학연구』 66집, 우리문학회, 2020, 131~151쪽 참조)

부 없이 성매매에 나선다는 액면의 사실은 분명 문제적이기에 남편에게 팔린 아내의 행위를 어떻게 볼 것인가 하는 점을 둘러싸고 여러 논의들이 있어왔다. 예컨대 비록 성을 거래하는 여성의 행동은 비윤리적이지만 극단적 궁핍이 그 원인이라는 점을 들어 면죄부를 부여하거나 혹은 경계 한정이 아닌 경계짓기와 지우기의 끊임없는 움직임이라거나 일제 정책의 모순을 드러내주는 유랑인이라거나 하는 등의 의미를 부여하는 것이다. 다양한 논의들 중에서 특히 눈길을 끄는 것은 아내를 팔거나 팔리는 행위를 통해 역으로 부부간의 연대를 확인할 수도 있다는 점을 들어 긍정적 측면을 읽어내려는 경우이다. 실제로 김유정 소설 속 부부들은 비록 다른 사람들은 속일지언정 부부인 그들 자신들은 헤어지는가 싶다가도 곧잘 다시 만나고, 성매매를 강요하거나 성매매에 나설지언정 생활 속에서 소소하게 서로를 챙긴다. 이를테면 「산골나그네」의 여자는 덕돌 모자를 속이고 사기 결혼을 하지만 이를 통해 병든 남편에게 따뜻한 옷을 마련해 입히고, 「소낙비」의 춘호네 부부는 아내가 이주사를 만나게 되면서 폭력에 찌든 일상을 벗어나 서로를 보살피고 함께 미래를 꿈꾸기도 한다.

그런데 사실 김유정 소설 속에서 이러한 연대나 보살핌은 부부간의 관계로만 한정되지 않는다. 앞서 언급한 것과 같이 김유정 소설 속 인물들은 공히 삶의 위기에 직면해 있다. 그리고 어떤 상황에 놓여있건 이들은 대개 혼자가 아니라 공동체 관계 속에 자리한다. 인물들은 각기 부부를 위시해 형제, 동료 등으로 구성된 작은 공동체에 속해 있으며 이들 작은 공동체는 세상을 등지는 법 없이 다시 더 큰 사회적 관계 속에 자리한다. 부부만이 아니라 형제 혹은 동료들은 노동을 통해 얻은 먹거리를 나누고 병든 서로를 보살피는 등 적어도 자신들이 속한 관계 속에서는 서로의 생활을 돌보곤 한다.[12] 더욱이 이 보살핌은 반드시 그래야만 하는 이유나 치러지는 대가도 없이 주어진다. 위기의 삶에 직면한 이들이 함께 어우러져 이룬 작은 공동체의 연대는 혈연을 중시하는 근대 가족과는 완전히 다른 양상을 보인다.[13] 본인은 도박과 절도로 전과 4범이면서도 동생 논의 벼를 훔쳐가는 도둑은 잡으려고 보초를 서기도 하고, 결혼하여 자식을 둘이나 낳은 누이라도 빼돌려서 생명의 은인인 동료를 장가보내주려는 계획을 품어보기도 한다. 그렇다면 만무방들이 이룬 이 작은 공동체는 훼손되지 않은 마지막 보루와 같은 인간관계를, 그리하여 그 구성원들이 겉보기에는 타락하였어도 사실은 순박하며 그 내면에는 깊고 뜨거운 인간애를 갖고 있음을 보여주는 것일까.

쉽게 그렇다고 답하기에는 이 작은 공동체의 유대는 너무 느슨하고, 한편 기이하다. 우선 이들의 연대는 예상외로 헐겁다. 누이라도 빼돌려 줄까 생각하던 고마운 동료이자 의형제지만 노다지 세 쪽에 그를 죽음에 그냥 버려두고 도망치기도 하고「노다지」 들병이를 따라다니면 자신의 일신이 편할 듯하여 집안의 하나뿐인 솥까지 빼 들고 나와 손쉽게 처자를 버리려 들기도 한다「솥」. 짚신을 삼아주거나 머리를 빗겨주거나 옷을 구해다 주는 등「소낙비」, 「산골나그네」 순간순간 인간적인 따뜻한 정을 보여준다고 해도 필요에 따라 언제든지 서로를 생존을 위한 수단이나 도구로 대한다는 점에서 본다면 근본적으로 이들의 공존은 연대에 대한 보편적 상과는 사뭇 다른 기이한 면모를

---

12 표정옥은 이와 같은 관계를 내 가족을 지키기 위해 다른 사람을 속이는 공존 관계로 설명한 바 있다(표정옥, 앞의 글, 93쪽). 그러나 인물들의 관계를 들여다보면 '내 가족'끼리의 관계 역시 상당히 헐거움을 알 수 있다.

13 권경미는 들병이 모티프를 가진 김유정 소설을 분석하는 과정에서 '유사가족'이나 '유대감이 기반이 된 공동체' 등의 용어를 사용하기도 한다(권경미, 앞의 글 참조). 이러한 표현이 필요했던 것은 공존 관계나 연대가 존재하고 그들만의 정이나 사랑이 있음도 분명하지만 소위 정상 가족과는 그 결을 달리하는 작품 속 부부관계의 특이성 때문일 것이다. 그런데 김유정 소설에서 이러한 관계맺음의 특이성은 비단 부부 관계에 한정되지 않는다.

갖는다. 이런 점에서 볼 때 김유정 문학 속 인물들이 꾸려낸 연대나 공동체는 사상적 결속은 물론이거니와 보편적 관점에서의 윤리와도 거리가 멀다는 것을 알 수 있다. 이 공동체는 일면 따뜻한 나름의 연대를 보이지만 상황에 따라서는 일말의 고민이나 죄의식조차 없이 서로를 버리거나 생존을 위한 도구로 대한다는 측면에서, 서로 다른 두 얼굴을 동시에 갖고 있는 것이다. 즉 김유정 작품 속 인물들은 대개 고립된 존재라기보다는 최소한의 공동체 속에 자리하며, 사회와 분리되어 생활하지 않는다. 인물들이 서로 공존하고 연대하며 만들어내는 공동체는, 대가 없는 보살핌과 극단적 이기성의 두 얼굴을 하고 있다. 또한 작품 속 인물들은 공동체의 이 두 얼굴에 대해 고뇌하거나 의문을 품거나 평가를 하지 않는다. 요컨대 훼손되지 않은 인간애나 관계성이 아니라, 되물을 필요 없이 응당 그러한 두 얼굴이야말로 이 공동체의 실상이라 할 것이다. 최고이상을 위대한 사랑이라고 할 때, 무수한 만무방들의 관계망, 야누스의 얼굴을 한 이 공동체야말로 곧 위대한 사랑의 문학적 구현이라 할 것이다. 그런데 이 느슨하고 기이한 연대와 공존이 도대체 어떻게, 혹은 왜 사랑인 것일까. 김유정은 과연 무엇을 사랑이라고 지칭한 것일까.

4. '천체의 견연牽連', 사랑 그 질서

사랑은 혼자 할 수 있는 것이 아니다. 적어도 눈에 담을 대상이 있어야 가능한 것이다. 삶이, 문학이 지향해야 할 이상이 위대한 사랑이라는 것은 서로 가까이에서 함께 하는 사람들의 삶이 전제된 것이다. 실제로 김유정 소설 속에는 육체적 존재로서의 한계를 가진 인간들, 무기력하면서도 건강한 인간들이 다양한 양태의 소소한 공동체 속에 자리하며 자신들만의 공존과 연대를 이루어 위기의 삶을 살아낸다. 그리고 이 연대와 공동체에서 가장 우선되는 것은 '나'의 마음이나 생존, 혹은 내가 속한 작은 공동체의 생존이나 이득이다. 이들은 윤리 이전의 세계나 윤리 이후의 세계라기보다는 마치 애초에 그것에 구속받지 않는 세계, 그것과는 다른 세계에 속해 있는 듯하다. 모든 이데올로기의 밖에서, 의미가 있어야 할 자리에 사실은 아무것도 없다는 것을 알려주는 실재의 차원처럼 말이다. 이들의 행위는 때로는 윤리적이고 따뜻하며 때로는 비윤리적이고 잔인하다.

육체적 고통에 직면했을 때, 우리는 정신과 육체가 별개나 단순한 대립 관계가 아니라는 것을 새삼 인지하게 되곤 한다. 폐결핵으로 인한 요절이라는 사인이 알게 모르게 만들어놓은 병약한 이미지와는 사뭇 다르게 청년 김유정은 다양한 운동을 즐겼고 시비가 붙으면 육탄전을 불사할 정도로 행동이 앞섰다고 알려져 있다.[14] 그처럼 행동이 앞서고 피가 뜨거웠던 김유정이 말경에는 대소변을 스스로 처리하지 못할 정도로 육체적으로 쇠약해졌다. 문학 활동을 한 4년간의 기간은 급속히 생명이 사그라들어가는 시기, 매 순간 육체적 한계를 체감하는 기간이기도 했을 것이다.[15] 연서의 수신자를 향해 "당신이라는 그 인물이 또한 기계로 빚어진 한 덩어리의 고기"라고 일컬

---

14 이러한 사실은 가족은 물론 김유정의 야학운동을 지켜본 이들의 증언에서도 확인된다. 이는 또한 이상의 소설 「김유정」에서 묘사한 김유정의 면모와도 닮아있다. 이상은 이 소설에서 김기림, 박태원, 정지용, 김유정을 묘사했는데, 그가 그린 김유정은 이들 중에서 가장 다혈질에 행동이 앞서는 사람이다.

15 김유정의 문학을 병상의 문학이라고 칭한 김미영은 김유정 문학의 주제는 육체적 존재로서의 인간의 한계와 비극성이며, 그 결정적 요인은 작가 김유정의 질병이라고 논한 바 있다. 김유정 소설 속 인물들이 육체적 존재로서의 한계를 지닌 인간임은 작품 전반에 걸쳐 강렬하게 부각되고 있으며 육체적 존재로서의 인간의 한계를 드러낸다는 점에 공감하지만 그것이 김유정 소설에서 전하고자 한 진실의 실체이며 또한 비극적인 것인지는 좀 더 논의가 필요해 보인다.

을 정도로, 육체적 존재로서 한계를 지닌 인간을 강조하게 된 데에는 이러한 사정 즉 김유정 자신이 생과 사의 기로, 삶의 경계에 위태롭게 서 있었다는 것이 분명 한 요인일 것이다.

이때 유의해서 보아야 할 것이 두 가지 있다. 우선 그 하나는 육체와 생존의 문제를 도덕이나 윤리 등 보다 우위에 놓고 있는 인물들이 동물과 다를 것 없다고 할 때, 인간이 동물인 것이 김유정의 세계에서 비극적인 것만은 아니라는 점이다. 그의 세계에서는, 마치 동물처럼 육체적 존재로서의 한계를 안고 찰나를 살아가는 존재로서의 인간이라는 것이 어떤 비극적인 사태가 아니라 그저 지극히 당연한 사실일 뿐이다.

김유정의 자전소설, 비소설, 증언 자료 등을 통해 김유정의 우울증을 논한 유인순은 김유정의 초기 작품이 대체로 어두운 데 반해 후기로 가면 밝은 분위기가 우세하다고 평한 바 있다.[16] 갈수록 깊어지는 병세와 반대로 작품의 분위기가 갈수록 밝아진다는 것은, 불완전하며 한계를 지닌 인간의 삶에 대한 김유정의 이해 혹은 수용의 과정과 무관하지 않을 것이다. 익히 알려진 김유정의 들병이 사랑을 생각해보자. 김유정이 들병이에게서 본 것은 비참함과는 거리가 있다. 김유정은 애교조차도 경제적인 것으로 환산됨을 분명히 인지하면서도, 들병이를 조선의 집시라 칭했다. 혹자는 들병이에게서 질서 붕괴와 전복을 보고 혹자는 들병이에게서 공동체 유지의 한 방편을 읽어내지만 실상 들병이는 그 무엇도 지향하지 않는다.[17] 삶에 대한 성실한 응대이자 목적지 없는 이동을 인간의 삶 그 자체와 겹쳐놓아 보는 것, 들병이 곧

---

16 유인순, 앞의 글 참조.
17 들병이를 공동체를 유지시키는 일정한 역할, 상호부조의 기능을 한다는 해석(전신재, 앞의 글) 은 다소 기계적인 것은 아닐까 한다. 들병이의 삶의 조건은 물론 공동체 유지를 위해 들병이가 필요한 현실을 상호부조의 유토피아라고 칭하기에는 무리가 있어 보이기 때문이다.

조선의 집시에게서 김유정이 애정을 느낀 것은 바로 이 때문은 아닐까.[18] 이러한 맥락에서라면 들병이의 몸팔기나 '나'의 글쓰기나 생활의 한 과정이기는 동일할 터이니 말이다. 들병이가 처한 상황이 어떠한 것이든 들병이에 대한 김유정의 시선은 연민이나 비관이 아니라 애정에 가깝다. 생존에 치여 일탈의 길로 접어든 모든 인물들이나 두 얼굴을 한 공동체를 대하는 김유정의 시선에서는 참혹함의 부각이나 비난을 찾아보기 어렵다. 감정이나 평가를 싣지 않고 생생하게 삶의 그 순간들을 그려내고 있을 뿐이다.[19] 김유정의 서술 방식을 논하며 종종 언급되는 열린 결말이나 '직접성의 방식'[20]은 결국 인간과 그 인간의 삶에 대한 김유정의 사유와 통한다. 인간이나 인간의 삶에 대한 김유정의 생각은 평가나 의지보다는 관찰과 수용에 가깝다. 작품 속 인물들의 면면이나 이들이 어우러져 만들어낸 공동체와 삶의 양상들을 통해 보자면, 김유정이 본 혹은 받아들인 인간의 삶은 대단한 비의를 숨기고 있거나, 특별한 이유 혹은 합리적인 기승전결을 가진 것이라기보다는 매 순간 찰나의 것, 그 순간순간이다. 결국 그가 그린 것은 논리도 비의도 없는 삶의 편린들, 살아있는 순간의 홍성스러운 조각들인 것이다.

다시 「병상의 생각」으로 되돌아 가보자. 이 글은 1937년 1월 10일에 작

---

18 물론 이것이 당대 들병이의 현실이라는 것은 아니다.

19 인물의 언어와 인물의 생각으로 내면을 그리지만 정작 인물과의 거리감은 분명하다. 나병철은 김유정의 소설과 현진건의 「운수좋은 날」을 비교하며 후자가 감정이입(empathy)에 의한 동정이라면 전자는 일종의 공감적 동정(sympathy)에 가깝다고 논한다. 감정이입의 경우 인물 당사자와 같은 감정을 갖게 되지만 공감적 동정은 당사자와는 다른 느낌을 지니며 염려하고 동정하게 된다는 것이다(나병철, 「김유정 소설의 해학성과 현실인식」, 『비평문학』 8, 한국비평문학회, 1994, 172쪽). 이러한 거리감은 평가나 이입이 없는 직접성의 방식으로 감지한 삶의 진실을 보여준다는 논의(김미영, 앞의 글), 김유정 소설을 보면 웃음 이면에 심적 고통이, 더 들어가면 그 고통을 관찰하고 향유하고 있다는 섬뜩한 인상을 받는다는 논의(정주아, 앞의 글)와도 무관하지 않을 것이다.

20 김미영의 표현이다.(김미영, 앞의 글)

성되었다. 세상을 떠나기 대략 2개월 19일 전이다. 김유정은 "편지를 보내시는 이유가 나변那邊에 있으리요"라는 상대의 질문에 실망을 주지 않기로 단출히 연모한다 하였지만 사실은 그것과는 좀 거리가 있다고 부연한다. 나를 이해해줄 친한 친구에게 편지를 쓰듯이 어머니가 그리워지듯이 마음이 무거울 때 옆집 아기의 웃음에 따라 웃듯이. 그것이 그가 편지를 보낸 이유라는 것이다. 그리고 위대한 사랑을 설명하는 과정에서 맑스의 자본론과 크로포트킨의 상호부조론을 언급한다. 김유정의 인간과 인간의 삶에 대한 이해의 한 축이 그 자신의 질병에 있다면, 다른 한 축에는 니체, 마르사스, 코로포트킨, 맑스를 끌어온 그의 의식적 사유가 자리한다 할 것이다. 이것이 또 하나의 유의점이다.

맑스의 자본론과 크로포트킨의 상호부조론은 그 각각이 방대한 해석의 여지를 가진 이론임과 동시에 둘 사이의 간극 또한 매우 크다. 위대한 사랑을 논하기 위해 맑스의 자본론과 크로포트킨의 상호부조론을 함께 언급했을 때 김유정은 자본론과 상호부조론의 어떤 지점에 주목했던 것일까.[21] 비어 있는 부분이 너무나 크기 때문에 사실 이에 대한 답을 찾는 것은 일곱 명의 장님이 코끼리를 더듬는 격이 될 수도 있을 것이다. 다만 한 가지 힌트가 있다면 김유정이 이 모든 것을 자연의 영역인 천체의 견연牽連에 빗대고 있다는 것이다.

---

21 혹자는 김유정의 위대한 사랑은 자본주의를 넘어서는 맑스의 기획을, 만물은 서로 돕는다는 크로포트킨의 방법으로 실현하는 꿈이라고 보기도 하고(최원식, 「이야기꾼 이후의 이야기꾼」, 김유정기념사업회 편, 『한국의 이야기판 문화』, 소명출판, 2012, 400~401쪽) 혹자는 그것을 타자 곧 민중에 대한 사랑으로 보기도 한다(이덕화, 「김유정의 '위대한 사랑'과 글쓰기를 통한 삶의 향유」, 『한국문예비평연구』 43, 한국현대문예비평학회, 2014, 203~227쪽). 아울러 김유정이 맑스와 크로포트킨을 니체나 맬서스보다 높이 평가한 것은 공동체에 대한 사랑 때문이라고 논하기도 한다(전신재, 앞의 글, 441쪽). 이러한 논의들은 공히 김유정의 문학관을 좌파적 측면으로 이해하고 의미를 부여하고 있다 하겠다. 그러나 홍길동전에 대한 고평 등을 곧장 맑스의 기획이나 민중에 대한 사랑이라 할 수 있을까. 이러한 논의가 확실해지기 위해서는 채워야 할 간극이 여전히 커 보인다. 분명해 보이는 것은 김유정이 위대한 사랑을 "대중을 우의적으로 꿸 수 있는 것", 응당 그러해야 하는 어떤 법칙으로 이해했다는 것이다.

우리가 서루서루 가까이 밀접하노라 앨쓰는 이것이 또는 그런 열정을 필연적으로 갖게되는 이것이 혹은 참다운 인생일지도 모릅니다. 동시에 궁박한 우리생활을 위하여 이제 남은 단 한길이 여기에 열려있음을 조만간 알듯도 싶습니다. 그것은 마치 우리 머리우에 늘려있는 복잡한 천체(天體), 그것이 제각기 그 인력에 견연(牽連)되어 원만히 운용되어 갈 수 잇는 것에 흡사하다 할는지요.[22]

천체의 견연은 자연의 질서, 물리적 법칙이다. 맑시즘은 역사전개를 유물사관론적으로, 사회 변동을 변증법적으로 해석하며 경제 시스템과 사회 관계를 토대와 상부구조로 이해한다. 그리고 크로포트킨은 상호부조를 본능의 영역에 놓는다. 경쟁만이 진화의 동력이 아니라 상호부조야말로 그 한 동력이며, 인간이 동물과 다른 특유의 윤리나 희생정신으로 인해 연대하는 것이 아니라 서로가 서로를 돕는 것은 본능의 영역이라는 것이다. 김유정이 삶과 죽음의 경계에 서서 본 것, 김유정이 말한 위대한 사랑이란 사상, 민중, 공동체, 특정 개인 등 어떤 대상에 대한 감정이나 특정의 이념이 아니다. 위대한 사랑은 주어진 생명에 충실하며 서로가 서로에게 견연되는 것 그 자체이고, 그는 이것을 자연과 본능의 영역, 일종의 질서이자 법칙으로 이해한 것이다.

염인증이 치료의 대상이 된 것은 이 때문이다. 육체적 한계를 가진 인간임을 비관하는 것, 인간이 인간을 염오하며 관계에서 벗어나는 것 등은 모두 이 질서에 어긋나는 것이다. 경계에 서서 바라본 인간의 삶은 애초에 대단한 비의를 갖고 있지도, 이상적인 무엇도 아니다. 주어진 생명에 충실하며, 특별한 존재로서의 고독한 개인이 아니라 서로 유관한 존재로 어우러지

---

22 김유정, 「병상의 생각」, 465~466쪽.

는 것. 그리고 그렇게 생명에 충실하고 어우러진다고 하여도 약속된 천국이나 보상 같은 것은 애초에 없다는 것. 이를 무의식으로 의식으로 수용하며, 김유정은 어쩌면 억울할 것도 많은 자신의 삶을 두고 연민에 빠지는 대신 염인증 치료의 길로 나아갈 수 있었다고 하겠다.

생명이 이미 끝에 이르렀음을 모를 수는 없었을 것이다. 그러나 대소변조차 혼자 처리하기 힘들어 수발을 받아야 하는 상황일지라도 인간의 삶은 곧 위대한 사랑이며 이는 계속되어야 한다. 그렇기에 "불운의 천재"가 되자는, 혹은 "신성불가침의 찬란한 정사"를 하자는 지극히 달콤한 권유에도 응할 수 없었던 것이다.[23] 김유정의 인생관에 따르자면 인간의 삶은 애초에 무엇을 위한 것이나 혹은 무엇이 되기 위함이 아니다. 그는 목적이나 가치를 걷어낸 자리에 인생을 위치지운다. 안회남은 병세가 깊어진 김유정이 자신의 방 벽에 '겸허謙虛'라는 말을 적어두었다고 전한 바 있다. 마지막 순간까지 그야말로 겸허하게, 시선을 삶 쪽에(더욱이 그 삶은 애초에 이념도 의미도 없는 것이다) 두고 장편을 구상했던, 그렇게 자신이 정의한 위대한 사랑을 실천했던 김유정은 자신의 사유와 신념에 무척이나 충실했다 할 것이다.

---

23 방민호(앞의 글, 292~293쪽)는 김유정의 「행복을 등진 정열」(『여성』, 1936.10)을 논하는 과정에서, 김유정과 이상의 관계에서 이니셔티브를 쥐고 있는 사람을 이상이라고 본다. 그에 따르면 이상은 폐결핵에 시달리며 오지 않을 행복을 갈구하는 김유정을 향해 (또 일면 그 스스로의 페시미즘을 위해) 그런 것은 없다고 오지 않는다고 악마적인 진단을 내려준다는 것이다. 그러나 김유정에게 그 자신의 인생관인 위대한 사랑이 있었다는 점에서 본다면, 이 관계를 단순히 이상이 이니셔티브를 쥐고 있는 것이라고 볼 수 있을지는 의문이다. "그거 안됩니다"라는 이상의 조소에 페시미즘이 자리한다면, "봄만 되거라", "봄이 오면"을 거듭 되뇌이는 김유정의 말 역시 그저 천진한 낙관주의에 그치는 것이 아니라 그 자신의 인생관, 곧 위대한 사랑에 근거한 것이기 때문이다.

5. 결론

당대부터 오늘날에 이르기까지 김유정 문학에 대한 논자들의 관심은 여전히 뜨겁다. 그런 만큼 김유정의 작품을 읽어내는 방식은 다양하고 풍부하며, 때로는 서로 상반된 해석이나 판단들이 충돌하기도 한다. 김유정을 둘러싼 논의에서 흥미로운 것은 서로 상반된 내용의 논의라고 할지라도 각각의 접근이나 해석들이 각기 그만한 설득력을 지닌다는 것이다. 이는 달리 보자면 무척이나 다양한 논의들이 이루어졌음에도 어떤 논의에서도 결락된 무언가가, 미처 이야기하지 못한 무언가가 여전히 존재한다는 것일 수도 있겠다.

문학 활동을 하는 내내 생과 사의 경계에 서 있었던 김유정은 자신의 문학관 더 나아가 인생관으로 사랑을 말한다. 그에게 문학은 곧 생활이며, 그 생활이란 염인증을 극복하고 인간과 어우러지는 것이다. 주어진 생명에 충실하며 서로가 서로에게 유관한 존재로 어우러지는 것. 그는 그것에 어떤 이유도 없음을 수용한다. 이유나 보상이 없는, 질서이자 법칙으로서의 사랑을 수용하는 것은 사실 그리 간단치만은 않은 일이다. 진보에 대한 열망, 합리적인 인과, 상응하는 정의에 대한 열망은 흔히 우리를 다른 길로 이끌곤 한다. 물론 이유나 보상이 없는, 질서이자 법칙으로서의 사랑이 과연 인간의 삶에 대한 가장 적확한 인식일 수 있는가 하는 문제는 또 다른 논의 거리일 것이다. 다만 생과 사의 경계에 서서, 질병에 기인한 성찰과 지식인으로서의 의식의 고투가 어우러져 도달하게 된 김유정의 이 사랑관은 분명 김유정의 문학과 삶에 결부되어 이를 특징짓는다 하겠다.

남은 문제가 많다. 김유정이 "새로운 운명"으로 읽어낸 상호부조론과 맑시즘은 상대적으로 부정의 대상이 된 개인주의, 니체의 초인설, 마르사스의 인구론과 함께 보다 더 깊이 살펴볼 필요가 있을 것이다. 그리고 김유정이 규정한 사랑과 구현 사이의 간극들 역시 세밀히 짚어나갈 필요가 있을 것이다. 김유정 문학을 대하며 혹자는 웃음을 느끼고 혹자는 섬뜩함을 느낀다고 할 때, 이러한 차이는 어쩌면 이 이유 없는 질서를 대하는 김유정 시선의 흔들림일 수도 있을 것이다. 미처 살피지 못한 작품들을 포함해, 그 간극들은 어떤 방식으로 드러나는지를 보다 폭넓고 섬세히 모색해보는 것 역시 남은 과제라 하겠다.

참고문헌

1. 기본자료

전신재 편, 『원본 김유정 전집』, 강, 2012.

2. 논문 및 단행본

권경미, 「들병이와 유사가족 공동체 담론 – 김유정의 소설을 중심으로」, 『우리문학연구』 66, 우리문학회, 2020.

김미영, 「병상의 문학, 김유정 소설에 형상화된 육체적 존재로서의 인간」, 『인문논총』 71(4), 서울대인문학연구원, 2014.

김미현, 「숭고의 탈경계성 – 김유정 소설의 "아내 팔기" 모티프를 중심으로」, 『한국문예비평연구』 38, 한국현대문예비평학회, 2012.

김유정기념사업회 편, 『한국의 이야기판 문화』, 소명출판, 2012.

김화경, 「말더듬이 김유정의 문학과 상상력」, 『현대소설연구』 32, 한국현대소설학회.

나병철, 「김유정 소설의 해학성과 현실인식」, 『비평문학』 8, 한국비평문학회, 1994.

방민호, 「김유정, 이상, 크로포트킨」, 『한국현대문학연구』 44, 한국현대문학회.

서동수, 「김유정 문학의 유토피아 공동체와 크로포트킨의 상호부조론」, 『스토리앤이미지텔링』 9, 건국대 클로컬캠퍼스 스토리앤이미지텔링연구소, 2015.

유인순, 「김유정의 우울증」, 『현대소설연구』 35, 한국현대소설학회.

이덕화, 「김유정의 '위대한 사랑'과 글쓰기를 통한 삶의 향유」, 『한국문예비평연구』 43, 한국현대문예비평학회, 2014.

전광용 외, 『현대의 문학가 9인』, 신구문화사, 1984.

전신재, 「김유정의 '위대한 사랑'」, 『국어국문학』 168, 국어국문학회.

정주아, 「신경증의 기록과 염인증자의 연서쓰기 – 김유정 문학에 나타난 죽음충동과 에로스」, 『현대문학의 연구』 57, 한국문학연구학회.

표정옥, 「문명충돌 속 한국 근대 질병 상상력이 소설 구성에 미치는 영향 연구 – 김유정과 이상의 결핵을 중심으로」, 『비교한국학』 28(1), 국제비교한국학회.

문명충돌 속 한국 근대 질병 상상력이
소설 구성에 미치는 영향 연구

김유정과 이상의 결핵을 중심으로

표정옥

1. 들어가며

한국문학사에서 결핵 담론은 일제 강점기 1910년에 시작되어 1920년대에 활발하게 이루어졌다. 이광수와 나도향을 필두로 결핵 서사가 시작되면서 염상섭, 이태준, 채만식, 강경애, 최정희 등을 거쳐 1930년대 김유정과 이상에 이르기까지 다양한 문학의 스펙트럼 속에서 여러 유형의 서사가 펼쳐졌다. 이광수의 「무정」 1917과 「H군을 생각하고」 1924는 비교적 초창기 결핵인식을 보여주는 이야기이다. 작품 「환희」 1922, 「나의 과거」 1921, 「피 묻은 편지 몇 쪽」 1925 등은 나도향의 결핵 소설로 알려지고 있는데, 그를 결핵 작가라고 부를 수 있을 만큼 결핵이라는 질병은 나도향의 문학에서 큰 비중을 차지한다. 구체적으로 들여다보면 「환희」라는 작품에서 주인공 혜숙은 자신의 실수로 인해 결핵이라는 질병을 얻을 수밖에 없는 천벌로 그리고 있다. 염상섭은 소설 「해바라기」 1923와 「진주는 주었스나」 1925라는 작품에서 결핵 환자를 다룬다. 「해바라기」 1923에는 폐병이 과거의 유산으로 대물림하는 것의 상징으로 그려진다. 그러나 「진주는 주었으나」에서는 대물림하는 것과는 다른 자유연애와 근대적 가치를 추구하는 것에 대한 문화적 부작용으로 결핵이 등장하고 있다. 이때 각혈하는 결핵이라는 질병은 식민지 사회의 좌절과 피로를 은유적으로 상징되고 있다고 할 수 있다. 이러한 상징적 측면의 결핵으로 이태준의 「까마귀」 1936와 정지용의 「유리창1」 1930도 함께 살펴볼 수 있다.[1]

　1930년대를 대표하는 김유정과 이상은 결핵으로 요절한 한국 근대문학의 젊은 작가들이다. 이들은 1937년 같은 해에 동일하게 각혈하는 결핵이라는 질병으로 죽어갔고 영결식도 함께 치러졌다. 또한 두 작가는 서로의 작품 안에서 서로 언급되는 상관성도 가진다. 일제 강점기 전체 인구의 10퍼센트 이하가 결핵이라는 질병에 노출되었던 1915년에 비해 1930년대에는 무려 25퍼센트로 그 수가 두드러지게 증가하는 것을 살펴볼 수 있다.[2] 이는 인구 네 명 중 한 명은 결핵이라는 치명적인 병을 앓고 있었다는 증거로 보인다. 즉 가족이 네 명이라면 그중에 한 명은 결핵 환자였을 가능성이 큰 환경이었던 것으로 보인다. 김유정과 이상은 당시 치명적이지만 매우 보편 적이었던 결핵이라는 질병에 감염되어 결핵을 이기기 위해서, 혹은 거부할 수 없는 결핵이라는 질병과 함께 살아가기 위해서 운명적으로 문학을 기획하고 구상하고 있었다고 해도 지나치지 않을 만큼 그들의 문학 속에서 결핵의 그림자는 매우 깊게 드리워지고 있다.

　근대 결핵 연구는 다양한 분야에서 이루어지고 있다. 첫째, 결핵에 대한

1　표정옥, 「은유와 상징의 결핵 담론에서 근대문학의 과학 담론으로의 변환에 대한 기호학적 연구」, 『기호학연구』 44, 한국기호학회, 2015, 337~366쪽.
2　신규환, 『질병의 사회사-동아시아 의학의 재발견』, 살림출판사, 2008, 51쪽.

사회학적 접근으로 제도적인 정책과 현황에 대한 연구를 살펴볼 수 있다. 둘째, 문화적인 접근으로 결핵이 근대에 어떻게 발생했고 근대 문화와 어떻게 충돌하고 있었는지에 대한 연구를 살펴볼 수 있다. 셋째, 결핵이라는 질병이 문학 작품에서 어떻게 은유와 상징적으로 작용하는지를 보여 주는 연구를 살펴볼 수 있다. 당시 결핵에 대한 연구의 골자를 살피면 결핵에 대한 질병 인식과 제도적인 접근이 부족하였다고 지적하며,[3] 일제 강점기 도시화는 결핵의 발생과 여러 원인 규명에 밀접하다는 논리 또한 살펴볼 수 있다.[4] 김유정 소설 「만무방」에서 '뇌점'이라는 용어로 등장하는 결핵이라는 용어를 근대문화의 충돌되는 개념으로 최은경은 정리하고 있다.[5] 근대문학 속 수많은 결핵 환자들이 많은 연구자들의 관심을 사로잡았는데 다양한 연구들이 주로 은유와 상징으로 결핵을 바라보았다. 이는 대체로 서양의 수전 손택이 『은유로서의 질병』에 대한 해석과 그 맥을 같이하는 질병 논의들이기도 하다.[6]

1930년대 김유정과 이상에게 결핵은 단순한 상징이나 은유의 문학적 장치를 넘어서 삶에 치열하게 맞서면서 소설을 쓰게 하는 중요한 창작 동인이었다. 본고의 주요 키워드인 결핵으로 김유정과 이상을 상호 비교하는 연구는 아직까지 시도되지 않았지만 개별 작가에 대한 연구 차원에서 인물, 공간, 시간 구성에 대한 논의는 다양하게 시도되었다. 인물의 경우에 주로 살

---

3 배송미, 「결핵 조기퇴치 New 2020 Plan을 위한 전략」, 『창립총회 및 학술대회목록집』, 대한인수공통전염병학회, 2012, 39~47쪽.
4 박윤재, 「조선총독부의 결핵 인식과 대책」, 『한국 근현대사 연구』 47, 한국근대사학회, 2008, 215~234쪽.
5 최은경, 「개항 후 서양의학 도입과 결핵 용어의 변천」, 『의사학』 21-2, 대한의사학회, 2012, 227~250쪽.
6 전흥남, 「한국 근현대소설에 나타난 병리성과 문학적 함의에 관한 연구-이상 소설에 나타난 은유로서의 질병모티프와 글쓰기 방략을 중심으로」, 『영주어문』 20, 영주어문학회, 2010, 251~281쪽.

펴지는 코드는 부부관계와 아내에 대한 설정이다. 김유정은 식민지 근대 청춘 남녀들의 비참한 현실을 부각하는 방법으로 연애와 결혼 모티프를 문제 삼고 있다. 이경은 김유정의 여성 인물들이 유혹과 피해의 이중전략 속에서 주체와 대상을 넘어 정조 이데올로기를 보여준다고 보았으며,[7] 김미현은 김유정의 소설에 나타난 아내팔기 모티프가 숭고의 탈경계성에 놓여있는 매커니즘이라고 평가한다.[8] 이상의 경우에도 아내와 부부관계를 다루는 인물에 대한 연구가 활발하게 다루어졌다. 음영철은 이상의 문학에서 부부서사에 양가감정을 드러내고 있다고 보고 있고,[9] 서세림 역시 이상 문학에 나타난 아내의 의미를 순결과 매춘이라는 양가적인 코드로 고찰하고 있고,[10] 정현숙은 부인을 앵무새로 설정한 시 「오감도 시제6호」의 인물 간 갈등 또한 살펴볼 수 있다.[11]

공간에 대한 설정 측면에서 김유정과 이상은 시골과 도시의 특성을 가진 작가로 이분화되어 논의되는 경향이 있었다. 그러나 최근 김유정의 소설 속에 나타나는 도시 이미지를 주목하는 연구가 활발하게 진행됨에 따라 김유정과 이상을 시골과 도시라는 단순히 이분화된 공간 설정으로 구분하는 관점은 재조명될 필요가 있다.[12] 김유정의 29편 소설 작품들 중에서 15편 상

7 이경, 「유혹과 오염의 서사-김유정의「정조」론」, 『현대소설연구』 68, 한국현대소설학회, 2017, 319~348쪽.
8 김미현, 「숭고의 탈경계성-김유정 소설의 "아내 팔기" 모티프를 중심으로」, 『한국문예비평연구』 38, 한국현대문예비평학회, 2012, 193~214쪽.
9 음영철, 「부부서사에 나타난 양가감정 연구」, 『문학치료연구』 24, 한국문학치료학회, 2012, 71~95쪽.
10 서세림, 「이상 문학에 나타난 '안해'의 의미 고찰」, 『이화어문논집』, 이화어문학회, 2016, 133~157쪽.
11 조대한, 「이상 텍스트에 나타난 '앵무'에 관한 연구-「지도의 암실」, 「오감도 시제6호」, 「지주회시」를 중심으로」, 『국제한인문학연구』 19, 국제한인문학회, 2017, 143~168쪽.
12 정현숙, 「김유정 소설과 서울」, 『현대소설연구』 53, 한국현대소설학회, 2013, 327~353쪽; 조선희, 「李箱의 「봉별기」에 나타난 공간 의미」, 『개신어문연구』 21, 개신어문학회, 2004,

당이 도시를 배경으로 하고 있고, 심지어 그중 11편은 서울이라는 도시를 배경으로 하기 때문이다. 시간을 주로 논의하는 연구는 인물과 공간에 비해 상대적으로 적지만 시대 인식이라는 측면을 다루는 연구들이 살펴질 수 있다. 유인순이 논의한 김유정의 중첩된 우울증 연구는 가계적인 김유정의 관계도와 성장 과정의 시간 인식 연구에 요긴한 것으로 보인다.[13] 전기적으로 시간 인식을 추정하는 데 있어 김유정의 사랑에 대한 전신재의 논의 또한 작품의 시간 인식에 중요한 단서를 줄 수 있다.[14] 이상의 경우에는 가역된 시간관념이나 전도된 시간의식에 대한 논의가 매우 활발하게 진행되었다. 권영민과 이재선을 필두로 이상의 가역된 시간 논의는 이상을 이해하는 주된 키워드로 작용한다.[15]

본고는 문학 속에서 두 작가의 상반된 작품성에도 불구하고 그들이 서로 매우 긴밀한 관계였고, 작품 안에서도 서로를 언급할 정도로 가까웠기 때문에 결핵이라는 공통분모로 그들의 작품 속 인물, 공간, 시간 등을 상호 비교하면서 두 작가의 변별점을 자세히 살피고자 한다. 김유정과 이상의 성장과정과 질병의 발발이 그들의 문학을 어떻게 양산하고 각각의 작품 안에서 인물들은 어떤 모습을 그리면서 생명을 부여받고 있는지 논의하고자 한다. 김유정은 7살 때 어머니를 잃고 9살 때 아버지를 잃었다. 팔남매 중 일곱 번째인 유정은 어머니의 사랑을 늘 그리워하는 인물이었다. 소설가 김유정은 젊은 시절 고향 춘천으로 낙향해서 치질, 늑막염, 대인기피증, 우울증, 폐결핵 등 많은 병마와 치열하게 싸우면서 삶을 힘겹게 이어간다. 그의 수필 여

483~505쪽.

13 유인순, 「김유정의 우울증」, 『현대소설연구』 35, 한국현대소설학회, 2007, 121~138쪽.

14 전신재, 「김유정의 '위대한 사랑'」, 『국어국문학』 168, 국어국문학, 2014, 427~451쪽.

15 이재선, 『현대소설의 서사주제학』, 문학사상사, 2007, 98~99쪽, 112~115쪽; 권영민, 『이상 문학대사전』, 문학사상사, 2017.

러 곳에서 자신의 다양한 병증에 대한 심경이 토로되고 있었음을 살펴볼 수 있다. 김유정은 소설뿐만 아니라 많은 수필에서 결핵에 대한 자신의 생각을 솔직하게 드러내고 있다. 「나와 귀뚜라미」에서 작가 김유정은 '살고도 싶지 않지만 또한 죽고도 싶지 않다는 것'을 고백하고 있다. 수필 「어떠한 부인을 맞이할까」에서 작가는 절망적인 결핵병을 앓고 있지만 자신과 똑같이 우울증과 각혈하는 결핵병을 앓는 여자가 있다면 사흘 동안 만이라도 그녀와 살고 싶다고 말하고 있다. 시한부 판정을 받은 후 김유정은 결핵에 맞서서 인간의 존엄성을 발현시키기 위해 생존을 갈망하는 글을 치열하게 쓴다. 김유정은 자신이 죽기 바로 전에 쓴 수필 「병상의 생각」에서 비록 병든 몸이지만 작가의 숙명적인 위대한 사명을 이야기했다. 마지막 작품인 「필승전」에서는 한발 더 나아가 결핵에 의연하게 맞서겠다는 강인한 생명력까지 과시한다. 친구 필승이 일거리를 보내면 '50일 이내로 처리해주기를 요청하고 있는데, 받은 돈으로 닭을 한 30마리, 살모사와 구렁이를 10여 마리 고아 먹고 일어서겠다'고[16] 강한 삶의 의욕을 발산한다.

  김유정의 성장 키워드가 조실부모라면 작가 이상의 성장 키워드는 다른 부모에게 입양된 것이라고 할 수 있다. 이상은 2살 때 친부의 곁을 떠나 백부의 양아들로 입양되어 성장한다. 할아버지와 할머니와 큰아버지와 큰어머니 밑에서 유교 사회의 가문이 주는 부담을 느끼면서 살아가야했다. 어린 시절부터 거울을 가지고 놀기 좋아하고 그림을 그리기를 좋아했던 이상에게 1931년 10월 26일 결핵 진단이 내려지고 그는 그때부터 잘 나가던 건축기사를 그만두고 좋아하던 그림도 그리지 못하게 되고 오직 펜 하나만을 허락받는다. 1933년 황해도 배천 온천으로 요양을 가서 연인 금홍을 만나면

---

16 김유정, 전신재 편, 『원본 김유정 전집』, 강, 2012, 474쪽.

서 그의 문학적 기질은 더욱 발휘된다. 따라서 그의 문학의 본격적 입문은 결핵이라고 할 수 있고 실제로 대부분의 작품이 결핵이라는 질병의 자장 속에서 그려지고 있음을 살펴볼 수 있다.

김유정의 결핵과 이상의 결핵은 소설 작품 구성의 토대를 이루고 있다는 공통점이 있지만 구성의 양상은 서로 다르게 재현되고 있음을 알 수 있다. 이상의 결핵이 각혈의 수사학적 측면과 상징으로 그려지고 있는 모더니즘의 산물이라면 김유정의 결핵은 가난의 표상으로서 궁핍하고 열악한 환경을 표상하는 것이라고 비교되곤 한다.[17] 즉 형이상학적인 질병 인식이 이상이라면 형이하학적인 질병 인식은 김유정이라고 할 수 있다. 본고는 이상과 김유정이 그들의 문학 기획과 구상 방식에서 결핵이라는 질병을 어떻게 내재화하고 있는지 두 작가의 주요 작품들을 통해 집중적으로 살피고자 한다. 소설의 구성에 가장 기본적인 골격인 인물과 공간과 시간에서 그들을 죽음으로 내몰고 있는 근대 한국 질병인 결핵이 어떠한 문명충돌의 상징적 기호작용을 하는지 살피고 두 작가가 바라보는 질병 상상력의 차이가 작품을 어떻게 차별화시키면서 문학적으로 형상화되고 있는지 살펴보고자 한다.

2. 공존하는 인간과 결별하는 인간

소설가 김유정은 결핵이라는 치명적인 질병에서 오는 삶의 좌절과 자신을 짓누르는 가난 속에서도 문학적 사명을 처절하게 보여주었다는 평가를 받고 있다.[18] 김유정 소설 작품 중 결핵을 드러내고 있는 작품은 「만무방」,

---

17 이재선, 『현대소설의 서사주제학』, 문학사상사, 2007, 98~99 · 112~115쪽.

「야앵」, 「생의 반려」, 「심청」, 「노다지」, 「따라지」, 「산골 나그네」 등이 거론될 수 있고, 「병상의 생각」과 「병상영춘기」와 「필승전」 등의 수필에서도 결핵이 직접적으로 등장하고 있다.[19] 직접적이지는 않지만 암시적으로 등장하는 작품인 「산골 나그네」에서는 기침을 심하게 하는 사내가 등장하는데 그 당시의 원인은 결핵으로 추정될 수 있다. 나그네의 병든 남편인 사내는 입을 것도 없고 먹을 것도 없이 물레방앗간에서 극한의 가난과 질병을 보여주는 것으로 그려진다. 작품에서는 결핵이라는 말이 실제로 등장하지는 않는다. 하지만 기침을 심하게 하는 남편의 질병은 당시 치명적이었지만 사람들이 보편적으로 앓고 있었던 결핵으로 인식되는 것이다. 김유정의 「산골 나그네」 속 등장인물 나그네는 김유정 소설이 잘 활용하는 들병이 모티프로써 떠돌이처럼 산골 주막에 등장해 거짓 결혼까지 자행하고 도둑질을 하기에 이른다. 거짓으로 결혼한 남편 덕돌의 옷을 훔쳐 자신의 병든 남편을 구하는 모습이 소설 마지막 장면에 등장한다. 소설 「만무방」의 응칠은 동생 응오가 논의 벼 도둑으로 오해받자 자신의 억울함을 벗기 위해 범인을 직접 잡고자 한다. 응칠이가 잡은 범인은 다름 아닌 자기 동생인 응오였다. 응오의 부인은 뇌점 즉 결핵이라는 병에 걸려 있는 것으로 등장한다. 자기의 땅에 농사를 짓지만 남는 것이 없는 응오의 절박한 심정이 고스란히 읽혀지는 것이다.

응오가 이 안해를 차저올 때 꼭 삼년간을 머슴을 살았다. 그처럼 먹고싶은 술 한잔 못먹었고 그처럼 침을 삼키든 그개고기 함메 물론 못삿다. 그리고 사정을 받는대로 꼭꼭 장리를 노핫스니 후일 선채로 썻든 것이다. 이러게까지 근사를

---

18 유인순, 앞의 글, 127~128쪽.
19 유인순, 『김유정을 찾아 가는 길』, 솔과학, 2003, 149~163쪽.

모아 어든 계집이련만 단 두해가 못가서 이꼴이 되고말엇다.

그러나 이병이 무슨 병인지 도시 모른다. 의원에게 한번이라도 변변히 봬본
적이 업다. 혹안다는 사람의 말인즉 뇌점이니 어렵다 하엿다. 돈만잇다면이야
뇌점이고염병이고알바가 못될거로되 사날전거리로 쫏차나오며 "성님" 하고
팔을 챌 적에는 응오도 어지간히 급한 모양이었다.[20]

방민호와 전신재는 크로포트킨과 김유정을 결합하는 논의를 진행하는데
병마 속에서도 삶을 지속하려는 노력을 '모든 인간은 서로 돕는다' 라는 크
로포트킨의 사상과 결합하여 읽고 있다.[21] 서로 돕는 인간의 모습을 크로포
트킨에 연결시켜 김유정을 이해하려는 데에는 일견 타당성이 있다. 「산골
나그네」의 나그네는 병든 남편을 구하기 위해 거짓으로 결혼을 하고 「만무
방」의 응오는 병든 부인을 구하기 위해 자기논의 벼를 훔치는 어처구니 없
는 일을 한다. 병마 속에서도 가정을 지키고 자신의 사랑을 지키고자 하는
인간의 마음을 읽을 수 있다. 김유정은 「병상의 일기」에서 위대한 사랑이
최고의 이상이라고 말한다. 김유정은 "개인주의나 니체의 초인설이나 마르
사스의 인구론"은 머지않아 사라질 것이며 "크로포트킨의 상호부조론과 막
스의 자본론"이 새로운 운명을 띠고 시대에 다가올 것이라고 말한다.[22] 즉
개인들의 개별적인 삶보다는 서로 돕는 사회를 꿈꾸었던 것으로 해석된다.
이러한 관점은 당시 1930년대라는 시대의 문명적 충돌로 읽을 수 있는 단
초가 된다.

이상의 작품 「봉별기」 1936와 시 「오감도」 1934는 이상 문학에서 결핵의

---

20 김유정, 전신재 편, 앞의 책, 108~109쪽.
21 전신재, 앞의 글, 427~451쪽; 방민호, 앞의 글, 281~317쪽.
22 김유정, 전신재 편, 앞의 책, 471쪽.

발발, 연인과의 만남과 결별 등의 동일한 서사를 담고 있는 '도플갱어 Doppelgänger' 즉 쌍둥이 같은 작품으로 보인다. 두 작품들은 일제 강점기 요양 문화의 단면을 진단하게 해준다. 이상의 소설 「봉별기」와 시 「오감도」를 포함해서 많은 작품들이 대부분 결핵과 관련이 있다는 것을 확인할 수 있다. 따라서 이상의 문학이 바로 결핵의 문학이라고 불리는데 큰 이견이 없다. 이상의 문학은 병리애호의 미학이며 질병의 은유화이면서 자아 원점에 근거한 나의 문학이며, 비유와 수사학의 질병서사를 지향하면서 현대미학적 토대를 이룬다는 평가를 받는다.[23] 이상의 문학은 자전적인 성격이 강한 편인데 특히 가장 자전적이면서 전기적인 사실에 바탕을 둔 작품으로 소설 「봉별기」와 시 「오감도」를 꼽을 수 있다. 두 작품이 그리고 있는 인물은 이상 자신과 그이 연인 금홍이며, 공간은 서울과 배천 온천과 서울의 방 안이며, 시간은 이상과 금홍이 함께한 대략 1년 4개월 정도를 집중적으로 보여준다고 할 수 있다. 실제 현실에서 이상은 요양차 황해도 배천 온천이라는 곳으로 떠나고 작품에서 이곳은 B라는 곳으로 등장한다. 이상은 약탕관을 가지고 요양을 위해 찾아간 배천의 어느 여관에서 금홍을 만난다. 당시 결핵의 완전한 치료 방법이 존재하지 않았기 때문에 요양이나 휴식과 같은 민간의 치료법을 따랐다. 소설 「봉별기」 속 주인공인 나는 23세의 청년으로 결핵을 앓고 있고 황해도 배천 온천에서 21살의 금홍이를 만난다. 나와 금홍의 나이는 서로에게 제대로 인식되지 못한다. 금홍이는 주인공인 나에게 열여섯이나 열아홉 쯤으로 오인되고 나는 금홍이에게 마흔이나 서른아홉으로 오인되고 있다. 금홍이는 나에게 자신이 경산부임을 감추지 않고 나역시 금홍이를 사랑하지만 연인인 금홍이가 내가 아닌 다른 사람과 함께 있

---

23 이재선, 『현대소설의 서사주제학』, 문학사상사, 2007, 98~99쪽.

는 것에 대해 매우 개방적이다. 작품 「봉별기」 마지막 부분에 "속아도 꿈결 속여도 꿈결 굽이굽이 뜨내기 세상 그늘진 심정에 불 질러 버려라"라는 노래가 나오며,[24] 「오감도 시제15호」에서는 스스로 권총으로 자살하는 이야기가 등장한다. 이러한 표현들은 결핵으로 고통 받는 일제 식민지 시대 지식인의 삶의 무력감과 좌절된 이상을 상징적으로 보여준다.

이상의 「봉별기」에 등장하는 여인은 마치 「실화」에서 등장하는 "이국종 강아지"처럼 낯선 인물 창조이다. 이상의 작품에는 지금까지 우리 문학사에 등장하지 않았던 이국적이고 낯설은 여성 인물이 창조되고 있다. 이러한 인물 창조는 실제 작가의 질병 체험과 깊은 연관성을 가진다고 볼 수 있다. 이상은 1910년생으로 1912년 백부에게 입양되면서 친부와 헤어져 지낸다. 신명학교와 보성학교와 경성고등공업학교를 거쳐 건축기사로 살아갈 때까지 그의 삶은 대체로 순탄했다. 그런 그에게 갑자기 1931년 찾아온 각혈이라는 질병은 낯설음 그 자체였다. 갑자기 절망적인 운명처럼 찾아온 낯선 질병은 그에게 삶의 연속성을 거부하게 만들었고 「오감도 시제1호」의 아이들처럼 막다른 골목에 봉착하게 되는 난감함을 경험하게 한다. 이상은 스스로 자살할 권리를 빼앗겼다고 한탄하기도 할 정도로 결핵은 그에게 질병 그 이상의 치명적인 것이었다. 따라서 그가 창조한 인물들은 과거와 미래가 차단된 이국종의 인물들이며 실제 23살이지만 40살로 보이는 인물이고 21살이지만 19살 내지 15살로 보이는 시간이 뒤범벅된 기이한 인물들인 것이다. 이들은 미래가 없이 마치 갇혀있는 끝임없이 반복되는 네모난 나무 상자 안의 팬들럼처럼 또는 "왕복 엽서처럼" 오갈 뿐이다.

이상의 여성 인물 창조는 매우 직접적이고 개인적인 상호작용의 경험에서

---

24 권영민, 앞의 책, 301쪽.

기획되지만, 김유정의 여성들은 전기적으로 살펴볼 때 다소 과장적이고 추상적인 속성을 가진다. 김유정의 여성 인물들은 그가 짝사랑하던 박녹주처럼 노래를 부르는 들병이들이 대부분이다. 그 인물들은 서로 속이고 속아도 선과 악의 가치를 유보시키는 거리두기형 인물 창조물인 것이다. 결핵과 관련하여 소설 「만무방」과 「산골 나그네」의 부부관계는 어떠한 질병이 찾아오더라도 가정을 지키는 동반자적 관계로 등장한다. 소설 「만무방」에서 동생 응오의 부인은 뇌점이라는 질병 즉 결핵으로 고통을 받는다. 이를 위해 동생은 자신의 논을 도둑질하며 「산골 나그네」의 나그네는 물레방앗간에서 기침하는 남편을 위해 덕돌과 덕돌 어미를 속이고 거짓 결혼을 감행한다. 김유정의 소설 속 부부들은 결핵이라는 질병으로부터 궁극적으로 내 가족을 지키기 위해 다른 사람을 속이는 사람들 간 공존 관계를 보여주고 있다. 김유정이 그리는 결핵이라는 질병에는 식민지 시대의 당시 사람들에 대한 일종의 연민의 감정이 들어 있다고 볼 수 있다.

그러나 이와는 대조적으로 이상의 여성 주인공들은 이상의 각혈과 공존하지 못하는 절름발이 관계의 인물들이다. 「봉별기」의 주인공인 금홍은 황해도의 배천 온천에서 만난 여성이고 금홍과 이혼한 후에 만난 변동림은 「실화」속의 C양으로 보여진다. 소설 「봉별기」는 나와 금홍이와의 만남, 사랑, 갈등, 헤어짐 등이 간결하게 드러난 소설이다. 이러한 일련의 서사에서 가장 중요한 동기는 결핵이라는 질병 인식이다. 나와 금홍은 갈등을 겪으면서 결국 헤어지게 된다. 「오감도 시제7호」의 "구원적거의지久遠謫居의地"로 시작하는 시에는 나와 금홍의 갈등이 시적으로 등장하고 이상은 자기모멸과 삶의 회환을 한문으로 낯설게 하기를 추구하고 있다고 평가받는다.[25] 「봉별

25 위의 책, 69~70쪽.

기」의 금홍과 「실화」 속 C양은 이상의 삶을 토막내어 그 안에서만 존재하면서 서로 믿지 못하고 가정을 지키는 것에도 그다지 관심이 없으며 이상의 결핵과 공존하지 못하고 결별하는 인물들이다. 이상 스스로도 결핵이라는 질병을 자기의 삶 속에서 받아들이지 못한 상황이기에 그가 만들어낸 소설 속 여성 주인공들 역시 그의 질병과 공존할 수 없다. 소설 「봉별기」에서의 나와 금홍, 「지주회시」의 거미로 등장하는 부부, 「날개」의 나와 아내의 부부관계는 모두가 순탄하게 공존하지 못하고 있음을 확인할 수 있다. 음영철은 세 소설에는 부부관계의 양가감정이 드러난다고 말하면서 「날개」에서는 남편의 피학성이 드러나고 「지주회시」에서는 거미로 등장하는 남편의 가학성이 드러나며 「봉별기」에서는 남편과 아내의 가학피학성이 동시에 드러난다고 보았다.[26] 따라서 이상의 여성 인물들은 집과 가정을 어떻게든 지키고자 했던 김유정의 전통적 인물들과는 상당히 다른 유형으로서 자신의 세계가 매우 뚜렷하여 순응하지 못하고 외출하는 인물들이라고 할 수 있다.

3. 조감된 우주적 공간과 해부된 폐쇄 공간

김유정과 이상은 동일한 질병으로 같은 해에 죽었지만 죽음을 향해 가는 모습에서도 상당히 다른 모습을 보이고 있다. 우리가 추적할 수 있는 삶에 대한 자세는 그들이 남긴 문학을 통해 살펴볼 수 있다. 대표적으로 인식되는 작가상으로서 향토적인 정감을 그리는 김유정과 모더니즘의 도시성을 그리는 이상은 문학적 성향이 매우 달랐지만 둘은 친분이 두터웠고 심지어 이상은 김유정을 대상으로 한 소설 「김유정론」을 쓰기도 했다. 김유정은 강

---

26 음영철, 앞의 글, 71~95쪽.

원도 춘천과 관련이 있고 이상은 강원도 강릉과 관련이 있는 것처럼 두 작가 모두 강원도라는 지역과 밀접한 관련을 갖는다. 특히 강원도의 시골 정서는 김유정의 작품에서 주로 등장하고 있다. 김유정과 이상이 서사하는 공간이 그들이 앓았던 결핵과 어떠한 관련성이 있는지 살펴볼 수 있다. 김유정은 가난 속에서도 긍정적으로 살아보려는 인물들을 창조하고 있지만 이상은 필연적으로 소멸하거나 죽어가는 인물들을 창조하고 있다. 유인순은 결핵이 김유정에게 삶에 대한 포기보다는 삶에 대한 외경심을 주고 결핵과 맞대결하고 극복하려는 의지를 주고 있다고 말한다. 또한 자신의 삶을 생물학적 죽음이 아닌 문학으로 완성시키고자 했다고 평가한다.[27] 이상의 소설 「실화」에서는 동경으로 떠나기 전에 이상이 김유정을 만났던 이야기가 등장한다. 이상은 김유정에게 "신념을 빼앗긴 것은 건강이 없어진 것처럼 죽음의 꼬임을 받기 쉬운 것이더군요"라고 말하자, 김유정은 "김형! 형은 오늘에야 건강을 빼앗기셨습니까? 인제…겨우…오늘이야…인제"라고 말한다.[28] 이러한 진술을 두고 볼 때 결핵이라는 질병과 함께 김유정이 살아왔다면, 이상은 어느 날 갑자기 결핵이라는 질병에게 심하게 공격받은 것이었음을 알 수 있다. 이상이 「실화」에서 동경을 떠나기 전에 김유정에게 동반자살을 권유하는 부분이 등장한다.

유정(俞政)! 유정(俞政)만 싫다지 않으면 나는 오늘 밤으로 치러 버리고 말 작정이었다. 한 개 요물(妖物)에게 부상(負傷)해서 죽는 것이 아니라 이십 칠 세를 일기(一期)로 하는 불우(不遇)의 천재(天才)가 되기 위하여 죽는 것이다.

---

27 유인순, 앞의 글, 128쪽.
28 김윤식 편, 『이상문학전집 2』, 문학사상사, 1995, 216쪽.

유정(兪政)과 이상(李箱) ── 이 신성불가침(神聖不可侵)의 찬란한 정사(情死) ── 이 너무나 엄청난 거짓을 어떻게 다 주체를 할 작정인지.

「그렇지만 나는 임종(臨終)할 때 유언(遺言)까지도 거짓말을 해줄 결심(決心)입니다.」

「이것 좀 보십시오.」

하고 풀어헤치는 유정(兪政)의 젖가슴은 초롱(草籠)보다도 앙상하다. 그 앙상한 가슴이 부풀었다 구겼다 하면서 단말마(斷末魔)의 호흡(呼吸)이 서글프다.

「명일(明日)의 희망(希望)이 이글이글 끓습니다.」

유정(兪政)은 운다. 울 수 있는 외(外)의 그는 온갖 표정(表情)을 다 망각(忘却)하여 버렸기 때문이다.[29]

위의 인용구에서 이상은 초롱보다도 앙상한 젖가슴을 가진 김유정에게 동반자살을 제안하고 있다. 이상이 "오늘 밤으로 치러 버리고 말 작정"인 것이 다름 아닌 자살인 것이다. 이상은 각혈이라는 질병으로 삶의 인권이 유린되었다고 믿었기에 그는 유언조차도 거짓으로 할 요량이라고 말한다. 이상과 김유정은 "초롱草籠보다도 앙상"한 젖가슴을 가진 결핵 환자들인 것이다. 여기에서 초롱은 촛대로 보이는데 촛불을 지탱하는 기구와 같이 앙상한 몸을 나타내주는 도구라고 할 수 있다. 이상은 「오감도 시제13호」에서 결핵으로 미술을 하지 못한 자신의 팔을 촛대라고 상징화시키고 있는데, "이렇게하여잃어버린내두개팔을나는燭臺세음으로내방안에裝飾하여노앗다.팔은죽어서도오히려나에게怯을내이는것만갓다"라고 표현하고 있다. 이상은 두 팔을 잘라 촛대세움으로 장식하였다고 말하는데 그것은 그림 그릴

29 위의 책, 215~216쪽.

때 쓰는 팔토시일 것이다. 팔이 죽어서도 시적 화자인 나에게 화내는 것은 자신의 꿈이 좌절된 것의 역설된 표현이라고 할 수 있다. 자살을 권유하는 이상에게 김유정은 "명일明日의 희망希望이 이글이글 끓습니다"라고 말한다. 이러한 질병에 대한 인식 차이는 김유정과 이상의 소설 속 공간을 서로 다르게 형상화시키고 있다는 사실에 주목해볼 수 있다.

김유정의 소설 「만무방」과 「산골 나그네」에서의 공간은 김유정이 자신의 고향은 강원도 산골이라고 했던 것처럼 멀리 조망되는 자연 속 경관이다. 마치 풍경화와 마찬가지로 응오와 응칠의 논과 산골 나그네가 머문 산골 주막집을 떠올리게 하는 푸근함마저 주고 있다. 조감의 시선은 산골 공간의 봄, 여름, 가을, 겨울을 자연스럽게 떠올리게 하고 그 안에 희로애락의 인간사가 마치 물레방아처럼 연속적으로 돌아가도록 장치한다. 「만무방」과 「산골 나그네」의 배경은 가을에서 겨울 사이의 싸늘한 공간이며 농사가 수확된 후 다소 인심이 풍요로운 산골 시골의 공간이다. 이러한 김유정의 농촌 소설에는 인물들을 바라보는 화자의 정서적 태도가 독자에게 화자와 함께 그 시대를 바라보게 종용한다는 견해에 수긍이 갈 수 있다.[30] 아이러니하게도 현실 속에서는 김유정이 남녀 간의 사랑을 정상적으로 풀어가지 못했던 것으로 보인다. 김유정이 지독하게 짝사랑했던 소리꾼 박녹주와 일방적으로 애정편지 공세를 했던 시인 박용철의 여동생 박봉자에 대한 실제 일화로부터 김유정이 현실에서는 정상적인 연애를 하지 못했던 것으로 해석된다. 하지만 소설 「만무방」에서 서술되는 응오와 응칠이 살아가는 산골과 「산골 나그네」의 배경이 되는 산골은 인간사의 보편적인 희로애락이 들

---

30 김근호, 「김유정 농촌 소설에서 화자의 수사적 역능」, 『현대소설연구』 50, 한국현대소설학회, 2012, 35~70쪽.

어있는 공감의 공간인 것이다. 특히 「산골 나그네」 속 나그네는 비록 덕돌 모자를 속이기는 했지만 죽어가는 남편을 살리기 위한 것으로 그려지면서 삶과 죽음이라는 순환성이 산골의 공간에 어우러져 자연스럽게 스며들게 하며, 「만무방」에서 응오가 어두운 밤에 자기 논을 훔치는 것은 결핵과 굶 주림으로부터 자신의 가정을 지키고자 하는 치열한 불가피성에 기인한 것 으로써 선과 악의 판단을 유보시키는 효과를 가진다.

반면 이상은 자신의 병에 대해서 상당한 비관 의식을 하고 있는 것으로 보인다. 시 「오감도 시제9호」를 보면 "恍惚한指紋골작이로내땀내가스며드 자마자쏘아라. 쏘으리로다. 나는내消化器管에묵직한銃身을느끼고내다물은 입에맥근맥근한銃口를늣긴다"라고 말한다. 이상은 황홀한 지문 골짜기로 자신의 땀내가 스며들자마자 자신을 쏘아 자살할 것이라고 말하는 것이다. 또한 그는 소화기관에 묵직한 총신을 느끼고 다물은 입에 매끈매끈한 총구 를 느끼곤 한다고 말한다. 이상에게 결핵으로 인한 각혈은 마치 내부에서 터져 나오는 총구처럼 느껴지며, 「오감도」 속 골목에 막달은 아이는 언제라 도 자신에게 총구를 당길 준비를 하고 있는 것이다.

이상의 소설 속 공간은 모두 시 「오감도」가 그리는 공간의 변주라고 할 수 있으며 그곳은 소설 「날개」의 방처럼 박제되어 있다. 이상의 소설 속 공 간들은 1932년 『조선과 건축』에 발표한 시 「건축무한육면각체」의 공간인 "四角形의內部의四角形의內部의四角形의內部의四角形의內部의四角形"과 흡 사한 밀폐된 폐쇄공간일 것이다. 「오감도」가 '조감도'라는 것에서 비롯되 었기 때문에 공간의 확장이 있는 것으로 해석될 수 있지만, 「오감도」 각각 의 작품 안에 등장하는 공간은 한계에 엄밀히 부딪혀서 막혀버린 폐쇄성을 주고 있다. 「오감도」의 막다른 공간과 「날개」 속 18번지의 방안과 「봉별기」의 온천과 심지어 「실화」의 동경은 결핵의 각혈에 치명적으로 공격받아 좌절하고 분노한 식민지 시대의 지식인 이상에게 공간의 확장이라기보다는 모두가 실제 폐쇄적으로 네모나게 박제된 닫힌 상상력의 공간이라고 할 수 있다. 지속된 폐쇄 공간 속에서 주인공은 일종의 분열 증세에 빠져들게 되는 것이다. 분열의 측면에서 김만수가 지적한 이상의 공간 개념과도 연관될 수 있는데 이상의 폐쇄적 공간은 자의식의 분열적 특성과 밀접하게 작용하며 이를 통해 이상 자신의 존재론적 상징을 가지게 된다고 볼 수 있다.[31]

이상은 친구 김기림에게 보낸 편지에서 자신이 "19세기와 20세기 틈바구니에 끼여 졸도하려 드는 무뢰한인 모양"이라고 말한다. 그리고는 "완전히 20세기 사람이 되기에는 내 혈관에는 너무도 많은 19세기의 엄숙한 도덕성의 피가 위협하듯이 흐르고 있소그려"라고 덧붙이고 있다. 19세기의 골목과 20세기의 골목 사이에 끼여 막혀버린 것이기 때문에 그에게 공간적 확장은 더 이상 고려될 수 없다. 그의 소설이나 시가 별다른 풍경이나 배경 묘사가 없이 인간과 인간의 갈등과 묘사만 등장하고 있는 것도 바로 이러한 이유 때문이라고 할 수 있다. 잘 들여다보면 「오감도」에서 그려지는 공간은 소설 「봉별기」 속 공간과 「날개」 속 공간과 소설 「지주회시」 속 공간으로 계속 이어지면서 이 공간들은 주로 폐쇄된 방이라는 공통된 상상의 공간이다. 각 공간 안에서 주인공 남녀는 비슷한 패턴으로 주로 배신과 기만으로 서로를 속이고 속으면서 만남과 헤어짐을 반복하다 결국에는 끝이 난다. 이상은 「오감도」의 아이들처럼 유폐된 유년의 강탈된 공간에서 벗어나지 못하고 있는 것이다. "아해"가 무섭다고 했던 골목 공간은 만나고 헤어지고 탈출하고 자살하는 소설 속 방 안의 공간에 다름 아니다. 소설가 박태원은

---

31 김민수, 『이상평전』, 그린비, 2014, 188~189쪽.

이상이 "그렇게 계집을 사랑하고 술을 사랑하고 벗을 사랑하고 또 문학을 사랑하였으면서도 그것의 절반도 제 몸을 사랑하지는 않았다'라고 말하면서 "이상의 이번 죽음은 이름을 병사에 빌었을 뿐이지 그 본질에 있어서는 역시 일종의 자살이 아니었든가ㅡ그러한 의혹이 농후하여진다"[32]라고 말하고 있다. 이는 이상이 그리고 있는 문학 속 유폐된 박제 공간에서도 느낄 수 있는 동일한 자살 출동의 상상력인 것이다.

1937년은 역사적으로 중일전쟁이 일어난 해이기도 하다. 당시에 도시의 출현으로 사회적 거리가 가까워져 아녀자와 아이들까지도 결핵이 유발될 정도로 조선사회가 피로했지만 일제는 건강 조선이라는 구호를 내세우면서 조선인 강제징집에 열을 올렸다. 1920년대 급격하게 늘었던 결핵은 급기야 1930년대에 이르면서 40만 명에 육박하게 된다. 당시 결핵을 앓고 있던 사람들 상당수가 신경쇠약증과 우울증을 앓기도 했는데 김유정과 이상도 거기에서 결코 예외는 아니었다. 1930년대에 외국인 선교사 쇼우드 홀은 조선의 결핵을 퇴치하기 위한 목적에서 크리스마스 씰을 발행하였다. 그중 1937년에 발행한 크리스마스 씰은 얼음 위에서 두 소년이 팽이를 치고 있고 아낙이 애를 업고 있는 평화롭고 건강한 공간과 분위기를 묘사한다. 이러한 크리스마스 씰의 가상적 이미지는 1937년에 김유정과 이상이라는 두 거장들이 결핵에 의해 동시에 사망한 것과는 다소 대조적으로 평화로운 풍경들이 대부분이다. 두 작가의 결핵은 단순히 작가들의 문제에서 나아가 당시 문화적 현상과 문명의 충돌 속에서 읽을 수 있는 질병의 문화적 현상이 된다.

---

32 권영민, 앞의 책, 409쪽.

4. 순환적 현실의 시간과 전도된 환상의 시간

김유정은 1908년생이고 이상은 1910년생이기 때문에 각각 정확히 만 28세와 만 26세에 결핵으로 세상을 일찍 떠난 인물들이다. 이상이 1934년에 시 「오감도」를 발표하여 세상을 떠들썩하게 했고 김유정은 1935년에 소설 「소낙비」와 「산골 나그네」를 발표하면서 세상에 이름을 알렸다. 그 후 1936년에 이상은 소설 「날개」로 문단의 찬사를 받았으나 그 다음 해 1937년에 바로 생을 마감하였다. 그리고 한 달 후에 김유정 역시 같은 병으로 생을 마감했다. 이들의 문학에 대해 평론가 김문집은 상반된 평가를 내놓았다. 김문집은 김유정의 작품은 한국의 통속미를 가장 잘 드러내는 작품이라고 극찬하고 반대로 이상의 작품에는 59점이라는 낙제점을 주었다. 이상은 그것에 대해 「김유정론」에서 "족보에 없는 비평가 김문집 선생이 내 소설에 59점이라는 좀 참담한 채점을 해놓으셨다. 59점이면 낙제다. 한 끗만 더 했더면…… 그러니까 서울말로 '낙제 첫째'다. 나는 참 낙담했습니다"[33]라고 쓰고 있다. 그러나 이상은 김문집의 평가에 순순히 수긍하지는 않았던 것으로 보인다. 김문집 앞에 "족보에 없는"이라는 말로 불편한 심기를 충분히 보여주고 있으면서 자신의 최소한의 자존심을 내비치고 있다. 두 작가들의 실질적 창작 기간에 비추어 그들이 문학작품에 내재화한 시간 관념을 깊이 들여다보는 것은 매우 흥미로울 수 있다. 실제로 이상의 시 「오감도 제15호」 속 거울 묘사를 보면 "나는거울업는室內에잇다. 거울속의나는역시外出中이다. 나는至今거울속의나를무서워하며떨고잇다. 거울속의나는어디가서나를어떻게하려는陰謀를하는中일까"[34]라고 말한다. 거울 속의 화자는 외

33 위의 책, 337쪽.

출중이고 현실의 나는 그러한 거울 속의 나를 무서워하고 거울 속의 나는 현실의 나에게 어떤 음모를 꾸미고자 하는 것으로 등장한다. 따라서 이상은 작품 속에서 순차적인 시간에 서 있지 않고 마치 회오리치듯이 빙글빙글 돌면서 시간의 질서를 무너뜨리고 있다. 이는 마치 뭉크의 〈절규〉라는 그림 속의 주인공이 서 있는 시간으로 보이는데, 평론가 이재선은 이러한 현상을 가역의 시간이라고 칭하고 있다.[35]

이상의 시간이 전도된 가역의 시간이라면 김유정은 일정한 순환성을 가진다는 점에서 변별되고 있음을 살필 수 있다. 이상의 「봉별기」에서 나와 금홍이의 나이가 20대가 40대처럼이고 21세가 10대처럼인 것의 가역된 시간 개념과 다르게, 김유정에게 시간은 봄, 여름, 가을, 겨울 등과 같이 순차적일 뿐 아니라 결혼할 나이조차도 상당부분 정해져 있다. 소설 「봄봄」과 「만무방」에서는 3년이나 머슴을 살아서 부인을 얻는다는 모티브가 등장한다. 「만무방」의 응오는 먹을 것도 먹지 않고 열심히 일만 해서 부인을 얻지만 아내가 결핵으로 아프게 되는 줄거리가 서사된다. 「봄봄」에서는 주인공인 나를 3년이나 머슴으로 부려먹는 장인이 등장하는데 장인의 그럴듯한 변명이 점순이가 시간이 지나서 자라야 한다는 지극히 단순한 원칙이었다. 이러한 작품 속 서로 다른 시간 개념은 이상과 김유정의 실제 삶을 대하는 태도에서도 그래도 드러난다. 즉 현실에서 늘 자살을 염두해 두고 있는 이상과 끝까지 삶의 끄트머리를 잡고자 하는 김유정의 차이점이기도 하다. 김유정이 죽기 며칠 전에 친구 안회남에게 보낸 편지 「필승전」에는 다음과 같은 글이 적혀 있다.

---

34 위의 책, 96쪽.
35 이재선, 『한국문학 주제론』, 서강대 출판부, 2009.

필승아. 내가 돈 백원을 만들어 볼 작정이다. 동무를 사랑하는 마음으로 네가 좀 조력하여 주기 바란다. 또 다시 탐정 소설을 번역해 보고 싶다. 그 외에는 다른 길이 없는 것이다. 허니, 네가 보던 중 아주 대중화 되고 흥미있는 걸로 두어 권 보내 주기 바란다. 그러면 내 50일 이내로 역(譯)하여 너의 손으로 가게 하여 주마. 하거든 네가 극력 주선하여 돈으로 바꿔서 보내다오. 필승아. 물론 이것이 무리임을 잘 안다. 무리를 하면 병을 더친다. 그러나 그 병을 위하여 무리를 하지 않으면 안되는 나의 몸이다. 돈이 생기면 우선 닭 30마리를 고아먹겠다. 그리고 땅꾼을 들어 살모사, 구렁이를 10여 마리 먹어 보겠다.[36]

결핵으로 인해 곧 죽을 것 같은 고통 속에서도 김유정은 내일을 계획하며 일을 주문한다. 친구 필승이에게 번역을 해줄 것이니 돈을 빨리 보내달라고 재촉한다. 그런데 김유정은 그 돈으로 생을 다시 시작할 수 있도록 닭 30마리와 뱀 10여 마리를 고아 먹고 힘을 내겠다는 삶의 욕망을 드러내고 있다. 김유정이 가졌던 시간은 죽음으로 종결되는 염세적이고 불가능한 개념이 아니다. 이러한 김유정의 시간 인식으로 말미암아 그의 소설들은 여전히 진행 중이고 열려있는 결말의 가능성을 가지게 된다. 그 결과 소설 속 갈등 구조의 열린 결말에 따른 확장적 독해 또한 가능하게 되는 것이다.[37] 반면 이상의 소설에 등장하는 시간은 현재와 과거가 늘 혼재되어있다. 이는 현재도 현재가 아니고 미래도 미래가 될 수 없음을 보여주고 있는 장치이다. 이상의 「봉별기」에서 아내는 말도 없이 나가 버리고 "왕복엽서처럼 돌아온다" 그리고 나서는 "두 팔을 부르걷고 그날부터 나서 벌어다가 나를 먹

---

36 권영민, 앞의 책, 474쪽.
37 김승종, 「김유정 소설의 "열린 결말" 연구」, 『현대문학이론연구』 53, 한국문학이론학회, 2013, 5~28쪽.

여 살린다는 것이다" 소설 「봉별기」와 시 「오감도」는 거의 비슷하게 동일한 시간을 다루면서 다른 작품들에 비해 보다 긴 서사시간을 상정한다. 따라서 「날개」가 「봉별기」 속의 하나의 이야기이며[38] 「오감도」의 6호와 7호에 속하는 이야기라고 말할 수 있다. 아내와 나의 만남과 헤어짐, 또 다시 만남과 다시 헤어짐의 반복 구조에서 의미하고자 한 것은 삶의 덧없음에 대한 희화인 것이다.

「봉별기」의 네 개의 장을 통해 이상의 시간 의식을 보다 세부적으로 살펴볼 수 있다. 「봉별기」 속 1장에 나타나는 주인공들의 시간은 19세기와 20세기가 서로 충돌하지 않는 시간 개념으로 드러난다. 1장의 주요 사건은 각혈하는 나와 금홍과의 만남이며 여기에서 둘은 서로의 나이에 대해 오판하게 된다. 1장에서 금홍이는 아직 나의 아내가 아니기 때문에 나의 19세기식 사고방식은 금홍의 20세기 식 사고방식에 의해 도전받지 않는다. 따라서 20세기의 금홍이가 타인의 품 안에서 즐거워하는 것은 나에게도 즐거운 일일 수 있다. 「봉별기」 2장에서 나와 금홍이는 드디어 부부가 되었고 서사적 시간은 1년이 경과되었다. 2장에서는 나의 19세기와 금홍이의 20세기가 엇박자를 이루면서 흘러간다. 그러는 사이에 20세기의 금홍이는 자기 본연의 생활을 그리워하지만 정작 19세기의 나에게는 그러한 사실을 숨긴다. 나는 결혼 후의 아내의 부정에 대해 19세기 식의 사고를 들이댄다. 20세기의 아내는 결국 가출하고 말게 된다. 「봉별기」의 3장에 와서는 어찌 된 연유에서인지 20세기의 아내가 "왕복엽서"처럼 19세기의 나의 방에 돌아와서 나를 먹여 살리기까지 하겠다고 자청한다. 그리고 다섯 달이 지나 19세기의 시간이 모두 지나가고 20세기가 된 금홍은 홀연 20세기로 다시

---

38 김윤식, 『이상문학 텍스트 연구』, 서울대 출판부, 1998, 159~179쪽.

가출을 감행한다. 이에 나는 21년 만에 집으로 돌아가지만 집은 노쇠해져 있다. 이때 시간의 집은 백부의 집으로 입양되기 이전 시점으로서 이상이 두 살 때인 자신의 친부모가 살았던 집이라고 할 수 있다. 「봉별기」 4장에서 긴상의 등장은 실제 작가의 목소리라고 볼 수 있다.[39] 아내인 옥상이라는 인물이 다시 긴상 앞에 등장해서 술상을 마주하고 이번 생에서의 완전한 이별이라는 결론을 얻게 된다. 즉 2년의 실제 시간 안에서 19세기와 20세기가 무수한 충돌을 빚게 되지만 결국에 나는 금홍이를 만나기 전으로 환원하게 되는 시간 구조인 것이다.

이상의 시간이 전도되고 가역된 시간의 구조를 보이는 것과 대조적으로 김유정의 시간은 자연의 순환성 가운데에서 그려진다. 다만 그러한 순환성이 김유정 삶의 방향이 순탄했다는 것을 의미하는 것은 아니다. 김유정은 해학과 웃음의 대명사로 인식되었던 작가이지만 아이러니하게도 우울증을 앓고 있었던 대표적인 작가였다. 김유정에게는 회피성 장애, 경계성 장애, 편집성 장애 그리고 양극성 장애가 중첩되어 나타나고 있었다고 평가된다. 김유정의 우울증에 관해서는 혈통에 따른 유전적 요인과 함께 조실부모와 불행한 가족관계가 겹쳐진다. 김유정은 학업에서 낙제와 연애에서 실연을 당하고 일자리를 얻을 수 없는 무직의 상태를 지낸다. 나아가 어린 시절부터 가지고 있던 말더듬에다가 결핵과 같은 질병 등 다양한 원인이 중첩되어 김유정을 더욱 더 우울하게 만든다고 유인순은 말한다. 달리 말하면 김유정은 무의식적인 병리유발에 대한 신념을 가진 것으로 보인다는 평가까지 받고 있다.[40] 김유정의 다양한 병리성에도 불구하고 김유정 소설 속 시간이

---

39 권영민, 앞의 책, 309쪽.
40 유인순, 앞의 글, 127~128쪽.

자연의 순환성을 보여주는 것은 자신의 삶에 대한 욕망과 함께 그가 선택한 문학적 공간의 특성 때문인 것으로 보인다. 멀리서 내려다보이는 산골과 마을의 순박성과 한적함, 완연히 흐드러지는 노란 동백꽃, 물레방아가 돌아가는 전통적인 시골 풍경, 산새가 지저귀는 시골의 정경 등은 우리에게 익숙한 것으로서 김유정의 작품 속 시간을 순환적인 개념으로서 이해하게 해준다. 특히 「산골 나그네」의 첫 시작의 광경과 마지막 시점의 광경은 그곳에 어떤 일이 있더라도 여전히 순환하게 될 것이라는 우주적 순환의 안정적 시간 개념을 보여주고 있다.

〈앞부분〉

밤이 깊어도 술군은 역시들지 않는다. 메주 뜨는 냄새와 같이 쾨쾨한 냄새로 방 안은 괴괴하다. 웃간에서는 쥐들이 찍찍거린다. 홀어머니는 쪽떨어진 화로를 끼고 앉아서 쓸쓸한대로 곰곰 생각에 젖는다. 가뜩이나 침침한 반짝 등불이 북쪽 지게문에 뚫린 구멍으로 새드는 바람에 반득이며 빛을 잃는다.

〈뒷부분〉

똥끝이 마르는 듯이 계집은 사내의 손목을 겁겁히 잡아끈다. 병들은 몸이라 끌리는 대로 뒤툭거리며 거지도 으슥한 산 저편으로 같이 사라진다. 수은빛 같은 물방울을 품으며 물결은 산 벽에 부닥뜨린다. 어디선지 지정치 못할 늑대소리는 이 산 저 산에서 와글와글 굴러내린다.[41]

위의 앞부분은 나그네가 들어가기 이전 시점의 산골의 정경에 해당한다.

---

41 김유정, 전신재 편, 앞의 책, 28쪽.

홀어머니는 밤이 깊어도 산골 어느 집에서 바느질을 하며 침침한 등불과 마주하고 있다. 삶이 넉넉하지는 않지만 삶이 유지되는 긴장감과 건강함이 묻어나고 있다. 그리고 소설 속에서 나그네는 덕돌과 덕돌어미를 얼마간 들뜨게 하고 거짓 결혼을 하고 덕돌의 새신랑 옷을 훔쳐서 도망을 갔다. 그리고 그 나그네는 병든 남편을 물레방앗간에서 간신히 부추겨 길을 떠나는 것이다. 소설 속 시간은 이러한 광경을 그대로 풍경화의 한 계절처럼 보여준다. 덕돌과 덕돌어미는 나그네에게 달려가서 옷을 달라고 하지도 않고 거짓말을 한 것에 대해서 따지지도 않는다. 오직 처음과 같이 마지막에서도 자연의 정경만이 그려지고 있는 것뿐이다. "은빛 같은 물방울을 품으며 물결은 산 벽에 부닥뜨린다. 어디선지 지정치 못할 늑대소리는 이 산 저 산에서 와글와글 굴러내린다"로 글이 마무리되고 있다. 계절의 끝자락에서 물방울 소리와 늑대 소리만이 산에서 들려온다고 자연 그대로를 묘사하고 있다. 결국 인간의 운명조차도 자연의 일부분처럼 자연스럽게 흘러간다는 김유정의 순환적인 시간 인식을 보여주고 있는 것이며, 이상이 소설 「실화」에서 동반자살을 제안했을 때 김유정이 보인 삶에 대한 의욕과도 일맥상통하는 지점이다.

5. 나오며

본고는 1930년대 문화적 현상을 문명충돌 속 질병이라는 것에 착안하고 이 시대를 대표하는 두 작가가 동일한 운명체처럼 같은 질병을 앓았다는 것에 집중해 보았다. 김유정과 이상은 함께 웃고 울었지만 그 경험이 소설이라는 작품에 다소 다르게 반영되었다는 것을 확인했다. 김유정에게 결핵이라는 질병은 어렸을 때부터 앓아왔던 여러 질병들 중 하나였고 그의 인생에서 늘 함께 공존하던 한 부분이었다. 따라서, 결핵이라는 하나의 질병이 그에게 삶의 의욕을 빼앗아 갈 수는 없는 것이었다. 그의 소설은 건강하고, 삶을 향유하고, 자연을 사랑하게 하는 동인으로 작용했다. 반면, 어린 시절부터 친부모에게 양육 받지 못한 이상은 늘 거울을 가지고 투시경 놀이를 할 만큼 자기 분열을 느끼면서 살았다. 그리고 건축 기사까지 탄탄대로의 성공 가도를 달리던 청년이 갑자기 만나게 된 결핵이라는 질병은 무서움 그 자체였고, 삶에 대한 심한 배신감이었을 것이다. 스스로 자살할 권리를 빼앗겼다는 표현을 쓸 정도로 그에게 결핵은 치명적인 것으로 삶에 충격 그 자체였을 것이다. 이상은 복수를 하겠다면서 손에 쥔 펜으로 세상에 복수를 시도했고, 그는 스스로 자살할 권리를 찾듯이 삶을 살아갔다. 그러나, 이상이 가한 복수는 여러 가지 미학으로 다시 읽히면서 시대별 고통을 읽어가는 또 다른 기호와 상징으로 작용하고 있다. 결핵에 걸린 전기적 배경 역시 두 작가의 작품 형성에 중요한 변별점을 주고 있다. 어린 시절부터 많은 질병을 앓고 있던 김유정에게 결핵은 추가되는 하나의 사건이었을 것이고, 어느 날 갑자기 맞이한 결핵은 이상에게 삶의 근본을 빼앗아가는 치명적이고 벼락 같은 비극이었을 것이다. 따라서 그들이 만들어낸 소설 역시 그들의 질병 발발과 밀접한 연관을 가질 것으로 보았다. 본고는 동일한 결핵이라는 질병 경험이 1930년대에 활동한 작가들의 작품 속에서 인물, 공간, 시간 등에 어떻게 작용하면서 다르게 형상화되는지 심도 있게 들여다보고자 하였다. 질병이 한 작가의 상상의 범주에 머무르지 않고 한 시대의 문명충돌의 문화적 지도를 그려내는 매개체가 되고 있음을 살펴볼 수 있다.

참고문헌

권영민, 『이상문학대사전』, 문학사상사, 2017.

권장규, 「토지로부터 분리된 농민과 투기자본주의 주체 사이 — 김유정 소설의 탈주하는 하 층민들」, 『인문과학연구』 55, 강원대 인문과학연구소, 2017.

김근호, 「김유정 농촌 소설에서 화자의 수사적 역능」, 『현대소설연구』 50, 한국현대소설학 회, 2012.

김미영, 「병상의 문학, 김유정 소설에 형상화된 육체적 존재로서의 인간」, 『인문논총』 71, 서울대 인문학연구원, 2014.

김미현, 「숭고의 탈경계성 — 김유정 소설의 "아내 팔기" 모티프를 중심으로」, 『한국문예비 평연구』 38, 한국현대문예비평학회, 2012.

김민수, 『이상평전』, 그린비, 2014.

김백영, 「「오감도 시 제1호」와 이상(李箱)이라는 페르소나의 이중성 식민지 근대 시공간의 다차원적 조감도로서 이상 시 읽기」, 『민족문학사연구』 67, 민족문학사학회, 2018.

김승종, 「김유정 소설의 "열린 결말" 연구」, 『현대문학이론연구』 53, 한국문학이론학회, 2013.

김유정, 전신재 편, 『원본 김유정 전집』, 강, 2012.

김윤식 편, 『이상문학전집 1-5』, 문학사상사, 1995.

김윤정, 「김유정 소설의 정동 연구 — 연애, 결혼 모티프를 중심으로」, 『현대문학이론연구』 71, 한국문학이론학회, 2017.

김주리, 「식민지 지식 청년의 표상과 결핵」, 『서강인문논총』 49, 서강대 인문과학연구소, 2014.

김준교, 「이상 시에 나타난 초현실주의적 표현의 환각이미지 — 오감도 중 '시 제11호'와 '시 제 13호'를 중심으로」, 『한국디자인포럼』 39, 한국디자인트랜드학회, 2013.

노대원, 「식민지 근대성의 '문화 의사(cultural physician)'로서 이상(李箱) 시」, 『문학치 료연구』 27, 한국문학치료학회, 2013.

노지승, 「맹목과 위장, 김유정 소설에 나타난 자기(self)의 텍스트화 양상」, 『현대소설연 구』 54, 한국현대소설학회, 2013.

노 철, 「연작시로서 「오감도」 해석」, 『국제어문』 60, 국제어문학회, 2014.

박상준,「이상 소설 발표작의 세계」,『한국현대문학연구』 49, 한국현대문학회, 2016.

박영재 편,『문학 속의 의학』, 청년의사, 2002.

방민호,「김유정, 이상, 크로포트킨」,『한국현대문학연구』 44, 한국현대문학회, 2014.

서세림,「이상 문학에 나타난 '안해'의 의미 고찰」,『이화어문논집』, 이화어문학회, 2016.

수전 손탁, 이재원 역,『은유로서의 질병(Illness as Metaphors)』, 이후, 2002.

신규환,『질병의 사회사—동아시아 의학의 재발견』, 살림출판사, 2008.

신제원,「김유정 소설의 가부장적 질서와 폭력에 대한 연구」,『국어국문학』 175, 국어국문학, 2016.

오태호,「김유정 소설에 나타난 '연민의 서사' 연구」,『국어국문학』 184, 국어국문학, 2018.

유인순,「김유정의 우울증」,『현대소설연구』 35, 한국현대소설학회, 2007.

_____,『김유정을 찾아 가는 길』, 솔과학, 2003.

음영철,「부부서사에 나타난 양가감정 연구」,『문학치료연구』 24, 한국문학치료학회, 2012.

이 경,「유혹과 오염의 서사—김유정의「정조」론」,『현대소설연구』 68, 한국현대소설학회, 2017.

이인경,「질병체험의 문학적 재현과 병자를 향한 타자의 시선」,『어문논총』 56, 한국문학언어학회, 2012.

이재선,『현대소설의 서사주제학』, 문학사상사, 2007.

임정연,「김유정 자기서사의 말하기 방식과 슬픔의 윤리」,『현대소설연구』 56, 한국현대소설학회, 2014.

전신재,「김유정의 '위대한 사랑'」,『국어국문학』 168, 국어국문학, 2014.

정과리,『감염병과 인문학』, 강, 2014.

정연희,「김유정 소설의 실재의 윤리와 윤리의 정치화」,『현대문학이론연구』 60, 한국문학이론학회, 2015.

정주아,「신경증의 기록과 염인증자(厭人症者)의 연서쓰기—김유정 문학에 나타난 죽음충동과 에로스」,『한국문학의 연구』 57, 한국문학연구학회, 2015.

정현숙,「김유정 소설과 서울」,『현대소설연구』 53, 한국현대소설학회, 2013.

조대한,「이상 텍스트에 나타난 '앵무'에 관한 연구—「지도의 암실」,「오감도 시제6호」,「지주회시」를 중심으로」,『국제한인문학연구』 19, 국제한인문학회, 2017.

조선희, 「李箱의 「봉별기」에 나타난 공간 의미」, 『개신어문연구』 21, 개신어문학회, 2004.

차희정, 「김유정 소설에 나타난 한탕주의 욕망의 실제」, 『현대소설연구』 64, 한국현대소설학회, 2016.

표정옥, 「은유와 상징의 결핵 담론에서 근대문학의 과학 담론으로의 변환에 대한 기호학적 연구」, 『기호학연구』 44, 한국기호학회, 2015.

허병식, 「폐병장이들의 근대 – 한국근대문학에 나타난 결핵의 표상」, 『한국학 연구』 35, 인하대 한국학연구소, 2015.

김유정 소설의 아나키즘 면모 연구

원시적 인물 유형과 들병이 등장 작품을 중심으로

홍기돈

1. 김유정 소설과 크로포트킨의 상호부조론

김유정 소설의 특징이라면 "약자나 피해자를 주인공으로 내세웠다는 공통점을" 지니되 이들을 "부정적인 존재로 그리고 있지도 않고 (…중략…) (이들에게) 연민의 시선을 보내고 있지도 않다"는 사실을 꼽을 수 있다.[1] 동시대 작가들이 농민, 노동자 및 기생 등의 약자들을 연민과 계몽의 대상으로 설정하여 창작해 나갔다는 양상과 비교한다면, 이는 김유정 소설의 두드러진 면모로 꼽을 수도 있겠다. 이덕화가 김유정 소설에서 타자윤리학을 확인할 수 있었던 근거도 여기서부터 가능해졌다. 예컨대 김유정의 삶이 서사화된 「생의 반려」라든가 「연기」, 「형」에 드러나는 형·누나의 괴롭힘은 그로 하여금 심부름하는 아이 선이와 동일시하도록 만들었을 뿐만 아니라, 선이의 괴로움조차 자신에게로 전이되도록 이끌었을 수준이었다.[2] 타자윤리학에서 이

---

1 조남현, 「김유정 소설과 동시대소설」, 『김유정의 귀환』, 소명출판, 2012, 22·33쪽.
2 이덕화, 「김유정 문학의 타자윤리학과 서사구조」, 『김유정과의 산책』, 소명출판, 2014, 249~250쪽.

를 설명하는 용어가 '전환'이다. "레비나스는 '전환'이라는 단어를 사용하는데, '전환'이란 것은 자기의 이해관계에 사로잡히지 않는 존재, 타자로부터 오는 윤리적 절박성을 받아들이는 것, 박해받는 사람들에 대한 관심과 책임으로 향하는 것, 다른 사람의 고통을 돌아보고 타자의 고통에 대해 책임을 완수하는 것이라고 말한다."[3]

이처럼 김유정 소설을 타자윤리학의 관점에서 접근하는 것도 의미가 있겠으나, 이를 사상이라는 보다 거시적인 차원에서 파악하는 것도 유효한 방식일 수 있다. 기실 '전환'이라는 용어로 설명되는 윤리의식은 아나키즘에서 인간을 이해하는 방식과 일치한다. 예컨대 크로포트킨의 상호부조론에 따르면, 연대성과 사회성은 인간의 본능에 해당한다. 그리고 윤리의식이라든가 도덕 감정은 인간이 진화하면서 본능이 발전한 데 따라 생성된 부산물이라 할 수 있다.[4] 그렇다면 이덕화가 거둔 성취는 김유정 소설의 아나키즘 면모 이해로 자연스럽게 이월시킬 수 있을 터이다. 김유정 또한 크로포트킨에 대해 직접 언급한 바 있기도 하다. "소란히 판을 잡았던 개인주의는 니체의 초인설, 맬서스의 인구론과 더불어 머지않아 암장暗葬될 날이 올 겁니다. 그보다는 크로포트킨의 상호부조론이나 마르크스의 자본론이 훨씬 새로운 운명을 띠고 있는 것입니다."[5]

---

3 위의 글, 254쪽.
4 "인간 사회의 근간이 되는 것은 사랑도 심지어 동정심도 아니다. 그것은 인간의 연대 의식 — 본능의 단계에서만 존재하는 것이기는 하지만 — 이다. 이는 상호부조를 실천하면서 각 개인이 빌린 힘을 무의식적으로 인정하는 것이며 각자의 행복이 모두의 행복과 밀접하게 의존하고 있다는 점을 무의식적으로 받아들이는 것이기도 하다. 마지막으로 이는 각 인간마다 자기 자신뿐 아니라 다른 모든 사람들의 권리도 존중해주는 의식 즉 정의감 혹은 평등 의식을 무의식적으로 인정하는 것이다. 이 폭넓고 필수적인 기반 위에서 보다 높은 수준의 도덕 감정이 발전된다."(P. A. 크로포트킨, 김영범 역, 「서문」, 『만물은 서로 돕는다 – 크로포트킨의 상호부조론』, 르네상스, 2005, 17쪽)
5 김유정, 「病床의 생각」, 전신재 편, 『원본 김유정 전집』, 강, 2007, 471쪽.

크로포트킨과 마르크스를 함께 언급하고 있으나, 김유정이 이 두 가지 갈래에서 크로포트킨의 방향으로 기울어졌음은 분명한 듯하다. 가령 '김유정전金裕貞傳'이란 부제를 달고 있는 안회남의 「겸허」에는 다음과 같은 장면이 제시되어 있다. "─인류人類의 역사歷史는 투쟁鬪爭의 기록이다. 한참 좌익 사상이 범람할 임시 누가 이런 말을 하자, 옆에 있던 유정은─그러나 그것은 사랑의 투쟁의 기록이다. 하고 이렇게 대답한 일이 있다."[6] 마르크스주의가 역사 발전의 동력을 계급투쟁에서 찾고 있는 반면, 크로포트킨은 상호 부조와 연대의식에서 그 근거를 마련하고 나섰다. "인간의 역사는 피비린내 나는 살육과 아무런 보호 장치도 없이 무제한적으로 내몰리는 경쟁의 역사가 아니라 어떠한 악조건 속에서도 구성원들을 최대한 보호하고 공존하게 하는 지혜로운 장치들을 끊임없이 만들어 온 역사라고 크로포트킨은 체계적으로 증명하고 있다."[7] 그러니, "산 사람으로 하여금 유령幽靈을 만들어 놓는 걸로 그들의 자랑을 삼는" 신심리주의와 "예술을 위한 예술을 표방하고 함부로 내닫는" 예술지상주의의 반대편에 위치한,[8] 마르크스와 크로포트킨을 함께 부각시키고 있으되 김유정이 크로포트킨 편으로 기울어졌다는 판단은 큰 무리가 없다.

방민호는 크로포트킨 사상과 관련하여 「김유정, 이상, 크로포트킨」에서 김유정에 관한 적절한 분석을 내놓은 바 있다. 「겸허」에 드러난 김유정의 면모를 크로포트킨 사상으로 읽어내었는가 하면, 일본 크로포트킨주의자 오스기 사카에大杉榮의 영향 가능성을 설득력 있게 제시한 것이다. 「병상의 생각」에 나타나는 것처럼 김유정이 "문학을 생활의 과정으로 간주하고자

6　安懷南, 「謙虛─金裕貞傳」, 『文章』 제1권 제9호, 1939.10, 56쪽.
7　김영범, 「옮긴이의 말」, 『만물은 서로 돕는다─크로포트킨의 상호부조론』, 403쪽.
8　김유정, 위의 글, 468·469쪽.

한 것은 예의 크로포트킨이나 그를 번역하고 또 사상적 교호를 이루었던 오스기 사카에의 것에 통한다. 그 두 사람은 모두 예술지상주의를 비판하면서 인류 사회에 공헌할 수 있는 보편적인 전달력을 가진 예술로 나아가야 한다고 역설했다".[9] 이러한 성과에도 불구하고, 방민호의 연구는 김유정의 작가의식을 크로포트킨 사상과 연결시키는 데 머물렀을 뿐, 구체적인 작품 분석으로까지 이어나가지 않았다는 점에서 아쉬움이 남는다.

서동수의 「김유정 문학의 유토피아 공동체와 크로포트킨의 상호부조론」 또한 김유정 문학에 나타난 크로포트킨의 영향을 살피고 있는 논문이다. 1932년 귀향하여 김유정이 벌였던 문맹퇴치운동, 노름 퇴치, 마을의 길 넓히기, 야학운동, 협동조합운동 등을 크로포트킨에 대한 실천적 수용으로 해석하는가 하면,[10] 김유정 산문에 나타나는 '유토피아 공동체로서의 고향자연'을 근대과학에 대한 안티테제이자 문학적 응전의 지향으로 읽어내고 있는 바, 이를 크로포트킨의 사상과 결부하여 제시하고 있다. 서동수의 이러한 분석이 설득력을 가지는 것은 분명하겠으나, 김유정 소설에 나타나는 자연고향 이미지가 산문과는 정반대의 양상으로 펼쳐진다는 지적을 하는 데 머물렀다는 사실은 재론을 필요로 하는 대목이라 하겠다. 즉 산문에서 분석한 내용과 소설 세계와의 관계가 새롭게 논의되어야 하리라는 것이다.

이 논문에서는 김유정 소설을 분석하는 데 유효한 아나키즘 및 아나키즘 예술론의 내용을 방법론으로 제시하는 한편, 이로써 흔히 '골계와 해학'으로 집약되는 김유정 소설의 특징이 아나키즘과 관련되는 측면을 살펴보고

9　방민호, 「김유정, 이상, 크로포트킨」, 『한국현대문학연구』 44집, 한국현대문학회, 2014.12, 300~1쪽. 전신재 또한 김유정이 크로포트킨의 사상 쪽으로 나아갔을 가능성이 있었음을 「김유정의 '위대한 사랑'」(『김유정과의 향연』, 2015, 소명출판)에서 암시한 바 있다.

10　서동수, 「김유정 문학의 유토피아 공동체와 크로포트킨의 상호부조론」, 『스토리&이미지텔링』 제9집, 건국대 스토리&이미지텔링연구소, 2015.6, 109쪽.

자 한다. 이를 위하여 분석 대상은 아나키즘의 성격이 비교적 잘 드러나는 범위로 한정하는데, 여기에는 (ㄱ) 강원도 여성의 적극적 성격이 잘 드러나는 「봄·봄」 계열과 (ㄴ) 들병이의 삶이 펼쳐진 「아내」 계열이 해당한다.

2. 아나키즘 예술론의 특징 - 공동체 지향과 예술가 축출론

1) 아나키즘의 공동체 지향과 「봄·봄」 계열의 소설

김유정은 실재하는 대상을 소설의 소재나 등장인물로 취한 경우가 빈번하며, 농촌의 궁핍한 현실을 재현해 놓기도 하였다. 그러한 까닭에 김유정 소설을 사실주의로 파악하는 경향이 일각에 존재한다. 그런데 김유정 소설을 사실주의라는 범주로 설정할 경우, 그 특징이라고 할 골계와 해학을 설명하기에 난감한 측면이 불거진다. 그래서 사실주의 일반과 변별하고자 김유정 소설을 '토속적 사실주의'로 명명하는 경우도 등장해 있는 형편이다. 이러한 상황을 보다 넓게 조망하기 위해서는 우선 크로포트킨이 가하고 있는 사실주의 비판에 주목할 필요가 있어 보인다. "매춘부나 방직공을 세밀히 묘사한다는 것은 단지 고통스러운 사실 묘사에 불과하다는 것이다. 이런 사고방식에는 단지 혁명의 이상이 차갑게 식어버린 현상만 존재한다는 것이다. (…중략…) 예술은 공동체적 삶에서 영감을 얻게 되고, 예술가는 이러한 영감에서 '생명력의 원천'을 찾아내게 된다. 이러한 예술 작품에는 당연히 '인간적인 감정'이 깃들게 된다. 바로 이러한 감정이 사회적·교육적·도덕적 사명으로 승화된다."[11] 요컨대 고통스러운 현실을 그대로 재현하는 데

---

11 구인회 외, 『한국 아나키즘 100년』, 이학사, 2004, 297쪽.

머무를 것이 아니라, 여기에 생명력을 불어넣기 위하여 공동체적 삶에 주목하라는 것이 크로포트킨의 요구이다.

기실 아나키즘에서 지향하는 사회는 자율적인 공동체에 입각해 있다. 예컨대 근대 아나키즘의 선구자 피에르-조제프 프루동이 "그린 이상 사회는 그의 부모와 선조들과 같은 농민과 수공업자들이 권력의 압제에 시달리지 않고 자율을 누리는 목가적인" 사회였다.[12] 러시아 출신인 표트르 크로포트킨이라고 하여 다를 바는 없다. "러시아 농민들은 '옵쉬나'라는 농민공동체 내에서 토지를 공동경작하면서 상호부조의 원칙하에 자치를 이루고 있었고, 마을의 주요 사안도 '미르Mir'라고 하는 마을회의에서 처리하였다. 그들에게는 사실상 법이 필요 없었고, 관습이 그들을 통제하였으므로 국가란 곧 억압의 수단일 뿐이라고 간주되었다. 이러한 농민공동체가 이후 19세기 후반 혁명가들에게 러시아적인 이상 사회 건설의 배경이 되었던 것이다."[13]

김유정이 보건대, 강원도는 교통이 불편한 탓에 근대 문화의 마수가 뻗치지 못한 지역이었다. 이는 거꾸로 생각하면, 강원도에는 전근대적인 공동체 문화가 잔존할 가능성이 있다는 사실을 함의한다.[14] 크로포트킨에게 경도된 작가라면 이러한 사실을 간과할 리가 없다. 왜냐하면 공동체문화에서 드러나는 연대의식이야말로 앙상한 사실주의의 현실 고발 위에 '생명력의 원천'을 덧입혀 현실 변혁의 가능성을 탑재할 수 있는 가능성으로 자리하기 때문이다. 뿐만 아니라 재능 있는 작가라면 여기서 개성이 뚜렷한 인물을 확보할 수 있어야 하는데, 이는 작가의 사상이 등장인물을 통해 매개되는

---

12 위의 책, 24쪽.
13 위의 책, 34쪽
14 서동수는 이를 보다 적극적으로 해석하여 "수필 속의 자연(고향)은 (중략) 이른바 유토피아적 공동체로 나타난다"고 평가한 바 있다(서동수, 앞의 글, 105쪽). 이 글에서 말하는 공동체는 대체로 이러한 긍정적인 면모와 닿아 있다.

장르가 소설인 까닭이다. 김유정의 작가적인 역량은 바로 이 대목에서 증명되고 있다.

교통이 불편할수록 문화의 손이 감히 뻗치지 못합니다. 그리고 문화의 손에 농락되지 않는 곳에는 생활의 과장이라든가 허식이라든가, 이런 유령이 감히 나타나질 못합니다.

뿐만 아니라 타고난 그 인물까지도 오묘한 기교니 근대식 화장이니, 뭐니 하는 인공적 협잡이 전혀 없습니다. 선천적으로 타고난 그대로 툽툽하고도 질긴 동갈색(銅褐色) 바닥에 가 근실한(根實-) 이목구비가 번듯번듯이 서로 의좋게 놓였습니다.

다시 말씀하면 싱싱하고도 실팍한 원시적 인물입니다.[15]

이리하여 창조된 인물이 「봄·봄」의 '점순'과 「동백꽃」의 '점순', 「산골」의 '이뿐이' 등이다. 봄이 되어 생강나무에 꽃동백꽃이 필 즈음 강원도 여성의 심리 상태를 김유정은 다음과 같이 설명하고 있다. "그들은 봄에 더 들떠 방종하는 감정을 자제치 못하고 그대로 열에 띄웁니다. 물에 빠집니다. 행실을 버립니다. 나물 캐러 간다고 요리조리 핑계 대고는 바구니를 끼고 한번 나서면 다시 돌아올 줄은 모르고 춘풍에 살랑살랑 곧장 가는 이도 한둘이 아닙니다."[16] 그러니까 이러한 본능에 충실하다는 면에서 「봄·봄」, 「동백꽃」의 '점순', 「산골」의 '이뿐이'는 싱싱하고도 실팍한 원시적 인물이라는 것이다.

---

15 김유정, 「江原道 女性」, 전신재 편, 앞의 책, 445쪽.
16 김유정, 「닙이푸르러 가시든님이」, 전신재 편, 앞의 책, 412쪽.

원시적 인물은 현대문명을 거부하는 아방가르드_{정치적으로 아나키즘 입장을 취하}는 예술가 중요하게 탐색하는 인물 유형이라 할 수 있다. "그것(아방가르드 - 인용자)은 부정만을 일삼는 것이 아니라 언제나 유토피아적 대안을 내포한다. 그 대안에는 사상성, 민중성, 원시성이 포함된다."[17] 따라서 아나키즘의 입장에서는 응당 원시적 인물이 공동체 내에서 어떠한 의미 있는 역할을 감당하고 있는가, 에 주목하게 될 것이다. 바로 이 대목이 「봄·봄」 계열 소설들을 파악해 나가는 초점이 된다.

2) 아나키즘의 예술가 축출론과 「아내」 계열의 소설

김유정은 사회에서 주변으로 내밀린 약자들을 계몽의 대상으로 설정하지 않았다. 이는 민중을 계급의식의 각성 대상으로 파악했던 카프, 계몽시켜야 할 대상으로 내려다보았던 이광수 류의 민족주의와는 선명하게 변별되는 김유정 소설의 특징이다. 타자윤리학의 관점에서 접근 가능한 이러한 면모는 아나키즘의 기본 관점과 일치한다. 아나키즘에서는 예술가가 사상을 선취했고 하여 우월한 권위를 차지하는 것이 아니라, 오히려 그 자신도 민중 가운데 하나라는 사실을 수용해야만 한다. "아나키스트들은 이데올로기나 선전이 아니라 각자의 삶을 통해 자신의 주장을 전파했다. 그들 자신도 대중이었기 때문이다. 이처럼 아나키스트들이 보여줬던 '실행을 통한 선전'_{또는} '삶을 통한 선전'은 동료 대중에게 이데올로기의 주입이 아니라 '공명共鳴'을 일으켰고, 합리적이고 이성적인 설득만이 아니라 열정적이고 감정적인 공감을 불러일으켰다."[18]

---

17 박홍규, 『아나키즘 이야기』, 이학사, 2004, 227쪽.
18 하승우, 『세계를 뒤흔든 상호부조론』, 그린비, 2006, 19쪽.

민중에 대한 아나키즘의 입장은 예술론으로 이어진다. 프루동은 관청에서 예술가를 쫓아내야 한다는 '예술가 축출론'을 주장한 바 있다. "왜냐하면 '사회의 도움 없이는 예술가의 재능이 나오거나 발휘될 수 없다. 만일 그 반대로 예술가가 사회를 지도하고 계몽하고자 한다면 예술가는 그 재능을 상실하게 된다.'는 이유에서이다. 즉 예술가는 사회의 일반의지를 읽어내야지, 자신이 사회를 지배하거나 계도하려 해서는 안 된다는 것이다."[19] 「병상의 생각」에 나타났던 김유정의 신심리주의·예술지상주의 비판은 이러한 아나키즘의 예술관과 그대로 일치한다. "창조란 일상생활과 격리된 것이 아니라 보통 사람들의 생활과 일치되는 것이다. 따라서 예술과 생활을 분리하는 소위 순수예술관을 아나키즘은 거부한다."[20]

이러한 맥락에서 주목을 요하는 것이 들병이가 등장하는 「아내」 계열의 작품들이라 하겠다. 당대 사회에서 들병이는 민중 가운데서도 가장 밑바닥 삶을 살아나갔던 존재인 만큼 민중에 대한 김유정의 관점이 분명히 드러나기 때문이다. 주지하다시피 김유정이 활동하였던 1930년대 조선 농촌은 해체 상황에 직면해 있었다. 예컨대 다음 자료가 이를 증언한다. "1914년부터 1929년까지 자작하는 농가는 62,133호 줄었으며, 자작과 소작을 겸하는 농가는 180,111호 늘었고, 소작 농가 역시 34,332호 늘었다. 통계에 잡히지 않던 화전민 가구의 수도 34,322호 생겨났다."[21] 그러한 까닭에 현실 상황에 관심을 두었던 당대 작가들은 농촌 문제에 적극적인 경향을 드러내곤 하였다. 김유정이 소설의 제재로 들병이를 취했던 것은 이와 무관치

---

19 구인회 외, 앞의 책, 313쪽.
20 박홍규, 앞의 책, 228~9쪽.
21 鈴木正木,『朝鮮經濟の現段階』, 437쪽; 林鐘國,「민족적 빈궁의 현장─최서해의 탈출기」,『韓國文學의 民衆史』, 실천문학사, 1986, 140쪽에서 재인용.

않다. 해체된 농촌의 부산물이 들병이이기 때문이다. "그들도 처음에는 다나쁘지 않게 성한 오장육부가 있었다. 그리고 남만 못지않게 끼끗한 희망으로 땅을 파던 농군이었다." 그런데 땅에서 쫓겨나 "밥 있는 곳이면 산골이고 버덩을 불구하고 발길 닿는 대로 유랑하는 것이" 들병이다.[22] 따라서 들병이는 식민지 조선의 최하층민이었다고 할 수 있겠는데, 들병이를 다룬 김유정의 「아내」 계열 소설에는 이들과의 연대 의식이 기입되어 있으리라는 추론이 가능해진다.

들병이에 대한 김유정의 기본 입장은 '들병이 철학'이라는 부제를 달고 있는 산문 「조선의 집시」에 드러난다. 들병이로 인한 폐해보다 순기능이 더 크다는 다음 인용의 주장에서 알 수 있듯이, 「조선의 집시」는 들병이를 적극 옹호하는 내용으로 진행되고 있다. 인용 앞뒤로는 들병이의 존재 방식, 들병이의 출현으로 인해 나타나는 농촌 남성들의 반응 양상 등이 흥미롭게 제시되어 있기도 하다.

들병이를 객관적으로 평가하여 빈궁한 농민들을 잠식하는 한 독충이라 할런지도 모른다. 사실 들병이와 연관되어 발생하는 춘사(椿事)가 비일비재다. 풍기문란은 고사하고 유혹, 사기, 도난, 폭행 — 주재소에서 보는 대로 축출을 명령하는 그 이유도 여기에 있을 것이다.

그러나 이것은 일면만을 관찰한 편견에 지나지 않는다. 들병이에게는 그 해악을 보상하고도 남을 큰 기능이 있을 것이다.

시골의 총각들이 취처(娶妻)를 한다는 것은 실로 용이한 일이 아니다. (…중략…) 그리고 한편 그들이 후일의 가정을 가질만한 부양 능력이 있느냐 하면

---

22 김유정, 「朝鮮의 집시 — 들쎙이 哲學」, 전신재 편, 앞의 책, 415쪽.

그것도 의문이다. 현재 처자와 동락하는 자로도 졸지에 별리되는 경우가 없지 않다. 모든 사정은 이렇게 그들로 하여금 독신자의 생활을 강요하고 따라서 정열의 포만 상태를 초래한다. 이것을 주기적으로 조절하는 완화작용을 즉 들병이의 역할이라 하겠다.[23]

들병이가 등장하는 「총각과 맹꽁이」, 「솥」, 「아내」 등의 작품은 이러한 관점, 즉 ① 농촌 해체로 인한 들병이의 발생 ② 들병이의 존재 방식 ③ 들병이의 출현에 따라 벌어지는 사건 등을 중심으로 이해될 필요가 있겠다. 물론 이러한 접근이 나름의 의미를 획득하기 위해서는 그 바탕에 들병이에 대한 작가의 연대 의식이 유지되고 있음이 확인되어야 할 것이다. 그래야만 이 글에서 가설로 설정하고 있는 아나키즘에 접근해 있는 김유정의 면모가 부각될 터이기 때문이다.

3. 노란 동백꽃 속의 강원도 여성들 – 원시적 인물 유형과 공동체

1) 「봄·봄」, 「동백꽃」, 「산골」의 공통점

「봄·봄」, 「동백꽃」, 「산골」의 주인공은 모두 여성으로 이들은 '싱싱하고도 실팍한 원시적 인물'의 면모를 보여준다. 그러한 까닭에 세 작품의 시간적 배경은 봄이다. 왜 봄이어야만 하는가. 이들로 하여금 원시적 본능을 일깨우는 계절이 바로 봄이기 때문이다. "동백꽃이 필라치면 한겨울 동안 방에 간혀있던 처녀들이 하나둘 나물을 나옵니다. 그러면 그들은 꾸미꾸미 외딴 곳에 한 덩어리가 되어 쑥덕공론입니다. 혹은 저희끼리만 들을 만치 나

---

23 김유정, 위의 글, 417~8쪽.

직나직한 음성으로 노래를 부르기도 합니다. 그 노래라는 것이 대개 잘 살고 못 사는 건 내 분복分福이니 버덩의 서방님이 그립다는 이런 의미의 장탄長歎입니다."[24] 그러한 점에서 이들 작품의 ㉠ 진정한 주재자는 '점순'이나 '이뿐이'가 아니라 자연이라고 할 수 있다.

「봄·봄」의 '점순'을 보자. 밭일하는 '나'에게 밥을 가지고 온 점순이가 "밤낮 일만 하다 말텐가!" 하고 쫑알거렸던 날 밭에는 꽃향기가 온통 충만한 상황이다. "밭 가장자리로 돌 때마다 야릇한 꽃내가 물컥물컥 코를 찌르고 머리 위에서 벌들은 가끔 붕, 붕 소리를 친다. 바위틈에서 샘물 소리밖에 안 들리는 산골짜기니까 맑은 하늘의 봄볕은 이불 속같이 따스하고 꼭 꿈꾸는 것 같다."[25] 「동백꽃」에서 '점순'이 "뭣에 떠밀렸는지 나의 어깨를 푹 짚은 채 그대로 픽" 쓰러진 것도 하필 동백꽃이 흐드러졌을 때였다. "그 바람에 나의 몸뚱이도 겹쳐서 쓰러지며 한창 피어 퍼드러진 노란 동백꽃 속으로 폭 파묻혀버렸다."[26] 「산골」에서는 도련님이 "손에 꺾어들었던 노란 동백꽃을 물 위로 홱"[27] 내던졌다는 표현으로 보건대, '이뿐이'가 도련님과 정분을 나누었던 계절은 봄이 분명하다. 도련님이 수작을 걸어올 때 '이뿐이'의 심리가 "앙살을 피면서도 넉넉히 끌려가도록 도련님의 힘이 좀 더, 좀 더 하는 생각이 전혀 없었다면 그것은 거짓말이 되고 말"[28] 정황에 이르는 데는 계절의 영향도 있었을 터이다.

이처럼 두 명의 '점순'과 '이뿐이'는 원시적 인물인 까닭에 ㉡ 사회적 위계질서에 무감각하며, 그러한 가치를 수용할 의지도 전혀 드러내지 않는다.

---

24 김유정, 「江原道 女性」, 전신재 편, 앞의 책, 446쪽.
25 김유정, 「봄·봄」, 위의 책, 160쪽.
26 김유정, 「동백꽃」, 위의 책, 226쪽.
27 김유정, 「산골」, 위의 책, 132쪽.
28 위의 글, 125쪽.

다시 「봄·봄」을 보자. 이 소설에서 갈등을 해결할 만큼 권위가 부여된 인물은 구장이다. 그래서 '나'와 봉필은 사안을 해결하고자 구장을 찾아갔던 것인데, 구장은 자신이 공동체 바깥 질서국가-체제와 관련된 존재라는 사실을 환기시킴으로써 권위를 확보하고 있다. 서울에 다녀오고 나서 윗수염을 기르기 시작하였고, 법률 조항을 근거로 징역 운운하며 판결하고 있기 때문이다. 이에 주눅이 든 '나'는 "그래서 오늘 아침까지 끽소리 없이 왔다". 하지만 '점순'은 다르다. 구장이 안 된다는 걸 어떻게 하느냐는 '나'의 대꾸에 자기 아버지의 "수염을 잡아채야지 그냥 둬, 이 바보야?"라면서 성을 내고 있으니, 그녀의 욕망은 이장의 권위·아버지의 위엄보다 윗자리를 차지하고 있는 셈이다.[29]

「동백꽃」에서는 이러한 면모가 '나'와 '점순'의 대조를 통해 드러나고 있다. "그렇잖아도 즈이는 마름이고 우리는 그 손에서 배재를 얻어 땅을 부침으로 일상 굽실거린다." 그뿐만이 아니라 집을 마련하는 데도 점순네의 호의를 입었으며, 양식이 떨어질 때마다 꾸어다 먹는 처지다. 그러니 '나'로서는 점순이와의 관계를 조심할 수밖에 없다. "내가 점순이하고 일을 저질렀다가는 점순네가 노할 것이고 그러면 우리는 땅도 떨어지고 집도 내쫓기고 하지 않으면 안 되는 까닭이었다." 하지만 '점순'은 이를 도무지 헤아릴 줄 몰라서 자신의 감정을 받아들이지 못하는 '나'를 도발할 뿐이다. "이 바보 녀석아!" "얘! 너 배냇병신이지?" "얘! 네 아버지 고자라지?" '점순'에게 중요한 것은 오로지 자신의 욕망일 따름이며, 물질을 중심으로 구축된 사회적인 관계는 전혀 고려의 대상이 아닌 것이다. 그런 점에서 「봄·봄」의 '점순'과 「동백꽃」의 '점순'은 똑같다고 말할 수 있다.[30]

---

29 김유정, 「봄·봄」, 전신재 편, 앞의 책, 163·165쪽.

한편 「산골」의 '이쁜이'는 애오라지 공부하러 서울로 떠난 도련님을 기다리고 있다. 그녀의 심경은 어떠한가. "가슴은 여전히 달랑거리고 두려우면서 그러나 이 산덩이를 제 품에 품고 같이 뒹굴고 싶은 안타까운 그런 행복이 느껴지지 않는 것도 아니었으니 도련님은 이렇게 정을 들이고 가시고는 이제 와서 생판 모르는 체 하시는 거나 아닐런가─" 여기에는 두 개의 세계 사이에 걸쳐 있는 '이쁜이'의 상황이 개입해 있다. 산은 본능적인 욕망을 해소할 수 있는 공간인 까닭에 이곳에서 '이쁜이'와 도련님은 정분을 나눌 수 있었다. 그렇지만 마을에는 마을의 규칙이 따로 있다. '이쁜이'에게 이에 따를 것을 요구하는 이가 마님과 어머니이다. '이쁜이'는 "종은 상전과 못 사는 법이라던 어머니의 말이 옳은지 그른지 그것만 일념으로 아로새기며 이리 씹고 저리도 씹어본다". 요컨대 산의 질서에 따를 것인가, 마을의 규칙에 따를 것인가가 '이쁜이' 앞에 놓인 과제인 것이다. 갈등하기는 하지만, '이쁜이'는 마을의 규칙으로 기울어지지 않기에 기다림을 이어 나간다. 덧붙이건대, 소설 속에 '산', '마을'과 같이 소제목이 붙여진 까닭은 그 공간을 지배하는 규율이 다름을 환기시키기 위함이며, 도령이 머무르는 서울은 마을의 규칙이 완강하게 작동하는 세계를 가리킨다.[31]

2) 「봄·봄」·「동백꽃」과 「산골」의 분기점

원시적인 인물을 내세웠음에도 불구하고 「봄·봄」·「동백꽃」과 「산골」의 정조는 사뭇 다르다. 전자의 작품들에서 골계와 해학을 쉽게 발견할 수 있는 반면 후자에서 이를 확인하기가 어렵다는 사실은 단적인 예다. 분함을

---

30 김유정, 「동백꽃」, 위의 책, 221~223쪽.
31 김유정, 「산골」, 위의 책, 126·127쪽.

참지 못한 '이뿐이'가 단단히 아플 만한 돌멩이를 집어 들고 석숭이의 정강이를 내려칠 때에도, 원시적 인물로서 '이뿐이'의 면모는 드러나나 이는 골계·해학과는 거리가 멀다. 어찌하여 이러한 차이가 발생하는 것일까. 두 가지 지점에서 원인을 추적할 수 있겠다. 첫째, 「봄·봄」·「동백꽃」의 경우 산의 질서가 공동체를 매개로 마을의 규칙 속으로 내려앉고 있으나, 「산골」에서는 산의 질서와 마을의 규칙이 대척하고 있다. 둘째, 「봄·봄」·「동백꽃」의 '점순'은 마름의 딸인 데 반하여 「산골」의 '이뿐이'는 일개 종에 불과하다. '점순'은 소작농의 아들인 상대 인물보다 우월한 위치를 차지하고 있는데, 「산골」에서는 이러한 관계가 역전되어 나타난다는 것이다.

먼저 첫 번째 지점부터 살펴보도록 하겠다. 「봄·봄」에 나타난 혼인 풍습은 데릴사위제 가운데 예서預婿에 해당한다. 예서란 남자가 결혼 전 여자 집에 들어가서 노동력을 제공하고 여자가 성장했을 때 혼인하는 방식을 말한다. 남자 집안이 가난할 경우 행해졌는데, 고려시대 처녀를 몽고에 바치던 공녀제貢女制로 말미암아 생긴 풍습이다. 데릴사위로 들어온 '나'와 딸 '점순'의 결혼 가능성을 좇는 것이 「봄·봄」의 내용이니 예서 풍습은 작품 전체를 관통한다고 볼 수 있다. 여기서 주목해야 할 지점은 예서가 상호부조에 입각한 계약을 바탕으로 한다는 사실이다. 그렇기 때문에 「봄·봄」의 "나는 애초 계약이 잘못된 것을 알았다"라거나, 마름으로서 장인이 마을에서 아무리 대단한 위세를 부린다 해도 "그러나 내겐 장인님이 감히 큰 소리할 계제가 못된다"라고 판단할 수 있는 것이다.[32]

예서 풍습에서의 계약은 구장이 얘기하는 법률에 근거하는 징역, 죄 따위와는 다르다. '나'와 장인이 맺은 계약은 공동체의 관습에 의거하고 있지

---

32 김유정, 「봄·봄」, 위의 책, 157·159쪽.

만, 구장이 들이대는 법률은 근대이성에 입각한 사회계약론과 연관되기 때문이다. 전자가 신뢰 범주에 닿아 있다면, 후자는 처벌 차원의 영역이다. 인물의 행동, 인물 간의 갈등이 신뢰가 작동하는 자장 내에서 펼쳐질 때 사태의 심각성은 휘발되게 마련이다. 장인의 욕심, '나'의 고지식한 반항, 갑작스레 제 아버지의 편에 서서 '나'의 귀를 잡아당기는 '점순' 등이 해학적으로 다가오는 까닭은 이로써 빚어진다. 「동백꽃」에서도 공동체 내의 신뢰는 중요한 덕목이다. 마을에 정착하여 집을 마련할 때부터 매양 신세를 지고 있으므로 '우리' 입장에서 보자면 점순네는 은인이라 할 수 있다. 그러니 '나'의 행동은 신뢰를 훼손하지 않는 범위 내에 묶일 수밖에 없다. 반면 '점순'에게는 이러한 제약이 부과되지 않는다. '나'와 '점순'의 갈등과 화해가 아기자기하게 부각되는 까닭은 신뢰를 둘러싼 입장 차이 위에서 발랄한 원시성이 약동하기 때문이다.

이렇게 따진다면, 「봄·봄」과 「동백꽃」에서 '점순'의 원시성이 충분히 발현될 수 있는 조건은 ㉠ 공동체의 상호부조 전통이라고 할 수 있다. 그렇지만 「산골」의 경우에는 산의 질서와 마을의 규율이 애당초 배타적으로 배치된 형국이라, 공동체가 그 두 세계를 매개할 여지는 조금도 없다. 그러한 까닭에 '이뿐이'의 원시성은 활달하게 밖으로 발산되는 대신 기다림이라는 수동적 형태로 유지되고 마는 것이다. 이 대목에서 예술은 공동체적 삶에서 영감을 얻고, 예술가는 이러한 영감에서 '생명력의 원천'을 찾아내야 한다는 크로포트킨의 주장을 떠올릴 필요가 있다. 이에 따른다면, 「산골」은 아나키즘의 입장에서 높은 성취를 이루었다고 판단하기가 어려울 것이다.

한편 「산골」이 「봄·봄」, 「동백꽃」과 다른 점은 원시적 여성 '이뿐이'의 위치가 상대 남성보다 기울어진다는 사실이다. 이러한 설정은 신분제 사회의 주인집 도련님과 종으로 고착되면서 극복 가능성이 봉쇄되고 말았다. 만약 '이뿐이'가 싱싱하고도 실팍한 원시성 하나로 신분제의 모순을 훌쩍 건너뛰어 버린다면 근대소설의 문법에 미달하게 되고, 서울로 떠난 도련님이 '이뿐이'를 찾아 돌아오면 『춘향전』의 아류로 떨어지고 만다. 리얼리즘에 입각한 비판이었다고는 하나, 현금의 농촌 현실을 피상적으로 관찰하였다는 카프 출신 비평가들의 지적이 타당성을 확보하는 것은 「산골」 자체에 이러한 맹점이 내장되어 있기 때문이다.³³ 이와 비교했을 때, 원시적 여성 유형에게 활기를 불어넣는 방편으로 상대 남성보다 우월한 위치를 부여한 「봄·봄」, 「동백꽃」의 관계 설정은 성공적이었다고 할 수 있다. 물론 이는 자치를 운영 원리로 삼는 공동체 질서를 배경으로 삼는 까닭에 고착된 신분의 위계 지점을 피해가게 되었다. 그런 점에서 ⓛ 원시적 여성과 상대 남성의 관계를 어떻게 설정하였는가가 「봄·봄」, 「동백꽃」, 「산골」의 완성도를 갈랐다고 할 수 있겠다.

4. 들병이의 윤리 그리고 공동체와의 갈등

1) 연대의식에 기초한 들병이의 윤리 - 「산골 나그네」, 「아내」

농촌에서 최하층으로 내몰린 존재가 들병이다. "지주와 빚쟁이에게 수확

---

33 김남천(巴朋)의 「最近의 創作」(『朝鮮中央日報』, 1935.7.23); 안함광(安含光)의 「昨今 文藝陣 總檢 - 今年 下半期를 主로」(『批判』 제3권 제6호, 1935.12) 등 참조. 한편 전신재(2012)는 김남천·안함광의 비판이 자연을 표상하는 '이뿐이'의 성격을 고려하지 못한 데 따른 결과로 파악하고 있다. "이 소설에서 작가는 자연을 묘사하는 데 큰 공을 들였다. 그리고 그 자연 속에 이뿐이를 배치해 놓았다. (…중략…) 이것은 이뿐이가 가지고 있는 원초적 천진성을 부각시키는 기법이다. 이것은 또한 현대 문명 속에서 교활해진 인간성, 문명에 때 묻은 인간을 되돌아보게 하는 장치이기도 하다"(「김유정 소설의 설화적 성격」, 『김유정의 귀환』, 소명출판, 215~6쪽). 전신재의 지적이 타당하기는 하지만, 그렇다고 「산골」에 내재해 있는 문제가 해명되었다고 보기는 어려울 듯하다.

물로 주고 다시 한겨울을 염려하기 위하여 한 해 동안 땀을" 흘리는 이가 농민이며, "여기에서 한 번 분발憤發한 것이", 즉 더욱 괴로운 상태로 몰락한 것이 "들병이 생활"이기 때문이다.[34] 김유정은 「아내」, 「솟」, 「총각과 맹꽁이」 등에서 들병이를 출현시키고 있다. 그런데 여기서 다뤄지는 들병이의 면모는 각각 다른데, 「아내」는 들병이 탄생기의 실패담이고, 「솟」은 들병이에게 홀딱 빠진 농부 이야기이며, 「총각과 맹꽁이」는 들병이의 출현으로 농촌공동체에서 벌어지는 사건을 다룬 작품이다. 김유정은 민중 앞에 나서서 지도·계몽하려는 태도를 취하지 않았던바, 들병이를 다룬 이들 소설에서도 이러한 입장은 그대로 이어진다.

들병이 탄생기의 실패담인 「아내」에 앞서서 「산골 나그네」의 내용부터 검토해 보자. 어느 날 홀연히 나타난 「산골 나그네」를 들병이라고 단정하기가 곤란하지만, "계집은 명령 내리는 대로 이 무릎 저 무릎으로 옮겨 앉으며 턱 밑에다 술잔을 받쳐" 올리고 있으며, 이 손님 저 손님과 입맞춤하고 있으니 들병이의 역할을 어느 정도 수행하고 있다.[35] 덕돌 어머니는 산골 나그네가 무척 마음에 들어 "딸과 같이 자기 곁에서 길게 살아주었으면" 바라기도 하고, "소 한 바리와 바꾼대도 이것만은 안 내어 놓으리라 생각도" 하였으며, "나그네를 금덩이 같이 위하였다".[36] 그렇게 공을 들인 결과 노총각 덕돌과 산골 나그네는 혼인에 이르게 되었다. 아내를 사랑하는 덕돌의 마음가짐도 퍽이나 살뜰하다. 그런데 어느 날 문득 아내가 달아나 버리고 말았다. 혼수로 받은 값나가는 은비녀 따위는 그냥 두고 덕돌의 옷이며 버선가지를 들고 내뺀 것이다.

---

34 김유정, 「朝鮮의 집시—들뱅이 哲學」, 전신재 편, 앞의 책, 415쪽.
35 김유정, 「산ㅅ골나그네」, 위의 책, 21쪽.
36 위의 글, 22~23쪽.

그렇다면 산골 나그네는 어찌하여 안정된 삶을 포기하였는가. 「산골 나그네」의 주제는 이 대목에 놓여 있다. 산골 나그네는 이전 남편에게로 돌아간 것인데, 남편은 병들어 골골대는 부축이 필요한 거지일 따름이다. 달리 말하면, 이전 남편은 산골 나그네가 떠나 버리면 홀로 존립할 수 없는 상황에 놓인 것이다. 따라서 산골 나그네의 귀환은 사회적 약자 사이에 작동하는 연대 의식의 확인이면서, 사랑의 발현이라고 할 수 있다. 누군가가 인류의 역사는 투쟁의 기록이라고 하자, 김유정이 이에 덧붙여서 "그러나 그것은 사랑의 투쟁의 기록이다"라고 말하였는바, 「산골 나그네」의 결말은 그러한 주장의 소설적 형상화인 셈이다. 그리고 산골 나그네가 값나가는 은비녀 따위를 덕돌 집에 그대로 내버려 두고 떠났다는 처리는 산골 나그네의 윤리 의식을 드러내기도 한다. 절박한 생존 상황을 극복하려는 범위 내에서만 타인에게 피해를 끼치고 있기 때문이다.

「산골 나그네」의 분위기가 잔잔하게 가라앉아 있다면, 「아내」의 경우엔 활기를 띠고 있다. 이는 소설의 화자話者인 남편과 그의 아내가 '싱싱하고도 실팍한 원시적 인물'의 면모에 다가서 있기 때문이다. 이들은 시종 만담과 같은 대거리를 주고받는다. "'이년아! 그게 얼굴이야?' / '얼굴 아니면 가지고 다닐까一' / '내니깐 이년아! 데리고 살지 누가 건드리니 그 낯짝을?' / '뭐 네 얼굴은 얼굴인 줄 아니? 불밤송이 같은 거, 참, 내니깐 데리고 살지一'"[37] 이들 역시 농사에서 쫓겨난 상황이다. "우리가 요즘 먹는 것은 내가 나무장사를 해서 벌어들인다. 여름 같으면 품이나 판다 하지만 눈이 척척 쌓였으니 얼음을 깨 먹느냐."[38] 가뜩이나 얼굴이 못난 아내가 호구를 위해 들

---

37 위의 글, 172쪽.
38 김유정, 「안해」, 전신재 편, 앞의 책, 173쪽.

병이로 나서고자 하는데, 소리를 가르쳐 보니 설상가상 음치이기까지 하다. 그렇지만 아내의 노력은 계속 이어져 담배를 연습하고 술파는 경험까지 시도하게 된다. 허나 술을 파는 자리에서 아내는 혼자 취해 정신을 잃고 만다.

자, 아내는 과연 들병이로 나설 수 있을 것인가. 취한 아내를 업고 가는 남편의 생각을 보건대 어려울 성싶다. "년의 꼴 보아하니 행실은 예전에 글렀다. 이년하고 들병이로 나갔다가는 넉넉히 나는 한옆에 재워놓고 딴 서방 차고 달아날 년이야. 너는 들병이로 돈 벌 생각도 말고 그저 집안에 가만히 앉아있는 게 옳겠다."³⁹ 들병이의 남편이 되려면 그에 따르는 나름의 예의를 갖추어야 한다. 가령 성의 문란과 같은 문제에는 애당초 눈감을 수 있어야만 한다. 그런데도 남편은 아내에게서 술사는 뭉태를 메다꽂아 버렸으니, 들병이 탄생기가 결국 실패할 수밖에 없는 것은 남편 때문이라고 할 수 있다. 하지만 아내와의 대거리에서 지기 싫어하는 남편이 자신의 책임을 순순히 인정할 리 없다. 이때 등장하는 것이 들병이로 나갈 만큼 아내의 행실이 뒷받침되지 않는다는 윤리의 문제이다.

과연 아내에게 그만한 정도의 윤리의식이 있는지, 없는지는 확인할 수 없다. 다만 못났다고 괄시해왔던 아내의 가치를 이제 남편이 생각하기 시작했다는 사실은 확인할 수 있다. 이들의 연대는 이로부터 견고해질 것이고, 이것이야말로 거친 환경을 헤쳐 나가는 원시적 인물의 건강함일 것이다.

너는 들병이로 돈 벌 생각도 말고 그저 집안에 가만히 앉아있는 게 옳겠다. 국으로 주는 밥이나 얻어먹고 몸 성히 있다가 연해 자식이나 쏟아라. 뭐 많이 도 말고 굴때같은 아들로만 한 열다섯이면 족하지. 가만 있자, 한 놈이 일 년에

---

39 위의 글, 179쪽.

벼 열 섬씩만 번다면 열다섯 섬이니까 일백오십 섬, 한 섬에 더도 말고 십 원 한 장 씩만 받는다면 죄다 일천오백 원이지. 일천오백 원, 일천오백 원, 사실 일천 오백 원이면 어이구 이건 참 너무 많구나. 그런 줄 몰랐더니 이 년이 뱃속에 일 천오백 원을 지니고 있으니까 아무렇게 따져도 나보다는 낫지 않은가.[40]

2) 농촌 공동체와 들병이의 관계 - 「솥」, 「총각과 맹꽁이」

들병이 남편의 예의에 대해서는 「조선의 집시」에 나타나 있다. 예를 들면 야심한 시간 남편이 들병이 처소에 들어가는 경우가 있다. "강박強迫이나 공갈은 안" 하고 그는 다만 "방에 들어가 등잔의 불을 댕겨놓고 한구석에 묵묵히 앉았을" 뿐이다. 들병이와 동침하고 있던 농군이 비몽사몽 남편의 존재를 깨닫는다면 놀랄 수밖에 없다. "실상은 죄가 못되나 순박한 농군이라 남편이라는 위력에 압도되어 대경실색하는 것이 항례다. 그러나 놀랄 건 없고 몇십 전 희사하면 그뿐이다. 만일 현금이 없을 때에는 내일 아침 집으로 오라 하여도 좋다. 그러면 남편은 무언으로 그 자리를 사양하되 아무 주저도 없으리라. 여기에 들병이 남편으로서의 독특한 예의가 있는 것이다."[41] 「아내」의 남편이 이러한 예의를 수용할 만한 태도를 아직 갖추지 못한 반면, 「솥」의 남편은 이미 들병이 남편으로서 능수능란하다.

「솥」에서 주목할 첫 번째 사항은 '들병이 남편의 독특한 예의'이다. 들병이 방에서 잠들었던 근식은 걸걸하고 우람한 목소리에 깬다. 들병이의 남편이다. 김유정은 이러한 상황에서 긴장하고 있는 근식의 심리를 짧지 않은 분량에 꽤 공들여 묘사하고 있다. 이 작품에서 말하고자 했던 바가 바로 이

---

40 위의 글, 179쪽.
41 김유정, 「朝鮮의 집시 - 들쟁이 哲學」, 전신재, 앞의 책, 420쪽.

대목이었기 때문이다. 근식은 들병이에게 빠져서 제 집에서 맷돌과 솥뿐만 아니라 처의 속곳까지도 훔쳐다 바치기까지 했다. 그리고 들병이와 함께 길 떠나기를 바란다. 빼먹을 것은 더 이상 남아있지 않으니 이제 근식을 버릴 것인가. 이때 남편은 근식을 깨워 등짐 지워 달라고 부탁한다. "근식이는 잠깐 얼떨하여 그 얼굴을 멍히 쳐다봤으나 그러나 하란 대로 안 할 수도 없다. 살려주는 것만 다행으로 여기고 본시는 제가 질 짐이로되 부축하여 그 등에 잘 지워 주었다."[42] 그리고 등짐 지워주고 우두커니 서 있는 근식에게 남편은 "왜 섰수, 어서 같이 갑시다유ー"라고 권유하고 나선다.[43]

가부장제가 통용되는 사회의 부부 관계에서 남성은 여성을 배타적으로 독점하게 마련이다. 이는 「아내」의 남편이 극복하지 못한 지점이다. 그렇지만 「솥」의 남편은 이러한 틀 바깥으로 나아가 있다. 엄중한 현실의 패배자로서 또 다른 패배자인 근식을 이해하고 그와 공명하는 것이다. 달리 말하자면, 농촌 공동체에서마저 내쫓긴 이들 사이의 연대 의식이 분출하는 지점에서 들병이 남편의 독특한 예의가 작동하는 셈이다. 이를 환기시키기 위해 작가가 「솥」에 배치한 장치는 농민회라 할 수 있다. "좀 더 있으려 했으나 아까 농민회 회장이 찾아왔다. 동리를 위하여 들병이는 절대로 안 받으니 냉큼 떠나라 했다."[44] 농촌 공동체가 질서를 보호·유지하기 위하여 농민회를 운영한다면, 들병이 세계에서도 연대를 가능케 하는 나름의 윤리가 작동한다. 이것이 「솥」에서 주목할 두 번째 사항이다.

그렇다면 「솥」에서 농민회는 왜 적극적으로 나서서 들병이를 쫓아낸 것

---

42 김유정, 「솥」, 위의 책, 153쪽.
43 위의 글, 154쪽. 서동수는 이러한 부부 관계의 "상호부조는 이처럼 '아내는 근육으로 남편은 지혜로, 이렇게 공동전선을 치고 생존경쟁에' 대처하는 방법"이라고 분석하고 있다.(서동수, 앞의 글, 112쪽)
44 위의 글, 142쪽.

일까. 그 까닭을 보여주는 작품이 「총각과 맹꽁이」다. 그래서 「총각과 맹꽁이」에서는 들병이가 아닌 농촌 공동체의 상황에 초점이 맞춰져 있다. 어머니와 단둘이 사는 김덕만은 올해 서른넷의 총각이다. 나이가 나이인 만큼 혼인에 초조할 수밖에 없다. 김덕만의 심정을 부각시키기 위하여 김유정은 「총각과 맹꽁이」의 배경을 여름으로 설정하였다. 농가의 삶은 가을과 겨울에 그나마 숨통이 트이지만, 봄과 여름이라면 빈궁기로 접어든 시점이다. 그럼에도 불구하고 들병이와 함께 하는 "오늘밤 술값은 나 혼자 전부 물겠다고 그리고 닭도 한 마리 내겠으니 아무쪼록 힘써 잘해 달라고" 당부하는 데서 덕만의 처지를 읽어낼 수 있다. 하지만 덕만의 혼인 도전기는 실패하고, 암숫놈이 의좋게 사랑의 노래를 주고받는 맹꽁이가 "골창에서 가장 비웃는 듯이 음충맞게 '맹-' 던지면 '꽁-' 하고 간드러지게 받아" 넘길 따름이다.[45]

들병이가 출현하기 전 농촌 공동체는 어려운 상황에서나마 상호부조의 태도에 입각해 있었다. 김유정이 소설 앞부분에서 작열하는 태양 아래 가뭄 든 땅 위에서의 노동이 얼마나 고된가를 그려낸 까닭이 이를 보여주는 데 놓인다. 농촌 공동체가 열악한 환경과 맞서면서 버틸 수 있는 근거는 품앗이 등을 통한 연대에서 마련된다. 그리고 그 위에서 다시 혈연을 넘어선 끈끈한 관계 맺기도 이루어지는 데 이를테면 의형제 맺기도 그 한 방편일 터이다. 그러니 미모의 들병이가 등장했다는 소식에 덕만이 의형 뭉태를 찾아가 협조를 요청하는 것은 당연한 수순이라고 하겠다. 그렇지만 막상 술판이 벌어지자 "믿었던 뭉태도 제 놀 구멍만 찾을 뿐으로" 변심하고, 마지막엔 들병이의 손을 끌고 콩밭으로 숨어들어 버렸다. 품앗이 동지인 얼굴 검은 총각 또한 뭉태의 방식을 따라 콩밭으로 달려간다. 따라서 덕만의 믿음은

---

45 김유정, 「총각과 맹꽁이」, 전신재 편, 앞의 책, 35·37쪽.

맹꽁이의 비웃음을 받을 만큼 철저하게 배신당한 꼴이 되며, 이는 들병이의 출현이 농촌 공동체의 상호부조 전통을 흔드는 원인이 될 수 있음을 암시하는 것이라 할 수 있다.

농촌 공동체의 상호부조를 위해서는 들병이의 출현이 부담스러울 수밖에 없다. 그래서 농민회는 들병이를 공동체 바깥으로 밀어내야 한다. 반면 농촌 공동체에서 밀려난 들병이는 어떻게든 살아남기 위해서 길 위를 유랑하면서 농촌 공동체 주위를 기웃거릴 수밖에 없는 처지이다. 「솥」과 「총각과 맹꽁이」의 관계는 이를 보여준다. 김유정은 이 두 세계가 어떻게 화해할 수 있는가, 라는 가능성을 마련하지 못한 채 그들 각각의 입장에서 그들과 모두 감싸안는 방식으로 작품을 써 내려갔다. 김유정이 만약 두 세계의 화해를 감당할 수준에까지 이르렀다면 장편소설의 세계로 나아갔어야 했을 터인데, 여기 도달하기에 그가 맞이했던 스물아홉의 죽음은 너무나 이른 감이 있다. 김유정의 요절에 대한 안타까움은 이러한 지점을 향해 다가서기도 한다.

5. 크로포트킨의 '가족의 기원'과 김유정의 가부장제 비판

「봄·봄」 계열의 작품들은 싱싱하고 실팍한 원시적 인물형으로 여성을 내세웠다. 그런 만큼 여성의 능동성이 부각되는 것은 당연한 귀결이라 할 수 있다. 여성이 들병이로 나서서 가족의 생계를 책임져야 하는 「아내」 계열 소설에서는 여성의 역할이 막중한 양상으로 나타난다. 이렇게 정리한다면, 「봄·봄」 계열과 「아내」 계열의 작품은 여성의 위상에 무게가 부여되었다는 측면에서 공통점을 갖게 된다. 그리고 조금 더 나아간다면, 매음 여부에서 차이는 있으나, 두 계열 모두 성^性 문제와 잇닿아 있음도 드러난다. 즉 「봄·봄」 계열의 경우 여성의 춘심^{春心}을 다루고 있는 것이며, 「아내」 계열에서는 여성의 매춘^{賣春}을 취급하고 있다는 것이다. 「봄·봄」 계열과 「아내」 계열 사이에서 확인할 수 있는 이러한 공통점은 충분한 검토를 요한다. 여성의 성 문제를 전면에 배치한 것은 가부장제 비판에 마련된 김유정의 사상과 연동된 사항이며, 이로써 아방가르드 예술이 내재하게 마련인 사상성, 민중성, 원시성이 김유정 소설에 어떻게 개입하고 있는가가 떠오르기 때문이다.

크로포트킨에 따르면, "초기에 인류가 '군혼 혹은 집단혼'으로 볼 수 있는 단계를 거쳤다는 점은 의심의 여지가 없다. 즉 혈연관계를 거의 고려하지 않고 종족 전체가 남편과 아내를 공유하였다".[46] 집단혼이 유지되었던 인류 초기, 씨족 사회의 공유 대상은 남편과 아내뿐만이 아니라 모든 생산물에까지 미치고 있었다. 이에 입각하여 그들은 끈끈한 연대감 위에서 높은 수준의 도덕을 성취해 냈다. 그렇지만 "씨족 사이에서 독립된 가족이 나타나면서 기존의 통일성이 저해되었다. 가족이 독립되면 사유 재산이 독립되어 부의 축적이 일어난다".[47] 크로포트킨은 이렇게 출현한 가족을 '가부장적 제도'라고 못 박고 있다. 그가 「가족의 기원」을 부록으로 덧붙이면서까지 "가족은 원시적인 조직형태가 아니라 인간의 진화 과정에서 아주 최근에 나타난 산물"임을 강조하는 까닭은 분명하다.[48] 가족 제도의 성립은 성의 배타적 독점에 정당성을 부여하였고, 이는 가부장적 제도인 까닭에 여성성을 억압하고 있으며, 사회적 불평등과 연동하고 있기 때문이다. 그러한 까닭에 아나키즘에 입

---

46 P. A. 크로포트킨, 앞의 책, 118쪽.
47 위의 책, 149쪽.
48 위의 책, 111쪽.

각해 있는 작가에게 가부장적 가족 제도가 한낱 예사로운 사안에 불과할 리는 만무해진다.

여성의 성 문제를 부각시키고 있는 「봄·봄」 계열의 작품과 「아내」 계열의 작품은 가족의 기원에 관한 아나키즘의 사상을 환기시킨다. 먼저 여성의 춘심, 즉 원시성을 다루고 있는 「봄·봄」 계열을 살펴보자. 여기 해당하는 소설들은 가족 구성 방식에서 서로 비교가 가능하다. 「동백꽃」의 '나'와 '점순' 사이에는 가족으로 결합하는 데 대한 아무런 고려도 없다. 이는 '점순'이 아무런 제약 없이 원시성을 발산할 수 있는 근거로 작용한다. 이와 비교하였을 때 「봄·봄」의 '점순'은 가족 구성혼인의 문제를 끌어안고 있기에 그 원시성은 어리바리한 '나'를 매개하는 방식으로 표출된다. 그렇지만 여기서의 가족이 가부장제로 쉽게 귀결하지는 않을 터인데, 가족 구성 방식이 예서제이기 때문이다. 앞서 언급하였듯이 남자 집안이 가난할 경우 성립하는 혼인 형태가 예서이며, 이는 중앙권력고려·몽고의 작동방식에 맞서면서 공동체의 원리에 입각하여 운영되어왔던 전통을 배경으로 하고 있다. 반면 「산골」에서 '이뿐이'는 종과 상전이 같이 못산다는 마을의 법에 얽매여 있으니 가부장적 가족 제도 앞에 속수무책 내던져진 양상이다. 그 견고한 벽 앞에서 '이뿐이'는 원시성을 발산하지 못하고 그저 내면으로 간직하고 말 따름이다.

원시성의 관점에서 가족 구성 문제를 탐구한 것이 「봄·봄」 계열이라면, 민중성사회적 불평등의 관점에서 가족 제도의 해체를 기록하고 있는 것이 「아내」 계열이다. 여기 속하는 작품들 가운데 「총각과 맹꽁이」와 「산골나그네」에 등장하는 총각은 들병이를 아내로 들이고자 하지만, 결국 실패하고 만다. 왜 실패할 수밖에 없는가. 배타적인 성의 독점은 상황 타개책이 될 수 없기 때문이다. 즉 「총각과 맹꽁이」에서 덕만이 바라는 대로 들병이와 가족을 이룬다고 할지라도, 뭉태를 위시한 함께 품앗이하던 총각들은 여전히 홀로 남아있게 될 터이니 농촌 상황은 마찬가지라는 것이다. 「산골나그네」에도 이를 동일하게 적용할 수 있는데, 산골나그네가 덕돌과 가족을 이룬다면 물레방앗간에 누워있던 애초의 남편은 버림받아 쓸쓸하게 죽음에 이르고 만다. 그러니 덕돌을 배신한 산골나그네의 선택을 문제 삼으려면 그 이전에 먼저 배타적 성의 독점을 둘러싼 이러한 상황을 따져 물어야 한다.

「아내」에서는 가족의 틀이 유지되고 있다. 그렇지만 그 관계를 가능케 하는 것은 가부장적 권력이 아니다. 결혼 초기 아내는 "오늘은 구박이나 안할까, 하고 은근히 애를 태우는" 모양을 보이기도 하였으나, 똘똘이를 낳고 나서는 "내가 이년, 하면 저는 이놈, 하고 대들기로 무언중 계약"이 되었고, 작품 말미에 가서는 출산 가능한 아내가 "아무렇게 따져 보아도 나보다는 낫지 않은가"라고 변화하는 데서 이를 알 수 있다.[49] 그러니 「아내」에서 가족은 삶의 끝자락으로 내몰린 빈궁한 남녀가 연대하는 단위로 기능하는 셈이다. 이는 「산골나그네」가 물레방앗간의 헐벗고 병든 남편에게로 돌아가는 장면에서 확인할 수 있는 가족 의미와 상통하는 대목이기도 하다. 한편 가부장제가 허물어진 자리에서 (여)성의 공유 가능성을 타진하고 있다는 점에서 「솥」은 「총각과 맹꽁이」, 「산골나그네」, 「아내」보다 작가의식에서 적극적이라 하겠다.

물론 가부장적 가족 제도를 비판하고 있는 김유정의 탐구에 대해 세부적인 층위에서 지적이 가능하다. 예컨대 「아내」의 결말에 나타난 화해 방식에는 아내를 출산하는 존재로 규정하는 남편의 편협한 관점이 개입해 있다.

---

49 김유정, 「안해」, 전신재 편, 앞의 책, 170~171 · 179쪽.

또한「솥」·「산골나그네」등 들병이 소설에 나타나는 매춘은 여성의 성을 상품화하고 있기에 여전히 남성 중심적인 관점을 넘어서지 못했다는 비판도 가능하다.[50] 나름의 근거를 갖추고 있지만 이러한 지적에 선뜻 동의하기는 어려운데, 작가는 등장인물을 매개로 주제를 펼쳐야 하는 까닭에 제약이 따를 수밖에 없으며, 조건으로 주어진 현실 또한 한달음에 훌쩍 뛰어넘을 수는 없는 노릇이기 때문이다. 그렇다면 절대빈궁에 직면한 인물들을 통하여 가부장적 가족 제도의 틀을 해체해 나간 데서 김유정 작품에 충분한 의미를 부여할 수 있는 것 아닐까. 또한 당시는 남편을 떠난 여성이 자기 스스로를 방어할 만한 여건이나 수단이 보장되지 못한 형편이었다. 더군다나 아나키즘 예술론에서는 예술가가 사회의 지도·계몽에 나서서는 안 된다고 명시하고 있으니, 김유정이 당대 민중의 의식 너머로 뛰쳐나갈 수 없는 노릇이기도 하였다. 바로 이 대목에서도 아나키즘에 입각해 있던 김유정의 면모를 확인할 수 있다.

---

50 이 논문은 2017년 4월 15일 강원대학교에서 열린 '김유정학회 제7회 학술발표회'에서의 발표문을 수정한 것이다. 당시 토론을 맡았던 이명원은 다음과 같이 논의를 펼친 바 있다. "들병이는 남성 본위의 공동체에 받아들여질 때조차 빈궁농민의 봉쇄된 성욕의 유일한 통로로 기능하지만, 그 역시 철저하게 남성 중심적인 관점에서 교환되는 매음으로 기능하고 있다. 연대감이 있다면, 그것은 들병이의 성을 교환하는 남성들의 연대에 불과한 것이며, 설사 들병이의 남편과 들병이와 교섭했던 사내가 서로 관용했다 할지라도, 그것은 들병이 편에서의 욕망을 긍정했다기보다는 절대빈궁에서 생존의 비극성에 대한 긍정 정도로 이해되는 편이 옳을 것이다." 이명원, 「김유정 소설의 아나키즘 면모 연구에 대한 토론문」, 『제7회 학술연구발표회』 자료집, 김유정학회·강원대 강원문화연구소 공동주관, 2017, 121~2쪽.

제3부 /

영서嶺西의 로컬리티와 고향의식

김유정 소설의 로컬리티와 고향의식[*]

이미림

1. 서론

강원문학은 주변부문학 혹은 가장자리문학으로 여겨져 지역적 타자성만 큼이나 배제되거나 소외되어 왔다. 그러나 1930년대 한국현대소설사에서 강원 영서 출신 작가인 김유정춘천, 이효석봉평, 이태준철원이 차지하는 문학 적 가치와 문학사적 위치는 매우 크고 높다. 김유정학회, 상허학회, 이효석 문학제 등에서 매년 기획하고 추진되는 다채로운 문화축제, 학술대회 및 각 종 행사를 통해 세 작가에 대한 애정과 관심이 강원도뿐만 아니라 전국적으 로도 널리 알려지고 있다.

세계화와 더불어 로컬화에도 관심이 높아지면서 지역문학연구가 활발하 게 이루어지고 있다. 글로벌화와 로컬리즘은 공간의 압축과 공간적 차이가 서로 상호교차하고 접합되면서 특정도시, 지역의 사건이나 역사, 문화의 이

51 이 글은 『배달말』 제64집, 배달말학회, 2019.6에 수록된 「김유정 문학의 로컬리티 연구」를 수 정해서 재수록한 논문이다.

미지를 유력한 문화상품으로 유통[1] 시키고 있다. 경험공간으로서의 로컬은 우리가 일상의 삶을 영위하는 터이며 그 안에서 다양한 관계가 맺어지고 다양성이 발현하는 프로세스의 공간이며 사회-정치-경제적 문제가 발생하는 공간[2]이다. 로컬리티[3]와 로컬문화는 중심부의 지배논리를 거부하고 민족문화의 이념적 억압과 논리를 비판적으로 반성[4]한다는 점에서 타자지향적인 저항성을 지닌다. 장소, 자리, 위치를 포함하는 로컬리티는 그곳에 살고 있는 사람들의 기질, 공유된 역사적 경험이나 기억에 근거한 공통인식, 의사소통의 수단으로서의 언어 등의 인문적 요소 그리고 사람들의 사회적 관계나 생활방식의 반영으로서의 제도[5]하에 구성된다. 서울과 지방의 이분법적 구분이 아니라 '지역' 개념으로서 대등한 관계를 이루는 가운데 각 지역의 문화적 특수성과 민족문화로서 보편성을 가져야 세계문화 속에서 우리 민족문화의 독창성을 확보[6]할 수 있다.

지역대학 교수 및 연구자들에 의한 로컬리티 연구가 축적되었고, 지역문학사 출간,[7] 춘천문화원 춘천학연구소 설립, 지역대학 교과목인 춘천학춘천문화의 현재와 미래 개설 운영,[8] 지역 출신 작가 발굴 및 지역대학의 학위논문 배

1　이토 마모루, 김미정 역, 『정동의 힘』, 갈무리, 2016, 223쪽.
2　부산대 한국민족문화연구소 편, 『로컬리티, 인문학의 새로운 지평』, 혜안, 2009, 26쪽.
3　과거에는 지방으로 표현했으나 이는 일정한 / 어느 방면의 땅이란 뜻도 있고 서울 이외의 지역을 가리키거나 중앙에 대비된 하부 단위 / 조직이라는 중앙과 변방, 중심부와 주변부라는 이분법적 사유를 지녀 최근에는 지역을 사용하고 있으나 이 또한 모호함을 내포하고 있어 다원성, 소수성, 타자성 등의 포스트 모던적 가치와 연결되는 로컬리티를 선택하는 편이다.(위의 책, 21·28쪽; 임재해, 『지역문화 그 진단과 처방』, 지식산업사, 2002, 29쪽)
4　임재해, 위의 책, 92쪽.
5　양정애, 「이청준 소설의 남도 로컬리티 연구」, 『비평문학』 제66호, 한국비평문학회, 2017, 132쪽.
6　임재해, 앞의 책, 29쪽.
7　『광주문학사』(한림, 1994), 『경남문학사』(불휘, 1995), 『부산문학사』(부산문인협회, 1997), 『삼척문학사』(삼척문인협회, 2011), 『강릉문학사』(강릉문인협회, 2017) 등이 발간되었다.
8　'문화특별시 주축'(『강원도민일보』 2019.2.16).

출,[9] 문학관, 시비 설립 및 생가 복원 작업 등 로컬리티에 대한 성과가 드러나고 있다. 이러한 현상은 중앙 출신 문단으로 구성된 기존 연구방식에서 벗어나 로컬리티를 중시한다는 점에서 유의미하며 지역정체성, 지역문학, 지역작가[10]에 대한 개념 정립이 논의되고 있다. 서북문학, 남도문학, 충청문학, 경상문학, 제주문학 등과의 차별성을 통해 강원 정체성에 기반한 강원문학의 특징을 정초할 수 있다. 부산의 문화적 특징을 개방성, 해양성, 다문화성[11]으로 규정짓거나, 강원 영동지역의 경우 일제강점기는 봉건적 수탈과 저항의 무대, 해방 후는 삼팔선이 빚어낸 분단현실의 허황함과 남다른 이산의 비극, 민주화시기엔 정치적으로 보수적 공간, 90년대 후반은 가족주의 가치를 간직한 '고향'의 공간[12]으로 보는 통시적 연구와 리리시즘전통과 서정, 모더니티이산과 이주, 민족문학분단. 탄광. 해양[13]을 이 지역의 문학 정체성으로 보는 연구가 진행되었다.

본고는 김유정의 고향 배경 소설을 중심으로 작품 속에 투영된 로컬리티를 고찰하고자 한다. 많지 않은 작품[14]에도 불구하고 완결성 높은 소설을

---

9 강릉원주대학교와 가톨릭관동대학교에서 강릉 출신작가인 심연수에 대한 석박사논문이 여러 편 나왔다.

10 박태일은 해당 지역 출신인가 아닌가 하는 태생 문제에 초점을 두어 살피는 경직된 '속지주의'보다는 해당 문인의 출생 여부와는 관계없이 더 넓은 자리에서 그의 중요하고도 뜻있는 문학창작·활동이 이루어진 곳이 어디인가를 문제 삼는 개방적인 '지연주의'를 주창하며, 해당 지역 태생인가 아닌가 하는 점은 변수가 될 수 있어도 상수는 될 수 없다고 말한다.(박태일, 『한국지역문학의 논리』, 청동거울, 2004, 63쪽)

11 부산대 한국민족문화연구소 편, 앞의 책, 171쪽.

12 양명규, 「한국근대문학에 나타난 강원도-강릉, 영동지역을 중심으로」, 『민족문학사연구』 제44권, 민족문학사학회, 2010, 52쪽.

13 남기택, 「강원 영동지역의 문학적 정체성 연구」, 『현대문학이론연구』 제45권, 현대문학이론학회, 2011, 105쪽.

14 전신재의 『원본 김유정전집 개정증보판』(강, 2012)에 의하면, 소설 32편, 수필 12편, 설문응답 1편, 서간 5편, 번역동화 및 번역소설 2편으로 작품일람을 정리했으며, 유인순은 「솥」과 「정분」을 퇴고와 초고본으로 묶어 동일작품으로 보아 소설 31편, 편지 일기를 포함한 수필 18편으로 한정하고 있다.

남겼으며 일제강점기의 시대적 이행 속에 피폐해져가고 유랑하며 타락해 가는 식민지 농촌현실을 리얼하고 비판적으로 그려낸 김유정 문학의 고향 의식, 작중인물, 민요와 민속, 언어미학과 문체에 투영된 로컬리티와 문학 적 의미를 살펴본다. 김유정학회에서 매년 발간하는 연구서[15]에서 알 수 있 듯이 김유정 문학은 1930년대 강원 영서지역의 생활문화의 보고이자 사회 사적 자료로도 의미를 지닌다.

2. 고향의식과 궁핍 / 유랑으로서의 30년대 삶

춘천 실레마을신남면 증리, 안말에 대한 작가의 고향인식은 「오월의 산골작 이」에 잘 나타나 있다. 자신의 고향을 '한적한 마을', '조고마한 마을', '안 옥한 마을', '빈약한 촌락', '흠잡을 데 없는 귀여운 전원', '벽촌'으로 그린 작가는 고향에 대한 애정과 애착을 고스란히 드러낸다.

나의 故鄕은 저 江原道 산골이다. 春川邑에서 한 二十里假量 山을 끼고 꼬불꼬 불 돌아 들어가면 조고마한 마을이다. 앞뒤 左右에 굵찍굵찍한 山들이 빽 둘러 섯고 그속게 묻친 안윽한 마을이다. 그山에 묻친 模樣이 마치 옴푹한 떡시루같 다하야 洞名을 실레라 부른다. 집이라야 大槪 씨러질 듯한 헌 草家요 그나마도 五十戶밖에 못되는 말하자면 아주 貧弱한 村落이다.

---

15 김유정문학촌, 김유정학회 및 유인순 교수가 소명출판에서 출간한 김유정 연구서로는 『김유정 문학의 재조명』(2008), 『김유정의 귀환』(2012), 『김유정과 동시대 문학 연구』(2013), 『김유정 과의 만남』(2013), 『김유정과의 산책』(2014), 『김유정과의 동행』(2014), 『김유정과의 향 연』(2015), 『김유정의 문학광장』(2016), 『김유정의 문학산맥』(2017), 『김유정 문학의 감정 미 학』(2018), 『김유정 문학 다시 읽기』(2019), 『김유정 문학 콘서트』(2020) 등이 있다.

그러나 산천의 풍경으로 따지면 하나 흠잡을데 없는 귀여운 田園이다. 山에
는 奇花異草로 바닥을 틀었고, 여기저기에 쫄쫄거리며 내솟는 樂水도 맑고 그
리고 우리의 머리우에서 골골거리며 까치와 是非를 하는 노란 꾀꼬리도 좋다.
周圍가 이렇게 詩的이니만치 그들의 生活도 어데인가 詩的이다. 어수룩하고
꾸물꾸물 일만하는 그들을 對하면 딴 世上사람을 보는 듯 하다.[16]

수필 첫 소절에 실레마을의 풍광을 묘사하고, 마을이름의 연원을 소개한
후 냇물과 까치와 꾀꼬리가 어우러지는 '귀여운 田園'에서 시적으로 생활하
는 원주민의 모습은 1930년대 강원 영서 주민의 평화롭고 한가로운 생활
상을 대변한다. 뒤이어 교통이 불편함으로써 정보가 부재하고 도회와 멀기
에 인심이 야박하지 않은 마을주민의 심성을 서술한다. 초목의 특수한 내음
새, 뻐꾸기의 울음, 소모는 노래, 송아가루, 샘물소리를 지닌 오월의 고향풍
경은 '理知없는 無識한 生活'에서 갖게 되는 '純粹한 情緒'를 느끼게 한다.
잔디는 침대가 되고 바둑이와 벌룽 자빠져서 묵상하는 재미를 보거나 산속
에 누어 자연의 아름다움을 고요히 느끼는 평화로운 일상에서 자연친화적
인 로컬리티의 특징이 나타난다. 동리사람이 지나가면 손짓하여 밥과 술을
나누는 온정과 허여는 작품 속에서 음식을 나누듯이 여성을 공유하는 전근
대적이면서도 원시적인 공동체를 형성한다. 작가가 서술한 강원도의 지세
와 인심은 매우 적확하고 리얼하게 묘사되었음을 알 수 있다.

江原道는 交通不便한것이 第一 苦痛이오 山水의 天然的 景致가 조키는 全國뿐만안

---

16 이효석, 「五月의 산골작이」(『조광』, 1936.5), 전신재 편, 『원본 김유정전집』, 강, 2012, 423
쪽, 이후 수필 및 소설 인용은 위의 책을 말한다.

이라世界無比할듯하며 生活樂地로는江陵이어느道에서든지其類를못보왔다 思
想으로는嶺東이嶺西보다進步된듯하다 그리고僧侶의 勢力만흔것은누구나놀날
것이오 人心惇厚는全國中第一일 것이다.[17]

시적 생활이 이루어지고 상해나 사건이 부재하지만 현사회와 단절되고
도회와 절연된 김유정의 고향은 자연이 수려하고 아름다우며 착하고 인심
좋은 사람들이 모여 사는 곳이다. '초라한 고향'이라며 고향을 지우거나 거
리를 두었던 이효석이나 '상실된 유토피아'로 냉철하고 이성적으로 사유했
던 이태준과[18] 차이를 보인 김유정은 시적이고 순결하지만 가난하고 억압된
식민지 근대성을 내포한 고향을 웃음과 해학을 동반하는 처절하고 슬픔이
내포된 현실로 묘사한다. 금점이나 들병이 소재는 작가의 고유한 경험에서
비롯된 모티프로서 그의 고향이 과장되거나 계몽성을 지니지 않은 이유이
다. 귀여운 고향과 고통스러운 고향의 양면성을 드러낸 김유정 문학 속 고향
은 서정적이고 생명력이 넘치는 고향과 궁핍과 배신으로 얼룩진, 식민지 자
본주의로 인해 피폐해진 농촌[19]이 동시에 드러나는 양가적인 공간이다.

소설에 묘사된 고향은 첫째 가난하고 고단한 농촌으로 그려진다.

① 가혹한 도지다. 입쌀석섬, 버러·콩·두포의소출은 근근댓섬, 논아먹기
도못된다. 번듸 밧이아니다. 고목느티나무그늘에 가리어 여름날 오고가는 농

---

17 「13도의 답사를 맛치고서」, 『개벽』 제64호, 1924.12.1.
18 이미림, 「1930년대 소설에 나타난 강원 영서지역 재현 양상」, 『해람인문』 제45집, 강릉원주대
    인문학연구소, 2018, 74쪽.
19 김양선, 「1930년대 소설과 식민지 무의식의 한 양상」, 『한국근대문학연구』 제5권, 한국근대
    문학회, 2014, 168쪽; 이현주, 「김유정 농촌소설에 나타난 '향토' 표상」, 『시학과 언어학』 제
    31호, 시학과언어학회, 2015, 173쪽.

군이쉬든 정자터이다. 그것은 지주가무리로 갈아도지를 노아먹는다. 콩을 심으면 입나기가 고작이요 대부분이 열지를 안는것이엇다. 친구들은 일상덕만이가사람이 병신스러워, 하고 이밧을 침배타비난하엿다. 그런 덕만이는 오히려안되는 콩을 탓할뿐 올에는 조로바꾸어 심은것이엇다.[20]

② 농사는 지어도 남는 것이 없고 빚에는 몰리고, 게다가 집에 들어스면 자식놈 킹킹거려, 년은 옷이 없으니 떨고있어 이러한때 그냥 백일수야 있느냐 트죽태죽 꼬집어 가지고 년의 비녀쪽을 턱 잡고는 한바탕 홀두둘겨대는구나.[21]

③ 때는 한창 바쁠 추수 때이다. 농군치고 송이파적 나올 놈은 생겨나도 안 엇스리라. 허나 그는 꼭 해야만할 일이 업섯다. 십프면 하고 말면 말고 그저 그뿐. 그러함에는 먹을것이 더럭 잇느냐면 잇기커녕 부처먹을 농토조차 없는, 게 집도 업고 집도업고 자식업고. 방은 잇대야남의 겻방이요 잠은 새우잠이요. 허지만 오늘아츰만해도 한 친구가 차자와서 벼를털텐데일좀 와해달라는걸 마다하였다.[22]

④ 맞붙잡고 굶느니 아내는 다른데 가서 잘먹고 또 남편은 남편대로 그 돈으로 잘먹고 이렇게 일이 필수도 있지않으냐. 복만이의 뒤를 따라가며 나는 돌이어 나의 걱정이 더 큰것을 알았다. 기껏 한해동안 농사를 지었다는 것이 털어서 쪼기고보니까 나의 몫으로 겨우 벼 두말가웃이 남았다. 물론 털어서 빚도 다 못가린 복만이에게 대면 좀 날는지 모르지만 이걸로 우리식구가 한겨울을 날 생각을하니 눈앞이 고대로 캄캄하다. 나두 올겨울에는 금점이나 좀 해볼까, 그렇지않으면 투전을 좀 배워서 노름판으로 쫓아다닐까, 그런대로 밑천이 들 터인데 돈은 없고 복만이같이 내팔을 안해도 없다.[23]

20 김유정, 「총각과 맹꽁이」(『신여성』, 1933.9), 전신재 편, 앞의 책, 30쪽.
21 김유정, 「안해」(『사해공론』, 1935.12), 위의 책, 171~172쪽.
22 김유정, 「만무방」(『조선일보』, 1935.7), 위의 책, 96쪽.

위의 인용은 일년 내내 소작을 해봐야 생계유지가 힘든 식민지 사회구조적 모순을 농촌실생활을 통해 나타낸 부분이다. ①의 「총각과 맹꽁이」에서는 농작이 불가능한 땅조차 도지로 만들어 소작을 주는 지주의 횡포와 그로 인해 콩수확이 흉년일 수밖에 없는 상황을 예리하게 지적하며 농민의 입장에서 그들의 고통과 억울함을 토로한다. ②의 「안해」에서도 농사만으로는 먹고살기 힘들어 아내를 패거나 들병이로 내모는 현실을, ③의 「만무방」에서는 농토가 주어지지 않아 산속을 헤매며 농사와 정착을 포기하는 농군의 모습이, ④의 「가을」에서는 아내를 오십 원에 팔려는 복만을 말리려고 했던 '내'가 팔 아내조차 없어 오히려 부러워하는 아이러니한 상황을 그린다. 죽도록 농사를 지어도 빚을 지기 마련이라 소장수에게 오십 원에 아내를 팔려는 것을 말리려던 '나'는 장가도 못간 처지인지라 오히려 복만이 자신보다 더 낫다고 생각한다. 불합리하고 부조리한 농사환경으로 당장을 견뎌야 하는 농군들이 도박, 금전, 찰나적인 쾌락에 빠지는 현실이 1930년대 강원 영서 지역의 모습이다.

두 번째 특징은 지주의 만행으로 농사를 포기하거나 깊은 산중에 올라 산나물을 채집해 장에 팔아 생활을 영위하며, 우편, 정보가 뒤처지는 산골 오지로 그려진다. 이는 춘천이 지형학적으로 사방이 산으로 둘러싸인 내륙 산간분지로[24] 실레마을이 '앞뒤 좌우에 굵직굵직한 산들이 삑 둘러섰고 그 속에 묻힌 옴폭한 떡시루 같다'는 설명처럼 해발 652미터의 금병산이 있는 지리학적 특징 때문이다.

---

23 김유정, 「가을」(『사해공론』, 1936.1), 위의 책, 193쪽.
24 유인순, 「소설 속 춘천의 문학지리(上)」, 『한중인문학연구』 제28회, 한중인문학회, 2009, 39쪽.

① 주볏주볏 변명을하고는 가든길을 다시 힝하게내걸엇다. 안해라고 요새 이 돈이원이 급시로 필요함을 모르는배도 아니엇다. 마는 그의 자격으로 나 로동으로나 돈이원이란 감히 땅뗌도 못해볼형편이엇다. 버리래야 하 잘것없는 것 — 아츰에 이러나기가 무섭게 남에게뒤질가영산이올라 산으 로빼는 것이다. 조고만 종댕이를 허리에 달고거한 산중에 드문드문 백여 잇는 도라지 더덕을 차저가는것이엇다. 집흔 산소굽로 우중충한 돌틈바 기로. 잔약한 몸으로 맨발에 집신짝을 끌며 강파른 산등을 타고돌려면 첫 먹든 힘까지 녹아나리는 듯 진땀은 머리로 발끗까지 쭉흘러나린다.[25]

② 올라갈수록 덤불은 우것다. 머루며 다래, 츩, 게다 이름모를잡초. 어것들 이 우라래로 이리저리 서리어 좀체길을 내지 안는다. 그는 잔디길로만 돌 앗다.넙쩍다리가 벌죽이는 찌저진 고잇자락을 아끼며 조심조심 사려딧는 다. 손에는 츩으로 역거들은 일곱개 송이. 늙은소나무 마다 가선 두리번 거린다. 사냥개모양으로 코로 쿡, 쿡, 내를 한다. 이것도 송이갓고 저것도 송이. 어떤게 알짜송인지 분간을 모른다. 토끼똥이소보록한데 갈입히 하 입 똑 떨어젓다. 그입흘살멋이 들어보니 송이 대구리가 불쑥 올라왓다.[26]

③ 체부가 잘와야 사흘에 한번밖에는 더 들르지 않는줄을 저라고 모를리 없 고 그리고 어제 다녀갔으니 모래나 오는줄은 번연히 알엿마는 그래도 이 뿐이는 산길에 속는 사람같이 저 산비알로 꼬불꼬불 돌아나간 기나긴 산 길에서 금시 체부가 보일듯 보일 듯 싶었는지 해가 아주 넘어가고 날이 어 둡도록 지루하게도 이렇게 속달게 체부 오기를 기다린다.[27]

---

25 김유정, 「소낙비」(조선일보, 1935.1), 전신재 편, 앞의 책, 40쪽.

26 김유정, 「만무방」(조선일보, 1935.7), 위의 책, 96쪽.

27 김유정, 「산골」(『조선문단』, 1935.7), 위의 책, 135쪽.

①의 「소낙비」의 춘호처는 도박자금 이원을 마련해오라는 남편의 닦달을 피해 깊은 산속으로 오른다. 나물채취는 그녀가 돈을 벌 수 있는 유일한 수단이기 때문이다. 남편에게 쇠돌엄마 집에 간다고 말하고 집을 나왔지만 산에 오른 건 부자 양반 이주사와 해서는 안 될 상황을 피하려는 불안감 때문이다. 남편의 폭력과 강압적 노동착취, 이주사에 의한 성착취는 식민지 자본주의 근대사회가 여성에게 얼마나 가혹하고 잔혹했는지를 말해준다. ②의 「만무방」의 응칠이도 농군의 삶을 포기하고 자연인이자 자유주의자로 살며 산에서 송이채집으로 주림을 채우고 내다파는 것으로 생계를 연명한다. 농사를 짓고 싶어도 농토가 없어 포기하거나 스스로 도둑이 되어야 하는 이 시기의 삶이 강퍅하고 궁핍한 하루살이 인생인 것이다.

③의 「산골」의 이쁜이는 나물을 뜯기 위해 매일 험한 산속을 기어오르지만 그곳은 도련님을 만나는 곳이기도 하다. 반드시 데리러 올 것이라는 약속을 순진하게 믿는 그녀는 자신을 좋아하는 석숭에게 편지를 쓰게 한 후 우편배달부를 기다리지만 깊은 산골마을은 삼일에 한번 방문할 정도로 교통이 발달되지 않아 소식을 전하기가 쉽지 않은 심산유곡이었다.

세 번째 특징은 외지인의 유입과 이들의 정착과 가족형성이 불가능한 현실이 그려지며, 이동경로가 드러난다. 고향에서 빚을 갚지 못해 야반도주한 이들은 도박으로 돈을 마련하여 서울로 입성하려는 계획을 세운다. 강원도민은 극단까지 내밀려 정착하지 못하고 극한적 삶을 살았다.

江原道사람은東海에溺死한다 日本사람이南鮮에移民함매 南鮮사람들은집과땅을 다빽기고北間島로건너간다그런데江原道에는아즉日本사람은그리읍스나 日淸戰爭 통에黃平兩西사람이모도도江原道로밀여오고셔울과開城에서장사하는사람들도江原

道가어수록하다고모도와서各郡의여간朝鮮사람의商店은다開城안이면 京城사람이
한다장사뿐안이라 다른사람들도작구온다 그리하야江原道近日俗談에江原道사람은
이와가티밀여가면東海로박게갈곳이업다하다 아이고— 이것이엇던悲慘한말이며
기막힌말이냐 他族에게征服되는것은勿論안이되얏지만同族에게征服되는것도조타
구는할수없다[28]

춘호부부는 고향 인제를 야반도주하여 춘천까지 왔으나 외지인이기에
정착하지 못하고 아내의 매춘으로 번돈 이원으로 도박을 하여 이동자금을
마련한 후 서울로 갈 계획을 세운다.

춘호는 아즉도 분이 못풀리어 뿌루퉁헌이 홀로 안젓다. 그는 자긔의 고향인
인제를 등진지벌서 삼년이 되얏다. 해를이어 흉작에농작물은 말못되고 딸아
빗쟁이들의 위협과악마구니는 날로 심하엿다. 마침내 하릴업시 집, 세간사리
를 그대로 내버리고 알몸으로 밤도주를 하얏든것이다. 살기조흔곳을 찾는다
고 나어린 안해의 손목을 이끌고 이산저산을 넘어 표랑하얏다. 그러나 우정 찾
어 들은 것이 고작 이 마을이나 살속은 역시 일반이다. 어느 산골엘 가 호미를
잡아보아도정은 조그만치도 안붓헉고 거기에는 오즉 쌀쌀한 불안과 굶주림이
품을벌려 그를 맛을뿐이엇다. 터무니 업다하야 농토를 안준다. 일구녕이 업스
매품을 못판다. 밥이 업다. 결국엔 그는피폐하야가는 농민사이를 감도는 엉뚱
한 투기심에 몸이 달떳다.[29]

28 『개벽』 제42호, 1923.12.
29 김유정, 「소낙비」(『조선일보』, 1935.1), 전신재 편, 앞의 책, 47쪽.

고향을 잃고 타지에서 이방인의 고통스러운 일상을 보내다가 또다시 대도시로 이주하고 유랑하는 디아스포라적 삶이 일제강점기 우리 민족의 모습이었다. 자작농→소작농→도시노동자라는 신분전환과 고향상실성 등 삶의 양태변화, 농민의 도시이주는 불안하고 정착하기 어려운 시대상을 반영한다.

넷째, 금 삼부작에 나타나듯이 도박과 금점으로 표상되는 한탕주의가 만연되었다는 점도 1930년대 강원지역의 특징이었다. 그의 고향은 인근에 사금이 나와 개울 바닥이 온통 파헤쳐져 성한 곳이 없을 정도[30]였기에 「금 따는 콩밭」, 「노다지」, 「금」에는 일확천금을 노리거나 욕망이 가득한 인간 군상이 등장한다.

이와 같이 김유정 문학의 로컬리티는 교통불편과 정보부재, 문명과 도회와의 단절로 인한 순진하고 궁핍한 산골 혹은 벽촌으로 그려진다. 작가는 뜨내기, 따라지, 들병이가 머물다 가는 내부 디아스포라의 유랑과 방황하는 삶을 통해 식민지 현실의 비참함과 잔혹함을 리얼하게 재현한다. 귀엽고 아름다운 자연풍광을 배경으로 하는 고향은 결혼이 불가능한 농촌총각과 정상적인 가정생활을 영위할 수 없는 부부의 불안정한 일상과 대비되어 더욱 아프고 리얼하게 전달된다는 점에서 진한 울림과 강렬한 여운을 독자에게 전달한다.

---

30 송희복, 「청감(聽感)의 시학, 생동하는 토착어의 힘」, 『새국어교육』 제77권, 한국국어교육학회, 2007, 755쪽.

3. 강원도민의 질박한 심성과 숙명론적 가치관

김유정이 지닌 수많은 질병 중 하나가 염인증으로 인간에 대한 부정적 인식이 자학적이고 피학적으로 나타나고 있다.

> 나는 宿命的으로 사람을 싫여합니다. 다시 말하면 사람을 두려워 한다는 것이 좀 더 適切할는지 모릅니다. 늘 周圍의 人物을 警戒하는 버릇이 있습니다. 그 버릇이 結局에는 말없는 憂鬱을 낳습니다.
>
> 그리고 相當한 肺結核입니다. 最近에는 每日같이 피를 吐합니다.
>
> 나와 똑같이 憂鬱한 그리고 나와 똑같이 피를 吐하는 그런 女性이 있다면 한 번 만나고 싶습니다. 나는 그를 限없이 尊敬하겠습니다. 왜냐하면 나는 내 自身이 무언가를 그 女性에게 배울 수 있으리라고 期待하기 때문입니다.[31]

앞에서 살펴본 대로 춘천 실레마을 주민은 고지식하고 순진하며 정이 많고 빈한하다. 수필 「오월의 산골작이」에서 작가는 '어수룩하고 쭈물구물 일만하는 사람들'로 농군을 묘사한다. 마을사람들은 나름의 목적을 갖고 계산하지만 쉽게 들통나고 속보인다는 점에서 다소 떨어지고 순진한 인물로 상정된다. 「총각과 맹꽁이」의 들병이에게 "저는 강원도 춘천군 신남면 중리 아랫말 사는, 광산 김씨로 서른넷인데두 총각"이라며 복만이 자기를 소개하는 우스꽝스런 태도로 친구들의 비웃음을 사는 고지식하고 융통성 없는 성격을 지녔으며, 뭉태에게 속아 여성을 얻지 못하자 "살재두 나는 인전 안 살 터이유!"라며 자존심을 지키는 어설프고 어수룩한 인물이다.

---

31 김유정, 「어떠한 부인을 마지할까」(『조선일보』, 1936.5), 전신재 편, 앞의 책, 428쪽.

촌뜨기 정체성은 강릉 우추리 출신인 이순원 소설의 촌놈의식이나 원주 출신 작가 이기호 소설의 '시봉', '복만'이라는 이름으로 여전히 재생산[32]되는 강원도민의 모습이다. 정상적인 가정을 이루지 못하는 농민들은 산에서 약초 혹은 나물을 캐거나 도박, 금광 등 일확천금을 노리며 아내를 매춘시켜 빌붙어 먹고산다. 착취와 억압이 가장 심했던 식민지 강원농촌을 작가는 아이러니라는 문학적 장치로 형상화함으로써 비참하고 고통스러운 현실을 드러낸다. 우둔하고 떨어지는 인물들은 모순되고 처참한 식민지 현실을 찰나적이고 즉흥적인 방식으로 대응함으로써 더욱 나락으로 떨어진다. 아내를 얻거나 지킬 수도, 농사를 지을 수도 없는 현실에서 김유정이 그린 강원 영서 지역의 농촌과 산골 모습은 아름답고 귀엽기에 더욱 아프고 잔인하게 전달된다.

김유정 문학을 들병이 문학이라고 할 정도로 들병이 존재는 그의 소설을 이해하는데 매우 중요한 인물유형이다. 취업이나 소작을 할 수 없는 극한 상황하에서 아내는 직업전선에 뛰어들어 가족의 생계를 담당한다. 남편도 아내의 성적 일탈을 묵인하거나 적극적으로 동조한다. 성착취, 노동착취는 이중삼중의 고통과 절망에 빠지게 하지만 그녀들은 저항하지 않고 가족을 지키기 위해 도둑질을 하거나 외간남자를 유혹한다.

「정조」의 행랑어멈, 「산골」의 이쁜이, 「총각과 맹꽁이」의 들병이의 애교와 성적 교태는 여성타자의 몸언어이다. 「정조」의 남편은 본처뿐만 아니라 여학생첩, 행랑어멈 등 여러 여성을 소유하며, 「소낙비」의 이주사도 아내

---

32 유머와 해학을 바탕으로 시대풍자를 하는 김유정 소설은 소작인, 머슴, 거지, 도박꾼, 유랑민들로 자본주의와 근대사회에 약삭빠르게 적응하지 못했거나 떨어지는 인물들로 이기호 소설에서도 백수, 불량배, 범법자, 바바리맨, 건달, 깡패, 보도방 실장, 저능아, 창녀 등으로 나타난다.(이미림, 「이기호 소설에 나타난 197,80년대 중소도시 표상」, 『우리문학연구』 제57집, 우리문학회, 2018, 265쪽)

이외에 쇠돌엄마, 춘호처 등 마을여자들을 공유한다. 마을총각들은 술값과 밥값을 지불하는 대가로 한 명의 들병이를 돌려가며 성적 욕망을 충족한다. 여성을 공여 가능한 재화로 삼는 거래는 여성의 인권이나 의사를 묵살하고 자행되는 물건이나 가축, 생계수단으로 삼는 것이다. 여성들 또한 이를 수용하며 가정을 지키기 위해 고군분투함으로서 문란한 성이라고 말하기 어려운 성적 하층민의 위치에 있다. "아랫도리를 단 외겹으로 두른 낡은 치맛자락은 다리로, 허리로 척척 엉기어 걸음을 방해"하는 「소낙비」의 아내는 연한 허리와 잔약한 몸으로 이원을 해오라는 남편의 폭력과 욕설을 피해 호랑이숲이라 이름난 강원도 산골 산중을 오르면서도 아무 불평을 하지 않는다. 궁핍한 생활 때문에 옷으로 자신의 몸조차 단속할 수 없는 그녀는 남성들의 먹잇감이 된다.

자본주의 근대 농촌사회에선 권력과 자본을 지닌 남성이 여러 여성을 소유할 수 있지만 하층민 남성은 아내를 얻지 못하는 성적 물질적 불평등이 나타난다. 가부장제와 남성연대 안에서 여성들은 남편에 의해 소와 교환되거나 몸을 팔아야 하는 극단적 삶을 유지한다. 여성의 성적 공유는 일부일처제라는 근대사회의 기준이 작동되지 않는 전근대성과 가부장제, 식민지 상황이 중첩된 1930년대 강원도의 일상적인 삶이었다.

① 들병이를 혼자 껴안고 물리도록 시달린다 두터운 입살을 이그리며, "요것 아, 소리 좀 해라, 아리랑 아리랑" 고갯짓으로 계집의 응등이를 두드린다 좁은 봉당이 꽉찻다. 상하나 흐미한 등잔을 복판에두고 취한얼골이 청성 긋게 죄여안젓다. 다가치 눈들은 계집에서 떠나지 않는다. 공석에서 벼루기는 들끌르며 등어리 정갱이를 대구뜻어간다. 그러나 긁는 것은 사내의

체통이 아니다. 꾹참고 제차지로 게집 오기만 눈이빨개 손꼽는다. (…중략…) "돌려라 돌려, 혼자만 주무르는 게야?" 목이마르듯 사방에서 소리를지르며 눈을 지릅뜬다. 이서슬에 게집은 이러서서 어듸로 갈지를 몰라 술병을들고 갈팡거린다.[33]

② "권주가? 아 갈보가권주가도모르나 으하하하" 하고는 무안에취하야 폭숙인 게집뺨에다 꺼칠꺼칠한 턱을문질러본다. 소리를암만시켜도 아랫입살을 깨물고는 고개만기우릴뿐. 소리는못하나보다. 그러나 노래못하는굿 살을 깨물고는 고개만기우릴뿐 소리는 못하나보다. 그러나 노래못하는 끅도조타. 게집은 령나리는대로 이무릅저무릅으로 옮아안즈며 턱미테다 술잔을 바처올린다. 술들이 답뿍취하였다. 두사람은 고라저서코를곤다. 게집이칼라머리무릅우에 안저담배를피여올릴 때 코웃음을홍치드니 그 무지스러운손이 게집아랫배가죽을 사양업시웅켜잡앗다. 별안간 "아야" 하고 퍼들쌍하드니 게집의몸똥아리가 공중으로도로 뛰여오르다 떨어진다 "이자식아 너만 돈내고먹엇니?"[34]

남편과 지주, 양반 등의 외간남성, 마을총각들에게 여성은 지배와 통제 속에 살덩이, 전리품, 선물, 소와 같은 가축과 동일시된다. '고깃덩어리'나 '육괴肉塊'로서 성적 대상으로만 인식되는 여성들은 부재지시대상[35]이 된다. 「江原道 女性」에서 그려진 여성은 "밥 짓고, 애기 낳고, 물 긷는 안악네"

---

33 김유정, 「총각과 맹꽁이」(『신여성』, 1933.9), 전신재 편, 앞의 책, 34쪽.
34 김유정, 「산골나그내」(『제일선』, 1933.3), 위의 책, 21쪽.
35 absent referent는 우리가 먹는 고기가 한때 살아있는 동물이었다는 생각과 분리하는 것으로 누군가에게 즐거움이 되기 이전에 누군가의 삶을 인식하는 것이다 성폭행피해자나 구타당한 여성은 자신을 고깃덩어리같다고 생각한다.(캐럴제이 애덤스, 류현 역, 『육식의 성정치』, 이배진, 2018, 104~105쪽)

이다. 그녀들은 교통과 문화의 부재로 생활의 과장이나 허식이 없는 "싱싱하고도 실팍한 原始的 人物"이며 근대 미용술과 거리가 멀다고 추물은 아니고 "幽玄한 自然美랄까 或은 天來無縫의 純眞美"를 지녔다. "해여진 옷에 뚫어진 버선, 或은 맨발로 칠떡칠떡 돌아다니며 어디 하나 끄릴 데 없는 無關한 表情"으로 "敎養이라는 놈과 因緣이 먼만치 무뚝뚝한 그들"이지만 정이 많다고 묘사한다. 이는 무뚝뚝하고 냉담하지만 속정이 깊고 생색을 내지 않는 강원도민의 성정이다. 산중에서 생활하며 동백꽃이 필 때즈음 버덩의 서방님을 그리워하는 떼난봉이 나고 넓은 버덩을 동경하는 산골 안악네들이 김유정이 바라보는 강원도 여인들이었다.

「총각과 맹꽁이」의 덕만은 부칠 수 없는 땅까지 소작을 놓는 지주의 잔인함에도 불만이나 불평을 드러내지 않으며, 아내들도 도박자금이나 서울 이동을 위한 자금을 마련하라며 폭력과 욕설을 서슴지 않고 심지어 매춘과 매매를 자행하는 남편들에게 반항하거나 토로하지 않는 숙명론적인 태도를 보인다. 아내의 성적 일탈과 비도덕적인 욕망은 가족에 대한 애착을 보였던 김유정의 무의식에 근거하지만 여성의 관점에선 가부장적이고 남성중심적인 여성 학대이자 수난이었다. 비록 식민지적 상황과 자본주의근대를 비판했지만 '생산수단으로 물화된 여성들이 자발적인 선택을 하는 인간성의 존재로 가정'[36]시킴으로써 김유정 소설은 여성문제에 한계를 보인다.

천진난만하고 순진한 성품은 정보부재에서 비롯된 강원도민의 특성으로 지금까지 재생산되거나 외부로부터 요구받는 심성이다. 농촌노총각, 유랑민, 거지, 소작농, 금광노동자, 병자 등의 하층민 남성과 갈보, 들병이 아내,

---

36 신제원, 「김유정 소설의 가부장적 질서와 폭력에 대한 연구」, 『국어국문학』 제175호, 국어국문학회, 2016, 254쪽.

매춘녀 등의 성적 노동자 그리고 따라지,[37] 만무방[38] 인물유형은 강원지역의 궁핍과 유랑, 매음 현상을 바탕으로 한 1930년대 강원도민의 모습이다. 「산골」의 이쁜이, 석숭이, 「총각과 맹꽁이」의 덕만과 뭉태, 꽁보, 더펄이, 「산골나그네」의 떡그머리총각 덕돌이, 「금따는 콩밭」의 수재, 영식이, 「금」의 덕순이, 「만무방」의 응오, 응칠이, 성팔이, 재성이, 「봄봄」의 점순이, 「가을」의 복만이 등 김유정은 가난하고 고통스럽지만 발랄하고 생기있고 욕망에 충실한 하층민을 구현하며 양가적인 삶의 비의를 보여주었다.

4. 민요 / 민속, 미신을 통한 근대와 전근대의 혼효

김유정의 수필에는 시조, 민요, 노래가사 등이 자주 인용된다. 휘문고보 시절 하모니카를 불고 바이올린을 연주하는 등 서양음악을 즐겼던 김유정의 우리 소리에 대한 관심은 첫사랑인 명창 박녹주[39]에게서 비롯되었다. 자유와 평등 지향, 생산력 향상과 신명 추구, 개방적 소통을 실현하기 위해 봉사한다는 한국민요의 주제를 통해 항일민족 및 민중해방의식을 고양하는[40] 민요는 민요공동체인 향촌사회에서 회자되었다. 또한 민중교육기관인 야학의 교과목 중 민중의식을 실현하는 노래 시간이 있었는데, 여기서 학습한 노래들은 조선 민중의 신지식 민주적 사고, 평등의식, 노동의 귀중함, 민족의식, 민족해방을 소원하는 것으로 조선민중이 가장 간절한 소망[41]을 담고 있다. 금병의숙

---

37 노름판에서 쓰는 용어로 세끗과 여덟끗을 합쳐 남은 한끗을 뜻하며 힘없고 별 볼 일 없이 남아도는 존재를 말하며 김유정 소설 제목이기도 하다.
38 염치가 없이 막된 사람이나 아무렇게나 생긴 사람을 뜻하며 김유정 소설 제목이다.
39 유인순, 「김유정과 아리랑」, 『비교한국학』 제20권, 국제비교한국학회, 2012, 208쪽.
40 나승만, 『민요공동체 연구』, 박이정, 2019, 281쪽.

을 운영한 작가에게 민요의 작품 삽입은 이러한 환경에서 배태되었다.

입히 푸르러 가시든 님이 / 白雪이 흔날려도 안오시네 // 잘살고 못살긴 내분복이요 / 하이칼라 서방님만 어더주게유

— 「님히푸르러 가시든님이」 중에서

이몸이 죽어저서 무엇이 될고하니 / 蓬萊山 第一峯에 落落葬送 되었다가 / 白雪이 滿乾坤할 제 獨也靑靑하리라

— 「어떠한 부인을 마지할까」 중에서

아리랑 아리랑 아라리요 / 아리랑 띠어라 노다가게 / 강원도 금강산 일만이천봉, / 팔만구암자, 재재봉봉에 / 아들 딸 날라고 백일기도두 말게우, / 타관객리 나슨 손님을괄세두마라.

— 「江原道 女性」 중에서

논밭田土 쓸만한건 기름방울이두둥실, / 계집애 쓸만한건 직조간만 간다네. // 아주까리 동백아 흐내지마라 / 산골의 큰 애기떼난봉난다 // 네가두 날만치나 생각을 한다면 / 거리거리 로중에 열녀비가 슨다. // 네팔짜나 내맘자나 잘 먹구 잘입구 소라반자 미닫이 각장장판 샛별같은 놋요강 온앙금침 잔모벼개에 깔구덮구 잠자기는 싫은 개다리 뒤틀리듯 뒤틀렸으니, 웅틀붕틀 명석자리에 깊은 정이나 드리세

— 「江原道 女性」 중에서

---

41 위의 책, 278쪽.

검열과 억압이 심한 사회에서 현진건의 「고향」에 나오는 노래가사처럼 민요에는 현실의 고통뿐만 아니라 한과 용서가 내재되었다. 오래도록 전해 내려오는 전통노래가사를 인용한 삶의 애환과 식민지 현실비판은 검열과 억압을 피하는데 효율적인 문학적 장치이다. 김유정 수필에 삽입된 아리랑은 가장 사실적이면서도 향토적인 정조를 맛보도록, 때로는 일제만행을 고발하기 위한 장치뿐만 아니라 사설 속에 내재된 능청스러움과 해학을 체득하여 김유정 소설의 특징 가운데 하나로 정립[42]시키는 역할을 했다. 「만무방」의 응칠이는 아리랑을 콧노래로 흥얼거리며 강릉을 그리워한다. "아리랑 띄여라 노다가세 / 낼갈지 모래갈지 내모르는데 / 옥씨기 강낭이는 심어 뭐하리"라는 가사에서 일년 농사의 허망함이 나타나며 "노세, 노세, 젊어서 노라"를 외치며 자유를 지향하는 탈농사적 삶을 소망한다.

서구교육을 받고 근대식 서구식 생활양식을 좋아했던 김유정은 일상 조선옷을 입는다거나 六字배기 같은 건 자다 들어도 싫지 않다고[43] 말할 정도로 전통적이고 토속적이며 향토적인 정서를 지녔다.

> 남편은 안해를 데리고안저서 소리를 가르킨다. 낫에는 勿論 벌어야 먹으니까 그럴 餘暇가 업고 밤에 들어와서는 안해를 가르킨다. 在操업스면 몃달도 걸리고 聰明하다면 한 달포만의 끗치 난다. 아리랑으로부터 양산도, 방아타령, 신고산타령, 배따라기 ─ 그러나 게다 이 풍진 世上을 만낫스니 나의 希望을 부르면 더욱 時勢가 조홀 것이다. 이러면 그때에는 남편이 데리고나가서 먹으면 된다. 그들이 소리를 가르킨다는 것은 藝術家的 名唱이 아니엇다. 개끄는 소리

---

42 유인순, 『김유정과의 동행』, 소명출판, 2014, 223~224쪽.
43 김유정, 「설문 ─ 生活問答, 趣味問答」(풍림 제3집, 1937.2), 전신재 편, 앞의 책, 481~482쪽.

라도 먹을 수 잇슬만치 洗鍊되면 그만이다. 안해의 등에 자식을 업혀가지고 이러케 남편이 데리고 나간다. 山을 넘어도 조코 江을 멧식 건너도 조타. 밥 잇는 곳이면 산골이고 버덩을 불구하고 발길 닷는대로 流浪하는 것이다.[44]

위의 인용은 아내를 들병이로 내놓기 위해 남편이 소리를 가르치는 장면이다. 아리랑으로 대표되는 한국의 민속음악은 서민들의 애환과 예술혼을 고스란히 담고 있는 전통예술로 조선인의 비참한 생활상과 현실비판의식을 표현한 채 유행[45]되었다. 생계를 위해 전국을 떠도는 신세이니만큼 강원도아리랑뿐만 아니라 경기민요인 양산도와 방아타령, 함경도민요인 신고산타령, 평안도민요인 배따라기 등을 연습하고 있어 전국을 떠돌았던 들병이 부부의 애잔하고 고달픈 일상을 유추할 수 있다. "이 풍진 세상을 만낫으니 나의 희망"으로 시작되는 민중가요 희망가는 우울하고 비탄적 분위기를 자아내는 노래로 식민지 시대의 암울한 사회를 반영한다. 희망가는 시세市勢가 더 좋다는 말에서 알 수 있듯이 한탄조의 현실도피적 염세적 색채를 담고 있어 '절망가'로서의 시대상과 1930년대 음악의 흐름을 이해할 수 있다. 김유정 소설과 수필에 나오는 남도소리, 강원도아리랑, 민요 및 잡가가 서민이나 들병이의 입을 통해 구전됨으로써 민족문화말살이라는 위기의 시기에 그 명맥을 유지할 수 있게 했다.

또한 김유정 소설엔 전근대적인 민속신앙과 산제 및 결혼식 등 당대의 풍습이 재현된다.

---

44 김유정, 「朝鮮의 집시」(『매일신보』, 1935.10.22~29), 위의 책, 415쪽.
45 윤명원, 「일제 강점기 민속음악의 전승양상」, 『한국음악연구』 제40권, 한국국악학회, 2006, 166~167쪽.

① 여러사람의 힘을빌리어 덕돌이입에다혼집신짝을 물린다. 버들껑거린다. 다시라우기를 두손에 훔켜잡고 끌고와서는 털어노혼벼무덕이우에 머리를 틀어박으며 동서남북으로 큰절을한다. "야아! 야아! 아!" "아니다아니야 장갈갓스면 산신령에게 이러하다말이잇서야지 괜실히 산신령이노하면 눈깔망난이(호랑이) 나려보낸다.[46]

② "새벽에 산제를 좀 지낼텐데 한번만 더 꿰와" 남의말에는 대답없고 유하게 홀개늦은 소리뿐 그리고 들어누은채 눈을 지긋이 감아버린다. "죽거리두 없는데 산제는 무슨-" (…중략…) "낼 산제를 지낸다는데 쌀이 있어야지유-" 하자니 역 낯이 화끈하고 모닥불이 나라든다. 그러나 그들은 어지간히 착한사람이엇다. "암 그렇지요 산신이 벗나면 죽도 그릅니다" 하고 말을 받으며 그남편은 빙그레 웃는다. 온악이 금점에 장구 많아난몸인만치 이런 일에는 적잔히 속이 티엇다. 손수쌀닷되를 떠다주며 "산제란 안지냄 몰라두 이왕 지낼내면 아주 정성끗해야 됩니다. 산신이 노하길 잘하니까유" 하고 그비방까지 깨쳐보낸다.[47]

③ 개돼지는 푹푹 크는데 왜 이리도 사람은 안크는지, 한동안 머리가 아프도록 궁리도 해보았다. 아하 물동이를 자꾸 이니까 뼉따귀가 옴츠라 드나부다. 하고 내가 넌즛넌즛이 그 물을 대신 길어도 주었다. 뿐만 아니라 나무를 하러가면 소낭당에 돌을 올려놓고 "점순이의 키좀 크게 해줍소사. 그러면 담엔 떡갖다놓고 고사 드립죠니까" 하고 치성도 한두번 두린 것이 아니다. 어떻게 돼먹은 킨지 이래도 막 무관해니-[48]

④ 소낭당은 바루등뒤다. 쪽제빈지뭔지, 요동통에 돌이 문허지며 바시락, 바

46 김유정, 「가을」(『사해공론』, 1936.1), 전신재 편, 앞의 책, 25쪽.
47 김유정, 「금따는 콩밭」(『개벽』, 1935.3), 위의 책, 71~72쪽.
48 김유정, 「봄·봄」(『조광』, 1935.12), 위의 책, 157쪽.

시락, 한다. 그 소리가 묘ー하게도 등줄기를 쪼옥 근는다. 어두운 꿈속이다. 하눌에서 이슬은 나리어 옷깃을 추긴다. 공포도 공포려니와 냉기로하야 좀체로 견딀수가 업섯다. 산골은 산신까지도 주렷스렷다. 아들 나달라구 떡갓다 밧칠이 업슬테니까.[49]

1930년대 강원도는 산신령이나 산신에게 기원하는 전통적이고 미신적인 관습에 의존함으로써 전근대성과 근대성이 공존했다. 대자연에 대한 두려움을 지닌 채 먹을 쌀조차 없지만 꾸어와서라도 산제를 지내는 시골사람들의 맹신이 나타난다. 깊은 산속이 많은 지역이기에 호랑이가 출몰하며 산신령의 노여움에 대한 공포로 의식의 예를 마을사람들은 갖췄다. 산제, 서낭당에 대한 기원은 한민족의 오랜 전통으로 근대자본주의로 인한 농촌의 피폐와 빈궁화 현상을 미신과 기복신앙에 기대고 기원함으로써 현실의 고달픔에서 벗어나고자 했다. 강압과 회유, 착취와 산업건설, 전근대적 가치와 문화를 온존, 연장시키면서 동시에 일본식 근대화의 언술과 이념을 가지고 한국인을 세뇌시키려는 일제의 한반도 식민통치는 전근대와 근대가 함께 공존하는 비동시성의 동시성이 지배하는 식민통치[50]였음을 김유정 문학은 보여준다.

---

49 김유정, 「만무방」(『조선일보』, 1935.7), 위의 책, 117~118쪽.
50 임혁백, 『비동시성의 동시성』, 고려대 출판부, 2014, 86쪽.

5. 토착어, 구어, 감(청)각어로서의 로컬리티 언어

김유정의 독특한 문체는 선행연구에서 많이 다루어진바 작중인물유형인 하층민의 기층언어는 현장성을 생생하게 살리는 데 효과적이다. 서민사회의 비속한 언어를 사용한다는 점, 서민들이 일상생활에서 발음하는 대로 표기한다는 점, 언어의 청각적 쾌감 자체를 즐긴다는 점, 요설체의 문장을 구사한다는 점에서 판소리 언어와 유사[51]하다거나, 청각의 시학과 생동하는 토착어의 힘으로 규정하면서 청각적 문체의 전통계승, 지역적 개인적 방언 구사, 토착어의 자연발생적인 감성과 심의, 뜻과 글보다는 소리와 말로 구현된 문학성, 생활언어, 구비문학 속 재담 수용[52]으로 설명하고 있다. 또한 토속어 및 방언, 육담, 욕설, 비속어를 적극 배치한 구어 전통이 근대에 대한 비판적 태도의 의미를 지니는바 이는 공식적 단일어의 구축을 통해 중앙 지배세력의 정치, 사회적 기반을 강화하려는 의도를 함축한 표준화, 표준어라는 근대에 대한 저항을 지닌 김유정 문학의 기층계급의 언어를 수용한[53] 의미로도 볼 수 있다. 현장에 밀착되어 로컬리티를 반영하는 문체와 어휘는 작품의 완결성을 성취하는데 기여하고 있다.

그의 수사는 사물이나 동식물에 감정을 이입함으로써 자연친화적이고 생태주의적 태도를 취한다. 「산골」의 '험상스러운 바위', '우거진 숲', '흉측스러운 산'이나 「총각과 맹꽁이」의 '가혹한 토지', '귀여운 산', '고운 봉우리 / 험상궂은 봉우리', 「소낙비」의 '쓸쓸한 공기', '거칠어가는 농촌', '매미의 애

---

51 전신재, 「판소리와 김유정 소설의 언어와 정서」, 김유정문학촌 편, 『김유정 문학의 재조명』, 소명출판, 2008, 175쪽.
52 송희복, 앞의 글, 751쪽.
53 양문규, 『한국 근대소설의 구어전통과 문체 형성』, 소명출판, 2013, 314~316쪽.

끊는 노래', '그윽한 산골'엔 작가나 서술자의 심리나 정서가 내포되어 있다. 땅, 산, 바위, 숲, 산골에 감정을 넣어 쓸쓸하거나 그윽하고 귀엽다는 정동적 표현은 자연친화적인 로컬리티를 형성하기 때문이다.

또한 동물에 주인공을 투사하여 동일시하기도 하는데 「총각과 맹꽁이」에선 친구에게 속아 바보가 된 덕만이 "비웃는 듯이 음충맞게 '맹-'하고 던지면 '꽁-'하고 간드러지게 받아 넘기는" 맹꽁이에게 감정이입되며, 「동백꽃」의 청춘남녀도 닭싸움에 자신들을 투사한다. 이는 강원 출신 작가 김동명 시나 김유정, 이순원 소설에서도 나타나는 강원문학의 특징으로 소, 닭이 가축 이상의 의미를 지니고 있다.

다음으론 감각어 특히 청각어로 표현되는 의성어, 의태어가 빈번하게 등장하는데 이는 소리와 말로 이루어진 구어체 문장의 특징 때문이다.

산골의 가을은 왜이리고적힐까! 압뒤울타리에서 부수수하고떨닙은진다 바로그것이귀미테서 들리는 듯 나즉나즉속삭인다 더욱 몹쓸건 물소리 골을휘돌아맑은샘은 흘러나리고 야릇하게도 음률을읇는다 퐁! 퐁! 퐁! 쪼록 퐁! 박가테서 신발소리가 자작자작들린다 귀가번쩍 띄여 그는방문을가볍게 열어제친다 머리를 내밀며 "덕돌이냐?" 하고 반겻으나 잠잠하다 압뜰건너편 숨웅우를감돌아 싸늘한 바람이락엽을 훌뿌리며 얼골에부다친다 용마루가쌩쌩운다 모진바람소리에놀래여 멀리서 밤개가 요란히짓는다 "귄어른 게서유?" 몸을돌리어 바누질거리를 다시집어들랴할제 이번에는 짜정인긔가 난다 황겁하게 "누기유?" 처음보는 안악네가 마루끄테와섯다 달빛에빗기어 검붉은얼골이 햇슥하다 치운모양이다 그는 한손으로 머리에둘럿든왜수건을벗어들고는 다른손으로 허터진머리칼을씨담어올리며 수집은 듯이 쭈뼛쭈뼛한다 "저…… 하룻밤만 드새고 가게해주세유−"[54]

하늘을 맑게 개이고 이쪽저쪽으로 뭉굴뭉굴 피어올은 힌 꽃송이는 곱게도 움직인다. 저것도 구름인지 학들은 쌍쌍이 짝을 짓고 그새로 날아들며 끼리끼리 어르는 소리가 이수풍까지 멀리 흘러나린다. 각가지 나무들은 사방에 잎이 욱었고 땡볕에 그잎을 펴들고 너훌너훌 바람과 아울러 산골의 향기를 자랑한다. 그 공중에는 나르는 꾀꼬리가 어여쁘고-노란 날개를 팔닥이고 이가지 저가지로 옮아앉으며 흥에겨운 행복을 노래부른다. -고-이! 고이고-이! 요렇게 아양스리 노래도 부르고- -담배먹구 꼴비어! 마진 쪽 저 바위밑은 필시 호랑님의 드나드는 굴이리라. 음침한 그 우에는 가시덤불 다래넝쿨이 어즈러히 얼클리어 지붕이 되어있고 이것도 돌이랄지 연녹색 털북송이는 올망졸망 놓였고 그리고 오늘두 어김없이 뻐꾹이는 날아와 그잔등에 다리를 머므르며- -뻑국! 뻑국! 뻑뻑국![55]

'게서유', '누기유?', '주세유-'와 같은 지역사투리 어미로 표현되는 「산골나그네」의 대화에서 말하는 대로 적는 구어표기방식에서 생동감과 현장성이 부각된다. 남편을 숨겨두고 마을에 들어온 들병이에게 권주가도 모르는 갈보라며 수작을 부리는 농군들의 생활밀착적인 욕설과 재담이 「산골나그네」와 「총각과 맹꽁이」 등의 들병이소설에서 그려진다. 한자어나 영어단어가 부재하는 들병이와 농군들의 일상적 대화는 극한 가난 속에서도 풍자와 유머, 여유를 잃지 않는 강원주민의 심성에 기반한 로컬리티 언어이다.

「산골나그네」의 '부수수', '나즉나즉', '자작자작', '쌩쌩', '쭈뼛쭈뼛'과 「산골」의 '뭉굴뭉굴', '너훌너훌', '올망졸망', 등의 의태어가 대부분의 문장

---

54 김유정, 「산골나그네」(『제일선』, 1933.3), 전신재 편, 앞의 책, 18쪽.
55 김유정, 「산골」(『조선문단』, 1935.7), 위의 책, 122~123쪽.

에 나타나며, '퐁! 퐁! 쪼록 퐁!'의 샘소리, '-고이 -이! 고이고-이' 하는 노래소리, '-뻐국! 뻐국! 뻐뻐국!' 하는 새소리와 같이 띄어쓰기, 문장부호, 공감각적 표현은 생동감과 현장성, 청감의 울림 등 예술적인 효과를 보인다. 이 역시 자연과 동식물과 가까이 하고 어우러지는 강원지역의 특성에 기인했을 것이다. 이외에도 사투리, 욕설, 재담과 자연의 소리 등 강원 민중의 역사적 지역적 특수성을 지닌 리얼리티가 강하게 나타남으로써 김유정의 문학언어는 로컬리티 특성을 생생하게 담고 있다.

6. 결론

자신의 고향 실레마을을 '귀여운 전원'으로 소묘한 김유정은 아름답고 시적인 자연경관을 배경으로 혹독하고 참담한 농촌생활을 문학작품에 담았다. 강원지역은 교통의 불편으로 인한 정보부재, 도회와 단절된 궁핍하고 깊은 산골로서 자연친화적이고 생태주의적인 특징을 지닌 공간으로 재현되었다.

농군과 들병이로 본 강원도민은 어수룩하고 일만하는 순진한 촌뜨기 정체성을 지닌다. 일년 내내 농사를 지어도 먹고살기 힘든 소작농의 고단하고 힘든 일상을 통해 지주의 횡포와 식민 구조적 모순을 고발하며 다른 한편으로는 도박과 금전으로 상징되는 한탕주의와 일확천금이 만연한 시대상을 보여준다. 여성들은 가축, 물건, 선물 등 생계수단이 되는 여성수난서사의 성적 대상으로 여겨졌다. 부조리한 농촌현실에 처한 농군과 몸 파는 아내는 자신들의 처절한 삶의 조건을 숙명론적으로 받아들임으로써 보수적이고 가부장적인 사회적 질서를 드러냈다. 덕만과 덕돌이, 점순이, 응오, 응칠이, 성팔이, 복만이, 이쁜이로 대변되는, 발랄하고 욕망에 충실한 시골 처녀총각들의 일상이 리얼하게 재현되는 강원지역을 작가는 생명력이 넘치면서도 가난과 고통에 시달려야 하는 양면적인 일상으로 균형 있게 그렸다.

　김유정 문학이 사회사적 자료이자 민속의 보고로 여겨지는 것은 민요와 민속에 나타난 풍습과 당시의 생활상에 대한 디테일한 묘사 때문이다. 작가가 사모했던 명창 박녹주의 영향으로 그의 문학엔 아리랑 같은 민요가 많이 삽입되며, 판소리체 문장, 사투리, 재담, 욕설 등 현장성 강한 언어적 특성을 보인다. 항일민족 및 민중해방의식을 고양하고 사회의 불만을 노래로 전달하는 방식은 검열과 감시가 심한 사회에서 주제의식을 표출하는데 효과적이다. 또한 식민자본주의 근대사회임에도 불구하고 여전히 산제를 지니고 기복신앙에 의탁함으써 전근대적인 의식이 마을사람들을 지배하며 결혼식 등 당대의 풍습이 보전되고 있다. 이는 전근대와 근대가 함께 공존하는 비동시성의 동시성이 지배하는 식민통치였기 때문이다. 로컬리티는 토착어, 구어체, 감(청)각어로서의 문체적 특성에서 강하게 표출된다. 자연에 감정을 기입하고 동식물과 동일시하는 자연친화적 태도는 이효석, 김동명, 이순원 등 강원 출신 작가에게 나타나는 공통점으로 강원문학의 특색으로 여겨진다. 또한 대부분의 문장에 의성어와 의태어가 많고 띄어쓰기와 문장부호를 시각적으로 연출하여 생동감과 현장성을 불어넣는 김유정만의 독특한 언어미학은 높이 평가된다. 춘천사투리와 하층민의 언어인 욕설과 재담, 판소리체 문장 역시 로컬리티 언어로서 김유정 문학을 독특하고 돋보이게 하는 역할을 했다. 따라서 강원영서지역의 사회사적 보고이자 로컬리티에 기반한 김유정 문학은 대표적인 강원문학으로 볼 수 있다.

참고문헌

1. 기본자료

전신재 편, 『원본 김유정 전집』, 강, 2012.

2. 단행본

강원사회연구회, 『강원문화의 이해』, 한울아카데미, 2005.

김풍기 외, 『강원도 지역원형과 인문학적 각성』, 청운, 2014.

나승만, 『민요공동체 연구』, 박이정, 2019

남기택, 『지역, 문학, 로컬리티』, 심지, 2015.

동국대 문화학술원 한국문학연구소, 『'고향'의 창조와 재발견』, 역락, 2007.

박태일, 『한국지역문학의 논리』, 청동거울, 2004.

박훈하, 『지금, 로컬리티의 미학』, 신생, 2015.

부산대 한국민족문화연구소 편, 『로컬리티, 인문학의 새로운 지평』, 혜안, 2009.

양문규, 『한국근대소설의 구어전통과 문체형성』, 소명출판, 2013.

유기억, 『이야기가 있는 강원의 식물』, 강원연구원, 2018.

유인순, 『김유정과의 동행』, 소명출판, 2014.

임재해, 『지역문화 그 진단과 처방』, 지식산업사, 2002.

3. 논문

문재원, 「1930년대 문학의 향토재현과 로컬리티」, 『우리어문연구』 제35집, 우리어문학
　　　회, 2010.

박현선, 「김유정의 인식 지평과 존재의 언어」, 『아시아문화연구』 제27권, 경원대 아시아문
　　　화연소, 2012.

방민호, 「김유정, 이상, 크로포트킨」, 『한국현대문학연구』 제44호, 한국현대문학회, 2014.

송희복, 「청감의 시학, 생동하는 토착어의 힘─김유정과 이문구를 중심으로」, 『새국어교
　　　육』 제77권, 한국국어교육학회, 2007.

신재원, 「김유정 소설의 가부장적 질서와 폭력에 대한 연구」, 『국어국문학』 제175호, 국어
　　　국문학회, 2016.

양문규, 「김유정 소설에 나타난 전통과 서구의 상호작용」, 『배달말』 제38권, 배달말학회,

2006.

양정애, 「이청준 소설의 남도 로컬리티 연구」, 『비평문학』 제66호, 한국비평문학회, 2017.

유인순, 「김유정과 아리랑」, 『비교한국학』 제20권, 국제비교한국학회, 2012.

_____, 「소설 속 춘천의 문학지리(上)」, 『한중인문학연구』 제28호, 한중인문학회, 2009.

최창헌, 「1930년대 강원 작가의 작품 속에 나타난 여성 주인공의 현실 대응」, 『강원문화연구』 제28집, 강원대 강원문화연구소, 2009.

하정일, 「지역 내부 디아스포라 사회주의적 상상력」, 『민족문학사연구』 제47권, 민족문학사연구소, 2011.

한상무, 「김유정 소설에 나타난 강원도 여성상」, 『강원문화연구』 제24집, 강원대 강원문화연구소, 2005.

고향의 발견, 호명된 '영서嶺西'

「봄 · 봄」, 「동백꽃」과 「모밀꽃 필 무렵」을 중심으로

이현주

1. 들어가며

한국 근현대문학사에서 김유정과 이효석만큼 한 자리에서 나란히 논의되는 작가도 흔치 않다. 이효석과 김유정은 한국 근현대문학사에서 '1930년대 작가', '구인회' 회원, '향토적 서정성' 등 꽤 많은 접촉면을 공유하고 있다. 동시대 문학 담론장 안에서 비슷한 시기에 작품 활동했던 소설가이기에 이런 접촉면을 공유하고 있다는 사실은 이상할 것이 없다. 1937년 스물아홉에 요절한 김유정과 1942년 서른다섯 짧은 생을 살다 간 이효석은 분단 이전에 생을 마감한 작가로, 1930년대에 주로 창작 활동을 했다. 하지만 1907년 2월 23일에 태어난 이효석과 1908년 음력 1월 11일양력 2월 12일에 출생한 김유정은 거의 동년배이지만 생전에 문학적 교류를 했다거나 개인적으로 교유했다는 기록이 거의 없다.

1930년대 당대 문학장에서 이효석과 김유정의 접촉면을 찾자면, 두 작가 모두 '구인회' 동인으로 활동했다는 사실 정도이다. 이효석은 1933년 8

월 '구인회' 창립 때 창립 회원으로 이름을 올렸을 뿐 구인회 활동을 거의 하지 않았다. 이에 반해 김유정은 1936년 3월 발간된『시와 소설』창간호에 자전적 소설「두꺼비」를 싣는 등 구인회 활동을 적극적으로 하고 있다.[1] 이효석이 구인회 회원으로 이름을 올린 1933년 창립 당시의 구인회와 김유정이 구인회 활동을 적극적으로 했던『시와 소설』[2] 발간 시기의 후기 구인회는 동일한 문학적 지향을 지닌 것으로 보기 어렵다.[3] 따라서 '구인회' 활동으로 이효석과 김유정의 문학적 교류 흔적을 찾는 것은 무리가 있다.

　김유정과 이효석은 문학적 교류뿐만 아니라 생전에 개인적으로 교유한 흔적도 거의 없다.[4] 김유정이『조선일보』신춘문예로 등단하고 본격적인 작품 활동을 시작했던 1935~6년에 이효석은 함경북도 경성과 평양에 거주하며 작품 활동을 하고 있었다. 이런 상황을 고려하면 개인적 친분이 전혀 없었던 이효석과 김유정이 개인적으로 교유한 흔적이 없는 것은 이상할 것이 없다. 더군다나 1935년에 등단한 김유정과 1928년에 공식적으로 등단했던 이효석은 문단에서의 위상에도 차이가 있었던 것으로 보인다. 1935년 김유정은 갓 등단한 신인작가였고, 당시 이효석은 단편집『노령근

1　이에 대해서는 졸고,「김유정 농촌소설에 나타난 '향토' 표상」,『시학과 언어학』제31호, 2015, 202쪽.
2　『詩와 小說』은 '구인회'의 유일한 기관지로, 창문사(출판부)에서 1936년 3월 13일 발행되었다. 당시『시와 소설』의 회원은 박팔양, 김상용, 정지용, 이태준, 김기림, 박태원, 이상, 김유정, 김환태이다. (상허문학회,「(3부 부록) 시와 소설」,『근대문학과 구인회』, 깊은샘, 1996)
3　이에 대해서는 졸고,「이효석과 '구인회'」,『구보학보』제4집, 2008, 117~150쪽 참조.
4　이효석은 1940년 7월『삼천리』지에서 진행한 "영동·영남 작품의 특징"을 묻는 질문에 "故 김유정의 고향이 어디였든지 작중 인물과 풍물이 강원도지방의 것을 방불시키는데 그런 특색의 강조로보든지 또 문학으로서의 된 품으로든지 그분의 문학이 가장 큰 수확이 아니었을까 생각"된다고 답한다 ("'영남, 영동' 출신 문사의 "향토 문화"를 말하는 좌담회」,『삼천리』, 1940.7, 147쪽). 이는 개인적 친분이나 문학적 교류가 없었던 이효석이 김유정에 관해 개인적으로 언급한 거의 유일한 발언이다. 이효석이 김유정을 영동(영서, 강원도) 지방 출신 문인들의 특징을 잘 보여주는 작가라 평가하고 있다는 점에도 주목되는 발언이다.

해』1931, 동지사로 입지를 다진 중견작가로 불리고 있었다. 이런 저간의 사정으로 두 사람은 교유할 기회가 거의 없었던 듯하다.

그렇지만 김유정이 등단한 직후인 1935년 중후반부터 안타까운 죽음으로 작품 활동을 마감한 1937년 초까지 이효석과 김유정은 같은 지면에 나란히 자리하는 경우가 빈번해진다. 이런 맥락에는 김유정과 이효석의 문학적 역량과 작가적 인지도가 가장 크게 자리하고 있을 것이다. 더불어 여기에는 "부르주아 저널리즘의 속성"[5]을 지닌 신문, 잡지 매체들이 전면화 되는 1930년대 중반 문학장의 변화도 함께 작동하고 있다. 이러한 당대 문학장의 변화와 모색 흐름 속에서 이효석과 김유정의 문학은 고향 '영서嶺西'를 매개로 조우한다. 이는 이국에 대한 동경 내지 서구취향 문학으로 평가되는 이효석의 작품 세계와 한국문학의 전통 속에서 작품 세계를 구축한 것으로 논의되는[6] 김유정 문학이 만나는 지점이라는 점에서 주목할 만하다.

이 글은 근대성의 세례를 받고 도시에서 성장하고 자란 도시적 감수성의 김유정과 이효석이 '향토적 서정성'[7] 내지 '고향'을 대표하는 작가로 자리매김 된 맥락에 대해 살펴보고자 한다. 우선『조광』지에 발표된 이효석과 김유정의 '농촌' 배경 소설이 지닌 의미를 1936년『조광』고향 기획 특집과 연관하여 살펴보고자 한다. 이효석과 김유정이 "토속적 인간형의 세계"[8]를 대표

---

5   김윤식·정호웅,『(개정증보판) 한국소설사』, 문학동네, 2000, 298쪽.
6   김유정과 이효석은 결이 다른 문학관 내지 상반된 문학세계를 남긴 것으로 논의되어 왔다(이미림,「김유정·이효석 문학 비교 연구」,『한중인문학연구』제65호, 2019, 101~128쪽 참조). 이효석과 김유정은 '지역(로컬리티)' 내지 'local(지방)' 담론의 관점에서도 결이 다른 작가로 논의되고 있다. 하정일은 이효석 문학과 김유정 문학을 '지방주의'와 '지역성'으로 구분하여 논의한 바 있다(하정일,「지역·내부디아스포라·사회주의적 상상력 – 김유정 문학에 관한 세 개의 단상」,『민족문학사연구』, 2011, 89쪽).
7   이는 박헌호가 처음으로 사용한 말인 "향토적 서정소설"에 기반하고 있다.(박헌호,『한국인의 애독작품 – 향토적 서정소설의 미학』, 책세상, 2001 참고)
8   이혜령,『한국 근대소설과 섹슈얼리티의 서사학』, 소명출판, 2007, 252쪽. 이혜령은 1930년

하는 작가로 운위되는 기저에는 1935년 11월 창간된 『조광』이 1936년 일 년여 동안 4번에 걸쳐 진행한 고향 기획 특집이 자리하고 있다고 판단된다. 이효석과 김유정 문학에 재현된 고향 '영서'는 이러한 1930년대 중·후반 '향토' 담론의 유행 속에서 발견되고 호명된 것이라 할 수 있다.

이효석과 김유정이 1936년 『조광』의 고향 기획 특집 필자로 호명된 데 에는 두 작가의 문학적 역량 못지않게 '영서' 출신 작가라는 것이 한몫하고 있다. 이 글은 영서' 출신이라는 두 작가의 고향이 텍스트의 사회적이고 역 사적인 환경으로 작용하고 있다는 문제의식에서 출발하고 있다. 1907년 2 월 23일 강원도 평창에서 태어난 이효석과 1908년 음력 1월 11일 강원도 춘천에서 출생한 것으로 알려져 있는 김유정은 '영서' 지방 출신이라는 공 통점이 있다. 김유정과 이효석의 소설에 재현된 '향토(성)' 내지 '고향'에 대한 논의는 헤아릴 수 없을 정도로 다양하게 축적되어 있다.[9] 하지만 김유 정과 이효석 문학을 영서 지역 내지 강원도 표상 등의 맥락에서 접근한 연 구는 거의 없다.

이효석과 김유정은 지금까지도 영서 지방이 배출한 가장 유명한 작가 내 지 강원도를 대표하는 작가로 독자들에게 각인되어 있다. 이는 해방 이후 진행된 문학 / 국어 교과서의 이른바 문학 정전화 과정과 맥을 같이 한다. 「메밀꽃 필 무렵」과 「동백꽃」은 1950~60년대 대학교양국어 교재에 5차례 와 2차례 수록되었다고 한다.[10] 해방 이후 진행된 문학 정전화 과정에서 이

대 중·후반에 등장한 "시골을 무대로 순진무구한 하층민의 세계를 뚜렷한 문학적 윤곽으로 제 시"한, 이효석·김유정·김동리·정비석 등의 작품들을 "토속적 인간형의 세계"로 논의한다.
9 이 글은 이효석과 김유정의 문학에 나타난 '고향' 내지 '향토' 담론에 대한 다양하고도 수많은 연구 성과들에 기반하고 있다. 졸고, 「김유정 농촌소설에 나타난 '향토' 표상」; 「이효석 문학의 배경에 대한 주석적 연구」, 연세대 박사논문, 2009 등에서 밝힌 것으로 대신하고자 한다.
10 김동환, 「교과서 속의 이야기꾼, 김유정」, 『김유정의 귀환』, 소명출판, 2011, 37쪽.

효석의 「메밀꽃 필 무렵」[11]과 김유정의 「봄·봄」, 「동백꽃」 등이 유독 부각된 맥락에는 강원도 표상과 이미지가 어느 정도 작동하고 있다. 강원도 평창에 있는 이효석 문학관과 강원도 춘천에 소재하고 있는 김유정문학촌은 현재 가장 잘 운영되는 문학관으로 되고 있다. 이런 평가의 기저에도 강원도의 잘 보존된 자연환경과 지자체의 지역 활성화 노력이 자리하고 있다.

이 글 역시 김유정과 이효석의 문학 작품에 나타난 영서 지역 내지 강원도 표상에 대해 살펴보고자 하는 것은 아니다. 이 글은 김유정과 이효석이 '토속적 인간형의 세계' 내지 '향토적 서정성'을 형상화한 1930년대 대표적 작가로 불리게 된 저변에는 '영서' 출신이면서 분단 이전에 요절한 작가라는 점이 주요하게 작동하고 있다는 가설에서 시작하고 있다. 이효석과 김유정은 '고향'이 문학사적 평가의 향배를 결정한 이채로운 작가로 볼 수 있다. 그런데 여기서 주목되는 바는 이효석과 김유정 문학에 있어 고향 '영서'가 1930년대 중·후반 '향토' 담론의 유행 속에서 발견되고 호명된 것이라는 사실이다.

이 글이 관심을 가지고 있는 것은 이효석 작품에 나타난 '영서' 지방 문학의 특색 내지 특징이라기보다 텍스트 생산의 사회적 맥락환경이다. 이 글은 『조광』의 고향 기획이 이효석과 김유정의 영서 지방을 배경으로 창작한 세 작품에 미친 영향에 주목하고 있다. 이 글은 김유정과 이효석의 작품 「봄·봄」『조광』, 1935.12, 「동백꽃」『조광』, 1936.5, 「모밀꽃 필 무렵」『조광』, 1936.10을 중심으로 발표 지면이 어떻게 텍스트의 사회적이고 역사적인 환경으로 작용하고 있는지, 그 의미를 탐색해 보고자 한다.

---

11 1936년 10월 『조광』에 연재될 당시 제명은 「(단편소설) 모밀꽃 필 무렵」(이효석 作, 안석영 畵)이다.

2. 소환된 고향 '영서'

-1936년 『조광』의 '고향' 기획 특집이 매개한 고향 풍경

이 장에서는 우선 「봄·봄」, 「동백꽃」, 「메밀꽃 필 무렵」이 발표된 지면 『조광』의 1936년 고향 기획 특집을 당대 문학장의 맥락에서 살펴보고자 한다. 한국 근대문학사에서 1930년 중·후반은 사회주의 내지 카프KAPF 등 이념적 중심이 사라진 상황에서 "프로문학의 성과와 한계에 대한 모색과 지양"이 역동적으로 진행된 시기이다.[12] 1930년대 중반 신문과 잡지 등을 통해 확산된 '조선학 운동'내지 '조선주의 문화운동'과 '전통과 고전 탐구 경향'과 향토 담론도 이런 "모색과 지양"을 토대로 하고 있다. 1930년대 중·후반 당대 담론장에서 '시골' 혹은 '향토' / '고향'이 '조선적인 것'의 대표적인 표상 중 하나였다는 것은 주지의 사실이다.[13] 1930년대 중·후반 '고향' 내지 향토가 (재)발견되었다는 것은 1930년대 조선에는 근대화로 인한 도시가 형성되어 있었고, 도시와 대비되는 '농촌' 내지 '자연'을 동질적 고향으로 바라보는 시각이 존재했다는 것을 의미한다.[14]

---

12 한국 근대문학사에서 1930년대 중반은 "식민지 근대 기획에 대한 회의가 광범위하게 행해진 시기이자 식민지적 상황에 대한 주체의 인식이 심화되고 분화된 시기"로 논의된다.(김양선, 「1930년대 소설과 식민지 무의식의 한 양상-김유정 소설에 나타난 향토의 발견과 섹슈얼리티를 중심으로」, 『한국근대문학연구』 제10호, 2004, 147쪽)

13 오태영, 「'향토'의 창안과 조선문학의 탈지방성」, 『한국근대문학연구』 제14호, 2006, 234쪽. 1930년대 중·후반 (재)발견된 향토가 지니는 의미와 향토 담론이 등장하게 된 맥락에 대한 논의는 다각도로 진행되어 왔다. 권채린, 「김유정 문학의 향토성 재고-30년대 향토 담론과의 비교를 중심으로」, 『국제한인문학연구』 제7호, 2010, 5~20쪽 참조.

14 고향은 근대화에 따른 대규모 이동이나 이향의 체험을 통해 발견된다. 나리타 류이치는 1930년대 전반기 일본에서 '고향'이 정착되고 변용된 과정을 밝히면서, 고향 상실 의식이 부상하면서 고향은 당대 도시인의 불안한 감정을 치유해 줄 수 있는 모태로 제시되었다고 논의한다.(나리타 류이치, 『고향이라는 이야기』, 한국비교문화세미나 편, 동국대 출판부, 2007, 17~37쪽 참조)

1935년부터 1937년 사이에 유독 "자연을 피안의 알레고리로 내비치는 작품"[15]들이 다수 등장하고 있는 데는 당시 신문, 잡지 매체의 지면 확대도 상당 부분 작용하고 있다. 1935년에서 1937년 신춘문예에 당선된 작품들은 대부분 농촌소설이거나 "토속적 인간형의 세계"를 그린 작품이라는 사실도 주목된다. 1935년 『조선일보』 신춘문예 당선작은 김유정의 「소낙비」이고, 1935년 『조선중앙일보』 신춘문예 당선작은 김동리의 「화랑의 후예」이다. 1936년 『조선일보』 신춘문예 당선작은 김정한의 「사하촌寺下村」이고, 1936년 『동아일보』 신춘문예 당선작은 김동리의 「산화」이다. 1937년 『조선일보』 신춘문예 당선작은 정비석의 「성황당」이다. 사회주의 내지 카프라는 이념적 중심이 사라진 시기에 신인 작가들에게는 요구된 새로움의 공통 요소가 '토속성' 내지 '농촌소설'이라는 점은 의미심장하다.[16]

1935년 11월 종합대중잡지를 표방하고 창간한 『조광』이 1936년 네 차례에 걸쳐 진행한 '고향' 특집 기획은 이러한 1930년대 중·후반의 문학장의 변화 모색과 맥락을 같이하고 있다.[17] 김유정과 이효석 문학에 나타난 "향토적 서정성"의 의미를 탐색하기 위해서는 1935년 11월 『조광』 창간과 1936년 『조광』 고향 기획 특집에 주목할 필요가 있다.[18] 대중종합잡지를

---

15 이혜령, 앞의 책, 217쪽.
16 신문사의 현상 공모는 그 특성상 "이념적 열도"가 아니라 "기술적 자질"과 "표현의 역량"이 심사의 중요한 기준으로 작용하고 있다(김한식, 「부정적 현실과 화해로운 삶의 꿈 - '구인회'와 김유정」, 『근대문학과 구인회』, 깊은샘, 1996, 298쪽). 그럼에도 불구하고 유독 이 시기에 신춘문예에 당선된 작품이 '농촌소설'과 "토속적 인간형의 세계"를 그리고 있다는 것은 시사하는 바가 있다.
17 이에 대해서는 오태영, 『1930년대 후반 문학의 향토 연구』, 동국대 석사논문, 2005; 권채린, 앞의 글; 김화영, 앞의 글 등 참조.
18 박헌호가 「메밀꽃 필 무렵」과 함께 향토적 서정소설의 예로 들고 있는 주요섭의 「사랑손님과 어머니」(『조광』, 1935.11)도 『조광』 창간호에 실려 있다. 또 다른 토속적 고향 풍경을 노래한 백석의 「산지」(『조광』, 1935.11), 「여우난곬족」(『조광』, 1935.12)도 『조광』에 발표되어 있다.

표방하고 창간한 『조광』은 1936년 고향 기획 특집을 네 차례에 걸쳐 마련한다. 『조광』지는 1936년 2월에는 「나의 卜地 그리는 그 땅」[19]을 표제로, 4월에는 「내 고향의 봄」을 표제로, 5월에는 「내가 그리는 新綠鄉」 특집으로, 11월에는 「내 고향의 심추」 표제로 고향 기획 특집을 마련한다.

『조광』은 방응모의 거대자본을 바탕으로 철저하게 상업주의적 방식으로 기획되었다.[20] 『조광』의 고향 기획 특집은 1930년대 중·후반 시골 내지 '고향'이 (재)발견되는 당대 문학장의 흐름과 맥을 같이 하고 있다. 이 고향 기획 특집은 이효석과 김유정을 '고향'을 대표하는 작가로 아로새기는 신호탄 역할을 하고 있다. 이효석과 김유정은 고향 '영서'를 매개로 1936년 『조광』이 기획한 '고향' 특집의 필자로 호명된다. 네 차례에 걸쳐 진행된 고향 기획 특집에 김유정은 한 차례, 이효석은 두 차례 필자로 참여하고 있다. 김유정과 이효석은 고향 관련 기획 특집에서 각기 다른 특집에 필자로 참여한다. 따라서 이 글은 김유정과 이효석을 나란히 비교, 대조하기보다는 김유정과 이효석이 『조광』고향 기획 특집에 어떻게 대응하고 있는지를 중심으로 살펴보고자 한다.

김유정은 『조광』 5월호 고향 기획 특집에 「오월의 산골작이」라는 수필을 게재하고 있다. 『조광』 1936년 5월호 고향 기획 특집 「내가 그리는 新綠鄉」에는 '고향' 혹은 '자연'을 자신의 심적 위안 공간으로 인식하는 1930년대 후반 지식인들의 인식이 드러나 있다. 「내가 그리는 新綠鄉」에 실린 글

---

19 「나의 卜地 그리는 그 땅」(목차 표제는 「나의 복지 그리는 땅 – 가서 내 살고 싶은 곳」)에는 耳公이 쓴 서시 「어디 가서 내 一生을 보내나 – 가서 내 살고 싶은 곳」와 가서 살고 싶은 곳이란 질문에 홍난파, 권덕규, 차상찬, 도봉변, 김용준, 박길룡, 박태원, 이일, 장덕조, 모윤숙, 박기채, 현철, 김동명 등이 짤막하게 대답한 글이 실려 있다.(『조광』, 1936.2, 40~55쪽)

20 강영걸·정혜영, 「1930년대 대중잡지를 통해 본 식민지 조선의 '대중' – 잡지『조광』을 중심으로」, 『비교한국학』 제20권 제3호, 2012, 157~184쪽 참조.

들은 기억의 재구성을 통해 만들어진 고향 풍경이 드러나 있는데, 이는 '고향'이 도회인 내지 지식인의 감각적 산물로 새롭게 양산된 것임을 보여준다.[21] 「내가 그리는 新綠鄕」은 김문집, 김영희, 김유정, 김진섭, 안회남, 임화, 전무길 등이 5월을 맞이한 감회, 즉 신록향에 대한 기억과 경험을 고백하고 있다. 자신이 그리워하는 "新綠鄕"을 그려 달라는 『조광』 편집진의 요구에, 대부분의 작가들은 자연, 신록 예찬 등 오월을 맞이한 감회와 신록향에 대한 기억과 경험을 쓰고 있다.

첫 번째 필자인 김진섭은 "신록의 자연에 대한 도회인의 동경심"을 불러일으키는 오월에 대한 상찬을 한 다음 "千年舊都 城北洞에 대해 그리고 있다.[22] 김영희는 당시 삼각산으로 불렸던 북한산의 신록을 떠올려 그리고 있다.[23] 전무길은 약 5년 전 봄에 갔던 중국 소주蘇州 여행, 즉 소주의 봄을 소환하고 있다.[24] 임화는 오월을 "자연으로부터 생명의 아 즐거운, 청춘의 아름다움을 느끼는 때"라 한 다음 "지나간 해" "평양서 사월에 올라와서 잠시 시내에서 류하다가 그달 중순에 자동차에 몸을 실어" 갔던 동대문 밖에 있는 탑골 승방의 이야기를 그리고 있다.[25]

김문집은 자신의 "고독병을 건치시킬 주사는 아무 데도 없다"고 단언한 다음 "없는 것을 찾는" 것은 비극이지만 이는 자신만의 비극이 아니라 "모

---

21 나리타 류이치에 의하면, 고향의 풍경은 "그것을 묘사한 사람의 눈앞에 실제 하는 것이 아니라, 개념으로 구사되고 구성된" 것이다. 그는 스치야의 "노스탤지어의 심상풍경"을 예로, 상투적인 풍경이 되면 풍경은 특정의 '장소'가 아니라 "보편적으로 존재하는 것과 같은 풍경"이 된다고 한다.(나리타 류이치, 앞의 글, 120쪽)

22 김진섭, 「신록 속의 공중누각」, 『조광』, 1936.5, 28~33쪽. 김진섭은 오월을 "도회의 인생이 흔히 喫茶店의 의자에 앉어 ?然히 열닌 먼 山谷을 그윽이 생각할 때"이자 "野原의 풀우에 길게 누어 푸른 하늘을 마음껏 우러러 보고 싶은 때"(29쪽)라고 상찬하고 있다.

23 김영희, 「아늑한 전원의 단상」, 『조광』, 1936.5, 33~37쪽.

24 전무길, 「수도 소주(蘇州)의 춘광」, 『조광』, 1936.5, 37~39쪽.

25 임화, 「푸른 골작의 유혹」, 『조광』, 1936.5, 42쪽.

든 청춘의 비극, 모든 인류의 비극"이라는 탄식으로 시작한다. 그리고 자신은 "신록의 고을", 곧 "영혼의 위안소"를 그리겠다고 한다. 독신자의 고독병으로 글을 시작한 김문집은 "내가 영원히 얻지 못할 그 「영원의 여성」의 그림자"가 자신의 "신록의 고을이요 신록의 동산"이라는 결론으로 끝맺고 있다.[26] 안회남은 아내, 아이와 함께 하는 일상 때문에 어릴 때처럼 5월의 신록을 직접 즐길 수 없고, 그림이나 상상으로밖에 그려낼 수 없는 상황에 대해 쓰고 있다.[27] 제목 "창경원 푸른 그늘"은 상상으로 그린, "신록의 꿈을 꾸느라고" 떠올린 공상 속의 그리운 풍경이다.

이에 비해 김유정은 4년 전에 떠나온 고향 실레의 '농촌' 풍경을 "내가 그리는 新綠鄕"으로 회상하고 있다. 김유정은 다른 작가들이나 필진과는 달리 5월을 맞이한 감회, 신록향에 대한 기억으로 "강원도 산골"을 떠올리고 있어 주목된다. 「오월에 산골작이」는 한적하고 서정적 농촌 모습을 시적 풍경으로 전경화하면서 시작하고 있다.[28]

나의 故鄕은 저 江原道 산골이다. 春川邑에서 한 二十里假量 山을 끼고 꼬불꼬불 돌아 들어가면 내닷는 조고마한 마을이다. 앞뒤 左右에 굵찍굵찍한 뻭둘러섯고 그속에 묻친 안윽한 마을이다. 그山에 묻친 模樣이 마치 옴푹한 떡시루 같다 하야 洞名을 실레라 부른다. 집이라야 大槪 씨러질 듯한 헌 草家요 그나마도 五十戶밖에 못되는 말하자면 아주 貧弱한 村落이다.

(…중략…)

周圍가 이렇게 詩的이니만치 그들의 生活도 어데인가 詩的이다.[29]

---

26 김문집, 「꿈에 그리는 환상경」, 『조광』, 1936.5, 49~54쪽.
27 안회남, 「창경원 푸른 그늘」, 『조광』, 1936.5, 55~58쪽.
28 김유정, 「5월의 산골작이」, 『조광』, 1936.5, 44~48쪽.

김유정은 다른 작가들과 달리 급한 밭일과 모심기를 해야 하는 농군들이 살아가는 "빈한한 촌락"을 5월의 신록향으로 회고하고 있다. 그런데 김유정이 떠올린 빈한한 촌락은 "마치 그림을 보는 듯"한 "흠잡을 데 없는 귀여운 전원"이다.[30] 이는 「내가 그리는 新綠鄕」의 필자들이 오월을 맞이하는 감회를 고백할 때 신록, 자연의 아름다움을 떠올리는 것과 맥을 같이 한다. 이는 「오월에 산골작이」 역시 『조광』 1936년 5월호 고향 기획 특집의 자장 안에 있음을 보여준다.

위 인용문에서 주목되는 또 다른 하나는 김유정이 자신의 고향을 "강원도 산골", 실레 마을이라고 명명하고 있다는 점이다. 확언하기 어렵지만, 누이의 증언이나 여러 논의들에 비추어 보았을 때 김유정의 출생지는 서울로 추정된다.[31] 출생지와 관계없이, 김유정은 서울에서 나고 자랐다고 할 수 있다. 김유정이 강원도 춘천에서 생활하면서 살았다고 할 수 있는 기간은 1931~33년 정도가 전부이다. 그럼에도 불구하고 이 글에서 김유정은 자신의 고향이 "강원도 산골실레 마을"이라고 고백하고 있다.

1935년 1월 4일에 실린 「단편소설 一等 당선 김유정씨 약력」에서도 김유정은 자신의 출생지를 "강원도 춘천"이라고 밝히고 있다. 이는 김유정이 고향을 실제로 태어난 '출생지'나 '본거지'가 아니라, "근원적·정신적인 원적지"로 인식하고 있음을 보여준다. 고향이 실제로 태어난 곳이 아니라 일

---

29 「五月의 산골작이」, 44~45쪽.
30 이런 농촌 풍경은 1년여 전 『조선일보』에 발표한 「닙히 프르러 가시든 님이」(1935.3.10)에 그려진 "거스러 가는 농촌"과는 대비된다. 이는 「내가 그리는 新綠鄕」이라는 지면의 특성과 연동되어 있다고 판단된다. 이에 대해서는 졸고, 「김유정의 농촌소설에 나타난 '향토' 표상」 참조
31 김유정의 출생지는 "춘천부 남내 이작면 증리 실레마을"이라는 견해와 "서울의 진골(종로구 운니동)"이라는 견해가 대립하고 있다. 『원본 김유정전집』, 「작가 연보」에는 "유정의 출생지가 춘천인지 서울인지 명확하지 않으나 서울인 듯함"(716쪽)으로 되어 있다. 전상국은 김유정이 서울에서 태어났다고 본다.(전상국, 『김유정-시대를 초월한 문학성』, 건국대 출판부, 1995, 13쪽)

종의 '아이덴티티'의 징표로서 등장하는 현상은 1930년대 중·후반 창안된 '고향 / 향토'의 담론화 현상이 집합적이고 집단적인 기원의 차원에서 호출되고 있는 것과 맥락을 같이한다.[32]

도시에서 나고 자란 김유정이 농촌산골과 "따라지"들에게 문학적 관심을 쏟은 이유는 확실치 않다. 김유정이 등단을 위해 애쓰던 시기에는 이광수 『흙』(『동아일보』, 1932.4.12~1933.7.10)과 이기영의 『고향』(『조선일보』, 1933.11.15~1934.9.21) 등이 당대 문학의 주류였다고 할 수 있다.[33] 1929년부터 1934년까지 진행된 『조선일보』, 『동아일보』의 농촌계몽운동文盲退治運動과 브나로드 운동 등도 김유정이 농촌소설로 등단하게 된 배경으로 작동하고 있다. 김유정이 춘천 실레마을에서 한 야학 운동은 이런 당대 문학장의 흐름과 맥을 같이 한다. 김유정은 보성전문을 그만둔 1931년부터 1933년까지 고향 춘천 실레 마을에서 야학을 운영하면서 지냈다. 고향 춘천 실레 마을에서 보낸 몇 년 동안의 강렬한 체험과 당시 문단의 분위기는 김유정의 문학적 관심의 향방에 영향을 미친 것으로 보인다.

「봄·봄」과 「동백꽃」은 『조광』에 연재될 당시 '농촌소설'이라는 표제 명으로 발표되었다. 『조선일보』 출판부에서 발행한 『조광』 편집부가 1935년 『조선일보』 신춘문예로 등단한 김유정을 '농촌소설' 필자로 호명한 것은 당연해 보인다.[34] 농촌소설로 등단하였고, 농촌소설 작가로 호명된 김유정이

---

32 나리타 류이치에 의하면, 근대화가 진행되면 고향은 개별적 지방성이 아니라 "집합적 노스텔지어의 공간"으로 표상되고, '향토'라는 미적 가상으로 통합된다. (나리타 류이치, 앞의 책, 17~37쪽 참조)

33 1934년 『조선일보』 신춘문예 현상 당선소설은 박영준의 「모범경작생」(『조선일보』, 1934.1.10~23)이다.

34 김유정은 농촌소설 「소낙비」(『조선일보』, 1935.1.29~2.4)로 등단하였다. 등단 이전에 발표한 「산스골나그내」(『제일선』, 1933.3)와 「총각과 맹꽁이」(『신여성』, 1933.9)를 비롯하여 김유정이 1935년에 발표한 대부분 소설은 농촌소설이다.

고향 춘천 실레마을을 유독 강조한 것은 이상할 것이 없다.

이에 반해 이효석은 1936년 초까지 출생지인 강원도 평창을 고향으로 자별스럽게 느끼고 있지 않았다. "고향의 정경이 일상 때 마음에 떠오르는 법 없고, 고향이 생각이 자별스럽게 마음을 녹여준 적도 드물었다. 그럼으로 고향 없는 이방인가튼 늣김이 때때로 서글프게 뼈를 에우는 적이 잇섯다."[35] 이는 1936년 4월『조광』고향기획 특집「내 고향의 봄풍경」[36]에 실려 있는 「六月에야 봄이 오는 북경성의 춘정」을 통해서도 확인할 수 있다. 이효석은 고향의 봄 풍경을 그려 달라는『조광』지의 요청에 함경북도 경성의 단오 무렵 풍경을 떠올린다. 이때만 해도 이효석은 단오 무렵조차 안개 끼는 날이 많고 "욱신한 향기"를 지닌 '고원의 박새'를 내 고향의 봄 풍경으로 그린다.

「영서의 기억」에서 고백하고 있듯이, 이효석은 "關北의 경성에서 일종의 고향의 느낌을 발견"하였기 때문에 고향에 관하여 써달라는 주문을 받으면 함북 경성 이야기를 자주 썼다. 이는 이효석에게 고향이란 단지 태어나서 자란 곳이나 부모님이 있는 곳이 아니라는 것을 보여준다. 1936년『조광』의 고향 기획 특집과 고향 관련 설문은 이효석에게 고향 '영서'를 끊임없이 환기하도록 강요한 듯하다. "고향에 관한 시절의 글의 부탁을 마틀 때마다 나는 언제든지 잠시간은 어느 곧 이야기를 써스면 조흘가를 생각하고 망사리고 주저한다"라는 고백은 이를 반증한다. 이때까지 이효석은 출생지로서의 고향 '영서'에 대한 자별한 향수가 별로 없었던 듯하다.[37]

---

35 이효석, 「영서의 기억」, 『조광』, 1936.11, 95쪽.
36 『조광』1936년 4월호는 "봄과 자연과 인생과 예술"(「인생과 자연과 예술·제1특집」−목차 제목) 표제로 봄 특집을 기획한다. 이 봄 기획 특집은「내 고향의 봄」(「내 고향의 봄풍경」−목차 제목), 「봄이 맺어준 로−맨쓰」, 「에푸릴풀(ApriL FooL)」, 「명작상에 나타난 봄과 그를 읽든 시절」로 구성되어 있다. 「내 고향의 봄−어듸를 가나 내 고향만치 아름다운 봄이 있을가」에는 김진섭, 이효석, 이석훈, 임화가 자신의 고향의 봄에 대해 쓴 글이 실려 있다.
37 "고향이라고 해야 할 곧은 강원도 영서 지방이나 네 살 때에 일가는 서울에 옴겨가 살엇고, 일

1936년 이효석은 『조광』 1936년 11월 "내 고향의 深秋" 기획 특집호에 「영서의 기억」을 쓰면서 고향 '영서'를 발견하고 소환하게 된 듯하다. 달이 '嶺'에서 뜨는 "산과 수풀과 시내의 고장" 영서는 「모밀꽃 필 무렵」 『조광』, 1936.10을 매개로 이효석 작품 세계에 처음으로 등장한다. 「석류」 『여성』, 1936.8, 「고사리」 『사해공론』, 1936.9와 「모밀꽃 필 무렵」 『조광』, 1936.10은 한 달 간격으로 발표되었고,[38] 「영서의 기억」 『조광』, 1936.11에서 고백했던 영서에 대한 기억을 소설화하고 있는 작품이다. 이효석의 「모밀꽃 필 무렵」 『조광』, 1936.10과 「영서의 기억」 『조광』, 1936.11은 『조광』의 고향 기획 특집이 추동한 것이라고 판단된다.[39]

1936년 초까지 이효석에게 별로 자별할 것 없던 고향 '영서'는 『조광』의 1936년 고향 기획 특집 이후 「모밀꽃 필 무렵」의 '봉평'으로, 「개살구」의 '오대산 속 살구나뭇집'으로, 「산협」의 '남안리'로 이효석 문학세계에 소환된다. 우연하게 소환된 '영서봉평'의 밤길은 20세기 한국인이 이후 가장 좋아하는 고향 풍경으로 남게 된다. 소금을 뿌린 듯이 하얀 메밀밭에 숨이 막힐 듯 흐뭇한 달빛이 비추는 정경은[40] 지금도 여전히 독자 대중들에게 향수를 떠오르게 하는 배경 묘사로 남아 있다. 『조광』의 고향 기획 특집이 없었으면, 이효석은 구라파 취향의 이국 지향 작가로만 남게 되었을지도 모른다.

김유정과 이효석은 1936년도 『조광』 고향 기획 특집을 통해 고향 '영서강원도'를 대표하는 작가로 호명되었다고 볼 수 있다. 이 장에서는 1936년

단 나려가 보통학교 시절을 맞치고는 나는 다시 서울에서 지금까지의 거의 전부의 반생을 지내게 되었다."(「영서의 기억」, 95쪽)

38 이효석은 「모밀꽃 필 무렵」과 「고사리」, 「석류」가 영서를 배경으로 한 소설이라고 한 바 있다. "「모밀꽃 필 무렵」 「고사리」 「柘榴」 등의 소설과 몇 편의 가을수필이 그곳을 제재 삼아 쓴 것이요."("「영남, 영동」 출신 문사의 "향토 문화"를 말하는 좌담회」, 『삼천리』, 1940.7, 149쪽)

39 이에 대해서는 졸고, 「1936년, 『조광』, 이효석의 '고향'」, 『어문론총』 제44호, 2006, 277~312쪽 참고.

40 이효석, 「모밀꽃 필 무렵」, 『조광』, 1936.10, 299쪽.

『조광』고향 기획 특집이 등단 때부터 '춘천'이 고향임을 표방한 김유정과 "나의 반생을 푸군히 싸주고 생각과 감정을 그 고장의 독특한 性格에 맞도록 눅진히 길러준 고향은 없"[41]다고 한 이효석이 '고향' 내지 '영서'를 어떻게 추동하고 있는지 살펴보았다.

3. 1936년, 『조광』, 김유정과 이효석의 농촌 배경 소설

1) 호명된 작가로 살아남기

김유정과 이효석은 '구인회' 회원으로 활동했던 작가이고, 근대화의 세례를 받고 도시에서 나고 자란 도시적 감수성의 작가이다. 그런 김유정과 이효석이 왜 유독 '영서' 지방 출신 작가로 호명되었는지는 분명치 않다. 『조선일보』 자매지인 『조광』 편집진에게 '농촌소설'「소낙비」로 1935년도 『조선일보』 신춘문예에 당선한 김유정은 손쉽게 원고 청탁을 할 수 있는 필진이었을 것이다. 1930년대 초부터 함북 경성과 평양에서 거주하며 서울 문단과 다소 거리를 두고 있던 이효석 역시 『조광』 편집진에게 '고향'을 환기시키는 작가였던 것으로 보인다. 다만 그 이유가 이효석이 함북 경성과 평양에서 작품을 활동을 하고 있는 상황에 기인한 것인지, 평창봉평 출신 작가라는 것 때문인지는 분명치 않다.[42]

『조광』이 1936년 고향 관련 특집을 기획하는 데 있어 영서 출신 작가인 김유정과 이효석은 매력적인 필자였던 것은 분명해 보인다. 김유정과 이효

---

41 이효석, 「영서의 기억」, 94쪽.
42 이효석은 1939년 2월 5일 『조광』에서 마련한 "내 지방의 특색을 말하는 좌담회(평양편)"(『조광』, 1939.3)에 대동공전 교수인 평양 사람으로 참여하고 있다.

석이 유독 영서지방을 대표하는 작가로 부각되는 맥락에는 당시 문단에서 두 사람이 놓여 있던 상황과 관련이 있다고 판단된다. 이효석과 김유정이 '향토적 서정성'을 형상화한 대표적 작가로 불리게 된 저변에는 문단에서 작가적 입지점을 확고히 하고 싶어 했던 두 작가의 욕망과 분투도 함께 자리하고 있다.

김유정은 당시 문단에서 자신의 위치를 확보하고자 분투하고 있었고, 가난과 병고 등으로 원고료가 절실했다. 이효석 역시 다각적인 매체 모색이 좌절된 후, 중앙 문단에서 자신의 문학적 입지를 확고히 하고자 1935년 7월경부터 다수의 작품을 발표하기 시작한다. 김유정과 이효석은 신인작가와 중견작가로 문단에서 작가적 입지는 다소 차이가 있었지만, 1935년 중후반부터 1937년 초까지 당대 신문, 잡지 매체에서 가장 선호하는 작가였다.

김유정이 작가로 인정받고 본격적으로 작품 활동을 시작한 것은 1935년 『조선일보』[43]와 『조선중앙일보』[44] 신춘문예에 당선된 이후부터이다. 김유정의 공식적 등단 연도를 1935년이라고 보면, 김유정은 당시 관행으로 볼 때 등단이 상당히 늦은 편이다. 김유정은 꽤 오랫동안 문단에 등단하고자 분투하였다. 김유정은 1933년부터 문단에 진입하기 위해 부단히 애를 쓰고 있으나, 등단이 쉽지 않았던 듯하다. 김유정 사후 『조광』 1937년 5월호가 마련한 "작가 김유정 추모특집"에 실린 이석훈의 추도문 「유정과 나」는 이를 보여준다.[45]

---

43 김유정의 등단작인 「소낙비」는 1935년 『조선일보』 "신춘현상문예" 단편소설 부분에 '一席'으로 당선되었다.(「신춘현상문예당선발표」, 『조선일보』, 1935.1.1)

44 김유정의 「노다지」(『조선중앙일보』, 1935.3.2~8)는 1935년도 『조선중앙일보』 신춘문예 공모에 '가작'으로 입선되었다.(「신춘현상원고 당선자 발표(1)」, 『조선중앙일보』, 1935.1.1, 2쪽)

45 이석훈, 「유정과 나」, 『조광』, 1937.5, 101쪽.

하지만 1935년도 신춘문예로 등단한 직후, 김유정은 "혜성적 출현" 내지 "저널리즘의 총애"[46]라는 표현이 무색하지 않을 정도로 매달 지면을 얻고 있다. 김유정은 1935년 1월부터 1937년 3월까지 매달 1편 이상의 소설과 수필을 발표하고 있다. 김유정은 당시 문단에서 가장 확고한 입지를 다지고 있던 '구인회'에 가입한 유일한 신인 작가이기도 했다. 뿐만 아니라 1936년 3월에 발행된 구인회의 유일한 기관지 『시와 소설』에 실린 두 편의 소설 중 한 편이 김유정의 소설이었다.[47]

이효석도 "부르주아 저널리즘의 속성"을 지닌 신문, 잡지 매체로 재편되는 당대 문학장의 변화 흐름 속에서 1932년 초부터 잠시 주춤했던 작품 활동을 1935년 7월부터 활발하게 재개한다. 이효석은 1928년 「도시와 유령」『조선지광』, 1928.7으로 등단한 이후 1931년 동지사에 출간한 단편집 『노령근해』로 문단의 총아로 자리 잡았다. 하지만 조선총독부 취직 사건과 이갑기와의 『비판』지 차작 논쟁 이후 함북 경성으로의 이주 등으로 중앙문단에서 다소 배제된 상황에 놓인다.[48] 이효석은 1933년 5월말까지도, 1932년 2월 이갑기와의 『비판』지 논전 이후 문단에서 사라진 존재로 기억되고 있다.[49]

이효석은 1931~1933년 사이에 대안적 매체 모색을 시도한다.[50] 하지만

---

46 한효, 「신진 작가론 - 그들의 작품상의 제경향」, 『풍림』, 1937.1, 45쪽.
47 『시와 소설』에는 일곱 편의 시, 두 편의 소설, 네 편의 수필이 실려 있다. 『시와 소설』에 실려 있는 소설 작품은 박태원의 「방란장주인」과 김유정의 「두꺼비」 두 편뿐이다.
48 이효석이 소설을 발표하지 않은 시기는 1932년 4월에서 1932년 12월까지와 1934년 4월에서 1934년 10월까지이다. 이 시기에도 몇 편의 잡문을 발표한다. 따라서 문단에서의 배제라는 표현은 다소 무리가 있다.
49 「(문단餘聞) 鄕愁病 걸린 이효석씨」, 『조선일보』, 1933.5.25, 3쪽.
50 이효석은 1930년에서 1932년 초 "조선 씨나리오·라이터 협회"의 일원으로 카프 영화 「화륜」 제작에 참여하고, 연작 시나리오 「화륜」(『중외일보』, 1930.7.19~9.2) 공동 집필에도 참여한다. 『동아일보』에 연재한 시나리오 「출범시대」(1931)에도 '스틸 구성'으로 참여하고 있다. 이동식 소형 극장 각본부 동인으로 「다난기의 기록」(『문예월간』, 1932.1)을 창작했다는 기록도 있다.(졸고, 『이효석 문학의 배경에 대한 주석적 연구』 참조)

이러한 다각적 모색과 시도는 일제의 검열 등 당대 문학장의 변화로 인해 좌절되고 만다. 이효석은 1932년 3월 「오리온과 능금」을 발표한 이후 1933년 1월 「시월에 피는 능금꽃」을 발표할 때까지 잠시 문단 활동을 중단하고 있다. 이는 1931년 카프 1차 검거 이후 1933~4년부터 "부르주아 저널리즘의 속성"을 지닌 매체들이 전면화 되는 문학장의 변화와 연동되어 있다.

1933년 3월부터 이효석은 첫 장편소설 『주리야』, 「약령기」, 「돈豚」, 「가을의 서정」 등을 차례로 발표하고, '구인회' 창립에 참여하는 등 새로운 문학적 모색을 시도한다. 하지만 문단에 적극적으로 그 모습을 드러내고 있지는 않다. 1934년에도 「마음의 의장」과 「일기」, 「수난」 등의 소설을 발표할 뿐, 특기할 만한 문학 활동을 보이지 않는다. 이에 반해 1935년 7월 이후 거의 다작에 가까운 작품을 발표하기 시작한다.[51]

이효석은 구인회 창립 멤버였지만, 구인회가 문단의 중심으로 자리 잡고 구인회 동인들이 문단을 거의 장악하고 있다시피 한 1934~1935년에는 작품을 별로 발표하지 않고, 문단 활동도 거의 하지 않는다. 김유정도 카프 해산 후 '구인회'가 조선에서 유일한 문학 단체로 불리던 1936년 1~2월경에 구인회에 가입한 것으로 보인다. 때문에 1935~1936년 경 이효석과 김유정의 문학 세계의 접점은 '구인회' 활동이라기보다는 1935년 11월 『조광』 창간으로 가시화되는 1930년 중후반 '고향 / 향토'의 담론화 현상이라 할 수 있다.

「모밀꽃 필 무렵」과 「봄·봄」, 「동백꽃」의 향토적 서정성은 『조광』지 1936년도 고향 기획 특집에서 영서 출신 작가로 호명된 이효석과 김유정이 보여준 당대 문학장에 대한 대응이라 판단된다. 김유정과 이효석은 당시

---

51 이에 대해서는 졸고, 『이효석 문학의 배경에 대한 주석적 연구』 참고.

문단에서의 입지점은 달랐지만, 1930년대 중·후반 당대 문학장의 변화와 모색 흐름 속에서 작가로서 살아남기 위해 당대 매체의 요구에 각자의 방식으로 조응하고 있다. 「모밀꽃 필 무렵」과 「봄·봄」, 「동백꽃」의 향토적 서정성은 당대 문학장의 모색에 대한 이효석과 김유정의 작가적 분투와 대응이라 할 수 있다.

2) 「봄·봄」, 「동백꽃」, 「메밀꽃 필 무렵」 - 감각화된 시골 풍경

「모밀꽃 필 무렵」과 「봄·봄」, 「동백꽃」은 해방 이후 문학국어 교과서에 빠짐없이 등재된 작품이고, 해방 이후 20세기 한국 독자들이 가장 좋아하는 작품이기도 하다. 이 세 작품이 그리고 있는 '강원도 산골'은 20세기 한국인들이 그리워하는 '평균 편견'의 고향 이미지라고 할 수 있다.

1930년대 중반에도 강원도는 지연된 근대의 공간인 "산촌"으로 표상되었고, 시골 내지 고향을 표상하는 공간이었다. 1930년대 중·후반 당대 문학장에서도 향토 혹은 자연을 심적 위안처로 그리는 데 있어 '청정'과 '오지'의 이미지를 지닌 강원도 산골은 매혹적인 공간이었던 것으로 추정된다.[52] 강원도는 인물이나 역사보다 "자연 경관이 지배적 요소"로 작동해 왔다.[53] 강원도는 발전되지 않은 낙후한 지역이지만, 그로 인해 풍속과 인심의 후함이 남아 있는 곳으로 여겨졌다.[54]

이런 강원도 표상은 20세기 한국 사람들이 '고향'을 생각할 때 떠올리는

---

52 김세건, 「강원도의 근현대 – 분단, 오지 그리고 청정」, 『민속학연구』 제41호, 2017, 91쪽.
53 김익균, 「강원도의 지역성과 한용운의 수업시대(1903-1909)」, 『한국근대문학연구』 제32호, 2015, 252쪽.
54 강원도는 경작할 수 있는 땅이 넓지 않아 대지주가 생겨날 수 없는 환경 때문에 자작농의 비율이 높고 빈부의 차이에 따른 격차가 다른 지역보다 적었다. 이로 인해 강원도 사람들은 다른 지역 사람들보다 순박하고 온순하다는 평을 들었다.(이주라, 「한국 근대 잡지에 나타난 강원도 표상 연구」, 『국제어문』 제77권, 2018, 239쪽)

보편적이자 평균적인 감각에 부합한다. 1920년대 중·후반부터 1930년대 초반까지 강원도는 근대적 질서가 제대로 작동하지 않는 공간으로 표상되었다. 산골 내지 협읍峽邑, 벽촌은 강원도를 대표하는 표상이다. 근대가 시작된 때부터 강조되기 시작한 산촌으로서의 강원도 표상은 1930년대 후반까지 이어졌다.[55] 각 지방 문화의 지방성에 대한 인식은 1930년대 후반에 이미 형성되어 있었다.[56]

「모밀꽃 필 무렵」과 「봄·봄」, 「동백꽃」은 각 지방 문화의 지방성에 대한 인식이 형성되어 있었던 1930년대 중반에 영서 지방 출신 작가로 호명된 이효석과 김유정이 영서 지방을 배경으로 한 작품이다. 이 세 작품은 『조광』의 고향 기획과 직·간접적으로 연동되어 있는 작품일 뿐 아니라, 이효석과 김유정의 작품 세계에 있어서도 유독 향토적 서정성이 두드러진 작품이기도 하다. 이 글은 이효석과 김유정의 대표작을 어떠한 준거점 하에 비교, 대조하여 고찰하는 것이 아니라, 「모밀꽃 필 무렵」과 「봄·봄」, 「동백꽃」이 이효석과 김유정의 작품 세계에 있어 어떤 의미를 지니는지 살펴보고자 한다.

『조광』의 1936년 고향 기획 특집과 연동되어 있는 「모밀꽃 필 무렵」은 이효석의 작품 세계에 있어 가장 이채로운 작품이다.[57] 그럼에도 불구하고 다수의 독자들이 여전히 이효석을 '「메밀꽃 필 무렵」'의 작가로만 기억하

---

55 위의 글, 247쪽.
56 오태영은 『삼천리』가 1940년 5월부터 9월까지 서면으로 마련한 「"향토문화"를 말하는 좌담회」를 분석하면서, "당시 조선의 지식인들이 조선을 여러 지방으로 분할하고 각 지방의 문화가 차이를 갖는다는 공통된 인식"을 보였음에 주목하고 있다.(오태영, 앞의 글, 230쪽)
57 유종호가 '영서 삼부작'이라 칭한 「모밀꽃 필 무렵」, 「개살구」, 「산협」은 이효석다운 작품이라 평가될 수는 있을지 몰라도 이효석 작품 세계에 있어 방계적임에 틀림없다(유종호 편저, 『이효석』, 지학사, 1985, 201쪽). 서준섭도 영서 삼부작이 방계적인 세계임을 인정하면서, '아버지'가 등장하고 있는 작품이라는 점에서 주목된다고 한 바 있다.(서준섭, 「이효석 소설에 나타난 고향과 근대의 의미-'영서 삼부작'을 중심으로」, 『강원문화연구』 제19호, 2000.10, 31쪽)

고 있는 것은 분단 이후의 이데올로기적 조건과 문학교육 정책에 기인한 바크다. 이효석이 '「메밀꽃 필 무렵」'의 작가로 굳어지게 된 데에는 분단 이후한국 근대문학사의 이분법적인 시각과 정한모,[58] 조연현[59] 등의 문학적 평가가 크게 작용하고 있다.[60] 하지만 이효석의 「모밀꽃 필 무렵」이 이효석의대표작이자 한국인의 애독 작품으로 남아 있는 이유를 분단 이후 한국 근대문학사의 이분법적인 시각과 문학 교과서의 정전화 / 대중화 과정으로만설명할 수는 없다.

「모밀꽃 필 무렵」은 조선달, 허생원, 동이 세 사람이 봉평장을 마치고 대화장으로 이동하는 달빛이 비친 메밀밭 길을 배경으로 허생원이 반평생 동안 잊지 못하고 있는 "무섭고도 기막힌 밤"에 물방앗간에서 성서방네 처녀와 맺었던 인연을 회상하는 가운데 허생원과 동이가 혈연관계임을 암시하는 것을 중심 내용으로 하고 있는 서정적인 단편 소설이다. 「모밀꽃 필 무렵」은 "한국 사람들에게 고향으로 느껴지는 시골의 정경"[61]을 작가 특유의모더니즘적인 세련된 감각으로 보여준다. 「모밀꽃 필 무렵」은 고향 영서를매개로 호명된 이효석이 영서를 배경으로 쓴 작품이지만, '봉평'은 그냥"목가적 향토의 메타포"[62]라고 해도 어색하지 않다.

---

58 정한모는 이효석 문학을 "한국적 로망주의의 일인자"라고 고평한다.(정한모, 「효석론」, 『효석전집』 5, 춘조사, 1960, 411쪽)
59 조연현은 「돈」과 「모밀꽃 필 무렵」을 "서정적 미학"과 "탐미적 정신"이라는 이효석의 특성을보여주는 최초의 대표작이라 평가한다.(조연현, 「이효석과 「모밀꽃 필 무렵」」, 『문학과 생활』, 탐구당, 1964, 17~22쪽)
60 이는 백철이 「돈」을 기점으로 이효석 문학 세계를 1기와 2기로 구분한 후 "전기의 그 경향적인테마를 버리고 새로운 성의 테마를 결정"했다고 본 것에서 연원하고 있다.(백철, 「작가 이효석론─최근 경향과 성의 문학」, 『동아일보』, 1938.2.25, 4쪽)
61 유종호, 「효석의 작품과 관심의 변모」, 유종호 편저, 『이효석』, 지학사, 1985, 195쪽.
62 하정일, 앞의 글, 89쪽.

이즈러는졌으나 보름 가제 지난 달은 부드러운 빛을 흔붓히 흘니고 있다. 대화까지는 칠십 리의 밤길. 고개를 둘이나 넘고 개울을 하나 건너고 벌판과 산길을 걸어야 된다. 달은 지금 긴 산허리에 걸녀 있다. 밤중을 지난 무렵인지 죽은 듯이 고요한 속에서 즘생 같은 달의 숨소리가 손에 잡힐 듯이 들니며, 콩포기와 옥수수 닢새가 한층 달에 푸르게 젖었다. 산허리는 왼통 모밀밭이여서 피기 시작한 꽃이 소곰을 뿌린 듯이 흠읏한 달빛에 숨이 막켜 하얗었다.[63]

이러한 「모밀꽃 필 무렵」의 감각적이고 아름다운 자연 묘사는 방랑하는 떠돌이 삶의 고달픔을 덜어주면서 낭만적 분위기를 돋우어 준다. 허생원이 달밤에 메밀밭에서 겪는 서정적 경험은 현실의 고달픔을 버티어 나가는 힘을 부여하는 경험으로 표현되어 있다. 「모밀꽃 필 무렵」은 여러 개의 삽화가 치밀하게 대응되는 구성이 시처럼 부드러운 서정적 분위기 묘사를 통해 훌륭하게 조직된 작품으로 평가되고 있다.[64] 「모밀꽃 필 무렵」의 작품 특징은 "가족 상봉이란 원형적 모티브, 우리 고향 사람들의 삶을 소재로 한 허구라는 뼈대, 전체적 낭만적·성적 분위기, 자연스러우면서도 엄격한 토착어의 활용"[65]으로 볼 수 있다. 이런 「모밀꽃 필 무렵」의 면모는 해방 이후 문학 정전화 과정에서 독자 대중들에게 "작품에 대한 우리의 이해를 형성하는 방식"[66]으로 작동했다.

「모밀꽃 필 무렵」은 산문적 서정이 가장 빼어나게 구현된 이효석의 대표

---

63 이효석, 「모밀꽃 필 무렵」, 298~299쪽.
64 나병철, 「이효석의 서정소설 연구」, 『연세어문학』 제20권, 1987, 112~117쪽. 참고. "결말의 우연한 화해와 현실적 삶의 비역사성"은 결점으로 본다.
65 유종호, 앞의 글, 195쪽.
66 "그(맥건—인용자)는 우리가 읽는 텍스트들, 아니 학자들이 선별하여 우리에게 읽으라고 지시하는 텍스트의 결 자체에 있는 역사적, 사회적, 개인적 상황의 존재에 관심이 있습니다. 여러분이 읽은 에세이에서 그의 관심은 주로 텍스트 연구, 즉 학문적 판본을 만든 사람과 교실에서 읽을 선집의 자료를 선별한 편집자들이 각 저자의 작품에 대한 우리의 이해를 형성하는 방식에 향하고 있습니다."(폴 프라이, 정영목 역, 『문학이론』, 문학동네, 2019, 451쪽)

작이다. 「모밀꽃 필 무렵」의 서정성과 완성도는 작가의 문학적 역량이 발현된 것이지만, 동시에 『조광』의 지면 성격이 일정 정도 작용한 것이다. 이는 『조광』에 발표된 「봄·봄」과 「동백꽃」이 김유정 작품 중 유독 향토적 서정성이 두드러진 작품이라는 사실에서도 드러난다.

해방 이후 오랫동안 김유정의 대표작이라고 평가되어 왔던 「봄·봄」과 「동백꽃」은 궁핍한 농촌 현실을 실감나게 그렸다고 평가되는 「만무방」 등 김유정의 다른 농촌소설과 달리 향토적 서정성이 두드러진 작품이다.[67] 이 두 작품은 서정적이고 생명력이 약동하는 봄날의 삽화 같은 소설이다. 소년과 소녀의 봄날의 사랑 이야기를 다루고 있는 「봄·봄」과 「동백꽃」은 김유정 농촌소설 중 희극성이 유독 두드러지게 드러나 있고, 밝고 유머러스하다.

「동백꽃」은 당돌하고 적극적인 소녀 '점순이'와 소작농의 아들인 동갑내기 소년 '나'의 연애를 그리고 있다. 「동백꽃」은 '동백꽃'의 알싸한 향취 속에서 소년과 소녀가 화해하는 것으로 끝나고 있다.

> 그리고 뭣에 떠다밀렸는지 나의 어깨를 짚은 채 그대로 픽 쓰러진다. 그 바람에 나의 몸둥이도 겹쳐서 쓰러지며 한창 피어 퍼드러진 노란 동백꽃 속으로 푹 파묻혀버렸다.
>
> 알싸한 그리고 향긋한 그 내음새에 나는 땅이 꺼지는 듯이 왼정신이 고만 아찔하였다.[68]

위 인용문에서 보듯이, 「동백꽃」은 소년과 소녀의 화해를 소년이 소녀에

---

67 이에 대해서는 졸고, 「김유정 농촌소설에 나타난 '향토' 표상」 참조.
68 김유정, 「동백꽃」, 『조광』, 1936.5, 280쪽.

게 느끼는 온 정신이 그만 아찔해져 버리게 하는 '동백꽃'의 알싸하고 향긋한 냄새로 표현하고 있다. 이런 결말은 「동백꽃」의 향토적 서정성을 강화하고 있다. 「동백꽃」은 김유정의 다른 농촌 소설들과 다르게 농민들이 가혹한 착취로 인해 생활을 터전을 잃게 되는 농민들의 궁핍한 생활의 단면을 전경화하지 않는다.

「봄·봄」과 「동백꽃」은 농촌 현실을 사실적으로 그리기보다, 인상적인 인물이나 장면을 중심으로 그리면서 농촌 현실을 배면으로 후경화해 버린다.[69] 「봄·봄」과 「동백꽃」은 예비 데릴사위를 머슴이나 다름없이 대하는 장인의 노동력 착취나 소작인의 아들인 '나'와 마름의 딸인 '점순이' 간의 계층 갈등 등 궁핍한 농촌 현실 문제를 슬쩍 암시만 하고 있다. 이는 앞에서 살펴본 1936년 『조광』의 고향 기획 특집과 조응하고 있다.

『조광』에 실린 「봄·봄」과 「동백꽃」이 김유정의 농촌소설 중 유독 서정적인 산골農촌의 봄 풍경을 배경으로 어리숙하고 순박한 농촌 소년청년을 형상화한 이유는 분명치 않다. 대중종합잡지 『조광』지의 지면 특성 때문인지, 김유정이 구인회 (후기) 회원으로 활동하면서 도시나 자신의 일상 등으로 소설적 관심의 폭을 넓힌 때문인지, 검열 등의 이유로 「만무방」 등에 실감나게 그린 피폐한 농촌 현실을 재현하는 것이 어려워졌기 때문인지 확실치 않다. 다만 「봄·봄」과 「동백꽃」의 봄 풍경은 『조광』 1936년 5월 고향 특집 기획 「내가 그리는 新綠鄕」에 그려진 오월에 대한 감회와 조응하고 있다. 「봄·봄」과 「동백꽃」의 향토적 서정성은 『조광』의 지면 성격에 대한 김유정의 문학적 대응이라 할 수 있다.

---

69 하정일은 「만무방」을 "강원 영서지역 빈농의 궁핍한 삶이라는 역사적·지역적 특수성"이라는 '지역성'을 보여주는 작품으로 고평한다. (하정일, 앞의 글, 89쪽)

4. 결론을 대신하여 - 남는 문제들

이 글은 김유정의 「봄·봄」, 「동백꽃」과 이효석의 「모밀꽃 필 무렵」을 중심으로 발표 지면이 어떻게 텍스트의 사회적·역사적인 환경으로 작용하고 있는지, 그 의미를 탐색해 보았다. 하지만 이 시기에 『조광』에 발표된 '영서 농촌'가 배경이 아닌 다른 김유정과 이효석의 작품들과의 맥락 속에서 「봄·봄」, 「동백꽃」, 「모밀꽃 필 무렵」을 살펴보지는 못하고 있다.

『조광』이 김유정을 '농촌 소설' 작가로만 호명한 것은 아니었다. 김유정은 1936년 『조광』지에 도시 배경 소설과 수필을 더 많이 싣고 있다. 김유정은 화사한 봄날 창경원 꽃구경을 배경으로 카페 여급의 어두운 삶을 그린도시 배경 단편소설 「야앵夜櫻」을 『조광』 1936년 7월호에 게재하고 있다. 서울로 올라와 몸을 팔아 생활의 밑천을 장만하려는 떠돌이 부부의 악착스러운 모습을 그린 도시소설 「정조」도 『조광』 1936년 10월호에 실려 있다. 「동백꽃」이 발표된 다음 달에 실려 있는 「電車가 喜劇을 낳어」 『조광』, 1936.6 역시 전차에서 있었던 차장과 색시에 얽힌 일화이다.[70] 이 외에 투병하는 심정을 담은 「봄이 조금만 짤럿드면」[71]도 『조광』 1936년 11월에 게재되어 있다.

이효석 역시 『조광』지가 1936년에 기획한 다양한 특집에 필진으로 참여하고 있다. 이효석은 구라파 지향의 면모를 보여주는 다수의 수필을 1936년 『조광』 기획 특집에 싣고 있다. 『조광』 1936년 8월 "해양 특집 - 그때 그

---

70 김유정은 청량리역에서 동대문으로 들어오는 전차 운전수에게 들은 실담이라고 한, 이 일화에 등장하는 차장의 심사를 "이성에 대한 동경과 애정의 발로"로 표현하고 있다.
71 이 글은 지병인 폐결핵에 치루(치질)까지 심해져 병고로 고생하느라 잠도 제대로 못 자고 있는 상황과 심경에 대해 쓰고 있다.

항구의 추억"에는 「그때 그 항구의 밤-C항의 일척」을 싣고 있고, 9월호 기획 "명작상의 가을풍경"에는 「송송·도토오느」를 싣고 있다. 이 외에 『조광』 1936년 12월 기획 특집 "눈 오는 밤 추억-눈 나리는 그 밤의 추억""설야추회"에는 「고요한 「동」의 밤」을 게재하고 있다.[72] 12월호에는 「전원교향악의 밤」『조광』, 1936.12도 함께 실려 있다.

『조광』 1936년 7월호에는 "지방의 큰 도회" 배경으로 한 이효석의 소설 「인간산문」과 김유정의 「야앵夜櫻」이 "명작소설특집"에 나란히 실려 있다. 김유정의 도시 배경 단편 소설 「정조」와 「모밀꽃 필 무렵」도 『조광』 1936년 10월호[73]에 나란히 배치되어 있다. 김유정의 수필 「봄이 조금만 짤럿드면」은 「영서의 기억」이 발표된 『조광』 1936년 11월 또 다른 기획인 "낙엽일기"에 실려 있다. 이는 「봄·봄」, 「동백꽃」, 「모밀꽃 필 무렵」의 향토적 서정성을 발표 매체인 잡지 『조광』의 지면 성격으로 설명할 수 없게 하는 균열점이다. 이효석과 김유정의 작품 세계는 단일한 틀로 설명할 수 없는 다채로움을 지니고 있다. 이 글은 이러한 균열 지점을 제대로 해명하지 못하고 있다. 그리고 이효석과 김유정의 문학에 나타난 영서 문학의 특징과 강원도 표상에 대해서도 제대로 다루지 못하고 있다. 이는 이후 과제로 남겨 두고자 한다.

---

72 이효석이 1936년에 발표한 수필과 소설에 대해서는 졸고, 「1936년, 『조광』, 이효석의 '고향'」 참고.
73 『조광』 1936년 10월 "創作陳"(목차 제목)에는 이태준, 주요섭, 박태원, 김유정, 안석영, 방인근, 김환태, 이효석, 채만식의 소설이 실려 있다. 「정조」는 단편소설로, 「모밀꽃 필 무렵」은 중편소설로 소개되어 있다.

참고문헌

1. 기본자료

전신재 편, 『원본 김유정 전집』, 강, 2007.

이효석, 『이효석 문학 전집』 1-8, 창미사, 2003.

이효석문화재단 편, 『이효석 전집』 1-6, 서울대 출판문화원, 2016.

『삼천리』

『조광』

『조선일보』

2. 논문 및 단행본

권채린, 「김유정 문학의 향토성 재고-30년대 향토 담론과의 비교를 중심으로」, 『국제한인 문학연구』 제7호, 2010.

김양선, 「1930년대 소설과 식민지 무의식의 한 양상-김유정 소설에 나타난 향토의 발견과 섹슈얼리티를 중심으로」, 『한국근대문학연구』 제10호, 2004.

김재영, 「이효석 소설에 나타난 '성'의 특성 연구」, 『현대문학의 연구』 제43호, 2011.

나병철, 「이효석의 서정소설 연구」, 『연세어문학』 20권, 1987.

박헌호, 『한국인의 애독작품-향토적 서정소설의 미학』, 책세상, 2001.

신형기, 「이효석과 '발견된' 향토-분열의 기억을 위하여」, 『민족 이야기를 넘어서』, 삼인, 2003.

오태영, 『1930년대 후반 문학의 향토 연구』, 동국대 석사논문, 2005.

유종호 편저, 『이효석』, 지학사, 1985.

이상진, 「문화콘텐츠 '김유정' 다시 이야기하기-캐릭터성과 스토리텔링을 중심으로」, 『현대소설의 연구』 제48호.

이현주, 『이효석 문학의 배경에 대한 주석적 연구』, 연세대 박사논문, 2009.

_____, 「김유정 농촌소설에 나타난 '향토' 표상」, 『시학과 언어학』 제31호, 2015.

하정일, 「지역·내부디아스포라·사회주의적 상상력-김유정 문학에 관한 세 개의 단상」, 『민족문학사연구』, 2011.

한수영, 「정치적 인간과 성적 인간-이효석 소설에 나타난 '성(性)'의 재해석」, 『외국문학 연구』 제46호, 2012.

나리타 류이치, 한국비교문화세미나 역, 『고향이라는 이야기』, 동국대 출판부, 2007.
폴 프라이, 정영목 역, 『문학이론』, 문학동네, 2019.

제4부 / 텍스트의 복원과 확장, 해석의 새 지평

김유정 소설 「소낙비」의 검열과 복원[*]

김정화[**] · 문한별[***]

1. 문제제기

일제강점기의 출판물들은 총독부의 검열에 의해 통제되어 왔다. 국권상실 이후 본격화된 출판 검열은 1926년 4월 조선총독부 산하 경무국 도서과가 신설되면서 체계화되었으며, 이후 조선의 언론 및 출판계는 검열과 통제의 원리가 본격적으로 작동되는 '출판 검열 심화기'[1]에 들어선다. 그리고 검열 관리 기구를 통한 출판 검열의 체계화는 전시동원체제가 시행되기 직전인 1930년대 후반까지 이어진다.

실제로 신문과 잡지, 그리고 단행본 출판에 이르기까지 식민지 조선의

---

[*] 국어국문학회, 『국어국문학』 193(2020.12)에 게재된 글이다.
[**] 주저자, 선문대학교 인문미래연구소 전임연구원.
[***] 교신저자, 선문대학교 국어국문학과 부교수.

1 본 글에서 명명하는 '출판검열 심화기'란 1926년 4월 조선총독부 경무국에 검열을 위한 독립된 조직인 도서과가 신설된 이후 본격적으로 체계화된 검열 문건을 만든 시기를 의미한다. 특히 일제강점기에 가장 긴 기간 동안 도서과에서 생산한 검열 문건인 『조선출판경찰월보』(1928.9~1938.12)를 이 시기의 대표적인 결과물로 볼 수 있다. 이 자료에는 11년 동안 식민지 조선 출판물을 검열하고 행정처분한 수만 건의 목록과 수천 건의 내역이 기록되어있다.

언론과 출판은 검열 제도의 압도적인 영향력 아래 놓여있었다. 특히 신문의 경우 총독부는 1907년 7월 24일 '광무신문지법'을 공포하고, 제한된 범위 내에서만 발행을 허가했다. 신문지법을 통한 언론탄압은 1920년 민간지가 허가된 이후에도 지속적으로 이루어졌다.

신문은 신문사가 제일 먼저 인쇄된 지면을 총독부 경무국 도서과에 납본하는 것으로 검열을 받았다. 신문사는 검열이 진행되는 동안에도 인쇄된 신문을 배포하다가 도서과의 지시가 있으면 인쇄를 중단하고 문제가 된 기사를 삭제하는 방식이었다.[2] 출판법에 의해 사전검열을 거쳤던 잡지나 단행본과는 달리 신문은 사전 검열을 생략하고 인쇄본에 대한 납본 검열이 진행되었다. 신문지면에서 검열에 의해 삭제되거나 훼손된 흔적을 쉽게 찾아볼 수 있는 이유다.

실제로 일제강점기 문학 작품들은 검열에서 자유로울 수 없었다. 신문에 작품을 게재할 때마다 검열 과정을 거쳐야 했기 때문이다. 이 같은 검열 과정에서 검열의 주체인 도서과 출판 경찰에 의해 많은 수의 작품들이 훼손될 수밖에 없었다. 이러한 검열 과정을 확인할 수 있는 체계화된 문건이 바로 『조선출판경찰월보』1928.9~1938.12이다. 『조선출판경찰월보』에는 출판물의 검열 목록 및 검열 사유와 관련된 내용이 자세하게 수록되어 있다.

본고가 연구 대상으로 주목한 것은 『조선출판경찰월보』의 행정 처분 목록에 수록된 김유정의 「소낙비」라는 단편소설이다. 이 작품에 대해 살펴보고자 하는 이유는 다음과 같다. 첫째, 『조선일보』에 연재된 「소낙비」는 한국현대문학사 연구 성과들에서 1935년 1월 29일부터 2월 4일까지 6회 연재된 소설로 알려졌으나 『조선출판경찰월보』78호를 통해 김유정의 「소낙

2　정진석, 『극비, 조선총독부의 언론검열과 탄압』, 커뮤니케이션북스, 2008, 107쪽.

비」 7회가 검열 후 차압되었다는 사실을 확인할 수 있어서 작품의 실체를 선명하게 확인할 수 있는 길이 열렸기 때문이다. 결국 현재 남아 있는 김유정의 「소낙비」는 검열 이후의 결과물이며, 작가의 본래 의도와는 달리 출판경찰에 의해 훼손된 것이다.

둘째, 「소낙비」의 검열 사유와 출판 금지의 처분사유에 해당하는 일부 원문이 수록되어 있다는 점 때문이다. 이는 「소낙비」가 검열 주체인 출판경찰 때문에 소설의 후반부가 의도적으로 훼손되었다는 사실을 보여주는 증거이다. 1920년대 후반부터 1930년대 후반에 이르는 이 시기는 출판물에 대한 지속적인 검열로 인해 한국문학사에서 실종된 수많은 작품들이 양산되었다. 그러므로 출판 검열로 삭제되거나 불허가 처분, 차압 등의 조치가 된 작품들의 존재 여부를 분명하게 확인하고 최대한 복원할 필요가 있다.

본고는 이 같은 문제의식에서 출발하여 출판 검열 자료를 대상으로 검열에 의해 차압과 불허가 등의 행정처분 과정에서 훼손된 작품들을 복원하는 것을 목표로 김유정 「소낙비」의 일부 내용을 복원하고자 한다. 이는 검열로 훼손된 작품을 복원한다는 의미뿐만 아니라 일제강점기 문학 연구가 대부분 검열 후에 확정된 표면적인 결과물에만 집중할 수밖에 없었던 연구의 한계를 확장시킬 수 있는 계기가 될 것이다. 마지막으로 본고에서는 「소낙비」에서 삭제된 부분이 소설의 결말에 해당한다는 점에 주목하고자 한다. 기존 연구의 방향과 복원된 소설을 비교하여 이 작품의 본래 방향성이 무엇이었는가를 고찰하고자 한다.

2. 신문연재소설 「소낙비」

김유정의 「소낙비」는 『조선일보』에서 공모한 '신춘현상문예'의 1등 당
선작이다. 당시 신춘현상문예당선발표에 "단편소설 一席 『스낙비』(原名 따
라지목숨) 경성부 사직동 일삼사일京城府 社稷洞 134-1"[3]라는 기사 내용을 통해
「소낙비」의 본래 제목은 「따라지목숨」이고, 김유정이 머물렀던 주소는 경
성 사직동이었다는 것을 알 수 있다.[4] 또한 같은 지면에 실린 『新春文藝選後
感一選者』에서 「소낙비」가 농촌의 일상생활을 묘사한 부분에서 좋은 평가
를 받았다는 사실을 확인할 수 있다.

> 무엇보다도 새로운現象은 신신치안한戀愛葛藤을 取材한 것이 훨씬 줄어들고
> 自己들이 生長한 漁農村乃至 자기가 살고 있는 勞働者의 거리等을 描寫한 그것
> 이다. 더구나 우리를 기쁘게 하는 것은 그漁農村이나 勞働者의 거리도 어떠한
> 抽象的理論을 證明하기 爲하야 끌어온 것보담 그곳의 日常生活 그대로를 描寫
> 하기 爲하야 애를 쓴 傾向이 確實히 나타난다는 그것이다.[5]

『조선일보』의 신춘문예는 경쟁 매체에 비해 상금을 인상해 신춘문예 응
모를 유도하였고, 당선자에게 발표지면을 제공하는 등의 창작활동을 지원
할 정도로 공을 들였다.[6] 김유정 역시 신춘문예당선을 시작으로 김유정의

3　「新春懸賞文藝當選發表」, 『조선일보』(석간), 1935.1.1, 31쪽.
4　신문 지면에는 사직동으로 주소가 명기되어 있지만, 김유정의 연보를 보면 1934년 매형이 사
　　직동 집을 처분하여 혜화동 개천가에 셋방을 얻어 지낸 것으로 알려져 있다. 전신재편, 『원본
　　김유정 전집』(개정증보판), 강, 2012, 717쪽.
5　「新春文藝選後感一選者」, 『조선일보』(석간), 1935.1.1, 31쪽.
6　손동호, 「식민지 시기 『조선일보』의 신춘문예 연구」, 『우리어문연구』 67집, 우리문학회,
　　2020.7, 241~273쪽.

약력과 사진 소개,[7] 신춘현상단편 일등당선 축하회[8]와 관련된 기사가 게재되었고, 1935년 1월 29일 당선작인 「소낙비」 연재를 시작으로 수필 「닙히 푸르러 가시든 님이」,[9] 단편소설 「만무방」[10]을 『조선일보』에 연재하면서 본격적인 작품 활동을 시작했다.

「소낙비」는 앞서 언급하였듯이 1935년 1월 29일부터 2월 4일까지 6회 연재가 된 소설로 알려져 왔다. 정확하게는 1935년 1월 29일 1회를 시작으로 2월 3일 6회가 연재되었고, 2월 4일자 신문에는 소설이 연재되지 않았다. 이후 소설 연재가 중단되었으므로, 지금까지 확인된 김유정의 「소낙비」 전문은 2월 3일자 석간으로 발행된 6회 연재분까지만 해당된다.

김유정은 소외된 식민지 조선인의 삶을 해학적으로 그려낸 작가로 평가받고 있다. 그에 대한 연구는 작가론과 작품론뿐만 아니라 창작방법론, 문체론 등 다각적인 방향에서 진행되어 왔다. 특히 한국문학사에서 김유정은 해학과 향토, 그리고 시대의식의 측면에서 지금까지도 활발히 연구되고 있는데, 김유정 소설에서 주로 도시나 농촌 혹은 시골에서 살아가는 하층민의 삶을 담아내고 있기 때문이다. 김유정을 식민지 농촌의 현실을 그려낸 작가로 호명하는 것도 그 이유다. 그의 소설은 1930년대 당대의 농민문학과는 차별점을 지닌다. 김유정은 농촌을 계몽의 대상으로 삼거나, 이상적인 공간으로 묘사하지 않는다. 오히려 자본과 식민화의 논리와는 무관한 서정적이

---

7 江原道春川에 出生 早失父母로 京城齋洞公普를 거쳐 徽文高普卒業으로 延專文科를 中途에 退學 普專法科에 入學하야 다시 金鑛으로 徘徊踏査하다가 文筆에 뜻을 두게 되어 현재 京城府 社稷洞 123의 1番地에 寓居한다고, 「단편소설 일등 당선 김유정씨 약력」, 『조선일보』(석간), 1935.1.4, 9쪽.

8 本社에서 募集한 懸賞文藝에 一等 當選한 『소낙비』 作者 金裕貞氏의 當選 祝賀會를 지난 25日 午後5시 市內 雅叙園에서 열렸었는데(寫眞은 祝宴에 모인 이들) 「신춘현상단편 일등 당선 김유정씨 축하회」, 『조선일보』(석간), 1935.1.23, 4쪽.

9 『조선일보』(석간), 1935.3.6, 4쪽.

10 『조선일보』(석간), 1935.7.17~31.

11 「社告」 本面에 連 되는 小說 『소낙비』는 不得근한 事情으로 揭載中止하나이다.

〈그림 1〉검열로 삭제된 「소낙비」 7회 『조선일보』(1935.2.5)〈그림 2〉「소낙비」 게재 중지 기사[11] 『조선일보』(1935.2.7

고 생명력이 넘치는 농촌과 궁핍과 배신으로 얼룩지고 식민지 자본주의로

인해 피폐해진 농촌 현실의 표상[12]을 담고 있다.

이 가운데 김유정의 「소낙비」는 농촌의 농민경제 몰락으로 생활 기반이

파괴된 농민들의 현실을 '매춘'을 매개로 표현한 작품이다. 「소낙비」에 대

한 기존의 연구 방향은 크게 네 가지로 정리해볼 수 있다. 첫째, '춘호의 처'

인 여성인물에 주목한 연구이다.[13] 여성을 억압하는 가부장적 이데올로기

---

12 이현주, 「김유정 농촌소설에 나타난 "향토" 표상」, 『시학과 언어학』 31권, 시학과 언어학회,
2015, 173쪽~174쪽.

13 이경, 「김유정 소설에 나타난 친밀성의 거래와 여성주체」, 『여성학연구』 제28권 제2호, 2018;
정혜경, 「한국 현대소설에 나타난 여성 정체성의 변모과정 연구」, 부산대 박사논문, 2007; 박
세현, 『김유정의 소설세계』, 국학자료원, 1998; 장소진, 「김유정의 소설 〈소낙비〉와 〈안해〉연
구」, 『한국문학이론과 비평』 11, 한국문학이론과 비평학회, 2001.

와 생계수단으로 여성의 육체를 파는 행위의 의미를 분석하거나, 이를 통해 주체로서 여성인물의 잠재력을 조명하고자 했다. 둘째, 「소낙비」를 욕망이나 정념의 차원에서 분석한 논의들이다.[14] 춘호의 아내팔기 서사를 분석함으로써 김유정의 인물들이 아내와의 행복을 욕망하지만 당대의 현실에서 실현불가능하다는 점에서 세상에 대한 비판적 시선과 저항의 지점을 밝히고자 했다. 셋째, 들병이 혹은 아내 팔기 모티프에 주목한 연구이다.[15] 들병이를 가족 구성의 기대와 좌절의 연민 서사로 분석하거나, '아내 팔기' 모티프에 드러난 자발성과 비자발성의 역학 관계 등의 분석을 통해 아내 팔기 모티프의 의미를 숭고의 개념으로 재조명하고자 했다. 넷째, 인물들의 생존 문제 및 식민통치에 대한 현실 인식 문제를 고찰한 연구이다.[16] 주인공의 돈에 대한 욕망분출이 갖는 의미를 식민 현실의 질서를 교란하려는 의도를 내포하고 있음을 조명하였다.

이 같은 연구 성과는 '매춘'이 등장인물에게 중요한 생존 방식의 하나로 선택되었음에 주목한 결과라고 할 수 있다. 또한 그 과정에서 남성과 여성의 지배 종속 구도, 물질적 욕망을 추구하면서 나타나는 기형적인 부부 관계, 그리

14 장수경, 「정념의 관점에서 본 김유정 소설의 미학-〈봄봄〉, 〈노다지〉, 〈소낙비〉, 〈가을〉을 중심으로」, 『한민족문화연구』 55, 한민족문화학회, 2016; 김주리, 「매저키즘의 관점에서 본 김유정 소설의 의미」, 『한국현대문학연구』 20, 한국현대문학회, 2006.

15 김미현, 「숭고의 탈경계성-김유정 소설의 "아내팔기"모티프를 중심으로」, 『한국문예비평연구』 38, 한국현대문예비평학회, 2012; 김윤식, 「들병이 사상과 알몸의 시학」, 『현대문학과의 대화』, 서울대 출판부, 1994; 박남철, 「김유정 소설 연구」, 한양대 박사논문, 1989. 유인순, 「들병이 문학 연구」, 『어문학보』 33, 강원대 국어교육과, 2013; 오태호, 「김유정 소설에 나타난 '연민의 서사' 연구」, 『국어국문학』 184호, 국어국문학회, 2018.

16 김연진, 「김유정 소설의 욕망 구조 연구-일제 식민통치 논리와의 상동관계를 중심으로」, 연세대 석사논문, 2002; 김주영, 「김유정 문학의 사실성과 전통성 연구」, 우석대 박사논문, 2014; 차희정, 「김유정 소설에 나타난 한탕주의 욕망의 실제」, 『현대소설연구』 64, 한국현대소설학회, 2016. 권채린, 「김유정 문학의 향토성 재고-30년대 향토 담론과의 비교를 중심으로」, 『현대문학의 연구』 41, 한국현대문학회, 2010.

고 욕망 표출로 발현되는 해학과 풍자가 식민주의 통제 질서를 비판하는 의지의 표상으로 해석하고 있다는 점도 이 같은 연구 방향을 제공한 근거이다. 이 같이 김유정의 「소낙비」에 대해서 작품에 대한 분석 및 그 외연을 확장하는 연구들은 상당 부분 그 성과가 축적되어 왔다는 것을 확인할 수 있다.

본고가 이 같은 연구 성과에 대하여 다른 시각으로 접근하게 된 계기는 그의 소설이 신문연재 중 검열에 의해 행정처분을 받았다는 점 때문이다. 김유정의 「소낙비」는 『조선일보』에 1935년 1월 29일부터 2월 4일까지 6회 동안 연재되었으나 이후 신문 검열에 의해 연재가 중단되었다. 그리고 이틀 뒤인 1935년 2월 7일 『조선일보』에 「소낙비」의 연재 중단을 알리는 기사가 게재되었다.

「社告」本面에 連되는 小說 『소낙비』는 不得已한 事情으로 揭載中止하나이다.[17]

문제는 김유정의 소설이 검열과 그에 따른 연재 중단으로 인해 「소낙비」의 후반부 내용이 삭제되었음에도, 이후 출판된 단행본에는 6회 분량까지가 소설의 전문으로 받아들여졌다는 점에 있다. 결과적으로 현재 단행본이나 전집류를 통해 우리가 알고 있는 김유정의 「소낙비」는 후반부의 내용이 삭제된 판본인 것이다. 또한 기존의 연구 성과들도 검열에 의해 훼손된 「소낙비」의 내용을 기반으로 축적되어 왔다. 즉 현재 문학사에서 다뤄지고 있는 김유정의 「소낙비」는 검열에 의해 훼손된 경우, 즉 출판경찰에 의해 소설의 후반부가 삭제된 결과물을 대상으로 삼고 있는 것이다.

이 같은 상황에서 본다면 김유정의 「소낙비」는 총독부에 의해 검열을 당하

---

17 『조선일보』, 1935.2.7, 3면.

면서 삭제된 내용이 단행본 출간 시에는 반영되지 못한 채, 본래의 모습을 복원하지 못한 소설로 남아있는 것이다. 그러나 본고는 김유정의 소설이 일제강점기 총독부 출판경찰의 비밀 문건인『조선출판경찰월보』1928.9~1938.12에 차압이라는 행정처분을 받았다는 기록을 확인할 수 있었다. 즉 검열에 의해 훼손된 김유정의 「소낙비」 7회 연재분의 일부를 복원할 수 있게 된 것이다.

『조선출판경찰월보』에는 김유정이 『조선일보』에 연재했던 단편소설 「소낙비」에 대한 검열 기록이 남아있는데, 신문 연재 당시 소설 내용이 문제가 되어 차압 조치를 당했다는 것이다. 신문 연재 중 소설의 내용이 삭제된 것이다. 주목할 것은『조선출판경찰월보』에 행정처분을 받은 소설의 실제 내용이 일본어로 그대로 번역되어 있다는 점에 있다. 즉 이를 다시 재번역하는 방식을 통해 실제 소설의 내용이 어떤 것이었는가를 가늠해볼 수 있는 것이다. 이를 위하여 우선 다음 장에서는 「소낙비」의 내용을 복원하고, 행정 처분 조치를 당하게 된 원인을 살펴보고자 한다. 또한 신문연재본 「소낙비」와 검열로 삭제된 내용을 복원한 「소낙비」의 차이를 통해 실제적인 작품의 내용과 그 실체를 확인해보고자 한다.

3. 「소낙비」의 검열 양상과 그 의미

1)『조선출판경찰월보』수록 「소낙비」 차압 기사요지의 내용

『조선출판경찰월보』78호1935.3에는 김유정의 「소낙비」가 차압 행정처분을 받은 내용을 확인할 수 있다. 김유정의 소설이 문제가 되어『조선일보』1935년 2월 5일자 신문이 행정처분을 받은 것이다. 검열문건에서 확인할 수 있는 항목은 출판물명『조선일보』1935년 2월 5일,[18] 저자 미기재, 발행인명 조선일보사, 발행지 주소 경성, 처분일시 1935년 2월 4일, 처분 내역은 차압, 처분근거는 미기재이다.

김유정의 소설이 받은 행정처분은 '차압'으로 신문지법에 규정된 법적 근거에 따라 취하는 행정처분 중 제일 가벼운 것이라 할 수 있다.[19] 앞서 언급하였듯이 신문의 경우 사전검열을 받지 않고 납본검열을 거쳤다. 제작된 신문에 대한 행정처분은 가장 가벼운 '삭제'부터 '발매금지'와 '압수' 그리고 '발행정지정간', '발행금지폐간'의 단계로 탄압의 강도가 높아졌다.[20] 조선인이 발행한 출판물에 적용되는 신문지법과 출판법에서는 압수, 일본인이나 외국인이 발행한 출판물에 적용되는 신문지규칙과 출판규칙에는 차압을 사용했다. 그러나 문건을 통해 확인할 수 있듯이 실제로는 두 용어가 혼용되었고, 『조선출판경찰월보』에서도 처분내역에서 '차압'만 확인되는데, 조선어 신문이었으므로 '압수' 조치로 추정된다.

문건에는 불허가 출판물 기사 요지에 차압이라는 조치를 받게 된 소설의 내용이 2쪽에 걸쳐서 기록되어 있다. 기록은 원문을 일본어로 번역한 방식이었다. 즉 이 기록을 통하여 삭제된「소낙비」의 내용을 확인할 수 있는 것이다.

〈그림 3〉에는 신문연재소설「소낙비」의 내용 가운데 행정처분을 받게 된 문제적 근거가 일본어로 번역되어 있다. 주목할 것은 이 내용이 소설의 실제 내용을 일본어로 그대로 번역하였다는 점이다. 즉 이를 통해 실제 소설의 내용이 어떤 것이었는가를 확인할 수 있다.

---

18 1935년 2월 5일자 신문을 도서과에 납본하여 2월 4일 검열을 받았고, 그날 행정처분을 받았다.
19 정진석, 앞의 책, 109쪽 참조.
20 위의 책, 107쪽.
21 조선총독부 경무국 도서과,『조선출판경찰월보』78호, 1935.3.

彼ハ女ノ手ヲ引張ッタ。

欅ノ木蔭ニ寝テ居テモ汗ガ鼻先ヲ流レル中伏ノ暑サデアツタ。

蒸シ風呂ヲ・ル彼等ハ麥ノ籔物ノ上デスッカリ立廻リヲシテ終ツタ…全身ハ茹デ南瓜ノ様ニナツタ。

女ハ李主事ノセヨト云フ通リ父ノ命令ノ様ニ郎イテ居タガモウ塔ヘラレナカツタ。

「李主事サンモウ死ニソウデス」

△天道敎會月報　二月十九日附

待日說敎、信仰ノ價値
（前略）吾等ノ歷史ノ中デ甲午年ノ革命、甲辰ノ改革、已未運動、コノ三ツガ確實ニ天道敎ノ誇タルト同時ニ、朝鮮ノ誇リダ、世界ノ宗敎中ニ於テモ、

朝鮮文新聞紙差押目錄　（二月分）

題號	適用法規	發行年月日	處分年月日	發行地	發行者
天道敎會月報	新聞紙規則	一〇、二、二〇	一〇、二、一九	京城	仝社
朝鮮日報	新聞紙法	一〇、二、一	一〇、二、四	京城	仝社
黑色新聞	新聞紙法	一〇、二、五	一〇、二、四	東京	仝社

朝鮮文新聞紙差押記事要旨（二月分）

△朝鮮日報　二月五日附

小說　夕立（七）

「此方ヘ來イ」

「履物ヲ中ヘ入レテ戸締ヲセヨ誰レカ若シ來ルカモ知レンカラ」

「コレハドウカネ前今日ハ白粉ヲ塗ッテ來タナ、女ハソウデナ…」

〈그림 3〉『조선출판경찰월보』 78호 불허가 출판물 기사 요지 내용[21]

『조선출판경찰월보』 78호의 기사요지를 보면 소설의 제목이 '석립夕立'이라고 기록되어 있다. 기사요지의 기록은 원문을 검열관이 일본어로 번역한 것인데, 본래 제목인 '소낙비'를 일본어인 '석립夕立'으로 표기하고 있음을 알 수 있다. 문건에 기록된 출판물 기사 요지의 내용을 살펴보면 김유정의 「소낙비」가 어떤 이유 때문에 차압 조치를 받았는지 확인할 수 있다. 다음은 『조선출판경찰월보』에 일본어로 서술되어 기록된 검열 내용을 번역한 것이다. 본고에서는 문건의 내용을 통해 김유정의 소설 「소나기」의 7회 연재분의 일부분을 복원하고자 한다.

출판물명	저자명	발행인명	주소	처분일시	처분내역	근거	언어
조선일보(朝鮮日報) 1935년 2월 5일	미기재	조선일보사 (朝鮮日報社)	경성	1935년 2월 4일	차압	미기재	조선문

소설 석립(夕立) (7)

"이리로 와."

"신발을 안에 넣고 문 닫아. 누가 혹시 올지도 모르니까."

"웬일이야. 얘 오늘은 분을 바르고 왔구나. 여자는 그래야지."

"아니 얘는 속옷을 입지 않았잖아. 뭔가 입고 있지 않으면 이상하지 않아?"

그는 계집의 손을 당겼다.

느티나무의 그늘에서 자고 있어도 땀이 코끝을 흐르는 중복(中伏)의 더위였다.

한증막을 #하는 그들은 보리 깔개 위에서 한바탕 하고 났을 때는 온몸이 삶은 호박처럼 됐다.

"리주사님. 이제 죽을 것 같습니다."[22]

검열 문건을 통해 복원한 「소낙비」 7회에는 리주사와 춘호처의 매춘을 묘사하는 내용이 구체적으로 그려지고 있다. 남편이 요구한 돈을 마련하기 위해 매춘을 '준비'하는 것에서 실제로 '실행'하는 상황으로 나아가고 있는 것이다. 『조선출판경찰월보』를 통해 복원한 소설의 내용에서 두 가지의 흥미로운 지점을 발견할 수 있다. 첫째, 이 소설이 행정처분을 받게 된 사유에 관한 부분이다. 검열 문건에는 소설의 처분근거가 미기재로 기재되어 있다. 하지만 검열된 내용을 확인해보면 성적인 내용을 선정적으로 그리고 있어서 '풍속'과 관련해 행정처분을 받았을 것이라는 사실을 유추해볼 수 있다.

---

22 『조선출판경찰월보』 78호, 번역은 선문대 인문미래연구소 우시지마 요시미 연구원의 검수를 받았음.

『조선출판경찰월보』에 수록된 약 3,800건의 기사요지 중에서 풍속이 처분 근거로 제시된 것은 26건에 지나지 않는다.[23] 즉 풍속 관련 위반이 치안에 비해 그 수치가 현저하게 낮은 것이다. 출판 검열에서 치안은 비교적 명백한 사유에 의한 결과물이었지만, 풍속은 식민지 제국주의의 폭력적 시각이 투영된 결과물이라는 것에 차이가 있다.[24] 치안에 비해 풍속은 자의적이면서도 애매한 기준이 사유로 제시되었기 때문이다. 「소낙비」가 차압이라는 행정처분을 받은 이유 역시 내용의 '선정성'으로 추정된다. 하지만 『조선출판경찰월보』에서 '선정성'을 이유로 풍속 처분을 받은 경우는 자의적이면서도 애매한 검열 기준들의 불허가 사유로 제시되는 경우가 대부분이었다.[25] 치안에 비해 풍속은 상대적으로 가벼운 문제였고, 일본에 비해 표현의 정도가 심하지 않았다는 점도 그 이유였다. 결과적으로 「소낙비」가 불허가라는 행정처분을 받게 된 사유는 소설 차제의 내용보다는 출판경찰의 주관적 시각에 의한 것이며, 현재의 작품이 그 결과물이라는 점이다. 이는 조선의 출판 시장에 대한 언론 탄압이 궁극적으로 작가들의 작품과 얼마나 밀접하게 연결되었는지를 보여주는 사례라 할 수 있다.

---

23 물론 김유정의 「소낙비」의 경우처럼 처분근거가 미기재인 경우에도 그 내용을 토대로 처분근거를 추정해볼 수 있어 풍속건수는 26건보다는 더 증가할 수도 있다. 하지만 『조선출판경찰월보』에 수록된 3,800건이라는 방대한 분량의 기사요지 중 대부분이 치안에 집중되어 있다는 것은 확인이 가능하다.

24 문한별, 『검열, 실종된 작품과 문학사의 복원』, 고려대 민족문화연구소, 2017, 96쪽.

25 일제 출판경찰의 자의적이면서도 애매한 검열 기준들이 자주 등장한다. 주로 구체적인 설명 없이 문체나 표현의 '선정성'을 불허가 사유로 제시하는 경우인데, 『조선출판경찰월보』 1937년 7월호의 불허가 목록에 수록된 장편소설 『인생문답』의 경우가 대표적이다. 발행소와 발행자가 모두 미상으로 표기되어 있는 이 작품에 대한 불허가 사유는 장면의 '선정성'이다. 같은 달에 불허가 목록에 수록된 인생소설 『아름다운 황국』 역시 유사한 경우이다. 이 작품의 불허가 사유에는 남녀의 성욕 갈등을 '선정적'으로 기술했다는 점이 기록되어 있는데, '선정성'이라는 표현이 담고 있는 자의적 검열 기준이 얼마나 쉽게 남용될 수 있는가를 보여준다. 문한별, 『검열, 실종된 작품과 문학사의 복원』, 고려대 민족문화연구소, 2017, 95쪽.

둘째, 「소낙비」의 종결 서사의 변화가 가져온 작품의 의미 변화이다. 남편의 의해 조장되고 아내는 이를 수용하는 일련의 과정에 머물렀던 소설의 종결 서사가 실재 '매춘' 행위에 이르는 것으로 변화되고 있는 것이다. 남편이 요구한 돈을 마련하기 위해 '매춘'을 선택하는 춘호의 처는 가부장적 윤리에 얽매어 있는 인물이다. 하지만 이는 결코 자신의 이익을 위해서가 아니라 남편, 혹은 '서울 생활'로 대변되는 부부의 미래를 위한 것이다. 아내가 외출해 돌아오면 돈을 얻을 수 있다는 기대감, 그리고 자신을 따뜻하게 대해주는 춘호에게 행복감을 느끼는 춘호의 처의 모습이 강화된 결말이다. 이러한 열린 결말 방식은 김유정 소설이 지닌 핵심적인 특징으로 평가받아왔다. 이 같은 형식을 통해 '수사적 아이러니' 효과를 만들어내고, 독자의 흥미와 해학적 효과를 유발하고 소설에서 제기된 문제가 현실적으로는 해결되지 않았음에도 불구하고 소설이 구조적으로 완결될 수 있게 만드는 기틀이기 때문이다.[26] 지금까지의 연구에서는 「소낙비」의 경우 돈을 마련해오겠다는 아내를 남편이 직접 단장시켜 주는 결말에서 수사적 아이러니가 발생한다고 보았다. 남편이 아내의 '매춘' 행위를 조장하는 듯한 태도를 보여 주고 있기 때문이다.

검열 문건을 통해 확인된 점을 고려하여 보았을 때 김유정의 「소낙비」의 서사 종결은 작품을 분석하는 데 중요한 요소임이 분명하다. 시골에서 삶을 살고 있는 궁핍한 인물들이 '매춘'에 다가가는 방식은 생존을 위한 처절한 모색의 과정이지만, "희망을 상실한 세계에서 아내팔기를 통해 새로운 신세계인 서울로의 상경을 꿈꾸지만 불확실한 미래를 설정함으로써 1930년대의 불확실한 시대 상황을 상징적으로 보여주기 위해 상상력의 차원에서 남겨진 여백"[27]이었기 때문이다.

---

26 김승종, 「김유정 소설의 '열린 결말' 연구」, 『현대문학이론연구』 53, 현대문학이론학회, 2013, 7쪽.

하지만 복원된 「소나기」의 내용은 기존의 종결 서사에 변화가 있었음을 확인시켜준다. 산촌에서 궁핍한 인물들이 '매춘'에 다가가는 방식은 생존에 장애가 되는 상황에 대한 처절한 저항과 모색의 과정이며, 이것이 가혹한 식민체제를 고발하고, 검열을 피하기 위한 김유정다운 문학적 전략이라는 평가의 틀은 유지되지만, 리주사와 춘호 처의 '매춘' 장면이 추가됨으로써 조선 농민들이 처해있는 가혹한 상황을 보여주는 것에서 인물들이 처한 삶의 현실성과 구조적인 모순을 비판하는 방향으로 강화되는 변화점을 확인할 수 있기 때문이다. 그렇다면 실제로 김유정에게 시골은 어떤 의미일까.

시골이란 그리 아름답고 고요한 곳이 아닙니다. 서울 사람이 시골을 憧憬하야 산이 있고 내가 있고 쌀이 열리는 풀이 있고…… 이렇게 單調로운 夢想으로 哀傷的詩興에 잠길고때 저―쪽 촌뜨기는 쌀 있고 옷 있고 돈이 물밀듯 질번거릴 법 한 서울에 오고 싶어 몸살을 합니다.

頹廢한 시골, 굶주린 農民, 이것은 自他없이 周知하는바라 이제 새삼스리 뇌일 것도 아닙니다. 마는 우리가 아는 것은 쌀을 못 먹은 시골이요 밥을 못먹은 시골이 아닙니다. 굶주린 창자의 야릇한 機微는 都是모릅니다. 萬若에 우리가 本能的으로 주림을 認識했다면 곧바로 아름다운 시골, 고요한 시골이라 안합니다.[28]

김유정에게 시골의 삶은 이상과 낭만이 배제된, 굶주림과 동일시된다. 결과적으로 「소낙비」의 결말은 가혹한 식민체제 속에서도 미래에 대한 기대감을 강화하는 것에서 식민지 농촌의 비참한 삶이 강화되는 방식으로 변

---

27 장수경, 앞의 글, 258쪽.
28 김유정, 「닙히 푸르러 가시든 님이」, 『조선일보』 석간, 1935.3.6, 4면.

화된다. 즉 농촌의 굶주린 현실은 식민지 조선을 향한 제국의 농업 정책이라는 구조적인 문제에 있으며, 식민통제에 의한 농촌의 현실 문제로 소설의 내용이 확장되는 결말로 진행될 가능성을 제기해볼 수 있다.

2) '풍속괴란'과 '치안방해' 사이의 결 차이

『조선출판경찰월보』의 '기사 요지' 항목은 당월에 검열되어 행정처분을 받은 출판물들 가운데, 검열 표준의 예거로서 기능할 수 있는 내용들을 모아놓은 것이다. 여기에는 많은 출판물 검열 결과 중 이후 다른 출판물을 검열할 때에 검사국이나 출판경찰들이 활용할 수 있는 지점들을 핵심으로 뽑아서 수록했는데, 김유정의 소설 「소낙비」의 경우 7회 연재분이 차압된 사유의 가장 핵심이 된 내용이 일본어로 번역되어 기록되었다. 그러므로 기사 요지에 수록된 내용은 이 작품이 차압된 가장 결정적인 원인에 해당한다.

앞에서 본고는 이 검열 시 문제가 된 내용을 기반으로 「소낙비」의 행정 처분 근거가 '치안치안방해'가 아닌 '풍속풍속괴란'일 것으로 추정한 바 있다. 이는 기사요지에 수록된 내용 대부분이 매춘 행위와 관련한 성적인 대화와 묘사가 중심이 되어있기 때문이다. 그런데 이 작품의 차압 조치는 단지 외설적인 것이 문제가 되어서 '풍속'을 해친다는 판단에서만 기인했던 것일까. 이번 절에서 구체적으로 살펴보고자 하는 것은 '풍속'과 '치안'이라는 검열의 큰 틀과 기준이 어떻게 다르게 해석되고 적용될 수 있는가에 대한 질문과 관련되어있다.

검열표준[29] 중 '풍속' 항

---

[29] 검열표준은 1926년 『신문지요람』에 6항 14목 83사례에서 1927년 『신문지출판물요항』에서

외설 난륜(亂倫) 잔인 기타 풍속을 해칠 기사[30]

1〉아! 인생은 일생일대의 쾌락을 취함을 으뜸으로 한다.

이 보익환은 음경을 흥분하는 작용을 하여 칠십의 노인에게도 쾌락을 임의로 만족시킬 수 있다! 청년 제군은 복용 일주일 이내에 음경이 주책없이 발기한 염려가 있으므로 가감하여 복용할지어다.(『동아일보』광고, 1924.11.8)

2〉눈물의 소녀 유린되어 버린 정조

밤은 깊어 가는데 이모(李某)는 가려고도 하지 않고 손베개를 하면서 옆으로 눕고 눈을 감고 있다. 소녀는 참지를 못하고 (…중략…) 그리하여 끝까지 반항해 보았으나 그 남자가 간사곡간한 말로서 요구하고 있었으나 때는 이미 정조 유린은 끝나 있었다.(『시대일보』, 1925.3.28)

3〉양기의 부족과 양위? 조루? 성욕결핍?

기력이 패하고 정력이 쇠하여 가던 선천적 부실은(『동아일보』광고, 1927.2.19)

검열 표준에 수록된 풍속과 관련한 항목과 사례는 주로 기사의 외설성에 초점이 맞추어져있다. 성욕을 불러일으키는 약 광고나 강간의 장면을 묘사함에 있어서 성적인 수치심이나 호기심 등을 불러일으킬 수 있는 내용 등이 검열 표준의 예거사례로서 구분되어있는 것이다. 그렇다면 김유정의 「소낙비」의 내용은 위의 외설, 난륜, 잔인 등에 해당하는 것인가. 이를 확인하기 위해서 『조선출판경찰월보』의 풍속 관련 다른 기사요지를 비교하면 다음과 같은 특징이 보인다.

19항 30목 105사례로 확대되었고, 이어 1929년 『조선에서의 출판물 개요』에서는 19항 31목 120사례로, 1930년에는 123사례로 확대되었다. 이 19항 가운데 풍속과 관련한 것은 인용문에 해당하는 항과 사례뿐이다.

30 정진석, 앞의 책, 258~259쪽 참조. 정리된 검열 표준은 『조선에서의 출판물 개요』(1929, 1930년판)에서 추출된 것이다.

출판물명	저자명	발행인명	주소	처분일시	처분내역	근거	언어
여성지우(女性之友) 제1권 제4호	-	양천호(梁天昊)	경성 (京城)	1929년 4월 17일	삭제	풍속	언한문

농촌 여성에서 도회의 여성으로

초혼 첫날 밤에 신랑에게 혼나서 결국 나체가 되어 아픔을 참고 처녀막이 찢겨 성교하는 데에 이른다고 운운.

출판물명	저자명	발행인명 / 주소	처분일시	처분내역	근거	언어
섭생불로결 (攝生不老訣)	-	송헌석(宋憲奭) / 경성	1929년 6월 3일	불허가	풍속	언한문

남녀교합(交合)의 비술을 공개하여 음양음락을 제멋대로 하려는, 약방(藥方)에 대해 함께 설명하는 음란본이다.

출판물명	저자명	발행인명 / 주소	처분일시	처분내역	근거	언어
과학세계(科學世界) 제15호	-	신홍균(申洪均) / 경성	1930년 3월 1일	삭제	풍속	언한문

1. 생식기를 흥분시키는 법.

2. 음부(陰部)의 악취를 제거하는 법.

출판물명	저자명	발행인명 / 주소	처분일시	처분내역	근거	언어
연애행진곡 (戀愛行進曲)	-	정도영(鄭道永) / 경성	1930년 9월 5일	삭제	풍속	언한문

풍려장(風呂場)에 핀 꽃

풍려장에서 나체의 미인은 남자의 가슴에 안겼다. 향기 좋은 연정에 타오르는 입술을 깨물면서 무아몽중이 되었다.

출판물명	저자명	발행인명 / 주소	처분일시	처분내역	근거	언어
비련소설 기생의 눈물 (悲戀小說 妓生の淚)	-	신태옥(申泰玉) / 경성부 종로 3정목 141	1937년 1월 12일	삭제	미기재	미기재

추월향(秋月香)과 이상화(李相和)가 동숙(同宿)하는 장면

월향 "여보 당신, 첩의 일생의 부탁을 들어주실 거지요, 꼭 들어주셔야 해요."

여기서 말을 끊은 월향은 상화의 팔을 잡아당겨 베개로 하면서 미소(媚笑)했다. 상화도 일이 여기까지 이르러서는 젊은 남자인 탓에 전후를 고려할 것 없이 품속에 안겨 오는 월향을 힘차게 열중하며 안아버렸다. 이 달콤한 순간 이 두 젊은 남녀는 무상의 행복을 느꼈다.

두 남녀의 신경은 이상한 자극을 느끼고 그들의 숨결은 점점 높은 파동을 일으켰다.

인용문을 통해 확인되는 것처럼 풍속을 해친다는 이유로 검열된 후 행정처분 된 대표적인 기사 요지를 보면, 성교에 대한 묘사, 성욕을 불러일으키는 광고, 외설적인 묘사나 서술 등이 대부분임을 확인할 수 있다. 이를 통해 『조선출판경찰월보』의 '풍속' 검열 기준은 표현 그대로 외설적이거나 성윤리를 어지럽히는 것에 초점이 맞추어져있음을 확인할 수 있는 것이다.

이 기준으로 볼 때, 김유정의 소설 「소낙비」의 차압 근거 기사 요지의 내용 역시 표면상으로는 별반 다르지 않아 보인다. 리주사와 춘호의 처가 동침하는 장면과 성적인 대화는 표면상으로는 일반적인 풍속 검열의 흐름과 큰 차이가 없기 때문이다.

그러나 이 소설의 연재분 1~6회를 고려한다면 이 '풍속'이라는 기준이 『조선출판경찰월보』의 다른 기사들과 일정한 차이가 있을 수도 있음을 가

정하게 한다. 왜냐하면 삭제되거나 차압 등의 조치가 취해지지 않은 기존 연재분에서도 리주사와 춘호 처의 동침은 이미 이루어진 바 있고, 그 표현도 7회의 기사요지 부분과 표현 정도에서 큰 차이를 보이지 않기 때문이다.

> 그는 눈이 뒤집히어 입에 물엇든 장죽을 쑥 뽑아 방으로치트리고는 게집의 허리를 뒤로 다짜고짜 끌어안어서 봉당우로 끌어올렷다.
> 게집은 몹시 놀라며
>
> (…중략…)
>
> 얼마쯤 지난 뒤엿다. 이만하면 길이 들엇스려니, 안심하고 리주사는 날숨을 후~하고 돌른다. 실업시 고마운 비 때문에 발악도못치고 앙살도 못피고무릅합헤 고븐고븐 느러저잇는게집을 대견히 바라보며 빙끗이 얼러보앗다. 게집은 왼몸에 진땀이 쭉 흐르는 것이 꽤 더운 모양이다. 벽에걸린 쇠돌어멈의 적삼을 끄내여 게집의몸을 말쑥하게 홀딱기 시작한다. 발끗서부터 얼골까지~[31]

이미 이 작품은 7회 연재분 전에 리주사와 춘호의 처가 동침한 장면을 농밀하게 서술한 바 있다. 위의 인용문을 통해 보이는 것처럼 매춘으로 넘어가는 춘호처와 리주사와의 동침을 아주 자세하게 묘사한 것이다. 외설적인 요소를 문제시 삼았다면 추정컨대 이 부분도 삭제되거나 차압되는 근거였어야 마땅할지 모른다. 그러나 검열관은 이 부분이 아닌 결말에 해당하는 7회의 내용을 문제로 들었다. 그것은 위의 인용문보다 7회의 서술 내용이 더욱 외설적이거나 난륜하다고 판단해서일까?

검열을 통한 행정처분이라는 것이 검열관이 작품의 내용을 임의적으로

---

31 김유정, 「소낙비」, 『조선일보』 연재분 3·4회 일부.

취사선택하는 것이 아니라면, 결국 1~6회 연재분의 내용이 7회의 차압 조치의 일정한 근거가 되었을 것이라고 가정할 수 있다. 즉 단순히 7회 연재분의 단편적인 묘사가 검열관의 기준에서 부분적으로 문제가 되었기 때문만은 아니라는 의미이다. 이는 앞서 『조선출판경찰월보』의 풍속 검열 사례에서 볼 수 있는 것처럼 성적이고 외설적인 내용을 단편적으로 제시한 글들에 대해 행정처분을 내린 것과는 일정한 차이를 보이는 것이다. 이 소설을 두고 검열관은 1~6회의 내용을 문제시하지 않았고, 그 결말에 해당하는 것을 근거로 차압이라는 행정 처분을 내렸다. 결국 그것은 이 작품이 가지고 있는 맥락상의 주제의식과 맞닿아있다.

소설에서 리주사는 식민지 농촌 현실에서 압도적인 권력과 경제력을 장악하고 있는 존재이다. 굳이 친일 지주라는 노골적이고 단선적인 명칭을 활용하지 않더라도, 리주사라는 존재는 식민 지배 과정에서 득세한 일정한 집단과 계층을 상징할 수밖에 없다. 이에 대비되는 춘호처의 존재는 빈곤 속에서 매춘이라는 방식을 통하여 생계를 위해 금전적인 이득이나 신분 상승 따위를 꿈꾸는 인간 군상을 대표하며, 소작조차 받지 못하고 도박을 통한 일확천금과 야반도주를 꿈꾸는 춘호 역시 식민지 농촌의 빈민층을 상징하는 의미를 지닐 수밖에 없다. 검열관의 검열 기준에 이 식민지 농촌의 구조적인 문제에 대한 불온의 가능성이 가미되지 않았다면 이 작품의 많은 부분은 외설적인 단편적 표현이 있다는 점에만 근거해 '풍속'에 의한 일부 삭제 조치 정도를 받았어야 하는 것이다.

결국 검열관이 이 작품에서 문제라고 판단한 근거에는 그 내용의 선정성만이 아니라, 리주사와 춘호 처의 매춘 이면에 담긴 식민지 조선 농촌 사회의 구조적 문제점이 맥락으로 작품에 투영되어있다는 점이 영향을 미쳤던 것이다. 이는 '풍속괴란'이라는 근거의 이면에 '치안방해'라는 다른 기준이 중첩되어있음을 추정하게 하는 근거이다. '검열 표준'에는 치안과 관련한 다음과 같은 항이 존재한다.

조선통치를 방해하는 기사[32]

가. 조선통치의 제정책에 관하여 고의로 악선전을 하는 기사

나. **조선민족의 경우를 극도로 비관하여 인심의 불안을 야기할 우려가 있는 기사**

다. 내선 양 민족을 극도로 모욕하고 비방하며 내선융화를 저해할 우려가 있는 기사

라. 총독 통치의 수뇌자 또는 관리 전체를 극도로 매도한 기사

김유정의 소설 「소낙비」에 대한 검열 후 행정처분의 근거는 자료상으로는 명기되어있지 않다. 다만 작품의 표면적 서술을 기준으로 보았을 때, '풍속'과 관련한 것이라고 비교적 선명하게 추정되는 상황이다. 그러나 그 근거가 '풍속'이든 '치안'이든 간에 이 작품의 7회 연재분의 복원 내용을 중심으로 볼 때, 그것은 치안방해라는 맥락하에 풍속괴란이라는 명분을 덧씌운 것에 불과한 것임을 알 수 있다.

제국 일본의 유사한 검열 문건인 『일본출판경찰보』[33]의 행정 처분을 살펴보면 풍속과 관련한 출판물 검열 사례가 30% 이상이라는 점이 쉽게 확인된다. 이에 비해 『조선출판경찰월보』에 수록된 풍속 관련 검열 사례는 5%에도 미치지 못한다. 이는 조선의 출판물들이 식민지 상황에서 처한 주

---

32 정진석, 앞의 책, 238~248쪽 참조.
33 내무성 경보국, 1928.10~1944.1.

제적 방향성을 보여주는 것이기도 하고, 조선총독부가 조선의 출판물들의 어떤 성격에 집중하고 있었는가를 보여주는 것이기도 하다.

물론 이 소설이 '치안방해'를 근거로 행정처분을 받았는가, 그렇지 않으면 '풍속괴란'을 명분으로 행정처분을 받았는가에 대한 검열관의 판단이 이 작품의 성격과 주제의식을 단면적으로 드러내는 근거는 아니다. 문제는 식민지 조선보다 풍속 검열이 훨씬 많았던 제국 일본의 출판 검열이 대부분 사상적인 문제점과 풍속괴란의 혼종적인 성격을 가진 것들을 풍속괴란이라는 명분으로 검열하고 행정처분하지 않은 것에 비하여, 식민지 조선에서는 '풍속'을 근거로 하고 있지만 그 이면에 식민지 지배 구조의 문제점과 수탈과 차별의 현실이 이면에 복합적으로 작용하고 있는 경우가 이 작품에서 보이는 바와 같이 선명하게 존재한다는 점에 있다. 이는 식민지 조선의 출판 시장과 이를 통제하는 총독부의 시각이 지배와 피지배의 조건에서 '치안'은 물론 '풍속' 통제조차 지배자의 기획에 의해 조정될 수 있다는 사실을 보여주는 것이기도 하다.

김유정 소설에서 자주 등장하고, 이 작품에서도 확인되는 식민지 농촌 현실에서의 부득이한 매춘과 관련한 일련의 사건들은 작품 속 인물들이 그 행위를 적극적인 태도로 접근했던 소극적으로 생존을 위해 선택해야만 했던 간에 제국이 아닌 식민지의 현실을 구조적으로 파악하고 던진 문제의식이 배면에 놓여있기 때문에 문제적이다. 그것은 김유정의 작품을 검열관이 행정처분을 위해 결정한 명분인 '풍속'과 '치안'의 선명한 구분 때문이 아니라 이 행위들이 이분법적으로 구분될 수 없는 식민지 상황의 동일한 구조 안에서 발생한 것이기 때문에 그러하다.

그렇기에 비교적 선명해 보이는 '치안'과 '풍속'이라는 구분 기준은 식민지 조선에서는 그 의미가 단순하지 않다. 김유정의 「소낙비」를 통해서 확인되는 것처럼, '풍속괴란'이라는 틀은 언제든 제국의 식민 지배 정책에 반하는 것을 손쉽게 통제하고 탄압하는 방향으로 전환되어 '치안방해'로 둔갑할 수 있었기 때문이다.

4. 결론

조선일보의 사장이었던 신석우는 신문발행에 있어 검열과 그에 따른 행정처분에 대한 어려움에 대해 다음과 같이 회고하기도 했다.

> 당국에 대하야도 조금만 부주의하면 압수를 당하거나 발행정지처분을 당하고 따라서 名色 책임자는 호출을 당하야 꾸지람 꾸지람을 듯고 寬恕한다면 서약서제출이요 잘못하면 벌금형 또는 감옥사리엿다. 나는 감옥사리까지는 안이하엿지만은 여러 번 압수와 정지처분을 당할 때에 여간한 곤란을 격근 것이 안이엿다.[34]

이는 일제강점기 총독부의 출판 검열이 얼마나 체계적으로, 전방위적으로 이루어졌는지 알 수 있게 해주는 대목이다. 특히 총독부는 1926년 4월 도서과를 설치하면서 체계적으로 출판매체들을 검열하기 시작했다. 출판 검열 심화기에 해당되는 1920년대부터 1930년대 후반까지 출판물에 대한 지속적인 검열이 이루어졌고, 결과적으로 한국문학사에서 수많은 출판물이 실

---

34 신석우, 「신문사장의 懺悔錄」, 『개벽』 신간 제2호, 1934.12.1, 17쪽.

종되었다. 또한 행정처분 과정에서 망실된 작품들은 그 존재 여부가 확인되지 않은 채 한국문학의 연구 대상에서 제외되어 왔다.

본고에서 살펴본 김유정의 「소낙비」역시 이 같은 검열과 통제의 결과물로서 불완전하게 남아있는 작품이다. 기존의 한국문학 연구에서 이 불완전한 작품은 그저 검열 후에 남겨진 채로 평가받았고 해석될 수밖에 없었다. 본고는 이 같은 불완전성을 부분적으로나마 복원한다는 목표를 위하여 검열 문건에 수록된 기사요지를 통하여 그 결여의 지점이 지닌 의미를 최대한 구체화시키려고 하였다. 그 결과 등단 초기부터 김유정이 작품을 통해서 매춘과 들병이의 이야기를 통해 그려내려고 했던 것은 결국 식민지 농촌 사회에서 전락하고 있는 조선인들의 빈곤의 원인을 구조적으로 인식하고 그려내는 데에 상당 부분 초점이 맞추어져있었음을 알 수 있었다.

리주사와 춘호처, 춘호로 대표되는 식민지 농촌 현실의 기형적인 수탈 구조는 작품 속에서는 적극적인 매춘으로 전개되는 결말을 맞는다. 그러나 춘호처가 "리주사님, 이제 죽을 것 같습니다"라고 단말마적으로 내뱉는 말이 풍속을 괴란시키는 외설적인 것으로만 읽히지 않는 이유는 무엇일까. 그것은 검열관이 문제시한 것처럼 표현과 맥락의 중의성과 상징성이 당대의 현실을 비판적으로 그려내고 있기 때문일 것이다.

「소낙비」의 7회 연재 원고는 『조선출판경찰월보』의 기사요지 분량의 10배가량으로 추정된다. 안타깝게도 다른 어떤 내용들이 이 작품의 원래 결말을 채우고 있었을지 현재로서는 확인할 수 있는 길이 없다. 그러나 불완전하나마 김유정의 초기 작품이 지닌 문제의식을 조금 더 선명하게 한다는 점에서, 지금까지 확인되지 않았던 작품의 새로운 결말의 가능성을 고려하게 한다는 점에서 충분한 의의가 있었기를 기대한다. 향후 김유정 작품에 대한 연구에서 검열과 관련한 통제의 가능성을 다시 살펴야 할 것이다. 그것은 검열 당한 작가의 자기검열의 가능성과 물리적인 통제와 탄압을 피하기 위한 작가적 대응의 과정을 확인하는 것이어야 한다.

참고문헌

1. 기본자료

조선총독부 경무국 도서과, 『조선출판경찰월보』(1928.9~1938.12).

『조선일보』

2. 논문 및 단행본

권채린, 「김유정 문학의 향토성 제고」, 『현대문학의 연구』 41, 한국현대문학회, 2010.

김미현, 「숭고의 탈경계성 - 김유정 소설의 "아내팔기"모티프를 중심으로」, 『한국문예비평연구』 38, 한국현대문예비평학회, 2012.

김승종, 「김유정 소설의 '열린 결말' 연구」, 『현대문학이론연구』 53, 현대문학이론학회, 2013.

김윤식, 「들병이 사상과 알몸의 시학」, 『현대문학과의 대화』, 서울대 출판부, 1994.

문한별, 「『조선출판경찰월보』를 통해서 고찰한 일제강점기 단행본 소설 출판 검열의 양상」, 『한국문학이론과 비평』 58, 한국문학이론과 비평학회, 2013.

_____, 「일제강점기 단행본 납본 목록에서 발견된 새로운 소설들의 의미 - 『조선출판경찰월보』을 중심으로」, 『현대문학이론연구』 52, 현대문학이론학회, 2013.

_____, 『검열, 실종된 작품과 문학사의 복원』, 고려대 민족문화연구소, 2017.

박남철, 「김유정 소설 연구」, 한양대 박사논문, 1989.

박세현, 『김유정의 소설세계』, 국학자료원, 1998.

손동호, 「식민지 시기 『조선일보』의 신춘문예 연구」, 『우리어문연구』 67집, 우리문학회, 2020.

유인순, 「들병이 문학 연구」, 『어문학보』 33, 강원대 국어교육과, 2013.

장수경, 「정념의 관점에서 본 김유정 소설의 미학 - 〈봄봄〉, 〈노다지〉, 〈소낙비〉, 〈가을〉을 중심으로」, 『한민족문화연구』 55, 한민족문화학회, 2016.

장소진, 「김유정의 소설 〈소낙비〉와 〈안해〉연구」, 『한국문학이론과 비평』 11, 한국문학이론과 비평학회, 2001.

전신재 편, 『원본 김유정 전집』, 강, 2012.

정진석, 『극비, 조선총독부의 언론검열과 탄압』, 커뮤니케이션북스, 2008.

차희정, 「김유정 소설에 나타난 한탕주의 욕망의 실제」, 『현대소설연구』 64, 한국현대소설학회, 2016.

김유정 소설 각색 연극 연구

오태석의 〈봄봄〉과 〈김유정 봄 · 봄〉을 중심으로

양세라

1. 머리말

이 글은 오태석이라는 작가적 연출가의 각색[1] 작업에 의해 김유정의 소설을 기억하고 관객에게 확장된 상호텍스트적 경험을 제공한 방식을 살펴본 것이다. 이 글에서는 김유정 소설을 연극으로 각색한 대표적인 사례이며, 한 극작가에 의해 극작과 무대연출 과정에서 두 번의 무대적 글쓰기로 재구성한 점에 주목했다. 그것은 극작가이며 연출가인 오태석과 연극무대화과정에서 협력한 과정에 의해 김유정 소설 「봄봄」은 드라마텍스트라는

---

1 이 글에서는 각색을 통해 무대적 글쓰기가 무대에서 문화적 상호작용이 적용된 점에 주목해 보았다. 이 글에서 각색은 이 문제에 대해 오랫동안 천착해온 린다 허천이 제안한 '문화콘텐츠 생산 방식으로서의 확장된 각색'이라는 개념으로 살펴보았다. 각색에 대한 오래된 편견은 정당한 평가와 본격적인 연구를 더디게 한 측면도 있다. 이는 각색 연구에 있어 '문학 원작에 대한 충실성'이 현재까지 중요한 기준이 되어왔기 때문이다. 원작에 충실한 각색 관점은 각색 이론을 하나의 프레임으로 놓고 소설의 희곡 각색화라는 상호텍스트적 상황을 이해하거나 설명, 혹은 묘사하기라는 한계가 있다. 그것은 단순히 각색을 텍스트 이동, 전환에 기준을 둔 관념적으로만 이해한 증거이기 때문이다. 그런데 소설각색 연극대본은 단순히 소설에서 희곡이라는 문학텍스트의 장르전환만으로 설명하기는 난감하다. 린다 허천, 손종흠 · 유춘동 · 김대범 · 이진형 역, 『각색 이론의 모든 것』, 앨피, 2017.

'문화적 각색' 사례를 보여주기 때문이다. 첫 공연이었던 1984년 연극 〈봄봄〉의 대본과 2012년 〈김유정 봄·봄〉, 두 대본은 김유정 소설 「봄봄」을 원전으로 각색되었다. 두 공연은 김유정 소설을 연극대본으로 각색하였지만, 문화적 번역양상이라는 측면에서 차이가 있다. 〈봄봄〉1984과 〈김유정 봄·봄〉2012 두 공연의 제목을 통해서도 같은 원작소설을 각색한 공연이지만 무대연출이나 공연의 방향성이 다름이 명시되어 있다.[2] 이를 위해 본문에서는 두 공연이 다른 사회문화적 배경과 무대제작과정이 차이에 의해 김유정 소설이 문화적 각색이라는 매개형식으로 다르게 소비, 향유된 내용을 전해보고자 한다. 이 글에서는 극작가 오태석이 김유정 소설을 각색하고 연출하는 무대화과정을 반영한 두 공연대본과 공연기록을 통해 김유정 소설 「봄봄」의 연극각색을 살펴보겠다.

기본적으로, 오태석은 〈봄봄〉을 기준으로 다른 김유정 소설을 결합하여 극적 담화와 인물을 형상화하고 연행적 무대연출언어로 결합하였다. 그 결과 김유정 소설의 담화와 인물이 오태석에 의해 공연대본의 지위를 지닌 희곡과 대본인 드라마텍스트에 재전유~~再專有~~, re-appropriation되는 방식을 확인할 수 있었다. 김유정 소설이 재전유되는 과정은 초연의 〈봄봄〉이 〈김유정 봄·봄〉이라는 드라마로 전환되는 것에서 볼 수 있다. 필자는 이처럼 김유정의 원작소설 「봄봄」의 의미를 다른 문화적 의미로 재구성하는 오태석의 각색 방식을 확인하며, 문화적 번역으로, 연극기호놀이 매개로서 김유정 소설의 가치를 재인식해보고자 한다.

---

2 이하 공연시기 구분 없이 1984년 공연된 〈봄봄〉과 2012년 〈김유정 봄·봄〉은 공연 제목만으로 구분한다.

2. 〈봄봄〉과 〈김유정 봄·봄〉 공연사에 나타난
문화적 기호로서 김유정 소설

오태석이 김유정 소설을 처음으로 각색과 연출한 작품은 1984년 4월 14~20일 문예회관 대극장에서 공연했던 〈봄봄〉이다. 이 공연은 1984년 MBC 방송국이 문예진흥원과 유사한 공연기획을 세우고 조금 더 현대적인 공연을 요구받아, 김유정 원작의 〈봄봄〉을 각색해서 공연했던 것으로 밝혔다. 이를 시작으로 같은 해 12월에는 이효석의 〈메밀꽃 필무렵〉을 공연하는데, 기억할 점은 〈봄봄〉에 참여했던 명창 김소희가 작창에 참여하여 공연한 사실이다. 이 공연들은 방송국의 기획과 제작 지원을 받아 대규모로 진행되었다. 이후 〈봄봄〉은 두 차례 더 대극장에서 공연되며 공연형식이 완성된 것으로 보인다. 초연 일년 뒤 공연을 기록한 기사에 의하면, "우리고유 가락에 재즈를 접목시킨 독특한 형태의 뮤지컬"이라는 공연형식이 강조되고 있다.[3] 이 기록에 의하면, 〈봄봄〉은 1985년 12월 1~3일까지 세종문화회회관에서 판소리 명인 김소희 작창, 길옥윤이 작곡가로 공연제작에 참여했다.[4] 바로 다음 해 1986년 4월 14~20일까지 문예회관 대극장에서도 공연되었다.

〈봄봄〉의 다양한 공연기록 사실들은 대극장에서 다양하고 규모가 있는

---

3 『경향신문』, 『동아일보』, 1985.11.20.
4 이 글에서는 한『오태석공연대본 전집』에 실린 1984년 문예회관 대극장 공연본으로 명시하고 있는 각색 희곡을 분석과 인용 대상으로 활용한다. 그런데 공연대본 전집에 실린 대본은 MBC 창사 24주년 특별기념공연 〈우리가락을 바탕으로 한 새로운 뮤지컬〉로 알려진 1985년 세종문화회회관 공연 이후의 것과 다를 수 있다. 오태석은 매 공연마다 연출상황에 다라 대본을 수정하기도 한다. 초연대본으로 수록한 이 전집대본이 1984년 문예회관 초연 대본인지 이후 수정과 새로운 뮤지컬형식의 대본인지 확인이 필요하다. 그것은 다른 대본이 더 있을 경우 명확해질 것이므로 가능성을 열어놓고 후속 과제로 남긴다. (서연호·장원재 편, 『오태석공연대본전집』 8권, 연극과 인간, 2005, 73~153쪽)

볼거리가 제공되는 공연이었고, 다양한 대중문화와 상호결합을 모색한 기획공연이었음을 보여준다. 판소리부터 재즈 음악까지 접목을 시도했다는 기록에 의하면, '독특한 형태의 뮤지컬'이라고 규정된 바처럼 1980년대 대중문화와 전통적 연행성이 상호텍스트적으로 결합했던 공연임을 알 수 있다. 이를 상징적으로 보여주듯이 초연 대본에는 판소리의 다양한 대목들이 극적 상황을 연출하는 무대적 연출형식으로 구성되어있다. 예를 들면, 초연에서 어린 딸 점순이가 보여주는 극적 행동을 통해 확인할 수 있다. 초연시 김소희가 연기한 점순은 혼사를 미루고 기석을 부리던 아버지 봉필에게 성급하게 속마음을 드러내게 되는 장면을 판소리 한 대목을 인용하며 연출한다. 본문은 그 연출 장면을 형상화한 대본을 인용한 것이다. 불만하며 세경을 쳐달라고 대드는 기석(소설 「봄봄」의 '나'가 연극무대에서 이름을갖고 형상화된 인물이다)을 달래기 위해 사위라고 내뱉은 장인 봉필의 말에 딸 점순은 아버지와 판소리 〈심청가〉 대목을 부르며 서로 품은 속마음을 주고받는다. 점순이는 기석과 혼인을 성사시켜줄 것이라는 아버지에 대한 감사를 봉필은 딸 점순에게 자신을 두고 가지 말라며, 서로 다른 맘을 판소리 장면의 연행 방식을 차용하여 표현한 것이다.

(때맞추어 감동을 이르키면 기석이 따라가게 보내줄 수도 있다는 희망을 갖는다. 간곡하다. 봉필에게 큰절하듯 이마를 숙이고 비통한 소리로)

아버님 애고 아버님 나를 낳아 무엇하자 산제불공 정성들여

그 고생이 어떠하며 그 구로가 어떠시었소 아버님 정성으로

이 몸이 아니 죽고 혈혈히 자라나서 십세가 넘삽기에

내 속에 먹은 마음 길일을 택하여서 성례를 올리거든

아들낳고 딸낳고 철따라 옷해입혀 떡해 갖고 아버님전

문안하오면 그로 효행이라 아버님 은혜를 만일이나

갚겠더니 이제는 하릴없어 수중고혼 될 터이니

불쌍한 우리 부친 나없으면 보리밥 한그릇을 누가차려 놓아주며

때절은 바지 저고리 대님 버선 누가 챙겨 빨래하며

수중에 궁글리는 내 넋은 누가 챙겨 위로하나

애고 서운지고 (눈물 훔치고 큰절올리면서)

불효여식 아버님전 면목없어 수중고혼되려 떠나오니

괴씸히 여기지 마시고 조석끼니 거르지 마시고

봉필   (때맞추어 기석이 마음을 움직여 놓으면 제가 잡히지 싫어)

        못가리라 못간다 너 가면 나죽어 (비통해서 소리한다)

        네가 가면 절그렁 절컥 베짜는 소리 어디서 듣고

        추야장 일편월에 다그닥 다그닥 다음이 소리 어디서 나고

        날새도록 침재하는 모냥 어디서 본다는 말이냐

        가지마라 가지를 마 (두 부녀 마주잡고 사뭇 비감하다)

기석   (다급하다)

        그런게 얼른 성사시켜 주시유?

        딸자식 물에 안 빠져도 되고,

        사경 안쳐내도 되고.[5]

---

5 서연호·장원재 편, 앞의 책, 97~98쪽 인용.

이처럼 장인과 데릴사위, 그리고 '조혼'이라는 상황에 대처하는 어린 딸의 복잡한 이해관계는 소설에서 데릴사위인 '나'의 관점에서 고발하듯 전해진 것이라면, 연극에서는 그 상황과 심리, 사회적 배경과 관계 등 복잡함을 무대연출의 다양성으로 재현하였다. 그 결과 인용한 것처럼 원작 소설「봄봄」의 서사와 판소리〈심청가〉의 연행성이 결합하여 연극〈봄봄〉의 무대화가 김유정 소설이 소비되는 방식과 방향을 구체적인 감각으로 경험하는 것을 보여준 상징적인 장면이 구현된 것이다. 1984~1986년까지 상연된 공연 기록을 통해 초연 당시 연극〈봄봄〉은 당대 공연의 다양성이 결합한 흔적들이 발견되고 있어, 김유정 소설이 연극뿐만 아니라 다양한 대중문화와 상호 텍스트적으로 결합할 가능성도 내포하였다. 원작이 지닌 문학성은 오태석의 극작으로 연극언어가 되었고, 대중음악 작곡가와 판소리 명창의 협업으로 1980년대 관객들에게 음악극으로 수용될수 있었을 것이다. 〈봄봄〉은 결과적으로 김유정 소설 원작과 매우 다른 방식으로 독특한 극적 아우라를 만들었다. 1980년대 상당 기간 동안 오태석 연출의 대표적인 레퍼토리로 자리 잡은〈봄봄〉은 1980년대 초연 각색과 크게 다르지 않았다.

1980년대 초연을 알리는 기록은 이 공연이 창작뮤지컬, 한국적 뮤지컬이라는 연행성을 부각하였다. 그러나 지금의 뮤지컬에 대한 인식과 경험과 사뭇 다른〈봄봄〉의 연행성은 오태석의 희곡집에 수록된 대본1984년 문예회관 공연대본을 통해 판소리를 적극 활용하여 연출한 '창극' 형식과 유사한 것으로 파악된다. 〈봄봄〉의 연행성이 창극과 유사하게 무대에 연출될 수 있었던 배경은 1980년대 전통연극 소재의 현대적 개발이라는 맥락과 무관하지 않을 것이다. 이 점은 오태석이라는 작가적 연출가에게 두 가지 측면에서 의미가 있었을 것으로 파악된다. 오태석은 오랫동안 전통적 연극성을 무대화하는 문제를 고심하였다. 그리고 1980년대 사회적 맥락에서 '전통적이고 한국적인 연극 소재의 다변성이라는 문제'는 당대 공연예술계에서 정치사회적으로 대중문화가 발전하는 시대를 대변하는 단연 중요한 화두였다. 그런 맥락에서 문화방송이라는 미디어매체와 문화예술진흥원의 지원과 기획이라는 배경에서 김유정 소설이 호명된 것이다. 김유정 소설의 한국적이며 지역색이 강한 언어와 현실적인 생생한 담화구조를 기반으로 짜여진 소설의 서사구조는 이러한 사회문화의 요구와 무대연출이라는 현실문제에 직면한 연극 생산자에게 적합한 텍스트이자 콘텐츠였을 것이다. 김유정 소설 「봄봄」을 각색한 동일 제목의 연극 〈봄봄〉은 이처럼 '전통의 현대화'라는 1980년대 사회문화 담론과 무대연출을 위한 연극미학 구성이라는 기획과정에서 생산된 공연이었다. 필자는 초연 〈봄봄〉이 소설 원작을 일종의 관념적인 전통문화 그리고 문화권력이라는 사회구조 안에서 탄생한 연극이라 생각한다. 1980년대 〈봄봄〉은 김유정의 소설을 매개로 전통문화와 스토리를 보존하려는 욕망이 각색의 동기이자 과제였을 것이다.

반면, 2012년 공연은 춘천문화재단 주관으로 지역 문화 콘텐츠 생성과정과 긴밀하게 연관되어 있다. 춘천문화재단에 의해 지정된 김유정의 작품을 음악극으로 창작하고자 기획하면서 '김유정의 봄봄가칭'이라는 공연을 계획하게 되었다. 이 기획은 장기적인 단계를 거쳐 진행되었다. 2011년 춘천문화재단 주최의 경서지방 연극제에서는 〈금 따는 콩밭〉이 공연되었고 이는 다시 〈김유정 봄·봄〉으로 생성되는 강원도 지역의 예술문화를 소비하고 향유할 수 있도록 하는 원형화를 기획과정 시기가 있었다.

춘천시문화재단이 기획한 음악극 '김유정의 봄봄' 제작발표회가 26일 오후

2시 축제극장 몸짓에서 마련된다. **춘천 기반의 대표적 문화상품으로서의 정착**을 위해 제작된 음악극 '봄봄'은 지난 1년간의 작업 기간을 걸쳐 탄생된 작품으로 전통 연희에 바탕을 둔 춘천의 이야기를 다루고 있다. 한국의 대표적인 연극인 오태석 연출가가 함께한 이번 작품은 김유정 소설의 '봄봄'과 '금따는 콩밭'의 에피소드가 어우러진 신명나는 놀이판으로 꾸며지며 동시에 김유정 문학을 재해석해 100년의 시대를 아우르는 소박한 해학과 멋을 함께 전달한다.[6]

이후 소극장 규모의 공연으로 만들어져 2012년 춘천 몸짓 극장과 남산 국악당, 2013년에는 국립극장 하늘극장에서 재공연 되었다. 이상 2012년의 공연제작과정은 1980년대 공연 연보와 비교해 보면, 공연이 기획되고 제작되는 환경 의 차이를 발견할 수 있다. 춘천시문화재단은 지역 자본을 토대로 대도시와 중소도시의 문화적 역량을 결합한 지역 밀착형 공동제작 방식을 내세우며 이 공연의 기획과 제작을 주도했다. 그래서 연극공연 제작에는 도립무용단 김영주 안무가와 춘천 출신 이광택 화가가 제작에 참여했으며, 공개 오디션을 거친 지역 연극인 4명이 출연진으로 참여했던 것으로 알려졌다. 더불어 춘천시문화재단은 음악극 '봄봄'을 지역 내 상설 공연으로 육성하고, 적극적인 공연마케팅을 통한 전국적으로 투어에도 나선다는 계획을 밝히기도 했다. 이러한 배경은 1980년대와 2012년 공연의 차이를 분명하게 보여준다.[7] 2012년 공연 〈김유정 봄·봄〉은 그 공연 제목을 통해

---

6 김세미, 「음악극 '김유정의 봄봄' 제작 발표회」, 『강원도민일보』, 2012.6.26.
7 김방옥은 극작가 겸 연출가인 오태석의 무대적 글쓰기 작업방식을 통해 희곡이 존재하는 방식을 검토하였다. 이 논의는 초연인 1984년 대본 〈봄봄〉은 공연생성과정에서 수시로 이탈하거나 의외적인 구조와 인물로 공연텍스트화하여 〈김유정 봄봄〉에서 초의 희곡과 공연사이의 거리뿐만 아니라 다른 성격의 공연의 거리를 창출한 과정을 자유롭게 보도록 돕는다. 더불어 필자는 김방옥이 파비스의 입을 빌려 극작가의 미래를 조심스럽게 제시했던 것이 인상적이었다. 이 공연의 생성과정은 김방옥, 「희곡의 위기 희곡의 존재방식」, 『21세기를 여는 연극─몸,

서도 상징적으로 드러나는데, 김유정 소설의 언어와 상연의 언어, 즉 공연의 다양한 언어형식을 소설텍스트를 해체하고 인용하는 꼴라쥬를 통해 관객의 예술적 지각을 자극시키는 극작법을 보여주기 때문이다. 오태석은 1980년대 초연의 경우에도 김유정의 두 편의 소설을 연결하여 「봄봄」 소설 원작을 각색하였다. 극작가의 이러한 각색은 수용의 관점에서 김유정 소설이 연극적 변형을 통해 무대에서 반복적으로 울려퍼지는 체험을 할 수 있다. 종래 오태석 공연은 희곡의 기호화 작업으로 공연을 연출하기 보다는 '생성과 즉흥성의 흐름을 타는 과정으로서 퍼포먼스적 성격'을 강조하는데, 그런 면에서 초연과 상호텍스트적 연극성은 유사하다. 그러나 이 작가적 연출가는 공연과 희곡의 존재방식을 규범적으로 구성하지 않는다. 이 글에서는 2012년 공연남산 국악당된 〈김유정 봄·봄〉오태석 작연출, 극단 목화을 생성 중에 있는 가장 가까운 공연텍스트로 보고, 초연 〈봄봄〉에서 〈김유정 봄·봄〉으로 각색된 차이를 통해 원작소설이 전유되는 방식을 이야기해 볼 수 있다. 이를 근거로 오태석의 무대연출에서 원작소설의 역할과 극작법의 특징을 이야기해 볼 수 있다.

〈봄봄〉은 1980년대 초연에서 김유정의 소설, 즉 원작을 적극적으로 인용하여 반복하는 각색의 특징이 나타나 있다. 반면에 2012년 이후 구성된 〈김유정 봄·봄〉은 극적 행동을 상당 부분 해체하였다. 즉 초연 〈봄봄〉은 원작 소설텍스트의 서사를 재현하고 판소리와 다양한 음악적 연행행위와 군무와 결합했었다. 그런데 〈김유정 봄·봄〉은 김유정의 다른 소설의 서사가 인용, 재구성된 공연텍스트를 통해 원작과 초연 공연 〈봄봄〉을 재해석, 비평적으로 각색한 분명한 차이를 보인다. 예를 들면, 〈봄봄〉 공연의 시작

퍼포먼스, 해체』, 연극과 인간, 2003, 272쪽 참고.

과 마지막 장면은 전형적인 공동체 삶을 이상화하는 형식으로 제의행위와 판소리를 구성하는 음악 단위들로 구성된 음악극 구조였다. 특히 마지막 장면에서 일렬과 필순이 관객을 향해 노래를 부르는 장면은 작품의 주제를 직접적으로 전달하는 데 기여했다. 그러나 〈김유정 봄·봄〉에서 이 장면은 평수의 굿과 마을 사람들이 화려한 춤사위로 관객을 무대로 유도하는 북춤을 추는 군무群舞의 연행형식으로 전환되었다. 그 결과 공연에서 시적 행위라 할 수 있는 기원의식인 불씨받기는 원작소설에는 없지만 김유정 소설 언어로 표현된 공동체의 향토적 정서가 경험적 무대정서 즉, 문화적 기호로 전환 결합된 무대에너지가 강화된 것을 확인할 수 있다. 그 결과 오태석은 원작 소설과 초연 〈봄봄〉과도 다른 고유한 무대에너지를 소유한 음악극 텍스트를 재구성하였다.

〈봄봄〉과 〈김유정 봄·봄〉의 각색의 차이는 1막부터 분명히 나타난다. 〈김유정 봄·봄〉은 사회적 환경과 인간관계를 부각하고 과감히 초연에서 연행성을 배제한 장면으로 재구성되었다. 2012년 공연 1막이 초연과 명확한 차이가 나타난 점은 무엇보다 플롯 속에 개입하여 사건의 연속성을 파괴하는 장치들을 자주 사용하였다는 점이다. 초연 〈봄봄〉 1막은 원작소설과 유사한 덕달과 봉필의 장서갈등 관계로 시작한다. 그러나 〈김유정 봄·봄〉은 덕달과 젊은 노동자들이 노동과 실업 등 경제적으로 갈등하는 상황을 시작장면으로 드라마의 문제상황을 전환하였다. 이렇게 원작과도 1980년대 초연과도 다른 2012년 공연의 첫 장면은 김유정의 다른 소설에 존재하는 빈곤과 실업 등의 문제로 갈등하는 젊은 노동자인물들로 재현되었다. 이 인물들의 재현으로 이루어진 극적 장면은 구체적 현실을 떠올릴 수 있도록 구성된 다층적 인물들이 무대에 존재하여 김유정 소설의 서사가 지닌 의미로서 사회성을 경험이 가능한 방식으로 무대화 되었다. 이 장면으로 시작하는 드라마텍스트 〈김유정 봄·봄〉은 극작가가 김유정이라는 소설가에 대한 일종의 오마쥬를 수행한 것처럼 보이기도 한다. 그것은 이 공연이 춘천문화재단과 기획을 통해 제작 상연된 정황 안에서 이해해 볼 수 있으며, 사려 깊게 지역축제문화를 즐기는 관객이라면 이러한 각색과 극작, 무대연출과정을 향유하는 즐거움을 만끽할 수 있을 것이다.

필자는 오태석과 극단 목화의 2012년 공연 각색은 춘천이라는 지역문화와 김유정 소설가의 사회문화적 관계를 관객의 이미지로 인식하고 이 작품을 재구성하였을 것이라는 점에 주목한다. 이것은 김유정 소설에 존재하는 인물들로 무대 첫 장면에서 어느 노동자들의 오후와 같은 장면을 구성하는 꼴라쥬적인 각색이 탄생한 동기로 작동했을 것이다. 이렇게 〈김유정 봄·봄〉이 초연과 분명하게 다른 점은 연극적예술적 세계의 흐름을 중단시키고 관객의 주의를 환기시키기 위해 김유정 소설을 해체하고 무대에 재전유하는 즉, 김유정 소설의 꼴라쥬와 오마쥬가 반영된 드라마텍스트를 각색한 것이다. 상당히 여러 해 동안 상연을 거치며, 초연 〈봄봄〉에서 인용하고 삽입했던 판소리, 민요 등의 서브텍스트는 간소화되었다. 초연의 경우 대극장 중심으로 공연되었던 〈봄봄〉은 1980년대 한국적 전통이라는 시대적 요구를 창출하는 과정에서 판소리가 지닌 음악적 연행성이 부각되었다. 〈김유정 봄·봄〉에도 존재하는 '비서술적인 음악적 콜라쥬'[8]는 초연과 비교할 때 무대적 글쓰기로서 각색의 상황이 달라졌음을 보여주는 연행적 요소들이 있다.

---

8 필자는 「오태석 연극의 연행성 기술하기〈북청사자야 놀자〉−공연텍스트의 음악적 생성과정을 중심으로」(『한국연극학』 권44, 2011, 49)에서 오태석 연극의 음악적 꼴라쥬를 활용한 연극성 생성에 대해 기술한 적이 있다. 이 용어는 오태석 연출에서 연극언어와 극적 구조 생성의 특징을 언급한 것이었다.

2012년 공연된 드라마텍스트는 극작가가 김유정과 그의 소설이 이제 이 지역의 문화를 대표한다는 점에 주목한 결과가 반영되었기 때문이다. 김유정을 지역문화를 상징하는 문화적 기호로 향유할 수 있도록 극작가는 김유정 소설 속 인물들이 익숙한 음악, 춤, 제의적 행위 등 문화적 기호들과 무대화하는 문화적 각색을 진행한 셈이다. 무대적 작가인 오태석은 소설을 무대의 우연성과 놀이성으로 꼴라쥬하여였다. 이러한 무대적 연출은 〈김유정 봄·봄〉의 무대적 매개형식인 제의적 연행 구조를 통해 지역문화를 즐기는 관객들이 축제적으로도 수용하는 매커니즘과 결합할 수 있어 효과적이다.

3. 김유정 소설언어를 극작가의 극적 담화로 전유하기

오태석은 〈봄봄〉1984을 원작 소설 「봄봄」과 「금따는 콩밭」의 가장 익숙한 서사구조를 재구성하는 방식으로 각색하였다. 1980년대 주로 대형극장에서 공연되었던 〈봄봄〉은 김유정의 소설 「봄봄」과 「금따는 콩밭」의 친숙한 서사를 인용하여 재구성하는 방식으로 각색되었다. 이 방식은 소설 「봄봄」에 익숙한 독자나 관객이 극의 내부를 유연하게 이해하도록 돕는 장치가 된 셈이다. 여기에서 오태석의 극작과 연출방식을 상호텍스트적이라는 틀로 자주 규명했던 사실을 떠올려 볼 수 있다[9]. 특히 오태석은 무대연출에서 감각적인 언어의 활용을 중시했다. 따라서 무대 공연에서 담화를 구조적으로 그리고

---

9   오태석의 극작법 연구의 상당 부분은 '상호텍스트성'이라는 틀로 규정되었다.(김현철, 「판소리 〈심청가〉의 패로디 연구」, 『한국극예술연구』 권11, 2000.4; 신은경, 「오태석 작 〈심청이는 왜 두 번 인당수에 몸을 던졌는가〉의 패러디 연구」, 『동남어문논집』 권14, 2002; 조보라미, 「오태석 희곡의 상호텍스트성 연구」, 『한국현대문학연구』 권24, 한국문학연구학회, 2008, 528~529쪽.

감각적으로 활용하는 것에 관심을 갖고 희곡대본과 무대를 구성하는 극작법을 추구했다. 앞에서 김유정 소설을 각색한 두 공연에 대한 기술내용들은 김유정의 소설을 판소리, 민요, 창가, 동요 등 확장된 상호텍스트를 매개로 무대에 재전유한 연극사적 사실에 기반했다. 이제 여기에서는 오태석이라는 작가적 연출가가 주목하는 극적 담화의 가치를 김유정 소설각색을 근거로 이야기해 보고자 한다.

오태석은 극작이나 무대연출에서 중요한 연극미학을 형성하는 무대적물질적 이미지와 동등한 가치를 지닌 말의 이미지를 창조하기 위해 우리말 찾기에 주목하였다. 1981년 문예진흥원에서 판소리를 현대화하겠다는 기획 아래 흥부전을 창작판소리로 만든 〈박타령〉 공연에 참여하면서 오태석은 판소리에서 연극언어를 재인식했다. 1980년대 시대적 흐름과 맞물린 기획 공연에 참여했던 과정에서 오태석은 일종의 무대연출 훈련과 실험을 수행했다. 이 과정에서 맺은 협력과정, 실험들은 〈봄봄〉을 통해서도 실현되는데, 만정 김소희와 작업을 통해 판소리가 무대언어로 적극적으로 활용하면서 대본에 무대언어 형식이자 장면의 통사구조로 활용되는 극작법은 그 결과이다. 당시 대본이 그런 점에서 무대연출과정에서 소통과 협력과정에서 얻은 결과가 반영된 드라마텍스트라는 점에 주목해야 한다. 그것과 비교할 때 〈김유정 봄·봄〉은 오태석의 연극미학적인 관점이 세심하게 구현된 측면이 있다. 그것은 무엇보다 원작 소설 「봄봄」과 김유정의 소설에서 다양한 담화, 즉 이야기구조와 이를 무대에 재현하는 등장인물로 지역색과 계층언어가 생생한 우리말을 무대언어로 적극적으로 차용한 점을 볼 수 있다. 이 사실은 〈봄봄〉과 다른 지점이기도 하다. 이 차이는 김유정 소설의 언어를 공연의 물질적인 무대담화로 주목하고 무대언어로 조합한 오태석의 연극

미학적 특징이 작동한 결과이며, 이는 오랜 시기를 거쳐 변화한 관객을 인식하는 과정에서 만들어졌다. 오태석이 다수의 김유정 소설의 담화를 결합하여 무대언어를 구성한 각색은 그가 연극언어를 탐구했던 연장선에서 볼 수 있다. 그가 자신의 연극성 탐구에 영향을 미친 사람이 누구냐는 질문에 고향 아롱구지와 할머니를 꼽았던 사실을 다시 떠올려 본다.

> 서울로 올라오기까지 나는 서천에서 3년을 살았다. 더이상의 죽음을 경험하는 대신 나는 시골 사람들이 갖고 있는 토속신앙, 삶을 엮어가는 방식, 그들이 지키는 규범 등을 몸에 익혔다. 조상이 죽으면 조석으로 음식을 갖다 바치고 3년 뒤에야 탈상하는 의식. 망자와도 대화를 주고받는 할머니들. 충청도의 늘어지는 사투리와 저속하지만 진솔한 시쳇말들을 입에 달게 되었고, 굿·판소리·탈춤·산대놀이 등 신명나는 볼거리도 질리도록 구경했다. 그러니까 나는 11살부터 13살 때까지 인간사의 가장 참혹한 광경과 가장 아름다운 삶의 무늬를 동시에 목도하고 체험케 된 것인데, 이것들이 그로부터 불과 십여년 뒤 생업으로 삼게 되는 내 연극의 모티프를 이루게 된다.[10]

이 인터뷰에서 작가는 스스로 극적 상황에서 경험했던 사회적 관습과 현실에서 특정한 종류의 청중이 조직되도록 하는 담론을 생산할 수 있는 틀에 대해 인지한 순간을 회상한다. 여기에 2012년 공연을 연출하며 오태석이 남긴 말이 자연스럽게 겹친다. 그는 "할머니의 노랫말이 얼마나 아름다운가를 요즘 세대에게 확인시키고 싶다"고 말했다. 〈김유정 봄·봄〉을 각색하고 연출하며 밝힌 이 염원은 연극 언어형식에 대한 극작가의 의식을 그대로

---

10 오태석, 김윤덕 정리, 「〈나의젊음 나의사랑〉, 연극연출가 오태석」, 『경향신문』, 1996.5.11.

반영한다.[11] 이 말은 사회의 일원으로서 담론을 형성하고 생산하는 방식 가운데 '야생적인 담화'를 연극적인 특수한 방식의 말하기로 습득하겠다는 의미이다. 그런 의미에서 오태석 자신이 연극을 하는 궁극적 목표를 우리말 찾기라고 반복적으로 말한 것에 주목해 볼 수 있다. 이 사실은 이 작가적 연출가의 연극적 방법론을 확인할 수 있는 대목이기 때문이다. 그는 어느 극작가나 연출가보다 구체적이고 실제적인 대화와 언어를 근간으로 성, 계급, 지역, 계층 등 다양한 사회를 구축하는 연극담론을 생산하는 방식에 주목하였다.[12]

그런 말들이 쉽게 나올 수 있는, 그런 말들이 제자리에서 제 몫을 할 수 있는 그런 구조를 취하게 되니까 자연히 전통적인 것들이 소재가 될 수밖에 없단 말이지요. 이를테면 산대나 판소리나 그런 것들이 가지고 있는 찬란함, 해학이라든지, 그런 것들이 살아날 수 있는 구조를 자꾸 생각해요. 그런 것들이 살아날 때 언어도 탱탱하고 생생해진다는 말입니다. 그래서 그런 것들을 자꾸 취하게 됩니다. 그랬을 때 어떤 말이 발굴되는 가, 말 중에서는 어떤 말이 견디고 있는 가, 그걸 보는 거예요.[13]

이 인터뷰 내용은 다양하고 비동질적인 담론이 생성되는 언어현장과 방식을 무대로 불러들여 모방적 재현이 아닌, 연극이라는 형식과 무대 구성을

---

11 「"할머니들의 말과 노래 알리고 싶어" 음악극 '봄봄' 춘천서 작업 중인 연출가 오태석」, 『한국일보』, 2012.6.26.
12 이상란은 오태석이 연극담론을 구축하여 다양한 담론의 실제와 생산을 연극공연에 반영하고, 이를 통해 연극을 통한 소통에 주의를 기울인 점을 강조하였다.(이상란, 『오태석연극 연구』, 서강대 출판부, 2011, 87~89쪽)
13 오태석 · 서연호 대담, 장원재 정리. 『오태석 연극 실험과 도전의 40년』, 연극과 인간, 2002, 242~243쪽 인용.

위한 '감각적 즐거움과 생명력'[14]을 찾는 무대연출가의 욕망이 나타나 있다. 가령, 오태석은 연극성을 위해 역사를 자신의 주관대로 재배열, 재배치하고 해체하는 구조적인 극작법을 활용하는 것에 대해 언급한 적이 있다. 그래서 역사든 인물이든 '역광逆光을 통해 다른 모습을 볼 수 있는 여지'를 만들고 '시간과 공간을 換置환치하는 문법을 운영해'[15] 보는 과정에서 연극성을 만든다고 고백하였다. 그가 말하는 구조란 무대에서 사용할 수 있는 모든 표현 수단들의 양상 가운데서 공연과 무대의 고정된 형태를 긴박하고 역동적인 형태로 대체시키기 위해 무대에서 제공하는 모든 물리적이고 직접적인 가능성을 이용한다는 의미다. 즉, 무대언어로 형상화하여 나름의 극적 담론생산의 틀을 조직하고자 하는 전제를 언급한 것이다. 가령, 연극에서 억양의 구체적인 가치나 단어의 실제적인 의미보다는 단어가 발음되는 방법에 따라 단어 그 자체가 어떤 음악적 혹은 물질적이고 감각적인 특질을 창조할 수 있는가 라는 점에 주목하여 배우를 훈련하고 대본을 수정하는 방식이 그 결과다.

　살아있는 언어의 현장성지역성, 계급, 계층성을 극적 언어로 인지하고 그것을 중요한 극작법으로 활용한 작가에게 김유정 소설은 마치 그 현장의 언어를 채록한 텍스트로 인식했을 가능성이 크다. 김유정 소설은 그가 속한 1930년대 당대 지식인의 문어를 사용하지 않고 다수 농민이나 화전민, 어린아이 등의 구어를 소설인물의 언어로 구성했다. 또한 그의 소설은 대개가 서술과 정교하게 구분되지 않고 인물의 다층적인 성격이 발화 그 자체나 발화자로, 소설의 서술화자로 생생하게 표현되었다. 그래서 그의 소설은 이야기꾼이 구

---

14 김방옥, 「2000년대 이후 오태석 연극에 나타난 동물연구」, 『한국연극』 권46, 2012. 17쪽 참고.
15 위의 책 232쪽 인용.

연하는 옛날이야기를 녹취한 것을 그대로 풀어써놓은 형식과 같다는 평가를 받기도 한다.[16] 오태석의 대본과 무대연출에서 나타나는 언어적 특징은 대화 즉, 대본에 사용하는 말을 기록하는 데 있어 입말을 그대로 살려 표기하는 것에서 확인할 수 있다. 이는 사투리와 같은 생경한 담화를 구상하는 차원뿐만 아니라 고어, 속담, 민요 등을 삽입하고 등장인물의 계층, 고향, 성별, 지위 등이 드러나도록 하는 개인적 담화 양태를 그대로 살려 표현하는 방식이다. 그러한 맥락에서 김유정 소설의 서술형식은 극작과 무대연출을 동시에 수행하는 오태석에게 주목받을 수 있다. 더불어 판소리 연행 담화처럼 다성성이 있는 연극언어의 자질을 지녀 연극언어로 인용할 가치가 발견되기 때문이다.

김유정의 원작 「봄봄」에서 '나'는 일인극을 하는 연행자의 행위(발화를 포함한)처럼 입체적으로 서술을 주도한다.[17] 특히 서술이 길어지면 극적 행위의 구체성이 드러나는데 예를 들면, 행위를 연상하게 하는 '아따 / 깜짝이야 / 내 사실 참' 등 서술에 제동을 거는 추임새가 등장한다. 이는 서술문의 의미전달은 지연시키지만 이야기를 하는 서술자의 행위를 감각적으로 재현하는 운율, 리듬을 내포하여 감각적 재미를 풍성하게 한다. 김유정 소설에 존재하는 등장인물과 서술언어들은 사전식 표준어법을 구사하지 않고 인물의 계층, 성격 등이 묻어나는 입말투를 통해 생생한 현장감이 느껴지는

---

16 김유정 소설은 이야기판의 구연상황과 이야기꾼의 발음을 그대로 옮겨놓은 설화채록본과 같다는 평가를 받는다. 전신재 편, 『원본 김유정 전집』, 강, 1995, 4쪽 참고.

17 유정 소설의 연행성은 전신재의 연구를 통해 구조적으로 파악하는 데 참고하였고, 유인순이 밝힌 김유정이 아리랑과 같은 창을 통해 민족적 정서를 표현하는데 주목했다는 논의와 명창 박녹주와의 개인사에 대한 연구들은 김유정 소설의 극적 속성을 밝히고 있어 참고하였다. 특히 유인순은 김유정이 수필에서 아리랑이 끼친 영향을 통해 우리문학이 추구해야 할 우리 정조를 인식하게 하는 문제에 천착한 것을 근거로 그의 소설 문체가 음성을 획득하기에 이르렀다는 평가를 내려 흥미로웠다.(유인순, 「김유정과 아리랑」, 『비교한국학』 2권 2호, 국제비교한국학회, 2012)

언어를 사용한다. 위에 인용한 외에도 가령, "형님한테로"라는 표준어법 말은 그의 소설에서 "홍천인가 어디 즈 성님안터로"김유정 「만무방」라는 식으로 마치 발화현장을 그대로 녹음하여 재생하는 듯한 경험을 유도한다. 그의 소설에서 만나는 강원도 사투리의 억양과 개인적인 방언습관을 보면, 강원도에 사는 누군가를 마주하는 것과 같은 경험을 불러일으킨다.

이 사실은 오태석과 같은 극작가 혹은 연출가가 리허설과 공연과정에서 배우의 몸육성과 제스추어을 통해 확인하고 무대적 글쓰기를 수행하는 지난한 과정에서 무대언어에 대한 욕망과 갈증을 만났던 시간을 보상해 주었을 것이라 짐작된다. 김유정의 소설에는 말을 살리고 그 말을 이해시키기 위한 보충 설명도 등장한다. 대표적인 작품이 「봄봄」인데 이러한 상황을 괄호로 처리해 마치 희곡의 대사와 지문이 공존하는 듯한 점도 발견된다. 예를 들면, 김유정의 소설 「솟솧」의 초고로 알려진 「정분」을 예로 살펴보자. 알려진 바에 의하면, 초고인 「정분」을 수정해 나온 작품이 「솟」이다. 그런데 이 수정과정에서 주목할 점은 김유정이 지향하는 언어구사방법이 개작과 창작과정에 큰 변수였다는 사실이다. 즉, 수정 이전의 문장이 간결하고 문법적으로 탄탄했다는 사실이고, 반면에 수정 후의 문장은 장황한 구어와 문어투가 섞여 있다는 점이 다르다. 특히 수정 후 문장은 이야기하는 말투를 재현하는 방식이라는 점이 다르다. 그래서 김유정의 수정문장은 간결한 문체에서 요설체의 문장으로 바뀌었다고 평가받기도 했다.[18] 여기에서 주목할 점은 어떤 이야기를 연행하는 현장성을 재현하는 제시적인 문장이 더해진다는 점이다. 즉, 말하는 상황을 정확하게 전달하고자 하는 재현욕구가 그의

---

18 전신재, 「김유정 소설과 이야기판」, 『한국의 이야기판 문화』, 소명출판, 2012, 437~439쪽 참고.

소설 변형에서 발견된다는 점이다. 흥미로운 점은 바로 이 부분이다. 즉, 오태석의 경우에도 공연요소들의 관계적 조직과 충돌을 통해 공연텍스트의 생산과 검증을 구성하는 극작방식과 유사한 경향을 갖기 때문이다. 이를 증명하듯 오태석은 김유정 소설 「솟솥」의 '솥' 화소를 〈김유정 봄·봄〉에서 빙모가 딸에 대한 애정을 드러내는 오브제로 활용하였다. 이 사실은 김유정 소설문학에 친숙한 관객들이 연극공연을 흥미롭게 볼 수 있도록 돕는다. 오태석은 김유정의 소설인물의 담화를 꼴라쥬하는 방식으로 극작과 무대연출을 구성하는 각색을 수행했다.

말의 감각에 관심 있던 극작가 오태석은 김유정 소설에서 연극적 언어로 사용할 수 있는 다채로운 언어를 발견한 것이다. 오태석은 말과 독립해 있는 구체적인 언어, 감각을 지향하는 언어, 감각을 만족시키는 언어를 김유정의 소설에서 발견한 것이다. 이를테면, 김유정 소설은 판소리 공연문법의 영향을 받은 것으로 밝혀지기도 했다. 그래서인지 마치 판소리 놀이판에서 공연의 특징으로 형성된 긴 호흡의 문장, 그리고 이를 통해 표현되는 사물의 희화화나 너스레와 추임새의 개입과 이로 인해 생성된 서술문의 운율 등 극적 현장감생동감이 발견된다. 따라서 '소설 안에 소리로 가득 차 있다'[19]는 평을 듣는 김유정의 소설로 오태석은 공연무대를 채울 연극담화를 발견하고 각색할 수 있었을 것이다. 이처럼 김유정 소설의 극적인 언어를 무대언어로 재전유한 오태석의 〈김유정 봄·봄〉은 이후 극장 용에서 2013년 새로운 레퍼토리 프로그램으로 공연되었는데, 그 기획이 인상적이다. 이 공연은 '한글문학극장'이라는 기획공연을 시작하는 첫 번째 작품으로 선정되어 공연되기도

---

19 양문규, 「한국 근대소설에 나타난 구어전통과 서구의 상호작용」, 『배달말』 권38, 배달말학회, 2006.6, 353쪽 참고.

했다. 그때 한글문학극장에서 한글의 날 공휴일 재지정과 2014년 한글박물관 개관을 기념해 우리말, 우리몸짓, 우리소리의 아름다움과 가치를 되새기자는 취지에서 이 공연이 개관공연이 되었다. 이로서 김유정의 소설에 창조적으로 소생했던 살아있는 언어는 작가적 연출가의 각색에 의해 풍부한 언어문화를 보존하고 동시대 무대에 재전유되어 살아있는 언어의 힘을 보여준 것이다.

4. 김유정 소설 해체와 인용을 통해 살펴본
오태석의 극작법(드라마트루그)

1) 소설 장면의 삽입과 극적 행위의 꼴라쥬

초연 〈봄봄〉은 원작 소설에 노동현장을 풍성함과 흥겨움으로 넘실대는 축제행위를 접목하여 공연을 구성하였다. 이처럼 초연은 김유정의 단편소설과 판소리의 서사와 음악, 민요의 인용과 삽입으로 원작소설의 주제에 기여하는 꼴라쥬 기법을 확인할 수 있다. 앞에서 소설인물을 인용하고 무대행위로 접목한 방식에 대해 살펴보았듯이 〈김유정 봄·봄〉은 소설의 공간이 극적공간으로 인용되고 이 소설텍스트에 무대놀이 요소가 삽입되는 꼴라쥬 기법을 확인할 수 있다. 초연과 가장 큰 차이이기도 한 1막 무대는 노동상황을 재현하는 극적 행위가 다르다. 마치 김유정 소설의 오마쥬처럼 보이는 이 장면은 소설「총각과 맹꽁이」소작농들의 입씨름 장면을 공연의 프롤로그처럼 삽입하여 구성하였다. 뙤약볕 아래 기다리는 새참은 오지 않고, 일하는 밭은 돌덩이가 투성이인 열악한 극적 공간은 소설텍스트의 한 부분으로 인용되었다. 그런데 소작농들은 이 무대에서 역설적으로 일하고 있다. 배우는 대사에서 한탄이나 불만을 주절거려도 몸놀림은 홍겨운 춤사위가 나오고 입에서는 타령이 주절거려지는 역설을 연기하도록 극적 행동이 구성되었다.

이렇게 해서 1막은 소설에 묘사된 장면 서술이 극적공간을 구성하는 지문으로 활용되었고, 소설 인물의 담화가 극적 담화로 인용되었다. 또한 소설의 서사와 다른 이질적인 감각을 접목하여 복잡한 삶의 한 국면을 배우들의 노동하는 몸으로 감각적으로 표현했다. 결과적으로 삽입된 소설 「총각과 맹꽁이」는 〈김유정 봄·봄〉의 공연텍스트에서 1막의 강렬한 미장센이 되었다. 1984년 〈봄봄〉에서 14~15행 정도로 극적 행위를 제시했던 세밀했던 지문은 원작소설의 서술을 활용하여 극적 공간과 주제를 재현하였다. 초연에서 극적 서사와 주제로 인용되었던 소설의 서술은 〈김유정 봄·봄〉 공연에서 극적 언어로 다채롭게 재현되었다. 〈봄봄〉의 공연과 달리 적극적으로 해체한 김유정 소설을 삽입하고 놀이, 노래, 배우의 몸짓 등 무대요소와 꼴라쥬한 홍미로운 사례다. 초연에서 해당내용의 지문은 단 한 문장으로 압축적으로 무대와 극적 행위를 제시하는 방식으로 바뀌었다.

느티나무 아래 정자터를 일꾼들이 밭으로 일구느라고 쪼른히 늘어 앉아 호미질을 한다.(오태석, 3쪽)[20]

이 지문은 김유정의 소설 「총각과 맹꽁이」에 나오는 소작농들의 행위이

---

20 이하 본문에서 인용한 공연대본은 〈김유정 봄·봄〉, 2012년 남산국악당 공연대본이며, 각주 없이 인용한 괄호에 면수만 기록함을 밝힌다.

자 공간에 대한 정서를 제시하였다. 이 간략해 보이는 지문은 '피한 시선'[21]
을 관객에게 돌리는 연출지시를 포함하였다. 원작 소설의 서사와 비교해 보
면, 이 지문은 〈김유정 봄·봄〉 공연텍스트에 문학과 꼴라쥬를 시도한 연출
의 의도가 반영된 표지임을 확인할 수 있다.

입입이 비를 바라나 오늘도그럿타. 풀잎은 먼지가보얏케 나훌거린다. 말쏭
한 하눌에는 불덤이가튼 해가 눈을 크게썻다.

쌍은달아서 쓰거운김을 탁밋테다 품긴다. 호미를움켜 씩을적마다 무더운 숨
을 헉헉 돌는다. 가물에 조님은앤생이다. 가끔 업드려 김매는 코며 눈통이를
씨른다.

호미는팅겨지며 쌩소리를 째째로 내인다. 곳곳이 백인돌이다. 예사밧터면
한번씩어늬길걸 세네번안하면 흙이 일지안는다. 콧등에서 턱에서 짬은 물흐
르듯 써러지며 호밋자루를 적시고 쏘흙에 숨인다.[22]

「총각과 맹꽁이」 소설텍스트를 삽입함으로 해서 이 공연텍스트는 지금
−현재 공연의 관객에게 납득할 만한 사건의 국면을 제시하는 기법을 구성
하고 있다. 원작 소설에서 "그들은 묵묵하엿다. 조밧고랑에쏙느러백여서
머리를숙이고 기여갈샌이다. 마치 쌍을파는 두더지처럼−"[23]으로 묘사된

---

21 오태석은 한국연극의 말의 리듬은 시선의 문제와도 결부되어 있다고 본다. 관객을 향한 배우의
    시선은 말의 함축과 비약을 이끌어 무대 위에 살아있는 현장성을 극대화 할 수 있는 연출방법
    으로 활용하고 있다. 이에 대해서는 그의 2000년 4월 14일, 한국문화예술진흥원 강당에서 진
    행했던 강연원고 「연극과 인생, 관객과 편안하게 만나는 연극을 위하여」를 참고로 하였다.
22 이 인물은 김유정의 소설에서도 자주 등장하는 건달형의 유형적 인물이다. 특히 김유정의 소설
    「총각과 맹꽁이」(김유정, 『신여성』, 1939.9)에서 '뭉태'라는 인물이 처음 등장하는데 이 인물
    은 이후 유정의 작품 「솟」, 「봄봄」, 「안해」에도 등장한다.(김유정, 전신재 편, 앞의 책, 29·
    162쪽 참고)
23 김유정, 전신재 편, 앞의 책, 29쪽 인용.

서술은 그대로 공연의 장면에 삽입되었고 인물의 극적 행위로 인용되었다. 이렇게 오태석은 「총각과 맹꽁이」의 배경과 대화를 인용하는 방식으로 〈김유정 봄·봄〉의 연극담화를 인용했고 장면을 연출하였다. 이 장면에서 농부들의 대화는 처한 상황을 각자의 입으로 전달하되, 관객에게 비극적 강렬함으로 주제가 전달되지 않도록 연출되었다. 특히 비현실적으로 무대를 비우고 강렬한 조명만으로 지루한 일상을 회화적으로 구성하도록 지시한 무대 연출은 소설의 서사에 묘사된 부분이 인용되었다. 이 장면은 비교적 다른 대본과 달리 지문의 기능은 약화되었다. 따라서 실제로는 대사와 연출지시[24]를 염두에 두고 볼 필요가 있다. 왜냐하면, 소설의 서사를 무대놀이조명디자인요소와 접목하는 꼴라쥬 기법으로 구성된 장면이기 때문이다.

    뭉태   캐도캐도 돌만 나오네.

           금을 캐는 것도 아니고 감자를 캐는 것도 아니고 이거 뭔 지랄인가

           야 덕달아 나보고 다시 품앗이 하잔 말 말어.

    재옥   이것도 밭이라고 도지를 받아 쳐먹겠지.

    덕달   조를 심는다네. 간에 좋대.

    억만   아이 뜨거. 돌이 불떵이네. 숯덩이 뻘개.

    뭉태   재미부틀 배고파 나 더 못해. 허리가 탁 까부러지는구나. (오태석, 3쪽)

---

24 "그냥 언덕 밭이야 버린 언덕. 돌멩이를 옮기니까 허리가 아프다는 식의 농촌 소작인들의 연기를 사실적으로 설명하는 식의 연기는 맞지 않아. 관객을 혼란스럽게 하지 말자고. 양식화된 무대에서 상상력을 갖고 어느 농촌무대를 상상하는 관객에게 너무 디테일하게 공간을 장식하는 연기는 관객을 혼란스럽게 한단 말이야. 관객이 익숙하지 않은 방식으로 연기하라고. 관객들로 하여금 정체성을 인식하도록 하기 위해 속도감 있는 유머를 전달해야 한단 말야. 이를 위해 더욱 양식화된 연기로 장면을 표현하자." (필자 기록, 남산 국악당 리허설 노트, 2012.10.23, 오후 4시 20분)

〈김유정 봄·봄〉 공연 1막은 뭉태가 주인공으로 등장하는 소설 「총각과 맹꽁이」에서 마을 청년들이 들병이를 두고 대화하는 장면이 인용되었다. 원작 소설 「봄봄」과 달리 공연텍스트에 1막 첫 장면은 다른 소설 서사에 묘사된 소작농들의 태도를 극적 행위로 인용하였다. 특히 소설 「봄봄」에서 주인공 "나"가 밉살스러워 하던 소작농 '뭉태'는 이 공연에서 인용되는데, 그 방식이 무대의 극적 서술자로 삽입되어 소설 원작뿐만 아니라 초연과도 매우 다르다. 여기서는 김유정 소설 도처에 등장하는 뭉태를 통해 〈김유정 봄·봄〉에서 공연의 시작과 등장인물 사건전개 등을 알리는 서술자로서 극적 행위를 구성한 방식을 살펴볼 필요가 있다. 초연 〈봄봄〉에는 등장하지 않는 이 인물은 〈김유정 봄·봄〉 1막에서 등장인물이면서 때때로 서술적 자아의 역할을 하는 '내부적 소통구조 안의 서술적 자아'의 역할을 하고 있다.

1막에서 뭉태는 이 공연이 김유정 소설의 인용으로 구성되었음을 알리는 행동을 한다. 막 등장하는 봉필의 둘째 딸 필순의 등장을 거드는 장면에서 뭉태는 필순의 등장을 관객들이 주시하며 볼 수 있도록 필순의 등장에 따라 몸동작과 장단을 맞추었다. 또한 추임새를 해주며 필순에게 스포트라이트가 맞춰지도록 유도하기도 하였다. 관객석 쪽에서 노래를 부르며 등장하는 필순이에게 뭉태는 "들병이 왔네요-"하며 가볍게 대사를 관객에게 던져 사건의 국면이 전환된 것을 알리는 행위를 한다. 즉 장면의 전환이 이 인물의 행동으로 표현된 것이다. 뭉태는 이 장면에서 즐거워하며 관객들에게 필순을 가리키며 "헤헤! 들병이 왔네요"하고 주지시켜주며 리듬을 짚어주었다. 이 때, 관객은 앞서 소작농의 지루한 노동현장에서 빠져나와 이 공연의 모티브인 소설 「봄봄」이 삽입된 극적 공간으로 자연스럽게 유도되었다. 〈김유정 봄·봄〉 공연에서 뭉태라는 등장인물에게 부여된 서술형식은 이 공연에서 전광판을 이용해 낯선 민요의 가사를 보여주는 방식처럼 1984년 공연과 달리 비서술적인 형식의 확연한 차이를 만들었다. 이 인물은 〈김유정 봄·봄〉이 소설의 다양한 서사와 인물을 인용하고 극적공간에서 벗어나기도 하면서 관객의 주의를 끄는 꼴라쥬기법으로 연기방식을 보여주었다.

두 공연은 서로 다른 무대놀이요소 즉, 연극성을 달리 삽입하면서 같은 원작을 재구성한 작품이지만 그 기법상 다른 상호텍스트적 무대를 만들었다. 1막 첫 장면에서 〈봄봄〉이 젊은 머슴과 풍물패가 농사찬가 도리깨질요 등의 타령 소리로 무대를 채우는 방식이었다면, 〈김유정 봄·봄〉은 김유정의 다른 소설텍스트를 적극적으로 삽입하여 머슴들의 탄식과 넋두리의 발화형식으로 구성한 차이가 있다. 이렇게 전통 음악을 삽입하여 연극담화를 구성하는 데 충실했던 초연과 비교할 때, 소설인물의 담화를 활용한 문학적 꼴라쥬 형식은 이 공연의 연행성의 자질을 전환시켰다. 그 예는 실제 대본 〈봄봄〉에서는 100~103쪽의 분량이 〈김유정 봄·봄〉에서 삭제된 부분에서 확인해 볼 수 있다. 이 부분은 극적 행위로서 긴장감을 떨어뜨리는 비경제적인 부분을 과감히 배제한 연출가로서의 선택이 대본에 적용된 것이기도 하다. 그리고 소설 속 서술자인 소작농에 의해 묘사된 숨막히는 노동현장은 조명형식의 무대장치로 꼴라쥬하는 회화적 모색이 접목되었다.

2막으로 전개된 이 공연은 초연과 달리 각 막의 서두에 서술적 자아를 제시하였다. 그 결과 뭉태의 역할은 1막 말미에 새로운 서술자인 대장간댁으로 2막에서 전환되었다. 〈김유정 봄·봄〉 공연에서 연출은 조금 더 복잡해진 현재 우리사회의 환경을 고려한 듯 극적 인물이 처한 복잡한 국면들을 소설인물을 해체적으로 인용하고 접목하여 구성했다. 초연과 실제 무대는 변화가 없었지만 배역의 연행방식에 의해 극적 공간은 복잡한 이해관계와 복잡해진 현실문제, 복잡한 내면세계를 지닌 인물들의 이야기로 중첩되었다.

원작소설을 기준으로 초연 〈봄봄〉과 비교해 보았을 때, 인물구성의 차이는 주로 젊은 청년과 소작농들에게서 나타났다. 이들은 다른 김유정 소설인물의 행동과 발화형식으로 인용되었고 극적 행동과 접목되면서 〈김유정 봄·봄〉 공연으로 구성되었다. 오태석의 대본이 대개 그러하듯이 극 행위와 상황을 지시하는 지문은 많은 부분 생략되었다. 특히 이 공연에서는 소설텍스트의 서술문장을 출처로 문학적 인용과 목화 특유의 놀이 행위가 접목되었다. 그래서 이 공연은 젊은 인물의 욕망과 불안한 심리상태와 이를 지켜보는 기성세대 간의 복잡한 갈등관계가 한바탕 소란과 신명의 난장으로 상호텍스트적으로 결합되었다.

2) 김유정 소설인물의 꼴라쥬로 형성된 극적 인물

1980년대 초연과 2012년 공연이 생산되는 과정은 김유정의 소설을 작가적 연출가인 오태석이 소설들을 반복하고 복기(復記)하는 방식으로 각색을 하였다는 점에서 주목해 볼 수 있다. 원작 소설 「봄봄」은 이름이 부여되지 않은 '나'의 서술로 이루어진 텍스트이다. 이 원작소설의 서술형식은 공연대본 〈봄봄〉에서 소설의 '나'가 기석이라는 이름을 지닌 인물의 행위와 대사로 인용되었으나, 그 성격은 크게 다르지 않았다. 따라서 무대의 "나"는 정당한 댓가를 받지 못한 데릴사위의 불만으로 시작한 장인과의 갈등이라는 점에서 원작의 주제를 계승하는 방식에서 소설 인물을 빌렸다. 이 인물은 〈김유정 봄·봄〉에서 확장되는 방식으로 다수의 청년세대를 상징하는 극적 인물들로 존재한다. 즉, 2012년 공연에서 주인공은 '기석1984년 〈봄봄〉의 나'이나 '덕달'에 머무는 것이 아니라 비슷한 인물들이 중첩, 반복되어 입체적인 청년세대를 무대적 인물로 형상화한 인상을 준다.

오태석은 덕달의 복잡한 심정을 김유정 소설에 등장하는 사랑에 실패한 총각들의 꼴라쥬에 의해 관객의 지각의 층위를 다층적으로 자극하는 극작과 연출이 가능하도록 각색하였다. 필자는 바로 이 점을 흥미롭게 보았다. 이 인물들은 김유정 소설의 인물과 그 인물들의 담화로 인용되며 극적 인물이 되었다. 원작에서 잔뜩 게으름을 피우며 밉게 노는 데릴사위의 생명력에 주목한 극작가 오태석은 다른 소설에서 더욱 노골적으로 불만을 표출하고 엇나가는 '덕달'이라는 생생한 인물과 조합하여 감각적으로 생명력을 지닌 무대 인물을 구성하였다. 실제 무대의 덕달이는 원작의 나와 가장 유사한 인물인 '일렬'과 대비적으로 행동한다.[25] 두 공연과 희곡 텍스트에 등장하는 무대 인물은 초연의 경우 원작 소설인물을 모방적으로 재현하였다면, 〈김유정 봄·봄〉은 그의 소설에서 단편적으로 존재했던 여러 인물의 결합을 확인할 수 있다. 그 결합은 원작 「봄봄」에서 결혼을 원하는 '나'와 「금따는 콩밭」에서 금점에 대한 욕망에 들뜬 기석, 그리고 「총각과 맹꽁이」의 본능적인 생명력을 드러내는 덕달로 조합된 인물을 형성했다. 무대적 작가 오태석은 이렇게 김유정 소설 인물들을 해체하여 덕달이라는 극적 인물로 무대 위에 전유專有한 것이다. 이 같은 오태석의 각색은 새로운 김유정 소설 인물에 대한 해석이자 소설가에 대한 일종의 오마쥬를 무대에 연출한 셈이다.

---

25 이처럼 이상진은 김유정 소설의 인물들은 유사한 성격의 유형들을 유사한 이름을 지닌 존재들로 구분하여 유형목록을 제시하였다. 이 작업은 김유정을 매개로 문화콘텐츠 전략을 모색하는 과정에서 나온 결과이다. 흥미롭게도 이상진이 유형화한 '덕만'류의 인물 특징은 오태석이 재구성한 '덕달'이란 인물과 유사한 성격과 이름을 가졌다. 김유정을 기리는 2012년 극적 인물인 '덕달'이란 인물은 오태석이 〈봄봄〉 이외 김유정 소설에 존재하는 유사한 인물을 결합하여 형상화 한 점에서 이상진이 지적한 문화콘텐츠 구성을 위한 김유정 소설의 캐릭터 융합과 확장은 오태석의 연극에서 실제로 극적 형상화 방법이 되었다. 이상진, 「문화콘텐츠 '김유정', 다시 이야기하기-캐릭터성과 스토리텔링을 중심으로」, 『현대소설연구』 제48호, 한국현대소설학회, 2011.12. 448~452쪽 참고.

가) 소설 「봄봄」

장인님이 일어나라고 해도 내가 안 일어나니까 눈에 독이 올라서 저편으로 힝하게 가드니 지게막대기를 들고 왔다. 그리고 그걸로 내 허리를 마치 돌떠 넘기듯이 쿡 찍어서 넘기고 넘기고 했다. 밥을 잔뜩 먹고 딱딱한 배가 그럴적마다 통겨지면서 밸창이 꼿꼿한것이 여간 켕기지 않았다. 그래도 안일어나니까 이번에는 배를 지게막대기로 우에서 쿡쿡 찌르고 발길로 옆구리를 차고 했다. (중략) 한번은 장인님이 헐떡헐떡 기어서 올라오드니 내바지가랭이를 요렇게 노리고서 담박 웅켜잡고 매달렸다. 악, 소리를 치고 나는 그만 세상이 다 팽그르 도는 것이 "빙장님! 빙장님! 빙장님!" "이자식! 잡아먹어라 잡아먹어!" "아! 아! 할아버지! 살려줍쇼 할아버지!" 하고 두팔을 허둥지둥 내질 적에는 이마네 진땀이 쭉 내솟고 인젠 참으로 죽나부다, 했다. 그래두 장인님은 놓질않드니 내가 기어히 땅바닥에 스러저서 까무라치게 되니까 놓는다. 더럽다 더럽다. 이게 장인님인가, 나는 한참을 못 일어나고 쩔쩔맷다.[26]

인용한 가)는 원작 소설 일부인데, 이 소설이 단순한 서술이 아니라 행위가 가능한 다중적인 담화를 포함한 연행적 서술 형식미를 포함한다. 이 서술에는 장면, 인물의 발화형식, 장인과 나의 언어가 교차하며, 등장인물의 성격을 복합적으로 포함했다. 소설은 인용한 가)에서 "장인님이 일어나라고 해도 내가 안 일어나니까 눈에 독이 올라서 저편으로 힝하게 가드니 지게막대기를 들고 왔다"처럼 장인과 나의 서술자가 다중적으로 교차하면서 인물 간의 관계가 드러나 서술적이기 보다 극적으로 재현하였다. 가)에서

---

26 인용한 본문은 김유정 소설에서 말의 어감과 리듬을 생생하게 드러낸 원본 그대로 표기한 것임을 밝힌다. 김유정, 전신재 편, 앞의 책, 166~167쪽 인용.

'나'의 서술문장은 〈봄봄〉 드라마 텍스트에 인용된 것을 확인할 수 있다. 인용문 나)를 보면, 〈봄봄〉 공연텍스트에서 장인 봉필과 몸사움 장면으로 재구성된 것을 확인할 수 있다. 원작 소설 서사에서 장인과 나의 행위와 대화는 나)의 공연대본에서 지문과 인물의 담화로 인용되었다. 원작소설 「봄봄」의 마지막 장면은 연극 〈봄봄〉에서 극적 갈등의 시작을 얼리는 1막 장면으로 각색되었다.

나) 〈봄봄〉 출판 공연대본

획 나꿔챈다. 봉필이 마루에서 땅으로 나뒹군다. 기석이, 남의 눈앞이라 허세를 부린다는 것이 지나쳤나 싶어 얼른 잡아 일으키려고 다가드는데, 봉필이 대지팽이로 정수리를 내리친다. 어이쿠 외마디 소리지르면서 기석이 정수리를 싸쥐고 나뒹군다. 몸을 세운 봉필이 사정없이 내리친다.

기석   (몸 싸쥐고 뒹굴며) 빙장님, 빙장님.

봉필   (내리치며) 기껀 밥처먹구, 남의 농사 베려놓으면 이 자식아, 징역간다, 너.

기석   아, 아, 할아버지, 살려줍쇼, 할아버지. 다시는 안그러겠이유.

봉필   이 자식, 날 잡아 먹어라. 잡아 먹어.

기석   아아. 빙장님. 할아버지. 아니구 할아버지 빙장님.

기호, 용구, 상투가 달려들어 떼어 말린다.[27]

원작소설과 각색된 드라마텍스트를 비교해 보면, 원작 소설의 '나'를 초연

---

27 오태석, 『공연대본 전집』 권8, 연극과 인간, 2003, 85쪽 인용.

〈봄봄〉의 '기석'에서 2012년 〈김유정 봄·봄〉의 '덕달'이라는 욕망하고 도전하는 인물로 재구성한 것을 볼 수 있다. 이는 1980년대 관객에서 2012년 관객과 소통을 위해 덕달이라는 청년 기표를 구성한 것으로 볼 수 있다. 김유정의 원작에서 믿을 수 없는 매개자 때문에, 사랑에 실패하는 식민지 청년의 이야기는 김유정의 다른 소설에서도 존재한다. 가령 소설 「금따는 콩밭」, 「총각과 맹꽁이」에서 젊은 청년 '기석'과 '덕달'로 등장하는데, 〈김유정 봄·봄〉 연극공연과 대본, 즉 드라마텍스트라는 극적 공간에 전유된 것이다. 특히 2012년 공연에서는 김유정 소설 속에서 존재했던 욕망에 몸부림치는 청년들을 첫 장면으로 연출하는 무대를 통해 강렬한 극적 장면을 형상화하였다. 그 결과 원작 소설인 「봄봄」의 '소처럼' 우직하기만 하던 '나'는 적당히 시류에 영합하고 욕망하는 것에 몸을 던지는 젊은 '덕달'이라는 성격의 인물을 표현하는 몸으로 지금−여기 관객 앞에 등장했다.

다) 〈김유정 봄·봄〉 공연 대본

봉필 담판이 뭐여. 이 대가릴 까놀자식.

덕달 (거칠게 잡아끈다) 가유. 가.

획 나꿔챈다. 봉필이 나뒹군다. 남의 눈앞이라 허세를 부린다는 것이 지나쳤나싶어 얼른 잡아 일으키려고 다가드는데 봉필이 대지팽이로 정수리를 내리친다.

어이쿠 덕달이 외마디 소리지르면서 정수리 싸쥐고 나뒹군다. 봉필이 사정없이 내리친다.

덕달 빙장님. 빙장님.

봉필 (내리치며) 기껀 밥쳐먹구 남의 농사 베려놓으면 이 자식아 징역가 너.

덕달　아이구. 아버지 할아버지 당골레 옹골레 살려주세유. 다시는 안그럴게유.(오
　　　태석, 9쪽)

　　오태석은 두 번의 각색과 여러 차례 공연을 거치며 김유정의 소설에 존
재했던 인물들을 드라마텍스트 안에서 젊은 청년세대가 방황하고 사랑하
며, 꿈꾸고 좌절하는 보편적 서사로 구성하였다. 젊은 세대를 이용해 노동
과 가족이라는 이해관계의 득실을 따지는 장인에게 뭇매를 맞으며, 실의와
좌절에 빠진 청년 덕달은 이렇게 설득력 있는 보편적인 청년이라는 인물로
형상화되었다. 김유정 소설을 출처로 접합시킨 이 미완의 청년(다른 김유정
의 소설에서도 매번 사랑에 실패하는 행위자로 나오는)에게 오태석은 사랑하는 여
인을 자전거에 태우고 무대를 가로질러 유유히 떠나는 역동적 움직임을 수
행하는 인물로 재구성하였다. 〈김유정 봄·봄〉에서 '덕달'은 금의환향하여
갈등에 정면으로 도전하는 역동성을 지닌 인물로 무대에서 자전거를 타고
2막에서 등장한다. 문학텍스트는 무대의 현장감각과 물리적으로 다른 방식
이며, 소설의 인물들이 겹치기도 하는 꼴라쥬를 통해 관객의 감각을 자극하
였다. 이러한 인물구성의 극작법은 오태석이 관객의 욕망을 '덕달'에게서
찾을 수 있도록 주제적 내용을 무대적연극적 물질성으로 표현한 것이다. 원
작에 익숙한 〈봄봄〉의 '나'에게 있던 순박한 이미지는 강한 청년으로 전환
되는데, 원작소설과 다른 이 인물의 변화에 관객은 낯설어 할 수 있다. 그러
나 그런 지각반응을 기대하는 것도 이 공연과 극작 생성의 의미다.

5. 연행적 매개체 '들병이'의 몸으로 축제를 재현하기

오태석은 연극에서 여성을 자주 현실의 대안이자 욕망의 대상, 희생양을 상징하는 기표로 활용했다. 전통적인 음성과 음악성을 여성인물의 몸을 통해 현재 관객에게 하나의 연극적 틀을 제공하기 위해 제스쳐의 도구로서 여성의 몸을 구성한 작품이 다수 있다. 예를 들면, 미얄과정의 미얄할멈이 전환된 〈춘풍의 처〉에서 처, 〈심청이는 왜 두 번 인당수에 몸을 던졌는가〉에서 심청의 모습을 인용하는 방식이다. 〈김유정 봄·봄〉 텍스트에는 이러한 여성인물의 극적이고 메타비평적인 기능은 '들병이'라는 김유정 소설인물이 내포한 연극성을 근거로 인물이 형상화되었다. 이 인물의 꼴라쥬적 형상화 가능성은 본래 '들병이'에 대한 김유정 소설의 애착에서 발견되고 있다. 김유정은 조선의 집시라고 칭하며 그의 여러 단편소설에서 들병이를 자주 "아리랑 아리랑 아라리요, 춘천아 봉의산아 잘 있거라 신연강 배타면 하직이라" 하며 춘천아리랑 등을 부르는 노래하는 인물로 형상화 했다. 그리고 이 들병이의 몸을 빌어 식민지조선의 현실을 구현하였다. 따라서, 김유정 소설에서 음성적이고 음악적인 울림을 전하는 들병이는 노래하는 연행자이고 물질적 존재였다.[28]

한국적 뮤지컬을 내세운 초연 〈봄봄〉과 음악극 〈김유정 봄·봄〉은 등장인물이 노래하는 연행행위로 담화를 구성하는 공통적인 특징이 있다. 이 두 연극에서 등장인물들이 노래할 때, 그 노래를 정전삼아 자신의 배역으로부

---

28 유인순은 이러한 김유정 문학의 특징을 아리랑의 영향관계 안에서 파악하여, 우리 문학이 추구해야 할 '정조(情調)'로 규정하였다. 아리랑을 생에 집착한 열정, 인간 생명에 대한 존엄성을 드러내는 방식이자 김유정 소설의 '문체적 음성' 그리고 '아리랑 사설 속에 내재된 해학'을 체득한 인물을 통해 김유정 소설의 특징으로 분석하였다. 유인순, 앞의 글, 참고.

터 거리를 두고 관객에게 극중 사건과 자기 배역에 대해 논평하거나 의미를 부여하는 방식이었다. 오태석은 김유정의 소설로 극중 서사를 유도하고, 판소리나 민요 등을 정전으로 인용하며, 담화의 한 양태로 활용하였다. 극작가는 장르가 이질적인 음악적 담화를 삽입하여 미적 쾌감을 부르고 김유정의 소설텍스트를 인용하는 극작법을 구성했다.[29] 그 결과 초연 〈봄봄〉은 도전적으로 젊은 머슴들과 가을 타작마당의 흥겨움을 돋울 장치로 원작소설에 없는 풍물패가 등장한다. 북적북적 대는 축제의 어수선함은 젊은 소작농들이 농사찬가와 도리깨질요 등의 타령소리로 시작하는 연행행위를 앞세워 소설공간을 음악적 담화와 접목하는 극작술에 의해 마련된 감각이었다.

상투　　사해창생 농부들아 일생신운 원치마라 / 모두 어절시구 옹헤야

(…중략…)

기석　　(노래조로 버럭 소리친다) 뒷동산 살구꽃은 가지가지 봄빛이라

기호　　좋다. 저 사람 좋은 세월 혼자사네 여기는 나락으로 떨어지느만 저 세월에는 꽃이 피는구나. 그 세월로 나 좀 취해다고 정리 서 말 붙여주마.[30]

〈봄봄〉 공연은 일상생활을 창唱으로 표현하고자 하는 공연제작의 분명한 의도가 있었다.[31] 따라서 많은 공연대본의 지면을 미루어 볼 때 1984년 공연

29　오태석은 〈김유정 봄·봄〉 공연에서 "다 차려놓고 감쪽같이 보여주는 서양연극이 아니라 관객과 함께 숨쉬기를 하는 음악극을 만들었다"고 설명했다. "김유정은 치욕적인 시기에 하층민들의 빛과 그림자를 소탈하게 웃음으로 풀어놓았어요. 진한 아픔을 담은 웃음은 지금 시대에도 유효"하다고 말했다. 정상영, 「오태석의 대동굿, 흥에 겨워 눈물도 웃소」, 『한겨레』, 2012.6.18 인용.
30　오태석, 앞의 책, 75쪽 인용.
31　"창唱 - 우리의 소리를 그대로 봐 둬서는 안된다는 생각, 거침없이 내달리는 세파 가운데 우리 것들의 태반이 바래져 가고 있는 마당에 창唱이 생활의 소리가 되도록 생생하게 살려내려는 우리들의 노력이 두번째로 이어지고 있습니다. 작년 〈메밀꽃 필 무렵〉의 김소희 선생님, 길옥윤 선생님, 그리고 우리 출연진 대개가 새로운 형식에 숙련되고 전문성을 띄기를 바라는

에서 다수의 판소리 창倡과 판소리 대목을 인용하여 장면전개의 통사구조로 활용한 특징이 나타난다. 이 공연에서 안숙선이 점순이를 연기한 사실은 이 공연의 담화구성의 특징을 암시하고 있다. 가령 이 대본에서 점순과 기석이 나누는 대화는 심청가와 춘향가 대목의 창을 인용하며 정서를 전달하는데, 이는 담화의 이질적인 조합으로 극적 감각을 구현하는 극작술의 기법이었다.

볼거리와 명창을 내세웠던 초연에서 연행성은 새로운 감각으로 〈김유정 봄·봄〉 공연대본에서 전환되었다. 특히 공연에서 부정을 막고 액막이를 하는 하나의 기표로 구성되었을 뿐만 아니라, 들병이는 초연에서 부가텍스트로 연행되었던 판소리 창의 음악성을 다양한 음악형식으로 재현하여서 이 인물의 극적 행동제스춰은 다양한 층위로 표현하는 인물이 되었다.

두 공연 모두 들병이는 2막 불 받는 장면에서 등장하였으며, 초연에서 적극적으로 들병이의 희생양 모티브를 드러내는 극적 행위가 수반되었다. 대표적으로 초연인 1984년 대본에는 판소리 심청가에서 심봉사에게 하직 인사하는 대목을 인용하고 있다. 마을의 액막이를 위해 불을 받는 역할로 불러들여진 제의의 희생양모티브 연장선에서 주제를 드러내기 위한 극적 행위로 판소리 연행형식을 꼴라쥬하였다. 초연에서 들병이는 자주 마을사람들과 대화에서 판소리 심청가 등의 극적 행위를 인용하였다.

들병   한다믄 해라우.

할애비들에게 둘러쌓여서 같은 짓거리하고 있으려니 딱히 남경 뱃꾼에게 끌

MBC의 배려로 해서 이번에도 작업을 같이 하고 있습니다."(오태석, 〈봄봄〉 1984.4, 문예회관 공연 팸플릿 가운데)

려가는 심청의 신세 영락없다. 울울한 심사 풀고 겁도 치울 겸 목청 골라 소리
한다. 당집의 정화를 보며 큰절하고 가긍한 신세한탄한다.

남경장사 선인에게 인당수 제수로 이 몸을 팔았더니 행선이 오늘이라. 선인
들이 왔사오니 함께 따라 갈테오니 불초한 이자식은 조금도 생각말고 어서 수
히 눈을 떠서 여생복락 누리소서.[32]

연극언어의 이질적인 조합으로 구성된 초연은 〈김유정 봄·봄〉에서 전형
적인 전통연극의 연행형식을 전형적으로 인용하기보다 '들병이'라는 여성
인물을 매개적 화자로 형상화한 특징이 있다. 이 인물은 2막에 등장하여 민
요에서부터 현대적인 창가와 〈소양강 처녀〉 같은 대중가요, 제의적 행위를
표현하는 음악과 춤사위, 만담까지 경계 없이 다양한 극적 행위를 연기하였
다. 따라서 〈김유정 봄·봄〉에서 연극성은 오태석 연극의 놀이적 특징인 이
질적인 극적 행위의 조합이 김유정 소설의 '들병이'라는 시적인 행위자에
의해 구성되었다는 점에 주목할 수 있다. 그것은 오태석이 김유정 소설에
대한 관객의 기억, 추론, 예측, 연상의 인지적 사고 과정을 염두에 두고 무
대의 연행성을 모색한 결과 구성된 인물이기 때문이다.

〈김유정 봄·봄〉에서 수줍게 봉필을 따라 등장하는 들병이는 2막에서 무
대에 등장함과 동시에 감추어진 충동을 드러내었다. 오태석은 최근 공연대
본에서 祭物제물역할을 하는 들병이의 입을 빌어 극작가의 세계관을 노출하
였다. 〈김유정 봄·봄〉 공연에서 들병이는 〈봄봄〉의 비장한 심청이인 체 하
지 않는다. 갑작스런 마을사람들의 편견에도 큰 갈등 없이 상황을 조화로운

---

32 오태석, 『오태석공연대본전집』 권5, 연극과 인간, 2005, 144쪽 인용.

분위기로 받아들이는 인물로 구성되었다. 관객의 입장에서 강원도 아리랑을 부르며 등장하는 이 인물의 행위는, 강원도 산골의 청아한 목소리인 듯 강원도 지역과 문화에 대한 관객의 감각을 이끌어내었다.

앞강에 뜬 배는 님실러 온 배요 / 뒷강에 뜬 배는 낚시질 거루요 / 님실러 올 적엔 반 돛을 달구요 / 님싣고 갈적엔 왼 돛을 달구요 / 오호디야 오호디야 해중 풍파 다겪다가 어허디야 어허디야 / 정처없이 다니다가 오호듸야 오호듸야.[33]

2012년 공연 서두에서 젊은 소작농들의 욕망의 대상으로 언급되었던 이 인물은 마을의 액을 막는 부적으로서 공동체 삶의 매개체로서 역할 앞에 갈등하고 도전하는 생명력이 있는 인물로 전환되었다. 초연 〈봄봄〉 2막에서 들병이는 불씨를 받아 마을의 액막이를 하는 모임과 제의에서 비극적 행위를 하는 인물로 구성되었다. 그런데, 2012년 관객들 앞에 다시 호명되는 들병이는 심청이와 다른 맥락에서 현재화 되었다. 최근 공연에서 들병이는 그 역할이 〈봄봄〉보다 상징적이며 은유적으로 표현되었다. 〈봄봄〉의 들병이와 달리 몸팔아 생계를 유지하는 인물의 사회성보다는 관객현실의 극적 메타포로서 역할을 하였다. 결국 초연 대본의 비장한 들병이는 자신의 역할이 무엇인지 도저히 이해할 수 없지만 강원도 지역정서와 문화적 경험을 감각적으로 재현하는 발랄한 인물로 전환되었다.

들병 불이고 바람이고 나 뭔소린지 통 모르겠어요.
　　　해도 노는거라면 한자리해요 (들병 소리한다)

---

33 오태석, 〈김유정 봄·봄〉, 남산국악당 공연대본, 2012, 33쪽 인용.

아주까리 동백아 열지마라 촌놈에 가시나 놀아를 난다.

소양강 사백리 공굴을 놓구서 하이카라 잡놈이 손짓을 한다.

시집살이 못하면 친정가 살지 술담배 끊고는 나는 못살레라.[34]

위 노래처럼 마을 사람들이 당집에 모여 불씨제를 올릴적에 후렴구를 받아부르며 비장한 집단무의식을 유쾌한 감각으로 전환하는 행동을 하기도 하였다. 또한 강원도 실레마을의 제의를 주관하는 평수무당와 쌍을 이루며 무대에서 산대극 한 대목을 놀거나, 마을제사 끝에 신명을 돋우기 위한 노래판으로 신명을 일으키며 관객의 감각을 자극하는 강력한 물질적 존재가되었다. 공연에서 마을의 액막이를 위해 불려온 들병이는 단순히 소설 텍스트 인물의 인용에 그치지 않았다. 이 공연의 극작술상 특징은 소설텍스트와 이질적인 장르를 결합하는 기법인데, 이 기법은 노래하는 들병이라는 여성의 몸과 연행성으로 조합한 인상적인 꼴라쥬를 이룬다. 초연에서 평수가 공연을 마무리하는 제의적 매개체로서 기능했다면, 결국 2012년 공연은 "들병이 불받아 달린다"는 지문으로 마무리 되었다. 평수는 들병이의 역할과 서사를 열어놓으며 마지막 장면을 마무리했다.

"평수 우리 들병이가 팔미천 다녀온대요. 애가 금점 바람 막으러 가요."

들병이 불받아 달린다.[35]

이번 공연에서 김유정 소설을 출처로 삽입된 들병이는 강원도 아리랑이

---

34 위의 책, 41쪽 인용.
35 위의 책, 57쪽 인용.

나 강원도 정서를 감각적으로 재현할 수 있는 여성유랑자의 몸과 음성을 빌려 재현되었다. 이 점은 극단 목화와 오태석이 전달하고자 했던 연극성이 접목된 꼴라쥬적 인물의 극작법을 보여준다. 이는 제의행위를 공연텍스트의 중요한 메타드라마로 구성하는 오태석 극작법에서 이 인물은 새롭게 구성된 인물이자 형식이라는 점에서 의미가 있다. 김유정 소설 「봄봄」이 아닌 다른 소설에 등장하는 인물인 '들병이'는 연극 〈봄봄〉 그리고 〈김유정 봄·봄〉에서 극적 담화의 구현자이며, 관객의 감각과 소통이 유용한 방식으로 환원하는 매개적 인물로 무대에 전유되었다. 김유정의 소설 인물 가운데 들병이를 무대에 전유한 것은 오태석의 각색 작업에서 가장 두드러진 점이다. 특히 들병이가 공연무대에서 관객들에게 친숙한 "소양강 처녀"를 부르며 신명과 홍의 감정을 이끌며 무대에서 역동적으로 존재하는 것은 특별한 의미가 있다. 이 점은 김유정의 소설 여러 곳에 존재하며, 삶의 현장을 생명력 있게 표현하는 인물이 소설가의 매체이자 무대 인물로 존재하는 방식을 보여주기 때문이다.

6. 결말

오태석은 "김유정은 항상 내 가슴 근저에 있던 작가"라고 말했다. 그는 "김유정 소설에는 암담했던 1930년대 삶의 얼룩을 웃음으로 털어내던 무지렁이들의 해학이 살았기 때문"이라고 자신의 현실 인식과 닮아있다고 보았다.

이 글은 오태석 희곡과 대본이 지니고 있는 특수한 역동적 에너지, 독창

성, 그리고 연극적 인습에 관한 지적이고 활기찬 실험, 게다가 궁극적으로
는 무대매체와 극작에 대한 즐거움을 김유정의 소설 각색에서 찾아보았다.
특히 〈봄봄〉을 원작으로 한 연극대본과 희곡, 공연의 드라마텍스트를 대상
으로 비교하며 살펴보았다. 이 연구는 오태석의 작가적 연출가의 각색 방식
을 통해 연극적 관습에 대한 지적이고 활기찬 실험을 고찰한 것이기도 하
다. 이 과정에서 극작가가 창작과정에서 소재와 매체 사이의 미학적 처리를
김유정 소설을 반복하고 복기하며 극작과 연출형식으로 대본을 창작하는
상호텍스트적 각색과정을 김유정 소설의 꼴라쥬와 오마쥬라고 보았다. 그
과정에서 소설이라는 문학텍스트를 인용하고 관객의 정서를 울리는 음악
언어를 삽입하면서 꼴라쥬로 구성한 극작법이 탄생하는 과정을 볼 수 있었
다. 꼴라쥬는 글쓰기에서 일종의 인용행위로 수행되는 점에 비추어 보면,
오태석의 김유정 소설 꼴라쥬로 탄생한 공연은 이 작가적 연출가의 무대적
독해 놀이처럼 이해된다. 소설원작의 인물들과 다층적인 소설언어의 꼴라
쥬를 통해 김유정 소설에 대한 메타비평적인 기능도 한 셈이다. 그런 점에
서 〈김유정 봄·봄〉은 1930년대 민중에 대한 애정과 그들 삶의 생명력에
대한 존엄성을 보편적 주제로 수용하여, 극작법을 모색한 부분도 의미있게
볼 수 있다. 무엇보다 오태석이 〈김유정 봄·봄〉에서 김유정 소설을 연극언
어와 꼴라쥬한 극작법은 관객의 예술적 지각에 대한 믿음 위에서 가능한 문
학적이고 지적인 유희였다는 점에서 의의를 찾을 수 있다.

참고문헌

1. 1차자료

구히서, 〈무대얼굴36〉, 『한국연극』, 1989.10.

김열규, 〈전통미에의 집념 연출가 오태석〉, 『월간경향』, 1988.4.

김윤덕 정리, 「〈나의젊음 나의사랑〉, 연극연출가 오태석」, 『경향신문』, 1996.5.11~5.21.

김정옥, 〈나의 연출작업〉, 『한국연극』, 1983.2·3.

_____, 〈창극 무엇이 문제인가〉, 『한국연극』, 1981.10.

김철리, 〈연출가가 만나 본 연출가─오태석의 신들림〉, 『한국연극』, 1986.4.

서연호·장원재 편, 『오태석 공연대본 전집』 8권, 연극과 인간, 2005.

양세라, 〈김유정 봄봄〉 남산 국악당 리허설 노트, 2012.10.23.

오태석, 〈김유정 봄·봄〉, 남산국악당 공연대본, 2012.10.9~10.28.

_____, 〈"할머니들의 말과 노래 알리고 싶어" 음악극 '봄봄' 춘천서 작업 중인 연출가 오태석〉, 『한국일보』, 2012.6.26.

_____, 「"오태석 VS 우리연극"─연출가 오태석에게 듣는다」, 『우리연극』 3호, 1996.4.2.

_____, 〈연극과 인생, 관객과 편안하게 만나는 연극을 위하여〉(한국문화예술진흥원 강당에서 진행했던 강연원고), 2000.4.14.

_____, 〈봄봄〉 문예회관 공연 팜플렛, 1984.4.

전신재 편, 『원본 김유정 전집』, 강, 1997.

정상영, 〈오태석의 대동굿, 흥에 겨워 눈물도 웃소〉, 『한겨레 신문』, 2012.6.18.

2. 논문 및 단행본

김남석, 「오태석 희곡의 차용 양상 연구」, 『오태석 연극의 미학적 지평』, 연극과 인간, 2003.

김방옥, 「희곡의 위기 희곡의 존재방식」, 『21세기를 여는 연극─몸, 퍼포먼스, 해체』, 연극과 인간, 2003.2.

_____, 「2000년대 이후 오태석 연극에 나타난 동물연구」, 『한국연극』 권46, 2012.

김숙경, 『1970년대 이후 한국 현대극 연출에 나타난 전통의 현대화 양상 연구─김정옥, 오태석, 손진책, 김명곤, 이윤택을 중심으로』, 중앙대 박사논문, 2009.

김숙현, 『1970년대 드라마센터의 연출 특성 연구─유덕형, 안민수, 오태석을 중심으로』, 동국대 박사논문, 2005.

김용수, 『한국연극 해석의 새로운 지평』, 서강대 출판부, 1999.

김현철, 「판소리 〈심청가〉의 패러디 연구」, 『한국극예술연구』 권11, 2000.4

백현미, 「1980년대 한국연극의 전통담론 연구」, 『한국극예술연구』, 15호, 극예술연구학
    회, 2002.

신은경, 「오태석 작 〈심청이는 왜 두 번 인당수에 몸을 던졌는가〉의 패러디 연구」, 『동남어
    문논집』 권14, 2002.6.

양세라, 「오태석 연극의 연행성 기술하기 〈북청사자야 놀자〉 – 공연텍스트의 음악적 생성
    과정을 중심으로」, 『한국연극학』 권44, 2011.

양문규, 「한국 근대소설에 나타난 구어전통과 서구의 상호작용」, 『배달말』 권38, 배달말학
    회, 2006.6.

오태석 · 서연호 대담, 장원재 정리, 『오태석 연극 실험과 도전의 40년』, 연극과 인간, 2002.

유인순, 「김유정 소설의 웃음 그리고 그 과녁」, 『현대소설연구』 권38, 현대소설학회, 2008.

_____, 「김유정과 아리랑」, 『비교한국학』 2권2호, 국제비교한국학회, 2012.

이상란, 『희곡과 연극의 담론』, 연극과 인간, 2003.

_____, 『오태석 연극 연구』, 서강대 출판부, 2011.

이상진, 「문화콘텐츠 '김유정', 다시 이야기하기 – 캐릭터성과 스토리텔링을 중심으로」,
    『현대소설연구』 제48호, 한국현대소설학회, 2011.12.

임혜정, 「오태석의 희곡 읽기」, 『오태석의 연극세계』, 현대미학사, 1995.

전신재, 「김유정 소설과 이야기판」, 『한국의 이야기판 문화』, 소명출판, 2012.

조보라미, 「오태석 희곡의 상호텍스트성 연구」, 『한국현대문학연구』 권24, 한국문학연구
    학회, 2008.

다이안 맥도넬, 임상훈 역, 『담론이란 무엇인가』, 한울, 1992.

빠뜨리스 파비스, 신현숙 · 윤학로 역, 『연극학 사전』, 현대미학사, 1999.

한국문학평론가협회, 『문학비평용어사전(下)』, 국학자료원, 2006.

김유정의 「산골 나그네」에 나타난 소리의 수사학

임보람

1. 들어가며

이 글은 김유정의 소설 「산골 나그네」1933[1]에 나타난 소리의 형상화 양상을 통해 작가의 서술 전략을 살펴보고자 한다. 김유정 소설에는 수많은 소리가 등장한다. 「산골 나그네」에서 물소리, 신발 소리, 바람 소리, 침묵, 늑대 소리부터 「총각과 맹꽁이」1933에서 호미 소리, 맹꽁이 소리, 「소낙비」1935에서 매미 소리, 소낙비 소리, 「금따는 콩밭」1935에서 흙 긁는 소리, 「노다지」1935에서 쇠 부딪히는 소리, 징 때리는 소리, 「산골」1935에서 새들의 끼리끼리 어르는 소리, 뻐꾸기 소리, 「만무방」1935에서 벼 터는 기계 소리, 흥겨워 외치는 사람들의 목청소리, 타작 소리, 「안해」1935에서 노랫소리, 「봄과 따라지」1936에서 시장을 메우는 소리, 「가을」1936에서 낙엽 소리, 「두꺼비」1936에서 자전거 소리, 「동백꽃」1936에서 닭 소리, 「땡볕」1937에서 물차 지나가는 댕댕 소리, 「정분」1937에서 징소리와 쇠붙이 소리까지 온갖 소리가 그의 소설 세계에

---

[1] 전신재 편, 『원본 김유정 전집』, 강, 1997.

서 울려 퍼진다. 이처럼 작가 김유정이 여러 소설에서 반복해서 사용해 온 수많은 소리는 그의 소설 특징을 파악할 수 있는 한 방편으로 이해될 수 있다.[2]

선행연구는 연구자들이 김유정의 소설에 등장하는 소리를 다양하게 해석할 수 있는 학문적 기반이 되어주었다. 이 중에서 소리를 제재[3]로 하여 김유정 소설을 분석한 논의를 살펴보면 다음과 같다.

유인순은 소리에 무게를 두어 김유정의 삶과 소설의 관계를 깊이 있게 연구했다. 김유정 문학 속에서 소리판소리, 아리랑, 노래의 역할에 대해 추적하면서, 김유정이 즐겨 부르고 듣던 소리와 그의 작품 속에 나온 우리 소리를 정리하였다.[4]

김화경은 김유정의 소설에는 "소리가 와글거리고 낯선 어휘가 넘치며 유창하다"라고 언급하며, 말더듬이로 놀림 받던 작가 김유정이 글을 쓰면서 자신의 상처를 치유해가는 과정에서 소리를 활용하고 있다고 보았다.[5]

송희복은 김유정의 문체적 개성을 "청감의 시학"이라고 하며, 김유정을 "청각적인 문체의 전통을 계승하여 개성을 창조한 작가"로 평가하였다.[6]

이미림은 김유정 소설에 나타나는 "토착어, 감(청)각어, 구어체, 판소리 재담 등의 문체와 어휘"를 "로컬리티가 가장 잘 발현되는 요소"라고 보며,

---

2 위의 책.
3 최시한은 「'제재'에 대하여」에서 제재를 "글의 재료"로 보고, "담화의 구상적 추상적 재료로서 주제를 형성하고 표현하는 것"으로 설명한다. 제재는 "작가에 의해 선택되고 초점화되는 그 순간에 이미 소설 구조의 일부가 되고 주제와 융합"된다. 그래서 작가가 형상화한 소리를 독자가 심상으로서 형성해가는 과정이 소설 구조의 일부가 되어 주제화하는데 기여하게 된다. 즉, 제재로서의 소리는 소리를 「산골 나그네」에서 핵심적인 수사 전략으로 활용되는 근거로 이해할 수 있다. 최시한, 「'제재'에 대하여」, 『시학과언어학』 20권 20호, 2011.2, 213쪽.
4 유인순, 「김유정 문학의 부싯깃 — 술·여자·노래를 중심으로」, 『강원문화연구』 22집, 2003, 1~30쪽.
5 김화경, 「말더듬이 김유정의 문학과 상상력」, 『현대소설연구』 32권 32호, 2006.12, 75~95쪽.
6 송희복, 「청감(聽感)의 시학, 생동하는 토착어의 힘 — 김유정과 이문구를 중심으로」, 『새국어교육』 77권 77호, 2007.12, 751~776쪽.

이 요소들을 김유정 문학의 특징으로 보았다.[7] 그리고 "동식물을 의인화하고 동일시하는" 김유정의 "자연 친화적인 태도는 로컬리티와 연관된 강원 문학의 특질을 이룬다"라고 주장했다.[8]

전신재는 판소리의 언어와 정서의 특징을 살핀 뒤, 이를 바탕으로 김유정의 소설 언어와 정서를 고찰하였다. 김유정의 소설의 등장을 판소리의 등장과 그 상황이 유사하다고 보고 그의 소설의 언어를 판소리 언어와의 관계에서 파악하였다. "서민사회의 비속한 언어를 사용한다는 점, 그것도 서민들이 일상생활에서 발음하는 대로 표기한다는 점, 언어의 청각적 쾌감 자체를 즐긴다는 점, 요설체의 문장을 구사한다는 점 등"은 판소리 언어와 유사하다.[9] 덧붙여 "판소리에는 울음과 웃음이 각각 독립적으로 공존하고 있고, 김유정 소설에서는 울음과 웃음이 같은 비중으로 결합되어 있다"고 보았다.[10]

우한용은 김유정 소설의 언어적 특질을 미학적으로 해석하기 위해서 그 시대의 언어, 작가가 주로 활약한 문학판의 언어, 작가가 몸으로 익힌 생의 언어, 소재로 동원하는 작은 세계영역의 언어 등이 어떤 조합을 이루는가 하는 점에 주목해야 한다고 보았다.[11]

이 글은 전신재의 논의에 큰 도움을 받았는데, 그에 따르면, "김유정은 책에서 배운 언어를 사용하지 않고, 사람들에게서 들은 언어를 사용해서 소설을 썼다".[12] 그래서 그의 소설은 "읽히기 위한 소설이라기보다는 들려주기 위한 이야기"이다.[13] 이 경우, 독자는 이야기를 들어야 하는 청자의 역할

---

7 이미림, 「김유정 문학의 로컬리티 연구」, 『배달말』 64집, 2019.6, 311~330쪽.
8 위의 책, 311~330쪽.
9 전신재, 『김유정 문학의 재조명』, 소명출판, 2008, 175쪽.
10 위의 책, 184~185쪽.
11 우한용, 『김유정 문학의 재조명』, 소명출판, 2008, 90~92쪽.
12 전신재, 앞의 책, 170쪽.
13 위의 책, 172쪽.

을 수행해야 한다. 이 글은 이 지점에 주목하여, 작가 김유정이 소리 효과를 발생시키기 위해 서사적 요소들을 어떤 방식으로 활용하고 있는지, 그 기술 방식을 찾고자 한다. 이 작업은 독자가 문학적 상상력을 통해 소리를 듣는 과정이 소설 구조 일부가 될 수 있다는 가정을 가능케 한다. 특정한 소리는 청자의 인식 체계에서 그 효과로서 작용하여, 소설의 내용과 형식의 층위에서 중요하게 기능할 수 있기 때문입니다.

이 글은 다양한 소리를 담고 있는 김유정의 소설 중에서 「산골 나그네」를 대상 텍스트로 삼아 소리의 수사적 특징을 분석하고자 한다. 이 소설은 등단작으로서 작가의 소설 기법이나 세계관의 방향이 분명히 드러나 있다고 판단된다. 때문에 소리의 서술전략을 면밀하게 살펴보려는 이글의 의도에 부합한다. 이어지는 2장, 3장, 4장에서는 이 소설에서 반복적으로 형상화되는 '물소리', '침묵', '늑대소리'에 주목하여, 작가가 이 소리를 활용하여 어떻게 청각적 세계와 인물의 관계를 형상화하는지 살펴보겠다.

2. 청각적 세계의 형성-'물소리'

논의를 진행하기 위해 먼저 소설의 스토리를 살펴보겠다. 산골 나그네이하 '나그네'는 늦은 가을밤 산골의 허름한 주막을 찾아온다. 나그네는 주막 여주인에게 혼자 먹을 것을 구해 돌아다니는 처지라고 하며 하룻밤을 묵게 해달라고 부탁한다. 여주인의 환대로 그 집에서 며칠을 지내다가 과분한 관심에 부담을 느껴 남편 없이 홀로 살아간다고 거짓말을 한다. 며칠 뒤 여주인의 권유로 그녀의 아들인 노총각 덕돌이와 혼인을 한다. 그러나 며칠 지나지 않아 덕돌이가 잠든 틈을 타서 그가 아끼는 옷을 훔쳐 몰래 도망을 간다. 그리고 물레방앗간에 숨어 있던 병든 남편에게 돌아가서 가지고 온 덕돌이의 옷을 입히고, 남편과 함께 산골 마을을 떠난다.

서술자는 깊은 가을밤, 서사적 공간인 산골 주막을 묘사하며 소설을 시작한다. 이 묘사에서 두드러지는 감각은 청각이다.[14]

산골의 가을은 왜 이리 고적할까! 앞 뒤 울타리에서 부수수 하고 떨잎은 진다. 바로 그것이 귀밑에서 들리는 듯 나직나직 속삭인다. **더욱 몹쓸 건 물소리,** 골을 휘돌아 맑은 샘은 흘러내리고 야릇하게도 음률을 읊는다.

퐁! 퐁! 퐁! 쪼록 퐁!

바깥에서 신발 소리가 자작자작 들린다. 귀가 번쩍 띄여 그는 방문을 가볍게 열어젖힌다. 머리를 내밀며, "덕돌이냐?" 하고 반겼으나 잠잠하다. 앞뜰 건너편 수풍을 감돌아 싸늘한 바람이 낙엽을 뿌리며 얼골에 부딪친다. 용마루가 생생운다. **모진 바람소리에 놀라 멀리서 밤개가 요란히 짖는다.**

"쿤 어른 계서유?"

몸을 돌리어 바느질거리를 다시 들려 할 제 이번에는 짜장 인끼가 난다. 황급하게 "누구유?" 하고 일어서며 문을 열어보았다.

"왜 그리유?" 처음 보는 아낙네가 마루 끝에 와 섰다. 달빛에 비끼어 검붉은 얼굴이 해쓱하다. 추운 모양이다. 그는 한 손으로 머리에 둘렀던 왜수건을 벗어들고는 다른 손으로 흩어진 머리칼을 싸담어 올리며 수줍은 듯이 쭈뼛쭈뼛

---

14 김유정은 「산골 나그네」 외에도 「산골」, 「소낙비」 등 산골을 소재로 하는 소설들의 도입부를 소리의 형상으로 시작하는데, 이것은 수사학적 기법에서 이해하면 흥미로운 지점이다. 이 지점에 덧붙여 그의 여러 소설에서 등장하는 소리의 형상화 양상과 그 특성을 살핀다면 김유정 소설의 '소리의 수사학'을 기획할 수 있을 것이다.

한다.[15] (강조는 인용자, 이하 같음)

위의 인용문에서는 다양한 소리가 형상화된다. 부수수하고 떨잎 떨어지는 소리, 골을 휘돌아 흘러내리는 맑은 샘의 물소리, 자작자작 대는 신발소리, 모진 바람 소리 등이 그것이다. 이 소리 중에서 '물소리'는 서사 전개에서 중요한 기능을 한다. 이 소리가 소설의 해석에 있어서 중요한 키워드가 되는 서사적 공간과 의미상 긴밀하게 연결되기 때문이다.

인용문을 다시 보면, 서술자는 물소리 앞에 "더욱 몹쓸 건"이라는 수식어를 붙인다. 이 부분에서 "암시된 저자"[16]가 서술에 참여하고 있는 형상을 확인할 수 있다. '암시된 저자'란, 작가의 신념을 대변하는 분신으로서 도덕적 · 정서적인 내용과 미학적인 구조를 모두 통제하는 존재이다.[17] '암시된 저자'는 서술자를 설정하고, 서술자는 독자에게 작가상을 떠올릴 것을 요구하며 어떤 인물에게 공감하고 행동과 몸짓 등 어떤 측면을 중점화하였는지를 파악하며 서사를 따라가도록 한다.[18] 즉, 작가는 '암시된 저자'의 형상을 통해 물소리를 "야릇하게도 음률을 읊는"다고 형상화함으로써, 왜 물소리가 "몹쓸게" 여겨져야 하는지 독자가 호기심을 갖게 한다.

'암시된 저자'가 소리의 판단에 개입하고 있는 사실은, 위의 인용문에서

---

15 전신재 편, 앞의 책, 17~18쪽.

16 웨인 부스(Wayne C. Booth)는 '말하기(telling)'보다는 '보여주기(showing)'를 '좋은 소설'의 형식적 특질로 보았던 당대의 주요 비평관습에 대항하고자, 작가의 논평과 같은 직접적 개입이 부각되는 소설의 가치를 복원하였다. 이러한 시도에서 '암시된 저자'의 개념을 창안하였다. '암시된 저자'는 그 자신이 나타내고자 하는 신념의 형태에 공감하는 '암시된 독자'의 상을 만들어낸다고 전제하여, 내용과 형식 모두에 개입하는 존재이다.

17 위의 책, 73쪽.

18 시모어 채트먼(S. Chatman)은 웨인 부스의 암시된 저자 개념을 더욱 발전시켰다. 그의 서사 의사소통 모델에서 '암시된 저자'는 '암시된 독자'와 함께 중요한 구성요소로 나타난다.(S. 채트먼, 한용환 역, 『이야기와 담론』, 푸른사상, 2003, 168쪽)

처럼 '물소리'에 대한 서술자의 묘사에서 확인할 수 있다. '물소리'는 "퐁!
퐁! 퐁! 쪼록 퐁!"이라는 의성어를 통해 청각적 이미지가 강조된다. '물소
리'는 "신발 소리"로 이어지는데, 이 신발 소리의 주체는 주인공인 나그네
이다. 그리고 이 신발 소리를 듣는 주체는 주막의 주인인 덕돌 어미이다. 이
노파가 신발 소리를 듣는 장면을 "귀가 번쩍 띄여"라고 서술한 부분에서 알
수 있듯이, 서술자는 신발 소리의 형상을 강조하고, 이 소리를 매개적 장치
로 하여, 독자와 나그네와 덕돌 어미의 관계가 이 소설에서 중요하게 다루
어질 것임을 알 수 있도록 한다. 즉, 서술자는 물소리를 나그네의 등장과 연
결하여 신발 소리로 이어지게 함으로써, 소리의 효과에 의해 서사가 전개되
도록 한다. 그래서 독자는 서술자와 가까운 거리에 놓인 '암시된 독자'를 거
쳐 청각적 세계로 이끌려 온다.

소리의 배경 속에서 서사가 시작되는 것은, 마치 연극이나 영화에서 극
의 시작을 소리로 알리는 것과 유사하게 이해할 수 있다. 예를 들면, 연극에
서의 소리는 정적인 공간에서 출현해 퍼져나가 공간을 채우며 파장을 일으
키며 사라진다.[19] 연극을 현존의 미학 측면에서 보면, 관객은 무대 위에서
울리는 소리를 지각할 수 있다. 이와 달리 소설은 언어의 예술이다. 따라서
작가는 물이 흐르는 모습을 형상화하는 서술자의 부가적 설명을 통해 독자
에게 문학적 상상력을 작동시켜, 독자가 주막이 있는 산골 공간을 '청각적
공간'으로 상상하도록 해야 한다. 즉, 작가는 소설의 시작이 되는 공간에 소
리의 형상을 덧붙여나가면서, 계속해서 이 소리를 독자에게 환기하여 이 공
간이 소리의 수행적 공간performative space이 되도록 한다.[20] 리처드 포이어

---

19 에리카 피셔-리히테, 김정숙 역, 『수행성의 미학』, 문학과지성사, 2017, 267쪽.
20 "소리성은 언제나 공간성을 생성한다. 이 공간성은 분위기적 공간을 말하며, '청각적 공간'이
   다." 위의 책, 277~278쪽; 소리와 공간은 각각 상호적으로 서로를 구성한다. 이는 청각성 혹은

리는 무대와 배우를 통한 '연행'만을 퍼포먼스로 보는 것이 아니라, 작가가 소설을 구상하고 기술하면서 사건과 이야기를 배치해나가는 글쓰기 그 자체도 퍼포먼스로 본다.[21] 포이리어의 논의를 받아들이면, 이 글은 김유정의 소설 작업이 퍼포먼스와 일치될 수 있음을 전제하면서 특히 독자들의 집중을 요구하는 퍼포먼스의 핵심 지점을 소리의 효과로 이해하고자 한다.

이러한 전제하에서 이 글이 「산골 나그네」에서 작가가 소리를 활용하여 공간을 형상화하는 방식에 특히 주목하는 이유는, 소리가 그 공간에서 벌어질 사건을 전개해가는 데 중요하게 기능하기 때문이다. 소설의 결말까지 지속해서 서사적 공간이 소리로 채워지고 있는 것은 소리에 대한 작가의 의도가 분명하게 드러난 표지이다. 결말은 작가가 작품에서의 갈등을 해결해가려는 일관된 의도를 드러내면서 동시에 전체 작품구조를 완결시키려는 노력을 파악할 수 있는 부분이다.[22] 이 결말의 미학은 작가의 고유한 수사적 특성을 확인할 수 있게 한다. 결말은 서사의 구조 안에서 다른 수사적 요소들과 총체적으로 다루어져야 하므로 이와 관련된 논의는 3장에서 더 자세히 논의될 것이다. 그런데도 여기에서 주장하려는 청각적 세계 형성의 근거를 제시하기 위해 미리 이에 대해 언급을 하면, '물소리'는 독자가 서사구조를 따라 결말을 해석할 수 있게 하는 이정표가 된다.

결말에서 형상화되는 "물방앗간"과 "강길"의 공간은 '물소리'의 청각적

시각성 어느 쪽의 관점에 서도 마찬가지이다. Mark S. M. Scott, *The Oxford Handbook of the Study of Religion*, edted by Michael Stausberg and Steven Engler, Oxford UP, 2016, 316~328쪽.

21 리처드 포이리어는 작가를 '퍼포먼스하는 자아(performing self)'로 보고, 이 자아가 작중 서사를 이끌어가는 주인공에 투여된다고 보았다. 그리고 작품의 무대는 현장(field)으로 작가가 퍼포먼스하는 곳이다. Poirier, Richard, *The Performing Self : Compositions and Decompositions in the Languages of Contermporary Life*, Oxford UP, 1971, p.3.

22 문유경, 「근대 단편소설의 결말구조 유형화 연구」, 서울대 석사논문, 1994, 1쪽.

효과에 의해 의미를 얻는다. 이 공간은 소설의 시대적 배경인 1930년대 일제 식민 통치하에서 실향민으로서 비극적인 삶을 살아가야 하는 나그네 부부의 운명을 상징적으로 보여주기 위한 중요한 토포스topos[23]로 기능한다. 아래 인용문은 이 공간을 묘사하는 부분이다. 이 부분에서 '물소리'와 '늑대소리'가 비중 있게 형상화되는데 '늑대소리'는 3장에서 자세히 다룰 것이므로 여기에서는 '물소리'만 살펴보겠다.

마을에서 산길로 빠져나온 어귀에 우거진 숲 사이로 비스듬히 언덕길이 놓였다. 바로 그 밑에 석벽을 끼고 깊고 **푸른 웅덩이가 묻히고 넓은 그 물**이 겹겹 산을 에돌아 약 10리를 흘러내리면 신연강 중턱을 뚫는다. 시새에 반쯤 파묻혀 번들대는 큰 바위는 내를 사고 양쪽으로 질펀하다. 꼬부랑길은 그 틈바귀로 뻗었다. 좀체 걷지 못할 자갈길이다. **내를 몇 번 건너고** 험상궂은 산들을 비켜서 한 5마장 넘어야 겨우 길다운 길을 만난다. 그리고 거기서 좀더 간 곳에 냇가에 외지게 잃어진 오막살이 한 칸을 볼 수 있다. **물방앗간이다. 그러나 이제는 밥을 찾아 흘러가는 뜬몸들의 하룻밤 숙소로 변하였다.** (…중략…)

똥끝이 마르는 듯이 계집은 사내의 손목을 겹겹히 잡아끈다. 병들은 몸이라 끌리는 대로 뒤툭거리며 거지도 으슥한 산 저편으로 같이 사라진다. **수은빛 같은 물방울을 품으며 물결은 산 벽에 부닥뜨린다.** 어디선지 지정치 못할 늑대소리는 이 산 저 산에서 와글와글 굴러내린다.[24]

---

23 이 글에서는 토포스를 언어와 장소의 관계 속에서 "언어적, 특히 수사학적으로 파악된 장소이자 언어활동의 거점"인 '언어적 토포스'로 한정한다. 이 언어적 토포스는 소설에서 작가가 주제를 이끌어나가기 위해 마련한 장소로 이해해 볼 수 있다.(나카무라 유지로, 박철은 역, 『토포스』, 그린비, 2012, 7쪽)
24 전신재 편, 앞의 책, 27~28쪽.

소설의 첫 장면에서 알 수 있듯 나그네는 병든 남편을 물방앗간에 숨겨 두고 산골 주막을 찾아온다. 그 뒤 산골 주막을 떠나 다시 물방앗간으로 돌아온다. 나그네는 물방앗간으로 돌아오는 길에 강과 시내를 몇 번 건너고 험상궂은 산들을 힘겹게 넘는다. 이 길에서 형상화되는 물줄기는 나그네의 여정을 따라 물방앗간으로 이어진다.

물방앗간으로 이어지는 물의 '흐르는' 이미지는 바슐라르의 말을 인용하자면 인간의 삶의 모습과 유사하다. "인간 존재는 흐르는 물의 운명을 지니고 있기 때문이다."[25] 흐르는 물이 모이는 물방앗간이라는 공간은 나그네의 험난한 삶을 표상하며, 그러한 삶이 지속될 것임을 암시한다. 또한 겹겹이 산을 에돌아 10리를 쉼 없이 흘러내리는 물줄기의 이미지는 시공간의 측면과 관계를 맺는다. 이 물길은 나그네 부부의 삶을 당시의 모든 실향민의 삶의 고통스러운 모습으로 확대하여 독자가 해석할 가능성을 제공한다. 그리고 "수은빛 같은 물방울을 품으며 물결은 산 벽에 부닺뜨린다"라는 문장에서 물줄기가 산에 부딪혀 부서진다는 서술자의 표현은 이 해석에 타당성을 부여한다. 이 표현이 형상화하는 물줄기의 조각난 이미지는 작중 인물뿐 아니라 실향민들이 처해있는 비극적 상황을 강조하는 역할을 한다.

'암시된 저자'는 작가에 의해 윤리적 의무를 부여받기 때문에, 그가 작중 인물들에게 보이는 태도에서 독자는 작가 김유정의 태도를 유추할 수 있다. 옳고 그르다의 도덕적 측면에서 보면, 나그네 부부의 행동은 후자에 가깝다. 그러나 작가는 '암시된 저자'를 활용하여, 독자가 그들의 행동을 판단하기보다는 그것에 원인을 묻도록 함으로써 그들이 처한 삶의 환경에 주목하도록 한다. 즉, 이 '물소리'는 그들의 아픔과 고통이 환경 안에서 소리로 얽

---

25 가스통 바슐라르, 이가림 역, 『물과 꿈』, 문예출판사, 2014, 18쪽.

혀서 독자에게 공감될 수 있도록 서사적 상황을 구축하는 기능을 한다. 궁극적으로 독자는 소설의 서사적 공간을 지배해온 '물소리'를 왜 서술자가 "악독하고 고약"하다고 표현했는지 이해할 수 있게 된다.

3. 산골 나그네의 인물형상화―'침묵'

앞서 '물소리'가 청각적 세계를 구축하면서 이 소설을 지배하는 공간적 소리라면, '침묵'은 나그네의 심리 상태를 반영하고 그의 존재를 형상화하는 소리이다.[26]

나그네는 이 소설에서 가장 문제적 인물이다. 작가는 추리 기법을 활용하여 나그네의 존재를 추적해간다.[27] 추리 기법은 한 사건을 추적해가는 서술자의 위치를 강조한다. 이 소설은 서술자의 존재가 분명하지 않지만 표면적으로는 삼인칭 서술자이기 때문에 서술자의 객관성이 어느 정도 담보될 수 있다. 그러나 '암시된 저자'의 등장은 이 객관성을 어느 정도 해체한다.[28] '암시된 저자'는 서사 전개에서 나그네에게 동정[29]을 보여주는데, 이 감정

---

26 침묵 역시 수행(performance), 젠더, 정체성, 체화(embodiment), 정서, 상상력, 공간적 맥락과의 관계 속에서 분석될 수 있다.(Mark S. M. Scott, *op.cit.*, pp.316~328)

27 연남경은 "흥미 요소와 현실 감각의 양면에서 김유정 소설이 갖고 있는 대중성에 주목"하여, "「산골 나그네」, 「만무방」, 「가을」을 추리 서사적 기법으로 분석하고 있다".(연남경, 「김유정 소설의 추리 서사적 기법 연구」, 『한중인문학연구』 제34집, 2011, 55~79쪽)

28 우한용은 "김유정은 한 초점 주체의 시각에 의존하여 세계를 인식하고 그의 관점에서 서술하려는 이러한 내적 초점화를 지향하는 창작 방법을 지향하면서도 필요한 경우 또는 다른 초점 주체의 시각을 작중 속에 드러내는 다중적 시점이라는 특이한 서술방식을 사용함으로써 독특한 미적 효과를 얻고 있다"라고 보았다.(최병우, 「김유정 소설의 다중적 시점에 관한 연구」, 『현대소설연구』 제23호, 한국현대소설학회, 2004, 32쪽)

29 이 글은 '암시된 저자'의 태도를 동정의 측면에서 이해하려고 한다. 그 이유를 이 소설이 창작된 시대에 사용되었던 동정이란 단어가 품고 있는 의미에 찾을 수 있다. 1910년대 후반부터

은 작가 의식을 분명하게 확인할 수 있게 한다. 앞서 언급했듯이 '암시된 저자'가 지녀야 하는 윤리적 의무를 동정과의 관계에서 이해해보면, 동정은 "윤리적 움직임"으로, "우선적으로 어떤 만남의 언어, 하나의 관계가 발하는 빛에 가깝"기 때문에 '암시된 저자'는 동정을 매개로 독자에게 윤리적 교훈을 제공해주어야 한다.[30] 다른 말로 하자면 '암시된 저자'는 윤리적으로 이상화할 수 있는 문학적 행위를 독자에게 보여주어야 한다.[31]

스토리에서 보면, 나그네는 자신에게 온정을 베풀어준 덕돌이 모자를 배신한 인물이다. 독자는 나그네의 존재를 어떻게 이해해야 할 것인가를 고심한다. 이에 대한 답을 찾아가는 과정이 이 소설의 가장 중요한 해석지점이 되는데, 이 과정에서 '침묵'과 '늑대소리'가 중요한 해석의 키워드가 된다. '늑대소리'는 다음 4장에서 자세히 살펴볼 것이다.

나그네는 덕돌이와 덕돌 어미의 관계에서 '침묵'의 이미지로 형상화된다. 먼저 덕돌이와의 관계에서 형상화되는 '침묵'을 살펴보겠다.

① 방 안은 떠들썩하다. (…중략…)

"아주머니 젊은 갈보 사왔다유? 보여주게유."

영문 모를 소문도 다 듣는다.

"권주가? 아 갈보가 권주가도 모르나. 으하하하." 하고는 무안에 취하여 푹 숙인 계집 뺨에다 꺼칠꺼칠한 턱을 문질러본다. **소리를 암만 시켜도 아랫입술을**

1930년대 초반 식민지 조선에서 학술적 글쓰기와 소설의 영역에서, 동정이라는 단어가 자주 사용되었다. 동정은 연민이나 공감과는 확실하게 구별되는 의미를 지니고 있었다. 즉, 동정에는 진심을 품는 것만으로 그치지 말고 구체적인 실천으로서 진심이 표현되어야 한다는 특정한 행위가 요구되었다. 손유경, 『고통과 동정 (한국 근대소설과 감정의 발견)』, 역사비평사, 2008, 15~16쪽.

30 안토니오 프레테, 윤병언 역, 『동정에 대하여』, 책세상, 2019, 169쪽.
31 웨인 부스, 「'암시된 저자'는 필요한가?」, 방민호·최라영 역, 『문학의 오늘』 2013.여름.

깨물고는 고개만 기울일 뿐 소리는 모싫나보다. 그러나 노래 못하는 꽃도 좋다. 계집은 영 내리는 대로 이 무릎 저 무릎으로 옮아앉으며 턱밑에다 술잔을 받쳐 올린다. (…중략…)

한 사람 새두고 앉았던 상투가 콧살을 찌푸린다. 그리고 맨발 벗은 계집의 두 발을 양손에 붙잡고 가랑이를 쩍 벌려 무릎 위로 지르르 끌어올린다. 계집은 앙탈을 한다. **눈시울에 눈물이 엉기더니 불현듯이 쪼록 쏟아진다.**

(…중략…)

술은 연실 데워서 들여가면서도 주인은 불안하여 마음을 졸였다. 겨우 마음을 놓은 것은 훨씬 밝아서다. **참새들은 소란하게 지지귄다.** 지직 바닥이 부스럼 자국보다 질배없다. 술, 짠지쪽, 가래침, 담뱃재 ─ 몇해 너저분하다. 우선 한 길치에 자리를 잡고 계배를 대 보았다. 마수거리가 85전, 외상이 2원 각수다. 현금 85전, 두 손에 들고 앉아 세고 또 세어보고……. [32]

② 나그네 홀로 자는 방에 덕돌이가 들어갈 리 만무한데 정녕코 그놈일 게다. 마루 끝에 자그마한 나그네의 짚세기가 놓인 그 옆으로 질목채 벗은 왕달짚세기가 와살스럽게 놓였다. 그리고 방에서는 수군수군 낮은 말소리가 흘러져 나온다. 그는 무심코 닫은 방문께로 귀를 기울였다.

"그럼 와 그러는 게유? 우리 집이 굶을까봐 그리시유?"

"……."

"어머니도 사람은 좋아유…… 올해 잘만 하면 내년에는 소 한 마리 사놀 게구, 농사만 해도 한 해에 쌀 넉 섬, 조 엿 섬, 그만하면 고만이지유…… 내가 싫은 게유?"

---

32 전신재 편, 앞의 책, 20~22쪽.

"……."

"사내가 죽었으니 아무튼 얻을 게지유?"

옷 터지는 소리. 부스럭거린다.

"아이! 아이! 아이! 참! 이거 노세유."

쥐 죽은 듯이 감감하다. 허공에 아롱거리는 낙엽을 이윽히 바라보며 그는 빙
그레 한다. 신발 소리를 죽이고 뜰 밖으로 다시 돌쳐섰다.[33]

위의 인용문에서 ①은 나그네가 덕돌네의 주막을 찾아온 다음 날의 상황
이다. 젊은 술꾼들은 젊은 갈보가 있다는 소문을 듣고 주막을 찾아온다. 소
문과 술꾼들의 말에 의해 나그네는 술집 갈보로 규정된다. 나그네는 그들에
게 성적으로 수모를 당하면서도 아무 말을 하지 않는다. 그런 나그네의 모
습을 보며 덕돌 어미는 방에 술을 "연실 데워서 들어가면서" 걱정스러운 마
음에 어찌할 줄을 몰라 한다. 그러나 덕돌 어미는 오랜만에 술꾼들이 몰려
와 현금 85전을 벌었기 때문에 나그네에 대한 걱정을 내려놓는다. 이 상황
은 "방안은 떠들썩하다", "참새들은 소란하게 지저귄다"라는 표현에서 알
수 있듯이, 시끄러운 소리의 공간으로 형상화된다. 이와 달리 나그네는 어
떤 소리도 내지 않는다. 술꾼들이 나그네에게 "소리를 암만 시켜도" 나그네
는 "아랫입술을 깨물고는 고개만 기울일 뿐"이다. 나그네는 이 상황을 견디
지 못하고 결국 눈물을 흘린다. "눈시울에 눈물이 엉기더니 불현듯이 쪼록
쏟아진다"라는 표현에서 나타나는 '암시된 저자'의 태도에 의해 독자는 나
그네에 대한 작가의 동정심을 유추할 수 있다.

인용문 ②는 나그네가 산골 주막에 찾아온 뒤 4일이 지난 어느 날, 덕돌

---

33 위의 책, 23~24쪽.

이가 나그네에게 청혼하는 장면이다. 스물 아홉 살 덕돌이는 과거 혼례를 하기로 한 여자가 있었지만, 혼인날을 불과 이틀 남겨놓고 가난한 처지 때문에 혼인을 하지 못했다. 그런 덕돌이에게 낯선 나그네는 "눈이 휘둥그렇게 주춤"할 정도로 호감을 주는 존재이다. 나그네는 덕돌이의 갑작스러운 청혼에 아무 말도 하지 않는다. 나그네의 침묵은 말줄임표("……")로 형상화된다. 이 침묵의 상황은 곧 다른 소리에 의해 깨진다. 그것은 덕돌이가 나그네의 옷을 벗길 때 나는 "옷 터지는 소리", "부스럭"과 같은 소리이다. 이 상황에서 나그네는 "아이! 아이! 아이! 참! 이거 노세유"라는 말을 한다. 이때 반복되는 "아이!"의 의성어 다음에 곧바로 "쥐 죽은 듯이 감감하다"라는 문장이 이어진다. 이처럼 '침묵'과 '말소리'가 교차하는 상황에서 침묵하는 나그네의 이미지는 더욱 강조된다. 서술자는 이 광경을 몰래 지켜보는 덕돌 어미의 모습을 "빙그레한"으로 서술하여, 어미의 웃는 모습과 덕돌이와 합방을 해야 하는 나그네의 모습을 대조한다.

다음으로 나그네와 덕돌 어미와의 관계에서 형상화되는 '침묵'을 살펴보겠다. 덕돌이는 나그네에게 적극적으로 사랑을 표현했고, 나그네도 그의 마음을 잘 알고 있었다. 덕돌이는 "모처럼 얻은 귀여운 아내니 행여나 마음이 돌아앉을까 미리미리 사려두"기 위해 밖에서는 헌 옷을 입고 집에서는 아내에게 잘 보이기 위해 좋은 옷을 입었다. 나그네는 그 마음을 알면서도 덕돌이가 아끼는 옷을 훔쳐 사라진다. 덕돌이는 그런 행동을 한 나그네를 도적년이라고 부르는데, 덕돌 어미는 그렇게 생각하지 않는다. 덕돌 어미는 나그네가 혼인 때 받은 비싼 은비녀는 두고 덕돌이의 옷만 가져간 것을 보고, "두말 없이 무슨 병폐가 생겼다"라고 여긴다. 그리고 걱정스러운 마음에 아들을 데리고 문밖으로 나가 며느리를 찾아 나선다. 여기서 덕돌 어미

가 선물한 은비녀를 두고 간 나그네의 마음과 그러한 며느리의 진심을 헤아
려보려는 덕돌 어미의 마음, 서로에 대한 염려의 마음은 어떤 말소리를 매개
로도 이루어지지 않는다. 이 지점에서 나타나는 '암시된 저자'는 나그네의
태도를 판단하기보다는 두 인물의 마음을 '침묵'으로 형상화하여 독자가
감정적으로 반응하도록 한다.

4. 청각적 공동체 지향–'늑대소리'

서사는 나그네가 주막에서 도망친 뒤 물레방앗간으로 가서 병든 남편을
데리고 고개를 넘는 장면으로 마무리된다. 아래의 인용문 ①에서처럼 소설
의 결론에서 형상화되는 '늑대소리'는 「산골 나그네」에서 중요한 수사적
장치로 기능하는데, 두 측면에서 그러하다. 첫째, 이 소리는 독자에게 서사
의 종결을 해석할 수 있는 장치, 즉 서사의 틈[34]을 메우는 장치로 기능한다.

① 똥끝이 마르는 듯이 계집은 사내의 손목을 접겁히 잡아끈다. 병들은 몸이
라 끌리는 대로 뒤툭거리며 거지도 으슥한 산 저편으로 같이 사라진다. **수은빛**
같은 물방울을 품으며 물결은 산 벽에 부닥뜨린다. 어디선지 지정치 못할 늑대소리는
이 산 저 산에서 와글와글 굴러내린다.

---

34 서사의 틈이란, "크든 작든, 모든 서사에 나타나는 필연적인 공백을 뜻한다. 독자들은 자신들의
경험이나 상상력으로 그 공백을 채우도록 요구받는다. 허구적인 서사에 담긴 의도를 헤아리며
해석할 때 이러한 과정은 텍스트와 텍스트가 주는 단서들과 일치되는 것들로 제한된다".(H. 포
터 애벗, 우찬제 외역, 『서사학 강의』, 문학과지성사, 2010, 462쪽)

② 덕돌이를 읍에 보냈는데 날이 저물어도 여태 오지 않는다. 흩어진 좁쌀을 확에 쓸어 넣으며 홀어미는 퍽이나 애를 태운다. 요새 날치가 차지니까 늑대, 호랑이가 차자 마을로 찾아 내린다. 밤길에 고개 같은 데서 만나면 끽소리도 못하고 욕을 당한다.[35]

'늑대소리'를 해석할 수 있는 키워드는 ②에서 찾을 수 있다. ②는 주막에서 나그네가 젊은 갈보로 몰려 눈물을 흘린 그다음 날의 장면으로 덕돌 어미의 시점으로 서술된 부분이다. 덕돌 어미는 요즘 날씨가 추워지니까 늑대와 호랑이가 마을을 찾아 내려오기 때문에, 밤길에 행여나 집에 돌아오지 않은 아들이 짐승들을 만나 욕을 당하지나 않을까 걱정한다. 이 서술 부분을 통해 독자들은 현재 산골 마을의 상황에 대해 알게 된다. 그 뒤 독자는 서사를 따라가다가 나그네가 주막을 떠난 후에 결론에 해당하는 ① 부분에서 '늑대소리'가 이 산 저 산 어딘가에서 알 수 없이 출현한다는 서술을 떠올리면서, ②의 서술 장면에서 늑대가 마을을 찾아온다는 서술을 기억해낸다.

'늑대소리'의 효과는 독자에게 서사구조를 따라가게 하려는 작가의 전략으로 활용된다. 이 경우 '늑대소리'는 서술자에 의해 서술될 수 없는 서사의 영역까지도 형상화하는 역할을 한다. 그 영역이란 바로 감정이다. '늑대소리'는 나그네뿐만 아니라 나그네의 남편이 처한 비참한 현실에서 경험해야 하는 고통스러운 상황을 부각하여 그들에게 독자가 "감정이입"[36]을 하게 되는 과정에 적극적으로 개입한다. 독자의 감정이입이 이루어지는 과정은, 감

---

35 전신재 편, 앞의 책, 22쪽.
36 "공감(sympathy)은 대상을 긍정적으로 동정하는 것이고, 감정이입(empathy)은 대상과 더불어 감정을 느끼는 것을 의미한다. 어떤 사람에게 공감한다는 것은 그가 어떻게 느끼는지를 알고 그것을 염려한다는 것이다. 반면에 감정이입은 어떤 사람이 어떻게 느끼는지를 알고 그와 똑같은 종류의 감정을 느끼는 것을 의미한다. 공감의 경우에는 대상이 느끼는 식대로 느끼지 않고도 대상을 염려할 수 있다."(정은주, 「현실을 반영하는 인물 시점과 감정이입 미학의 소설교육」, 『교원교육』 34권 4호, 2018.10, 105쪽)

정이입이 대상과 더불어 감정을 느끼는 것이라는 점에서 보면, 윤리적 차원에서 이루어진다고 볼 수 있다. 다음의 인용문에서 이를 확인해 보겠다.

> "여보 자우? 일어나게유 얼핀."
> **계집의 음성**이 나자 그는 꾸물거리며 일어 앉는다. 그리고 너털대는 홑적삼
> 깃을 여며 잡고는 덜덜 떤다.
> "인제 고만 떠날 테이야? 쿨룩······."
> 말라빠진 얼굴로 **계집**을 바라보며 그는 이렇게 물었다.
> 10분 가량 지났다. 거지는 호사하였다. 달빛에 번쩍거리는 겹옷을 입고서 지
> 팡이를 끌며 물방앗간을 등졌다. **골골하는 그를 부축하여 계집은 뒤에 따른다. 술집**
> **며느리다.**
> "옷이 너무 커, 좀 적었으면······."
> "잔말말고 어여 갑시다 펄쩍."[37]

떠돌이로 지냈던 나그네는, 덕돌이와의 혼인으로 이전의 처지보다 안정적으로 살 수 있었다. 그럼에도 덕돌 모자에게 돌봄을 받는 위치가 아니라 남편을 돌봐야 하는 위치를 선택했다. 나그네가 덕돌 모자에게 행한 행동은 병든 남편을 위한 아내의 마음에서 비롯되었다는 점에서 독자가 그 행동을 해석하는 데 갈등을 겪게 만든다.

이 갈등이 이루어지는 지점은 위의 인용문에서 확인된다. 서술자는 나그네의 병든 남편에게 초점을 맞춰, 그가 아내의 음성을 듣고 있는 상황을 서술한다. 서술자는 남편의 초점에서 나그네를 "계집"이라고 명명하여 남편

---

37 전신재 편, 앞의 책, 27~28쪽.

을 부축하는 아내의 모습을 형상화하다가, 이어서 나그네를 "술집 며느리"로 서술한다. 여기서 '암시된 저자'는 생존을 위해 부부의 윤리를 저버린 나그네의 행위를 독자에게 환기한다. 그러나 결말에서 형상화된 '늑대소리'는 독자에게 나그네 부부를 동정하게 하면서 '암시된 저자'가 제기한 윤리적 판단의 여부를 모호하게 만든다.

즉, 작가는 '늑대소리'의 효과를 통해 나그네가 늑대를 만날지도 모르는 서사적 상황을 구축해 놓고, 독자에게 죽음과 맞닿아 있는 나그네의 처지를 인식하게 한다. 그래서 작가는 독자에게 죽음의 공포를 환기하며, 독자가 나그네에게 감정이입을 하게 한다. 포터 애벗의 말을 빌자면, '늑대소리'는 작가가 서사 안에서 독자가 찾으려고 하는 그 '어떤 것'을 충족시키기 위해 사용하는 기법이다.[38] 그 '어떤 것'은 아리스토텔레스가 언급했듯 비극 앞에서 연민과 공포를 느끼는 것처럼, 독자가 불행을 겪는 나그네 부부에게 연민을 느끼게 하여 서사의 종결에 이르게 하는 것을 의미한다.

둘째, 작가는 '늑대소리'를 활용하여, 독자에게 나그네 부부만이 아니라 산골 마을에 살아가는 사람들과 더 나아가 일제 강점하에서 살아가는 공동체에 염려와 관심을 갖게 한다. 이 소리는 이 산과 저 산에서 울리기 때문에 산골 마을을 포위하는 특성이 있다.[39] 그래서 이 소리의 효과는 산골 마을

---

38 '종결'이라는 용어는 스토리의 중심적인 갈등을 해결하는 그 이상의 내용을 담고 있다. 종결은 서사가 진행되는 동안 발생하는 광범위한 수준의 기대들이나 불확실성을 함께 다루어야 하며, 그 과정에서 우리는 그것들이 해결되거나 종결되기를 원한다. 그러므로 종결은 서사 안에서 우리가 찾으려고 하는 그 '어떤 것', 즉 욕망으로 이해되는 것이 가장 적절하다. 작가는 그것을 충족시키거나 좌절시킬 수 있는 수많은 기법을 사용하고, 사람들은 종결이 오기 전의 불안정과 긴장을 즐기기 때문에 그것은 지나치게 빨리 만족의 상태에 도달해서는 안 된다.(H. 포터 애벗, 앞의 책, 117~118쪽)

39 돈 아이디는 시각과 마찬가지로 청각도 형상을 갖는다고 설명한다. 이 청각적 형상은 언제나 다른 사물들과 현상들의 전개 영역에 에워싸인 채, '청각적 장(場)'에서 제시된다고 설명한다. 청각의 장(場)은 "사물이 그 속에 위치하고 사물이 항상 거기에 연관되는 하나의 지역으로서 사물을 넘어서는 것이다. 그러나 장은 또한 제한되고 경계 지어져 있다".(돈 아이디, 박종문 역,

의 '청각적 장' 안에서 살아가는 덕돌 모자를 포함한 모든 마을 사람들을 결속하는 역할을 한다.

또한 앞서 산골 공간을 수행적 공간으로 기술했는데, 수행성이란 "'일어난 무엇'이 아니라 '무엇인가 일어났다'라는 사건의 존재 자체"[40] 에 주목한다. 언급했듯이 수행적 공간에서 '물소리'는 청각적 세계 형성의 근거가 되며 독자에게 작가가 만든 결말구조를 따라가게 하는 이정표가 된다. ①에서 알 수 있듯이, 결말 부분에서 물방울이 산 벽에 부딪히는 소리가 형상화된 이후 이어 '늑대소리'가 굴러내린다는 표현이 형상화된다. '늑대소리'는 '물소리'와 결합되어, 이 산골 공간을 청각적 수행의 공간으로 만들어 독자들이 지금 여기에 발생하고 있는 과정적 상황에 주목하게 한다. 그래서 독자들은 실향민으로 비참한 삶을 이어가야 하는 나그네 부부를 비롯한 산골 사람들의 모습을 상상으로 마주하게 된다. 요약하면, 작가는 소리로써 마을 사람들을 엮어서 그들을 '청각적 공동체'로 형성하면서, 이 공동체를 통해 독자에게 소리의 효과를 읽어내도록 한다. 그래서 이 소리의 효과를 통해 독자들에게 식민지 현실을 함께 살아가는 공동체로서의 연대감을 상상하도록 하는 것이다.

『소리의 현상학』, 예전사, 2006, 197쪽); 소리의 포위성(surroundability)은 '청각적 장-형상'의 본질적 특징이다. 하지만 소리의 포위성이 발생시키는 힘이 '청각적 장'에서 모두 균일하게 작동하지 않는다. 소리의 강도나 소리가 생성된 장소 등에 따라 소리의 힘은 상대적으로 작동하기 때문에, 비균일한 힘으로 인해 발생한 소리의 힘은 소리의 방향성을 발생시킨다.(졸고, 임보람, 「이청준 소설에 나타난 소리의 수사학」, 서강대 박사논문, 2020)

40 퍼포먼스성에 대한 특징 정리는 김기란, 「집단기억의 무대화와 수행적 과정의 작동 메커니즘」, 『드라마연구』 30권 30호, 2009.7, 10~11쪽 참고.

5. 나가며

이 글은 「산골 나그네」에 나타나는 소리에 주목하여 작가 김유정이 이 소리를 어떻게 형상화했고, 이 과정에서 드러나는 소리의 특성이 무엇인지 살펴보고자 했다. 이를 위해 「산골 나그네」에서 나타난 소리의 수사학이란 독자에게 서사구조에서 구현되는 소리의 효과를 상상하게 하면서, 식민 현실을 살아가는 실향민에 대한 작가의 윤리적 가치관을 공유하게 하는 수사 전략이라고 가정하였다.

이를 밝히기 위해 소설에서 반복적으로 나타나는 '물소리', '침묵', '늑대 소리' 등의 수사학적 양상을 구체적으로 살펴보고, 서사 구조에서 이 소리가 어떠한 관련 속에서 묶이는지 그 특징들을 알아보았다.

소설의 시작과 결말에서 형상화된 '물소리'는 서사적 공간을 청각적 세계로 구축하면서 소설 세계를 지배하는 공간적 소리이다. 작가는 소설의 시작 부분에서 '물소리'를 통해 소설에 하나의 인상을 각인시키면서, 이 인상을 결말까지 이끌어나갔다. 그리고 작가는 '암시된 저자'를 서술에 참여시켜 독자가 그에 의해 의미 지어지고 구성되는 수행적인 청각적 세계를 경험하게 했다. 이로써 작가는 '물소리'를 활용하여 독자들에게 작중 인물의 내면이 아니라 그들이 처한 환경을 상기시키면서, 그 환경 안에서 그들의 아픔과 고통을 함께 이해하도록 서사적 상황을 구축하였다.

'침묵'은 나그네의 심리 상태를 반영하고, 그의 존재를 형상화하는 소리이다. 나그네의 '침묵'은 덕돌이와 덕돌 어미와의 관계에서 각각 형상화되었다. 특히 후자의 관계에서 형상화된 '침묵'에서 나타난 '암시된 저자'의 형상은 가난으로 고통받는 인간의 처지에 먼저 다가가, 윤리적 가치를 추구하려는 작가의 서술 의도를 실현했다.

다음으로 '늑대소리'는 「산골 나그네」에서 복합적인 기능을 하는데, 먼저 서사의 틈을 메우면서 서사의 종결을 해석할 수 있는 장치로 기능했다. '암시된 저자'는 이 소리를 활용하여 독자에게 나그네 부부의 고통스러운 삶에 감정을 이입할 것을 요구했다. 이 감정은 독자에게 부부의 윤리를 저버린 나그네의 행위에 대한 판단을 주저하게 함으로써, 나그네 부부에게 동정과 연민을 갖도록 했다. 다음으로 '늑대소리'는 나그네 부부뿐 아니라 산골 마을에서 살아가는 사람들, 더 나아가 식민지 당대를 살아가는 실향민들, 그들 모두를 '청각적 공동체'로 형성하는 데 기여했다. 즉, 작가는 '늑대소리'를 활용하여 나그네뿐만 아니라 그의 남편까지 죽음과 맞닿을 만큼 비참한 상황으로 만들고, 두 부부의 운명을 식민지 실향민들의 삶의 모습으로 확대해갔다. 그래서 독자들은 소리의 효과를 매개로 하여 '청각적 공동체'에 소속될 것을 요구받으면서, 식민지 현실을 함께 살아가는 공동체로서의 연대감을 상상하는 경험을 했다.

이상으로 이 글은 「산골 나그네」에서 서술적 차원에서 활용되는 소리의 효과를 구명하고자 했다. 하지만 한 편을 대상으로 삼아 김유정 소설의 소리의 특성을 밝혀내려는 작업은 이 연구의 큰 한계임을 밝힌다. 소리의 수사적 연구방법은 김유정의 여러 소설에 등장하는 소리의 형상화 양상과 그 특성을 면밀히 살펴야만 설득력을 얻을 수 있을 것이다. 이 같은 한계를 보완하는 일은 추후 연구의 몫으로 남겨둔다.

참고문헌

가스통 바슐라르, 이가림 역, 『물과 꿈』, 문예출판사, 2014.

김기란, 「집단기억의 무대화와 수행적 과정의 작동 메커니즘」, 『드라마연구』 30권 30호, 2009.7.

김화경, 「말더듬이 김유정의 문학과 상상력」, 『현대소설연구』 32권 32호, 2006.12.

나카무라 유지로, 박철은 역, 『토포스』, 그린비, 2012.

돈 아이디, 박종문 역, 『소리의 현상학』, 예전사, 2006.

문유경, 「근대 단편소설의 결말구조 유형화 연구」, 서울대 석사논문, 1994.

송희복, 「청감(聽感)의 시학, 생동하는 토착어의 힘 - 김유정과 이문구를 중심으로」, 『새국어교육』 77권 77호, 2007.12.

S. 채트먼, 한용환 역, 『이야기와 담론』, 푸른사상, 2003.

안토니오 프레테, 윤병언 역, 『동정에 대하여』, 책세상, 2019.

이미림, 「김유정 문학의 로컬리티 연구」, 『배달말』 64집, 2019.6.

임보람, 「이청준 소설에 나타난 소리의 수사학」, 서강대 박사논문, 2020.

에리카 피셔-리히테, 김정숙 역, 『수행성의 미학』, 문학과지성사, 2017.

H. 포터 애벗, 우찬제 외역, 『서사학 강의』, 문학과지성사, 2010.

연남경, 「김유정 소설의 추리 서사적 기법 연구」, 『한중인문학연구』 34권 34집, 2011.12.

유인순, 「김유정 문학의 부싯깃 - 술·여자·노래를 중심으로」, 『강원문화연구』 22집, 2003.9.

웨인 C. 부스, 최상규 역, 『소설의 수사학』, 예림기획, 1999.

_____, 방민호·최라영 역, 「'암시된 저자'는 필요한가?」, 『문학의 오늘』 2013.여름.

전신재, 『김유정 문학의 재조명』, 소명출판, 2008.

전신재 편, 『원본 김유정 전집』, 강, 1997.

정은주, 「현실을 반영하는 인물 시점과 감정이입 미학의 소설교육」, 『교원교육』 34권 4호, 2018.10.

최시한, 「'제재'에 대하여」, 『시학과언어학』 20권 20호, 2011.2.

최병우, 「김유정 소설의 다중적 시점에 관한 연구」, 『현대소설연구』 제23호, 2004.9.

Mark S. M. Scott, *The Oxford Handbook of the Study of Religion*, edted by Michael

Stausberg and Steven Engler, Oxford UP, 2016.

Poirier, Richard, *The Performing Self : Compositions and Decompositions in the Languages of Contemporary Life*, Oxford UP, 1971.

필자 소개(수록순)

전신재(全信宰, Jeon Shin-jae)
서울대 국어교육과 및 성균관대 대학원 국문과졸업, 문학박사, 한림대 명예교수. 한국역사민속학회장, 한국공연문화학회장, 한림대 대학원장 역임. 편저로는『원본 김유정전집』, 저서로는『강원도 민요와 삶의 현장』,『강원의 전설』,『죽음 속의 삶－재중 강원 인 구술생애사』, 공저로는『한국의 웃음문화』,『한국의 이야기판 문화 』외 다수가 있다.

유인순(柳仁順, Yoo In-soon)
강원대 명예교수, 김유정학회 대표, 현대소설학회 및 한중인문학회 고문. 단독 저서로는『김유정문학연구』(1988),『김유정을 찾아가는 길』(2003),『김유정과의 동행』(2014),『실크로드의 나그네』1~3(2016)가 있고 공저로는『김유정과 동시대 문학연구』(2013)가 있다.

권경미(權景美, Kwon Kyong-mi)
부산외대 만오교양대학 조교수이다. 저서로는『박정희 체제 속 농민, 노동자, 도시 이방인의 삶』이 주요 논문으로는「노동운동 담론과 만들어진 / 상상된 노동자」,「1970년대 여성노동자 담론과 비노동자로서의 가정부」,「계보학적 영화 지식의 탄생과 유용한 지식 담론의 한계」등이 있다. 현재 대학에서 예술, 문학 등과 같은 인문학 강의와 글쓰기, 말하기, 읽기 등의 기초 교양강의를 하고 있다.

김미지(金眉志, Kim Mi-ji)
단국대 국어국문학과 조교수이다. 서울대에서 서양사와 한국현대문학을 전공하고「박태원소설의 담론 구성방식과 수사학 연구」로 박사학위를 받았다. 지은 책으로『누가 하이카라 여성을 데리고 사누』(2005),『박태원 문학연구의 재인식』(공저, 2010),『언어의 놀이, 서사의 실험』(2014),『도시로 읽는 조선』(공저, 2019),『우리 안의 유럽, 기원과 시작』(2019),『한국 근대문학, 횡단의 상상』(2021) 등이 있다.

박필현(朴畢賢, Park Pil-hyeon)
국민대 교양대학 조교수이다.『한국여성작가 연대기』,『1960년대 문학지평탐구』등을 함께 썼으며,「폭력의 경험과 근대적 민족국가」,「아비 잃은 자의 아비 되기, '포르트 다(fort-da)'의 윤리」등의 논문이 있다. 문학, 문화, 글쓰기 등에 대해 공부하며 강의하고 있다.

표정옥(表正玉, Pyo Jung-ok)
숙명여대 기초교양대학 교수이다.『근대 최남선의 신화 문화론』(2017),『신화적 상상력과 융합적 글쓰기』(2019),『신화와 미학적 인간』(2016),『신화적 상상력에 비쳐진 한국문학』(2014) 등 다수의 연구 저서와 다수의 논문이 있다. 현재 대학에서 신화, 문화, 여성, 놀이, 글쓰기, 토론 등 다양한 인문학 강의를 진행하고 있다.

홍기돈(洪基敦, Hong Gi-don)
가톨릭대 국어국문학과 교수다. 『근대를 넘어서려는 모험들』(2007), 『김동리 연구』(2010), 『민족의식의 사상사와 한국근대문학』(2019) 등의 연구서를 펴냈다.

이미림(李美林, Lee Mi-rim)
강릉원주대 국어국문학과 교수이다. 『월북작가소설연구』, 『우리 시대의 여행소설』, 『한국현대소설의 떠남과 머묾』, 『책 읽어주는 여자』, 『21세기 한국소설의 다문화와 이방인들』 등의 저서와 다수의 논문이 있다. 현재 대학에서 문학론, 비평론, 문학특강, 소설사 등 전공교과목 강의를 진행하고 있다.

이현주(李賢珠, Lee Hyun-ju)
연세대 강사, 「이효석 문학의 배경에 대한 주석적 연구」(2009) 연세대에서 박사 학위를 받았고, 「이효석과 구인회」(2008), 「김유정 소설에 나타난 향토 표상」(2015) 등의 논문이 있다. 현재 명지대, 연세대, 한세대 등에서 글쓰기, 발표와 토의 등의 교과목을 강의하고 있다.

김정화(金貞和, Kim Jung-hwa)
선문대 교양학부 시간강사, 선문대 인문미래연구소 전임연구원이다. 「『조선출판경찰월보』 출판검열 통계표에 드러난 출판 시장의 변동과 통제 양상」(『우리어문연구』 68, 2020), 「전무길 소설 「역경」의 검열과 복원」(『현대소설연구』 80, 2020), 「출판 검열 심화기 아동 잡지의 특징과 검열 양상」(『국제어문』 87, 2020) 등 다수의 논문이 있다.

문한별(文한별, Moon Han-byoul)
선문대 국어국문학과 부교수, 선문대 인문미래연구소 소장이다. 『검열, 실종된 작품과 문학사의 복원』(2017), 「『조선출판경찰월보』 수록 아동 서사물의 검열 양상과 의미」(『우리어문연구』 64, 2019), 「일제강점기 도서과의 소설 검열과 작가들의 대응 방식」(『현대소설연구』 79, 2020) 등 다수의 연구 저서와 다수의 논문이 있다.

양세라(梁世羅, Yang Sei-ra)
대표 저서는 『근대계몽기 신문텍스트의 연행성 연구』(소명출판, 2020)가 있다. 「민간극단의 공연기록 관리 현황과 공연기록 관리 방향 모색」(2012), 「공동체의 소통도구로서 연극의 역할에 대한 연구」(2019), 「연극문화 공간 대학로를 텍스트로 독해하기」(2019) 이외에 근대희곡과 한국 드라마텍스트의 판본을 연구한 다수 논문이 있다. 현재 대학에서 한국문학과 문화콘텐츠, 한국연극과 글쓰기 강의를 진행하고 있다. 서강대와 연세대, 서울예대 출강 중이다.

임보람(林보람, Im Bo-ram)
숙명여대 교양교육연구소에서 근무하고 있다. 「실천의 각편과 사유의 편린들」(2021), 「이청준의 「시간의 문」에 나타난 시간은유 연구」(2020), 「이청준의 〈자유의 문〉에 나타난 죽음의 종교학적 연구(2018)」, 「「꽃과 소리」에 나타난 소리의 상상력(2017)」 등 다수의 연구 저서와 다수의 논문이 있다. 언어로써 타자들과 관계 맺는 방식을 연구하고 있다.